suhrkamp taschenbuch 4969

Als Autor trat Amos Oz auf für ihn bezeichnende Weise zum ersten Mal 1961 an die Öffentlichkeit, mit einem politischen Essay sowie einer Erzählung. Es folgten mehr als zwanzig Romane, Erzählungssammlungen und Essaybände. In *Wo die Schakale heulen*, seiner ersten Buchpublikation aus dem Jahre 1965, ist in exemplarischer Weise mitzuerleben, wie Oz zu dem Schriftsteller geworden ist, der er ist.

In den Erzählungen sind alle den Autor prägenden Themen bereits versammelt: Der eminent politische Oz erzählt vom Kibbuzalltag in feindlicher Umgebung. Dabei zeigt sich: Politische Gegebenheiten sind äußerst wichtig für das individuelle und kollektive Handeln. Im Heulen der Schakale jenseits der Zäune ist der israelisch-palästinensische Konflikt präsent. Das Außen, die gesellschaftlichen Rahmenbedingungen, erklärt jedoch nicht hinreichend das Verhalten der Einzelnen: Es hängt im gleichen Maße ab von den Traditionen, den Phantasien, dem Glauben. Auch in den frühesten Erzählungen erweist Amos Oz sich als Meister im Verfolg der luzidesten Regungen seiner Personen, die sich auf keinen vorgefassten Begriff bringen lassen. Hier haben die traumhaft-utopischen Aspekte seiner Bücher ihren Ursprung – auch wenn die Hoffnungen von Autor und Protagonisten auf politischer wie individueller Ebene nie in Erfüllung gehen.

Amos Oz, geboren 1939 in Jerusalem, wurde für sein Werk vielfach ausgezeichnet, unter anderem mit dem Friedenspreis des Deutschen Buchhandels (1992), dem Goethepreis der Stadt Frankfurt am Main (2005) und dem Siegfried Lenz Preis (2014). *Eine Geschichte von Liebe und Finsternis* (st 3968) wurde in alle Weltsprachen übersetzt und erreichte eine Auflage in Millionenhöhe. Zuletzt erschienen von Amos Oz die Bücher *Judas* (st 4670) und die mit einem Vorwort von Norbert Lammert versehene Neuausgabe *Deutschland und Israel* (st 4918). Amos Oz starb 2018 in Tel Aviv.

Mirjam Pressler, geboren 1940 in Darmstadt, war eine der namhaftesten Übersetzerinnen des Hebräischen. Sie übersetzte Werke von Aharon Appelfeld, Lizzie Doron, Batya Gur und David Grossman. Ihre große, sprachlich wie literarisch weite Erfahrung war von größtem Wert auch für die Erschließung der israelischen Lebenswelt, wie Amos Oz sie überliefert. Für die Übersetzung von Oz' Roman *Judas* erhielt sie 2015 den Preis der Leipziger Buchmesse. Pressler starb am 16. Januar 2019 in Landshut.

Amos Oz
Wo die Schakale heulen

Erzählungen

Aus dem Hebräischen von
Mirjam Pressler

Suhrkamp

Titel der hebräischen Originalausgabe: *Arzot ha-Tan.*
Die Erstausgabe erschien 1965 bei Massada Lt., Tel Aviv;
eine überarbeitete Fassung 1976, 1980 bei Am Oved, Tel Aviv.

Erste Auflage 2019
suhrkamp taschenbuch 4969
© 1965, 1976, 1980 Amos Oz
© der deutschen Übersetzung Suhrkamp Verlag Berlin 2018
Suhrkamp Taschenbuch Verlag
Alle Rechte vorbehalten, insbesondere das
des öffentlichen Vortrags sowie der Übertragung
durch Rundfunk und Fernsehen, auch einzelner Teile.
Kein Teil des Werkes darf in irgendeiner Form
(durch Fotografie, Mikrofilm oder andere Verfahren)
ohne schriftliche Genehmigung des Verlages reproduziert
oder unter Verwendung elektronischer Systeme verarbeitet,
vervielfältigt oder verbreitet werden.
Umschlagfoto: George Pickow/Getty Images
Umschlaggestaltung: Rothfos & Gabler, Hamburg
Druck und Bindung: CPI – Ebner & Spiegel, Ulm
Printed in Germany
ISBN 978-3-518-46969-9

Wo die Schakale heulen

Für Nili

Land der Schakale

I.

Endlich legte sich der Wüstenwind.

Vom Meer fuhr der Wind in das glühende Wassermelonenfeld und schlug kühle Schneisen. Die zunächst leichten, zögerlichen Brisen versetzten die Wipfel der Zypressen in ein sehnsüchtiges Schaudern, als flösse, von den Wurzeln in die erbebenden Stämme aufsteigend, Strom durch sie hindurch.

Gegen Abend frischte der Westwind auf, und der Wüstenwind, der Chamsin, zog sich nach Osten zurück, in die judäischen Berge, von dort aus in die Senke von Jericho und weiter bis zu den Wüsten der Skorpione östlich des Jordan. Es schien der letzte Wüstenwind zu sein. Der Herbst stand bevor.

In schrillen Freudenschreien stürmten die Kibbuz-Kinder über die Rasenflächen. Ihre Eltern zogen die Liegestühle von den Terrassen in die Gärten. »Keine Regel ohne Ausnahme«, lautete ein Spruch von Saschke. Diesmal war er die Ausnahme, er verbarg sich allein in seinem Zimmer, um ein weiteres Kapitel seines Buchs über die Probleme des Kibbuz in Zeiten des Wandels zu schreiben.

Saschke gehörte zu den Gründungsmitgliedern unseres Kibbuz und war einer der herausragenden Aktivisten. Ein vierschrötiger Mann, von rötlicher Hautfarbe, mit Brille und einprägsamen, weichen Gesichtszügen, der väterlich gelassen wirkte. Eine gewisse Umtriebigkeit ging von ihm aus. Der angenehm kühle Abendwind, der in sein Zimmer drang, zwang ihn dazu, einen schweren Aschenbecher auf die rebellierenden Blätter zu legen. Eine aufrichtige Begeisterung ließ ihn an seinen Sätzen feilen. Zeiten, die sich ändern, sagte sich

Saschke, Zeiten, die sich ändern, erfordern Ideen, die sich ändern; nicht stehenbleiben, nicht sich wiederholen, man muss energisch und klug vorgehen.

Die Häuserwände, die Blechdächer der Vorbauten und die neben der Schreinerei lagernden Eisenrohre begannen die Hitze abzustrahlen, die sich in den Tagen des Chamsin in ihnen aufgestaut hatte.

Galila, Saschkes und Tanjas Tochter, stand unter der kalten Dusche, ihre Hände glitten über den Nacken, die Ellbogen nach hinten gedrückt. Der Duschraum war fast dunkel. Die blonden Haare fielen schwer und nass auf die Schultern, auch sie kamen ihr fast dunkel vor. Hinge hier ein großer Spiegel, ich hätte mich vielleicht vor ihn gestellt und meinen Körper betrachtet, langsam, zärtlich. Wie man den Meerwind betrachtet, der draußen weht.

Aber die Dusche war klein, eine quadratische Zelle, in der sich kein großer Spiegel befand und auch gar nicht hätte befinden können. Galila beeilte sich, leicht nervös. Ungeduldig trocknete sie sich ab und schlüpfte in saubere Kleidung. Was will Matitjahu Demkow von mir? Er bat mich, nach dem Abendessen zu ihm zu kommen. Als wir klein waren, schauten wir ihm und seinen Pferden gerne zu. Aber den Abend in irgendeinem verschwitzten Junggesellenzimmer zu vergeuden, das ist zu viel verlangt. Er hat zwar versprochen, mir Farben aus dem Ausland zu geben. Andererseits ist der Abend kurz, und andere freie Stunden haben wir nicht. Wir sind Arbeiterinnen.

Was für einen verwirrten und unbeholfenen Eindruck Matitjahu Demkow gemacht hat, als er sich mir in den Weg stellte und sagte, ich solle nach dem Abendessen zu ihm kommen. Und diese in der Luft herumfuchtelnde Hand, die versuchte, Worte aus dem Wüstenwind zu pflücken, wie der Mund eines nach Luft schnappenden Fischs, der nicht die Worte findet, die er sucht. »Heute Abend. Lohnt sich, wenn du kurz vorbeikommst«, sagte er, »du wirst sehen, es inter-

essiert dich. Nur für einen Moment. Und auch ziemlich …
wichtig. Du wirst es nicht bereuen. Richtige Leinwände und
Farben von professionellen Malern, wirklich. Genau genommen habe ich das alles von meinem Cousin Leon, der in Südamerika lebt. Ich brauche keine Leinwände und keine Farben.
Ich – und Malerei. Alles ist für dich, du musst nur kommen.«

Galila erinnerte sich an diese Worte und empfand dabei
sowohl Widerwillen als auch Vergnügen. Sie dachte daran,
wie abstoßend hässlich Matitjahu Demkow war, der sich dazu
bereiterklärt hatte, sie mit Leinwänden und Farben zu versor-
gen. Nun, ich werde wohl zu ihm hingehen und sehen, was
passiert, und herauskriegen, warum ich diejenige bin. Aber
ich werde nicht länger als fünf Minuten in seinem Zimmer
bleiben.

2.

In den Bergen ist der Sonnenuntergang schnell und heftig.
Unser Kibbuz liegt in der Ebene, und die Ebene verzögert
den Sonnenuntergang, mildert seine Heftigkeit. Langsam wie
ein müder Zugvogel sinkt die Dämmerung herab. Erst werden die fensterlosen Schuppen und Vorratskammern dunkel. Das Dunkelwerden stört sie nicht, denn die Dunkelheit
verlässt sie nie ganz. Dann kommen die Wohnhäuser an die
Reihe. Eine Schaltuhr setzt den Generator in Bewegung. Sein
Klopfen klingt wie ein schlagendes Herz, ein fernes Trommeln. Die elektrischen Adern werden lebendig und verbor-
gener Strom fließt durch unsere dünnen Wände. In diesem
Moment gehen auf einen Schlag in allen Fenstern der Pioniere die Lichter an. Die Metallteile auf der Spitze des Wasserturms fangen die letzten Strahlen des Tageslichts ein und
halten sie lange fest. Schließlich verblasst auch der Blitzablei-
ter ganz oben auf dem Turm.

Die Alten der Siedlung verharren in ihren Liegestühlen

wie leblose Gegenstände, erlauben der Dämmerung, sie ein-
zuhüllen, sie leisten keinen Widerstand.

Gegen sieben begeben sich alle langsam zum Speisesaal.
Manche unterhalten sich darüber, was heute geschah, andere
darüber, was morgen zu tun ist, wieder andere schweigen.
Zeit für Matitjahu Demkow, seine Höhle zu verlassen und
sich in menschliche Gesellschaft zu begeben. Er schließt die
Wohnungstür ab, lässt die sterile Stille hinter sich und begibt
sich in den betriebsamen Speisesaal.

3.

Matitjahu Demkow ist ein kleiner, dünner und dunkler
Mann, der nur aus Knochen und Muskeln besteht, seine
schmalen Augen liegen tief in den Höhlen, seine Wangen-
knochen sind ein bisschen schief und sein Gesicht hat immer
einen leicht besserwisserischen Ausdruck: ›Habe ich's euch
nicht gesagt?‹ Er ist gleich nach dem Zweiten Weltkrieg zu
uns gekommen. Eigentlich stammt er aus Bulgarien. Wo genau er gewesen ist und was er getan hat, erzählt dieser Demkow nicht. Wir verlangen keine Rechenschaft. Er hat sich
eine Zeitlang in Südamerika aufgehalten. Und er trägt einen
Schnurrbart.

Matitjahu Demkow verfügt über einen beinahe perfekten
Körper: kompakt, jugendlich, fast unnatürlich stark und geschmeidig. Welchen Eindruck dieser Körper wohl auf Frauen
macht? Bei Männern weckt er nervöses Unbehagen.

An der linken Hand hat Matitjahu Demkow nur noch Daumen und kleinen Finger. Dazwischen ist Leere. »In Kriegszei-
ten«, sagt Matitjahu Demkow, »haben Menschen mehr verloren als drei Finger.«

Tagsüber arbeitet er in der Schmiede, mit nacktem,
schweißüberströmtem Oberkörper. Die Muskeln tanzen unter der gespannten Haut wie zusammengedrückte Sprung-

federn. Er schweißt Zubehörteile, er lötet Rohre, hämmert verbogene Arbeitsgeräte wieder zurecht, haut ausrangiertes Werkzeug zu Schrott. Seine rechte Hand, die vollständige, ist stark genug, um den schweren Vorschlaghammer über den Kopf zu schwingen und mit gezügelter Wildheit auf die Gegenstände einzuschlagen.

Vor vielen Jahren hat Matitjahu die Pferde des Kibbuz derart geschickt beschlagen, dass alle ins Staunen gerieten. Schon in Bulgarien hatte er sich, so scheint es, mit Pferdezucht beschäftigt. Manchmal hat er groß und breit den Unterschied zwischen Zuchtpferden und Arbeitspferden erläutert und den Kindern, die ihm zuschauten, erzählt, er und sein Partner oder sein Cousin Leon hätten die wertvollsten Pferde zwischen Donau und Ägäis gezüchtet.

Ab dem Tag, ab dem der Kibbuz keine Pferde mehr benutzte, wurde Matitjahu Demkows Kunst überflüssig. Ein paar Mädchen sammelten die überflüssig gewordenen Hufeisen ein und schmückten damit ihre Zimmer. Nur die Kinder, die beim Beschlagen zugeschaut hatten, erinnerten sich noch manchmal daran: an die Geschicklichkeit. An den Schmerz. An den beißenden Geruch. An die Gelenkigkeit. Galila hatte auf ihrem hellen Zopf herumgekaut und den Mann von weitem mit grauen, weit geöffneten Augen angestarrt, den Augen ihrer Mutter, nicht ihres Vaters.

Sie wird nicht kommen.

Ich glaube ihrem Versprechen nicht.

Sie hat Angst vor mir. Und sie ist misstrauisch wie ihr Vater und schlau wie ihre Mutter. Sie wird nicht kommen. Und wenn doch, werde ich's ihr nicht erzählen. Und wenn ich's ihr erzähle, wird sie's mir nicht glauben. Sie wird Saschke alles sagen. Mit Worten ist nichts zu erreichen. Aber hier sind Menschen, hier ist Licht: Guten Appetit!

Auf jedem Tisch glänzte Besteck, standen Metallkannen und Brotkörbe.

»Man muss die Messer mal wieder schleifen«, sagte Matitjahu Demkow zu seinen Tischnachbarn. Er schnitt die Zwiebeln und die Tomaten in dünne Scheiben, würzte sie mit Salz, Essig und Öl. »Im Winter, wenn ich weniger Arbeit habe, werde ich alle Messer des Speisesaals schärfen, und ich werde auch die Dachrinne reparieren. Der Winter ist schon nicht mehr weit. Dieser Chamsin, denke ich, war der letzte. Das war's. Der Winter wird uns in seinen Fängen haben, bevor wir darauf vorbereitet sind.«

Am Rand des Speisesaals, neben dem Durchgang zu dem Raum mit den Wasserkesseln und zur Küche, drängte sich eine Gruppe knochiger Veteranen, manche kahlköpfig, manche weißhaarig, um das einzige Exemplar der Abendzeitung. Die Seiten wurden auseinandergetrennt und die Rubriken abwechselnd unter den Lesern, die sie für sich »reserviert« hatten, herumgereicht. Einige gaben Kommentare ab. Andere betrachteten die ›Experten‹ mit altersmüder, spöttischer Miene. Und es gab welche, die nur stumm zuhörten, die Gesichter von stiller Trauer gezeichnet. Sie waren, nach Saschkes Worten, die Treusten unter den Treuen, jene, die das ganze Leid der Arbeiterbewegung ertrugen.

In der Zeit, in der die Männer sich um die Zeitung drängten und sich mit Politik beschäftigten, versammelten sich die Frauen um den Tisch des Arbeitszuteilers. Tanja, das Gesicht faltig, die Augen müde und angestrengt, protestierte lautstark. Sie hatte einen Metall-Aschenbecher in der Hand und klopfte mit ihm im Takt ihrer Beschwerden auf den Tisch, erstens und zweitens und drittens. Sie beugte ihren Oberkörper über die Arbeitslisten, als ob sie ihn unter das Joch der Ungerechtigkeit beuge, das ihr auferlegt wurde oder ihr auferlegt werden würde. Ihre Haare waren grau. Matitjahu Demkow hörte ihre Stimme, verstand aber nicht, was sie sagte. Bestimmt versuchte der Arbeitszuteiler jetzt, sich angesichts von Tanjas Zorn mit Würde aus der Affäre zu ziehen. Und nun sammelte sie wie nebenbei die Früchte ihres Siegs ein, richtete sich auf und wandte sich Matitjahu Demkows Tisch zu.

»Und jetzt zu dir. Du weißt, dass ich sehr viel Geduld habe, aber alles hat seine Grenzen. Und wenn der Rahmen bis morgen früh um zehn nicht gelötet ist, werde ich Krach schlagen. Was zu viel ist, ist zu viel, Matitjahu Demkow. Und überhaupt …«

Der Mann verzog das Gesicht, so dass er noch hässlicher wurde, bis er aussah wie ein Schreckgespenst, oder als trüge er eine Clownsmaske.

»Wirklich«, sagte er leise, »du regst dich völlig unnötig auf. Dein Rahmen ist schon seit Tagen fertig gelötet, du hast ihn nur nicht abgeholt. Komm morgen, wann immer du willst. Mich muss man bei der Arbeit nicht drängen.«

»Drängen? Ich? Nie im Leben hätte ich es gewagt, dich zu drängen. Entschuldige. Ich hoffe, dass du nicht gekränkt bist.«

»Ich bin nicht gekränkt«, schloss Matitjahu. »Im Gegenteil. Ich bin völlig entspannt. Friede sei mit dir.«

Mit diesen Worten waren die Angelegenheiten des Speisesaals beendet. Eigentlich war es jetzt an der Zeit, ins Zimmer zu gehen, Licht anzuzünden, sich aufs Bett zu setzen und ruhig zu warten. Und was brauche ich noch? Genau. Eine Zigarette. Streichhölzer, Aschenbecher.

4.

Elektrischer Strom pocht in den miteinander verwobenen Adern und beleuchtet alles mit mattem Licht: unsere kleinen Häuser mit den roten Dächern, unsere Gärten, unsere rissigen Betonwege, die Zäune und den Schrott, die Stille. Weiche, gedämpfte Lichtpfützen. Altes Licht.

Holzpfosten stehen in regelmäßigen Abständen entlang des äußeren Zauns, auf ihnen sind Scheinwerfer montiert. Sie versuchen, die Felder und die Täler bis zum Fuß der Berge zu erhellen. Ein kleiner Kreis der Anbauflächen ist tatsächlich lichtüberflutet. Doch außerhalb des Lichtkegels herrschen Dunkelheit und Stille. Herbstnächte sind nicht schwarz. Nicht hier. Die Nächte sind fast violett. Ein violetter Schimmer scheint auf den Weinbergen und Obstgärten zu liegen. Die Obstgärten werden langsam gelb. Das weiche, violette Licht verhüllt voller Zärtlichkeit die Wipfel, überdeckt die harten Konturen, bringt den Unterschied zwischen Leblosem und Lebendem zum Verschwinden. Auf diese Weise verzerrt es das Aussehen der leblosen Gegenstände, es flößt ihnen Leben ein, kalt und unheimlich, zitternd wie durch ein Gift. Andererseits verlangsamt es die Bewegungen des Lebendigen, verbirgt dessen Anwesenheit. Deshalb können wir die Schakale nicht sehen, wenn sie aus ihrem Bau kommen. Zwangsläufig verpassen wir den Anblick ihrer weichen Nasen, die in der Luft schnuppern, ihrer Pfoten, die förmlich über die Erde schweben, sie kaum berühren.

Die Hunde des Kibbuz sind die Einzigen, die diese unwirkliche Bewegung wahrnehmen. Deshalb heulen sie nachts aus Neid, Zorn und Wut. Deshalb scharren sie die Erde auf und zerren an ihren Ketten, bis ihre Halswirbel knacken.

Ein alter Schakal hätte die Falle bestimmt umgangen. Aber es war ein junger Schakal, geschmeidig, weich, mit gesträubtem Fell, angelockt vom Geruch des Bluts und des Fleischs. Er tappte jedoch nicht aus völliger Torheit in die Falle. Er folgte nur seinem Geruchssinn. Er näherte sich seinem Ende vorsichtig, mit kleinen Schritten. Einige Male hielt er inne, eine dumpfe Warnung in seinen Adern spürend. Vor der Falle blieb er stehen, erstarrte mitten in der Bewegung, still, grau wie die Erde und geduldig wie sie. Gepackt von einem unbestimmten Schrecken, spitzte er die Ohren, hörte aber nichts. Die Gerüche lenkten ihn ab.

War es wirklich Zufall? Wir behaupten, der Zufall sei blind, aber er schaut uns mit tausend Augen an. Jung war dieser

Welpe, und selbst wenn er die tausend Augen spürte, die ihn anschauten, konnte er ihre Bedeutung nicht verstehen.

Eine Wand aus alten, staubigen Zypressen umgibt den Obstgarten. Was ist der verborgene Faden zwischen Leblosem und Lebendem? Wir suchen verzweifelt nach dem Ende des Fadens, zornig, verkrampft, beißen uns auf die Lippen, bis sie bluten, verdrehen die Augen wie im Wahn. Die Schakale kennen den Faden. Sinnliche Ströme pulsieren in ihm, die von Körper zu Körper springen, von Lebewesen zu Lebewesen, von Zittern zu Zittern. Und dann Ruhe und Frieden.

Schließlich senkte das Tier den Kopf und streckte die Nase vor zum verlockenden Fleisch. Ein Geruch von Blut und Saft. Die Nasenspitze des jungen Schakals war feucht und beweglich, Speichel trat aus dem Maul, tropfte auf das Fell, die Sehnen waren gespannt. Seine Vorderpfote tastete nach der verbotenen Frucht, sanft wie ein Hauch.

Nun kam der Moment des kalten Eisens. Mit einem leichten, metallischen Klicken schnappte die Falle zu.

Das Tier war wie versteinert. Vielleicht wollte es die Falle überlisten, indem es sich leblos stellte. Kein Ton, keine Bewegung. Lange prüften Schakal und Falle die Stärke des Gegners. Langsam, unter Qualen, kam wieder Leben in das Tier.

Die Zypressen bewegten sich lautlos, neigten sich, richteten sich wieder auf. Der Schakal riss das Maul auf und entblößte kleine, schaumverschmierte Zähne.

Plötzlich packte ihn die Verzweiflung.

Er sprang auf und versuchte, sich loszureißen und dem Tod ein Schnippchen zu schlagen.

Schmerz schoss durch seinen Körper.

Der kleine Schakal sank auf die Erde, schnaufte schwer, schnaufte und schnaufte.

Dann öffnete er das Maul und begann zu schreien. Sein Schreien und Heulen erfüllte die Nacht bis in die Tiefen der Ebene.

5.

In dieser Dämmerstunde besteht unsere Welt aus ineinandergeschobenen Kreisen. Außen befindet sich der Kreis der allgemeinen Dunkelheit, weit entfernt von hier, in den Bergen und den großen Wüsten. Von ihm umgeben und in ihn eingebettet ist der Kreis unserer nächtlichen Felder, der nächtlichen Weinberge, Orangenhaine und Obstgärten. Ein trübes Meer aus Flüstern und Schweigen. Unsere Felder täuschen uns in der Nacht. Jetzt sind sie nicht mehr vertraut und gehorsam, durchzogen von Bewässerungsschläuchen und Feldwegen. Jetzt sind sie ins Feindeslager übergetreten. Und schicken uns Wogen fremder Gerüche. Vor unseren Augen erheben sich nachts, drohend und feindselig, die Felder und kehren wieder in den Zustand zurück, in dem sie sich vor unserer Ankunft befanden.

Der mittlere Kreis, der Kreis der Lichter, schützt unsere Häuser und uns selbst vor zunehmender Bedrohung von außen. Aber das ist eine durchlässige Wand, sie hält nicht die nächtlichen, seltsamen Gerüche des Feindes und seine Stimmen ab. Alle nächtlichen Stimmen und Geräusche berühren unsere Haut wie Zähne und Klauen.

Und ganz im Inneren, im innersten Kreis der Kreise, im Herzen unserer beleuchteten Welt, steht Saschkes Schreibtisch. Die Tischlampe wirft einen ruhigen hellen Kreis aus Licht, der die Schatten von den Papierstapeln vertreibt. Der Stift tanzt in seiner Hand, und die Worte sprudeln hervor. »Es gibt kein Standhalten, das tapferer zu nennen ist, als das Standhalten weniger gegenüber vielen«, pflegt Saschke zu sagen.

Der Blick seiner Tochter ruhte lange und neugierig auf Matitjahu Demkows Gesicht. Du bist hässlich, du bist keiner von uns. Und es ist gut, dass du kinderlos bist und dass sich diese dummen mongoloiden Augen eines Tages schließen und du stirbst. Und keiner wie du wird zurückbleiben. Ich wäre jetzt gern woanders, doch vorher möchte ich wissen, was du von mir willst und warum du gesagt hast, ich solle kommen. Es ist so stickig in deinem Zimmer, es riecht nach altem Junggesellen, wie nach zu oft erhitztem Öl.

»Man kann sich auch setzen«, sagte Matitjahu aus dem Schatten heraus. Die schäbige Stille, die den Raum füllte, machte seine Stimme, die von weit her zu kommen schien, tiefer.

»Ich hab's ein bisschen eilig.«

»Es gibt auch Kaffee. Echten. Aus Brasilien. Den Kaffee hat mir ebenfalls mein Cousin Leon geschickt, er denkt, ein Kibbuz ist eine Art Kolchose. Eine Arbeitslager-Kolchose. In Russland heißen die Kollektive Kolchosen.«

»Für mich bitte schwarz, ohne Zucker«, sagte Galila, und diese Worte überraschten sie selbst.

Was hat dieser hässliche Mann vor? Was will er von mir?

»Du hast gesagt, du willst mir irgendwelche Leinwände zeigen. Und irgendwelche Farben, nicht wahr?«

»Immer mit der Ruhe.«

»Ich habe nicht damit gerechnet, dass du dir die Mühe machst, Kaffee anzubieten und Kekse, ich habe gedacht, ich werde nur kurz vorbeischauen.«

»Du bist hell.« Er atmete schwer. »Du bist hell, aber ich irre mich nicht. Es gibt einen Zweifel. Muss einen geben. Aber so ist es. Das heißt, du wirst deinen Kaffee trinken, schön langsam, und ich werde dir eine Zigarette geben, eine Virginia aus Amerika, und inzwischen schaust du dir diese Kiste an. Die Pinsel. Und das besondere Öl. Und die Leinwände. Alle Tuben. Alles ist für dich. Aber trink zuerst, ganz langsam, lass dir Zeit.«

»Aber ich verstehe nicht«, sagte Galila.

Ein Mann, der im Sommer im Unterhemd in seinem Zimmer umherläuft, ist kein befremdlicher Anblick. Aber der affenähnliche Körper Matitjahus wühlte sie auf. Und dann geriet sie in Panik. Sie stellte die Kaffeetasse auf das Kupfertablett, sprang auf, trat hinter den Stuhl und hielt sich an der Lehne fest, als wäre sie eine schützende Sperre.

Ihre offensichtlich ängstliche Bewegung bereitete dem Gastgeber Vergnügen. Er sprach geduldig, fast spöttisch:

»Genau wie deine Mutter. Bei Gelegenheit muss ich dir etwas erzählen, etwas, das du bestimmt nicht weißt, etwas über die Wildheit deiner Mutter.«

Jetzt, angesichts der Gefahr, kam in Galila Kälte und Bosheit hoch:

»Du bist verrückt, Matitjahu Demkow. Alle sagen, dass du verrückt bist.« Ihr Gesicht zeigte eine milde Strenge, geheimnisvoll und mitleidig. »Du gehst jetzt zur Seite und lässt mich vorbei. Ich möchte weg. Ja. Jetzt. Geh zur Seite.«

Der Mann rückte etwas seitwärts, ließ sie aber nicht aus den Augen. Plötzlich machte er einen Satz auf sein Bett, setzte sich, lehnte den Rücken halb an die Wand und lachte lange und fröhlich.

»Langsam, meine Tochter, warum hast du es so eilig?«, sagte er. »Langsam. Wir haben erst angefangen. Geduld. Du darfst dich nicht so schnell aufregen. Du darfst deine Kräfte nicht sinnlos vergeuden.«

Galila überschlug rasch die beiden Möglichkeiten, die sichere und die aufregende, und sagte:

»Sag mir bitte, was du überhaupt von mir willst.«

»Eigentlich«, sagte Matitjahu Demkow, »eigentlich kocht der Kessel schon. Machen wir doch eine Pause und trinken noch einen Kaffee. Du wirst nicht bestreiten, bestimmt wirst du nicht bestreiten, dass du noch nie einen solchen Kaffee getrunken hast.«

»Für mich ohne Milch und ohne Zucker. Das habe ich dir ja schon gesagt.«

6.

Der Kaffeeduft vertrieb alle anderen Gerüche: Es war ein starker, scharfer, angenehmer, fast durchdringender Geruch. Galila bemerkte Matitjahu Demkows gute Manieren, sah die Muskeln, die sich unter seinem Netzhemd abzeichneten, sah seine absonderliche Hässlichkeit. Und als er erneut zu sprechen anfing, umklammerte sie mit beiden Händen die Tasse, und etwas wie eine vorübergehende Ruhe kehrte in sie ein.

»Wenn du willst, kann ich dir inzwischen etwas erzählen. Über Pferde. Über das Gehöft, das wir in Bulgarien hatten. Ungefähr siebenundfünfzig Kilometer von der Hafenstadt Varna entfernt, ein Gestüt zur Pferdezucht, es gehörte meinem Cousin Leon und mir. Zwei Geschäftszweige pflegten wir besonders: Arbeitspferde und Zuchtpferde. Das heißt Kastrieren und Decken. Was willst du zuerst hören?«

Galila beruhigte sich. Sie lehnte sich in ihrem Stuhl zurück, schlug ein Bein über das andere und war bereit für die Geschichte, so wie sie unmittelbar vor der Gute-Nacht-Geschichte im Kinderhaus immer bereit gewesen war für die Erzählung.

»Ich erinnere mich«, sagte sie, »als wir klein waren, haben wir immer zugeschaut, wie du die Pferde beschlagen hast. Das war schön und sonderbar... auch du.«

»Eine gelungene Paarung vorzubereiten«, sagte Matitjahu und schob ihr einen Untersetzer mit salzigen Keksen zu, »das ist eine Aufgabe für Profis. Verlangt auf der einen Seite Wissen, auf der anderen auch Intuition. Erst muss der Hengst lange abgesondert werden. Damit er verrückt wird. Das verbessert seinen Samen. Man hält ihn ein paar Monate von den Stuten fern und von den anderen Hengsten. Vor lauter Lust könnte er auch über einen anderen Hengst herfallen. Nicht jeder Hengst ist zur Zucht geeignet. Vielleicht einer von hundert. Ein Zuchthengst auf hundert Arbeitspferde. Man braucht viel Erfahrung und ein gutes Auge, um das richtige Pferd auszuwählen. Ein dummes und wildes Pferd ist am besten geeignet. Aber das ist nicht so leicht herauszufinden, welches Pferd das dümmste ist.«

»Warum muss es dumm sein«, fragte Galila und schluckte Speichel hinunter.

»Es ist so etwas wie Verrücktheit. Nicht immer macht ein großer, schöner Hengst kräftige Fohlen. Ausgerechnet ein mittelmäßiger Hengst kann voller Energie und Nervosität sein. Wenn wir einen solchen Kandidaten monatelang allein gehalten haben, kippen wir ihm eine halbe Flasche Wein in seinen Trog. Das war eine Idee meines Cousins Leon. Um den Hengst ein wenig besoffen zu machen. Dann lassen wir ihn durch ein Gitter die Stuten sehen und auch riechen. Und da fängt er an, verrückt zu werden. Wird wild wie ein Stier. Wirft sich auf den Rücken, die Beine trampeln in der Luft. Er reibt sich an allem, kann aber seinen Samen nicht verspritzen. Brüllt und beginnt, nach allen Seiten zu beißen. Das ist das Zeichen dafür, dass die Zeit reif ist. Wir öffnen das Tor und lassen ihn zur Stute rasen. Und ausgerechnet in diesem Moment hält der Hengst inne, zitternd und schnaubend. Wie eine Sprungfeder.«

Galila zuckte leicht, wie hypnotisiert hing ihr Blick an Matitjahus Lippen.

»Ja«, sagte sie.

»Und dann passiert es. Als wäre in diesem Moment die Schwerkraft außer Kraft gesetzt. Der Hengst rennt nicht, sondern scheint durch die Luft zu fliegen. Wie eine Granate. Wie eine Feder, die zerspringt. Die Stute beugt sich, senkt den Kopf, und er versetzt ihr einen Stoß nach dem anderen. Seine Augen sind blutunterlaufen. Die Luft geht ihm aus, er beginnt zu röcheln wie ein Sterbender. Er reißt das Maul auf, Schaum fällt auf ihren Kopf. Plötzlich fängt er an zu beißen und zu jaulen. Wie ein Hund. Wie ein Wolf. Krümmt sich und brüllt. In diesem Moment gibt es keinen Unterschied zwischen Genuss und Schmerz. Das Decken ist genau wie das Kastrieren.«

»Genug, Matitjahu, echt, es reicht.«

»Jetzt machen wir eine Pause. Oder soll ich dir noch erzählen, wie wir einen Hengst kastriert haben?«

»Ehrlich, es reicht«, sagte Galila flehend.

Langsam hob Matitjahu Demkow die Hand, an der die drei Finger fehlten. In seiner Stimme lag ein sonderbares, fast väterliches Erbarmen.

»Wie deine Mutter«, sagte er, »wie bei den Fingern und wie beim Kastrieren. Wir werden ein andermal darüber sprechen, jetzt ist es genug. Hab keine Angst, jetzt können wir uns beruhigen und eine Pause einlegen. Ich habe irgendwo noch Kognak. Nein? Nein. Vielleicht Wermut. Ich habe auch Wermut. Er soll gesund sein, von meinem Cousin Leon. Trink, ruh dich aus. Es reicht.«

7.

Das kalte Licht der fernen Sterne verbreitete einen rötlichen Schimmer auf den Feldern. Im Lauf der letzten Sommerwochen, der Wochen des Chamsin, hatte sich das Land verändert. Es war bereit für die Wintersaat. Feldwege schlängelten sich über die Ebene, da und dort erstreckten sich von Zypressen umhegte Obstgärten.

Zum ersten Mal seit vielen Monaten bekamen unsere Felder die noch zögerlichen Finger der Kälte zu spüren. Die Bewässerungsrohre, die Wasserhähne und die metallenen Ersatzteile waren stets die Ersten, die sich jedwedem Eroberer ergaben, der glühenden Sommerhitze wie der herbstlichen Kälte. Auch jetzt waren sie die Ersten, die vor der feuchten Kälte kapitulierten.

Damals, vor vierzig Jahren, hatten sich die Kibbuz-Gründer in diesem Land festgesetzt und es mit ihren blassen

Fingern umgegraben. Unter ihnen waren blondhaarige wie Saschke und missmutige wie Tanja. In den langen, glühend heißen Stunden des Tages verfluchten sie die steinige, von der Sonne verbrannte Erde, verzweifelt, zornig, voller Sehnsucht nach Flüssen und Wäldern. Aber in der Dunkelheit, wenn die Nacht herabsank, besangen sie die Erde und vergaßen darüber Ort wie Zeit. Das Vergessen war der Sinn ihres nächtlichen Tuns. In der bedrohlichen Dunkelheit umgab sie das Vergessen wie ein mütterlicher Schoß, und sie sangen »Dort« und nicht »Hier«.

Dort, im Land der Väter,
werden sich alle Träume verwirklichen,
dort werden wir leben, dort werden wir schaffen,
ein reines Leben, ein Leben in Freiheit.

Menschen wie Saschke und Tanja versteckten sich hinter ihrem Zorn, ihrer Sehnsucht und Aufopferung. Matitjahu Demkow und die anderen später angekommenen Flüchtlinge hatten keine Ader für jene brennende Sehnsucht und jene Aufopferung, die einen die Zähne auf die Lippen beißen ließ, bis sie bluteten. Deshalb wollten sie mit Gewalt in den inneren Kreis eindringen. Sie streckten die Hände nach den Frauen aus. Sie verwendeten die gleichen Wörter. Aber ihre Traurigkeit war eine andere, sie gehörten nicht zu uns, denn sie waren später ins Land gekommen, sie waren außen vor, und so soll es bis zu ihrem letzten Tag auch bleiben.

Der gefangene junge Schakal wurde müde. Seine rechte Pfote steckte in den eisernen Fängen. Ergeben streckte er sich auf dem Boden aus.

Zuerst leckte er sein Fell, langsam, wie eine Katze. Dann machte er den Hals lang und begann, das glatte, glänzende Metall zu lecken. Als übergösse er es mit Wärme und Liebe. Liebe und Hass, beides führt zu Unterwerfung. Er schob seine freie Pfote unter die Falle, tastete langsam nach dem Köderfleisch, zog die Pfote vorsichtig wieder zurück und leckte den Geruch ab, der an ihr hängen geblieben war.

Schließlich erschienen auch die anderen.

Große Schakale mit struppigem, schmutzigem Fell und aufgeblähten Bäuchen. Manche mit eitrigen Stellen und manche, die nach verfaultem Aas stanken. Einer nach dem anderen kamen sie von allen Seiten aus ihren Verstecken, versammelten sich zur grausigen Zeremonie.

Sie bildeten einen Kreis und betrachteten mit falschem Erbarmen den zarten Gefangenen. Die Schadenfreude machte es schwer, Erbarmen zu zeigen. Wachsende Bosheit zitterte unter der Maske der Trauer. Auf ein geheimes Zeichen hin bewegten sich die Raubtiere vorwärts, im Kreis, wie tanzend, mit weichen, gleitenden Schritten. Als die Fröhlichkeit überhandnahm und zum Toben wurde, zerbrach der Rhythmus, platzte die Zeremonie, und die Schakale sprangen wie tollwütig herum. Da stiegen die verzweifelten Stimmen hinauf ins Herz der Nacht, Trauer, Geilheit, Neid und Toben, das Gelächter der Schakale und ihr flehendes Heulen klangen bedrohlich und steigerten sich zu einem Schrei der Angst, dann ebbte der Lärm wieder ab, wurde zur Klage, und Stille kehrte ein.

Nach Mitternacht hörten sie auf. Vielleicht aus Verzweiflung um ihren verlorenen Sohn. Heimlich gingen sie in alle Richtungen fort, zurück zu ihrem eigenen Leid. Die Nacht, die geduldige Sammlerin, nahm sie alle auf und verwischte die Spuren.

8.

Matitjahu Demkow genoss die Pause. Auch Galila versuchte nicht zu drängen, es war Nacht, das Mädchen rollte die Leinwände zusammen, die Matitjahu Demkow von seinem Cousin Leon bekommen hatte, und prüfte die Farbtuben. Es waren großartige Produkte, echter Künstlerbedarf. Sie hatte bis dahin nur auf gefettetem Sackleinen gemalt, oder auf billigen Stoffen, und die Farben hatte sie aus dem Kindergarten bekommen. Sie ist klein, dachte Matitjahu Demkow, sie ist ein kleines Mädchen, dünn und verwöhnt. Ich könnte sie zerbrechen. Ganz langsam. Er hatte Lust, es ihr unvermittelt zu sagen, heftig, wie mit einem Hammerschlag, beherrschte sich aber. Die Nacht knisterte. Gedankenverloren, freudig und hingebungsvoll strich Galila plötzlich mit den Fingern über den dünnen Pinsel, tippte mit ihm ganz kurz in die orange Farbe, streichelte mit den Pinselhaaren leicht die Leinwand, wie eine unbewusste Liebkosung, wie Fingerspitzen auf den Nackenhaaren. Die Unschuld, die Arglosigkeit übertrug sich von ihrem Körper auf seinen, sein Körper reagierte mit Wellen des Verlangens.

Danach lag Galila bewegungslos, wie schlafend, auf den mit Farben und Öl befleckten Fliesen, um sie herum verstreut die Leinwände und Farbtuben. Matitjahu lehnte sich zurück auf sein Junggesellenbett, schloss die Augen und beschwor seine Phantasien.

Wenn er sie beschwört, stellen sie sich meistens sofort ein, seine geheimen und auch seine wilden Phantasien. Sie kommen zu ihm und präsentieren sich. Diesmal wählte er die Flutphantasie aus, eine der schwersten in seinem Repertoire.

Am Anfang sieht man unzählige Schluchten, die an Bergflanken herabstürzen, und eine große Zahl fließender Gewässer, mäandernd und einander kreuzend. Mit einem Mal taucht an den Hängen ein Gewimmel kleiner Menschen auf. Wie winzige schwarze Ameisen schwärmen sie, pressen sich aus ihren in den Felsspalten verborgenen Höhlen heraus und ergießen sich abwärts wie ein Wasserfall. Horden von schwarzen, mageren Menschen strömen die Hänge herab, rollen wie reißende Steinlawinen ins Tal. Dort teilen sie sich in Tausende Kolonnen auf, rasen in wilder Flut Richtung Westen. Jetzt sind sie schon so nah, dass man ihre Form erkennen kann: eine ekelhafte, dunkle, abgezehrte Menge, voller Läuse und Flöhe, stinkend. Hunger und Hass entstellen ihre Gesichter. In ihren Augen glüht der Wahnsinn. Sie überschwemmen die fruchtbaren Täler, überrennen unaufhaltbar die Ruinen der verlassenen Dörfer. In ihrem Sog Richtung Meer reißen sie alles mit sich, was ihnen im Weg steht, entfernen Pfähle, überfluten Felder, zerbrechen Zäune, zerstören Gärten, räumen die Obstplantagen ab, plündern die Höfe, kriechen durch Schuppen und Speisekammern, krabbeln wie verrückte Affen die Wände hoch, immer weiter, westwärts, bis zum Meer.

Und plötzlich bist auch du umzingelt. Belagert. Stehst du wie versteinert da. Aus der Nähe erkennst du erst den Hass, der in ihren Augen lodert, die Münder sind weit aufgerissen, sie atmen schwer, ihre Zähne sind gelb und faul, und in ihren Händen blitzen gebogene Messer. Sie verfluchen dich in abgehacktem Ton, mit unterdrücktem Zorn oder mit dunklem Begehren. Schon greifen ihre Hände nach deinem Fleisch, schon sind da Messer und Schrei. Mit letzter Kraft löschst du diese Phantasie und atmest fast erleichtert auf.

»Auf geht's«, sagte Matitjahu Demkow. Seine rechte Hand packte das Mädchen, die linke, an der die drei Finger fehlen, streichelte ihren Nacken. »Auf geht's, lass uns von hier abhauen. In dieser Nacht noch. An diesem Morgen. Ich werde dich retten. Wir fliehen zusammen nach Südamerika. Zu meinem Cousin Leon. Ich sorge für dich, ich werde immer für dich sorgen.«

»Lass mich, rühr mich ja nicht an«, sagte sie.

Er zog sie schweigend in seine Arme.

»Mein Vater wird dich morgen umbringen. Lass mich, habe ich gesagt.«

»Dein Vater sorgt jetzt für dich und wird immer für dich sorgen«, antwortete Matitjahu Demkow ruhig. Er ließ sie los.

Das Mädchen stand auf, strich sich den Rock glatt, fuhr sich durch die hellen Haare.

»Ich möchte das nicht. Ich wollte überhaupt nicht zu dir kommen. Du hast mich gezwungen und du tust mir Dinge an, die ich nicht will, und du sagst alles Mögliche, weil du verrückt bist, und alle wissen, dass du verrückt bist, da kannst du fragen, wen du willst.«

Matitjahu Demkow verzog die Lippen, als würde er lächeln.

»Ich werde nie mehr zu dir kommen. Und ich will deine Farben nicht. Du bist gefährlich. Du bist hässlich wie ein Affe. Und du bist verrückt.«

»Ich kann dir etwas über deine Mutter erzählen, wenn du es hören willst. Und wenn du jemanden hassen und verfluchen willst, solltest du sie hassen und verfluchen, nicht mich.«

Das Mädchen drehte sich schnell zum Fenster, riss es mit einer verzweifelten Bewegung auf und streckte den Kopf hinaus in die leere Nacht. Sie wird jetzt schreien, dachte Matitjahu Demkow erschrocken, sie wird jetzt schreien, und ich werde keine zweite Chance bekommen. Das Blut schoss in seine Augen. Er rannte zu ihr, hielt ihr den Mund zu, zog sie ins Zimmer, grub seine Lippen in ihre Haare, seine Lippen suchten ihr Ohr, fanden es, und er erzählte.

9.

Wellen kalter, herbstlicher Luft schmiegten sich an die Hauswände und suchten einen Weg ins Innere. Von dem Hof am Hügelabhang drangen Viehgebrüll und Flüche. Vielleicht fand bei einer Kuh eine schwere Geburt statt, und die große Taschenlampe warf Licht auf Blut und Schleim. Matitjahu Demkow kniete auf dem Fußboden seines Zimmers und sammelte die Malutensilien auf, die seine Besucherin verstreut hatte. Galila stand wieder am offenen Fenster, mit dem

Rücken zum Raum und dem Gesicht zur Dunkelheit. Dann sprach sie, noch immer mit dem Rücken zu dem Mann:

»Das ist höchst zweifelhaft«, sagte sie, »das kann kaum sein, es ist auch nicht logisch, das kann man nicht beweisen und es ist verrückt. Vollkommen verrückt.«

Matitjahu Demkow starrte mit seinen mongolischen Augen auf ihren Rücken. Jetzt war seine Hässlichkeit vollkommen, eine komprimierte Hässlichkeit, durchdringend.

»Ich zwinge dich zu nichts. Bitte. Ich werde schweigen. Vielleicht werde ich heimlich in mich hineinlachen. Von mir aus kannst du Saschkes Tochter sein, sogar die von Ben-Gurion. Ich schweige. Ich schweige wie mein Cousin Leon, er liebte heimlich den christlichen Sohn, den er hatte und zu dem er nie ich liebe dich sagte, erst, nachdem dieser Sohn elf Polizisten und sich selbst umgebracht hatte, sagte er an seinem Grab zu ihm ich liebe dich. Bitte.«

Plötzlich, ohne Ankündigung, brach Galila in Lachen aus.

»Du Dummkopf, schau mich doch an, ich bin blond.«

Matitjahu schwieg.

»Ich bin nicht von dir, ich bin sicher, dass ich nicht so blond wäre, ich bin weder von dir noch von Leon, ich bin blond und wir dürfen es! Komm!«

Der Mann machte einen Satz hin zu ihr, schnaufte, stöhnte, suchte blind seinen Weg, stieß den Kaffeetisch um, zitterte, und das Mädchen zitterte mit ihm.

Dann wich sie vor ihm zurück an die Wand. Er schob den umgekippten Tisch zur Seite. Trat nach ihm. Die Augen blutunterlaufen, ein Röcheln drang aus seiner Kehle, und sie erinnerte sich plötzlich an das Gesicht ihrer Mutter und an ihre zitternden Lippen und ihr Weinen, und sie stieß den Mann wie träumend von sich. Als Geschlagene gingen sie auseinander, mit weit aufgerissenen Augen.

»Vater«, sagte Galila erstaunt, als würde sie am ersten Wintermorgen am Ende eines langen Sommers aufwachen, aus dem Fenster schauen und »Regen« sagen.

10.

Der Sonnenaufgang hat bei uns nichts Edles. Aus billiger Sentimentalität steigt die Sonne über die Berggipfel im Osten und berührt unsere Erde mit tastenden Strahlen. Ohne Glanz und ohne komplizierte Lichtspiele. Nur gewöhnliche Schönheit, wie auf einer Ansichtskarte, nicht wie eine wirkliche Landschaft.

Doch das ist bestimmt einer der letzten Sonnenaufgänge. Der Herbst kommt schnell. In wenigen Tagen werden wir am Morgen aufwachen, und es wird regnen. Vielleicht auch hageln. Der Sonnenaufgang wird hinter einer Leinwand aus grauen Wolken stattfinden. Frühaufsteher werden sich in ihre Mäntel wickeln, hinausgehen und vor dem schneidenden Wind erstarren.

Die Jahreswechsel sind banal. Herbst, Winter, Frühling, Sommer, Herbst. Es hat sie schon immer gegeben. Wer den Lauf der Zeit und der Jahreszeiten aufhalten will, sollte auf die nächtlichen Geräusche hören, die sich nie ändern. Diese Geräusche erreichen uns von dort draußen.

(1963)

Beduinen und Kreuzottern

I.

Der Hunger trieb sie her.

Die von Hunger Bedrohten flohen nordwärts, sie und ihre staubigen Herden. Zwischen September und April war im Negev kein einziger Regentropfen gefallen, um den Fluch zu mildern, der Lössboden erstickte im Staub. Der Hunger verbreitete sich in den Zelten und richtete großes Unheil an unter den Herden der Beduinen.

Die Militärverwaltung kümmerte sich umgehend um die Situation. Trotz der Konflikte beschloss sie, den Beduinen den Weg nach Norden freizugeben: Man kann eine ganze Bevölkerung, Männer, Frauen und Kinder, nicht dem Hunger überlassen.

Dunkel, schlank und muskulös machten sich die Stammesmitglieder auf, die staubigen Wege entlang, mit ihrem Vieh. Ihr Weg schlug Bahnen ein, die den Menschen mit festen Häusern verborgen blieben. Ein hartnäckiger Strom ergoss sich nordwärts, umging die Siedlungen, betrachtete mit aufgerissenen Augen das besiedelte Land. Ihr schwarzes Vieh breitete sich auf den gelb gewordenen Stoppelfeldern aus und riss mit rachsüchtigen, starken Zähnen die Stoppeln heraus. Das Verhalten der Beduinen ist geheim, dem offenen Auge verborgen. Sie bemühen sich, dir nicht zu begegnen. Wollen ihre Existenz verbergen.

Du fährst mit einem ratternden Traktor an ihnen vorbei, wirbelst Staubwolken auf, und sie halten ihr Vieh fest und machen dir mehr Platz, als nötig wäre. Von weitem betrachten sie dich unablässig. Sie erstarren zu Standbildern. Und die glühend heiße Luft verwischt ihr Äußeres und lässt sie alle gleich aussehen, den Hirten mit dem Stab, die Frau und ihr Kind, alt, die eingesunkenen Augen. Halb blind, und vielleicht stellen sie sich blind, um zu betteln. Einer wie du wird nie wirklich dahinterkommen.

Unser gepflegtes Vieh wird nie so sein wie ihr armseliges: ein Haufen räudiger Tiere, aneinandergedrängt, eines das andere schützend, ein dunkler, zitternder Haufen. Sehr leise ist dieses Vieh, nur die Kamele boykottieren die Demut, sie heben ihre Hälse und schauen dich mit müden Augen an, mit einem traurigen, spöttischen Blick. So etwas wie alte Weisheit liegt in den Augen der Kamele. Und was bedeutet das leichte Zittern, das ständig über die Haut dieser Kamele läuft?

Manchmal gelingt es dir, sie aus der Nähe zu überraschen. Wenn du übers Feld gehst, kann es passieren, dass du siehst, wie eine Herde träge herumsteht, von der Sonne gelähmt, als hätte sie in der trockenen Erde Wurzeln geschlagen. Und in ihrer Mitte schläft der Hirte, dunkel wie ein Basaltblock. Du näherst dich und wirfst einen Schatten auf ihn. Erstaunt stellst du fest, dass seine Augen offen sind. Er entblößt seine Zähne zu einem Lächeln. Zum Teil sind sie strahlend weiß, zum Teil verfault. Sein Geruch strömt dir entgegen. Du verziehst das Gesicht. Das trifft ihn wie ein Faustschlag. Flink springt er auf und steht da, mit gebeugtem Körper, gesenkten Schultern. Jetzt richtest du ein kaltes, blaues Auge auf ihn. Er zieht die Lippen noch weiter auseinander und stößt einen kehligen Laut aus. Seine Kleidung besteht aus Wolle und Leinen, einer kurzen europäischen Jacke, gestreift, darunter weiße Wüstenkleidung. Er legt den Kopf schief. In seinen Augen blitzt eine versöhnliche Glut auf. Wenn du ihn nicht beschimpfst, streckt er plötzlich die linke Hand aus und bittet in schnellem Hebräisch um eine Zigarette. Seine Stimme klingt seidig, wie die Stimme einer scheuen Frau. Wenn du nett zu ihm bist, steckst du dir eine Zigarette zwischen die Lippen und wirfst ihm eine in seine zerfurchte Hand. Zu deinem Erstaunen zieht er aus den Tiefen seiner Kleidung ein vergoldetes Feuerzeug und gibt dir Feuer. Das Lächeln verschwindet nicht von seinen Lippen. Es dauert zu lange, es ist ein nichtssagendes Lächeln. Ein Sonnenstrahl bricht sich auf dem breiten Goldring, der seinen Finger schmückt, und zittert in deinen blinzelnden Augen.

Schließlich kehrst du dem Beduinen den Rücken und gehst deiner Wege. Nach hundert oder zweihundert Schritten bemerkst du, solltest du den Kopf drehen, dass er stocksteif dasteht, den Blick auf deinen Rücken geheftet. Du könntest schwören, dass er noch immer lächelt. Und noch lange lächeln wird.

Und dazu ihr nächtlicher Gesang. Eine Art eintöniges, lang anhaltendes Jammern weht durch die Nachtluft, von Sonnenuntergang bis zu den frühen Morgenstunden. Die Stimmen ergießen sich über die Wege und die Gärten des Kibbuz, sie belasten unsere Nächte mit einer unbehaglichen Schwere. Du legst dich abends auf dein Lager, und ein fernes Trommeln skandiert deinen Schlaf wie hartnäckige Herzschläge. Die Nächte sind warm und dunstig. Wolken ziehen vor dem Mond vorbei wie Karawanen von jungen Kamelen, Kamelen ohne Glockenschwengel.

Die Zelte der Beduinen bestehen aus schwarzen Planen. Barfüßige Frauen gehen geräuschlos in der Nacht umher. Die Hunde sind mager und bösartig, sie verlassen das Zeltlager und jaulen die ganze Nacht den Mond an. Ihr Gebell macht die Hunde des Kibbuz ganz verrückt. Der älteste unserer Hunde wurde in einer Nacht wahnsinnig, brach in das Kükenbruthaus ein und tötete die Küken. Die Wächter schossen nicht aus Böswilligkeit auf ihn. Sie hatten keine Alternative. Jeder vernünftige Mensch würde den Wächtern Recht geben.

2.

Vielleicht irrst du dich und dann glaubst du, dass das Vordringen der Beduinen unseren unter der Hitze zusammensinkenden Nächten bis zu einem gewissen Grad Poesie verleiht. Vielleicht ist das ja so in den Augen einiger junger Mädchen ohne feste Beziehungen. Aber wir können eine Reihe prosaischer und sogar hässlicher Vorfälle nicht mit Schweigen übergehen, wie zum Beispiel die Maul- und Klauenseuche, wie zum Beispiel die Zerstörung von Pflanzungen und zum Beispiel die epidemische Zunahme kleiner Diebstähle.

Aus der Wüste stammt die Krankheit, überträgt sich durch die Spucke der unbeaufsichtigten Tiere, die nie eine ausreichende tierärztliche Versorgung erlebt haben. Auch wenn wir einige Vorsichtsmaßnahmen ergriffen haben, hat die Seuche unser Vieh angesteckt, die Milchleistung drastisch verringert, und einige Kühe sind verendet.

Was die beschädigten Pflanzungen betrifft, müssen wir zugeben, dass wir nie einen Beduinen auf frischer Tat ertappt haben. Wir fanden nur menschliche und tierische Spuren in den Gemüsebeeten, in den Feldern mit Futterpflanzen und sogar in den umzäunten Obstgärten. Ebenso böswillige Zerstörungen unserer Bewässerungsrohre und der Grenzmarkierungen, der zurückgelassenen Arbeitsgeräte und der übrigen Gerätschaften.

Die Wahrheit ist, wir gehören nicht zu den Nachgiebigen. Wir glauben nicht an Geduld und eine vegetarische Lebensweise. Solche Dinge sind eher bei den jüngeren Kibbuzmitgliedern anzutreffen, und unter den Gründungsmitgliedern gibt es welche, die die Ideen Tolstois und seiner Anhänger vertreten. Um die Grenzen der Schicklichkeit zu wahren, werde ich nicht auf die Vergeltungsmaßnahmen einzelner junger Leute eingehen, die die Geduld verloren haben, sie beschlagnahmten Vieh, bewarfen einen verdächtigen jungen Beduinen mit Steinen und schlugen neben einem Wasserhahn im äußersten östlichen Feld einen Hirten zusammen. Zur Verteidigung der letzten Tat halte ich fest, dass dieser Hirte ein verschlagen schlaues Gesicht hatte: einäugig, gebrochene Nase, sabbernd, und aus seinen Kiefern – so haben die Täter einstimmig bezeugt – wuchsen lange, spitze und krumme Zähne wie bei einem Fuchs. Einer, der so aussieht, ist zu allem fähig. Und die Lehre werden sie nicht vergessen.

Die Sache mit den Diebstählen machte uns die größten Sorgen. Sie pflückten in den Gärten unreifes Obst, ließen Wasserhähne mitgehen, bauten auf den Feldern die Stapel mit den leeren Säcken ab, stahlen in den Hühnerställen, und ihre Finger vergriffen sich sogar in unseren kleinen Wohnungen an den bescheidenen Wertsachen.

Die Dunkelheit unterstützte ihre Diebereien. Unaufhaltsam wie der Wind verschwanden sie wieder im Lager. Und die Wächter, die wir aufstellten, nützten nichts, auch zusätzliche Wächter nicht. Manchmal ziehst du gegen Mitternacht los und drehst die Wasserhähne der Bewässerungsanlagen in einem fernen Feld zu, fährst mit einem Traktor oder einem gepanzerten Jeep, und die Scheinwerfer zeigen dir plötzlich irgendwelche verschwommene Schatten, einen Menschen oder ein Nachttier. Ein Wächter beschloss in einer Nacht, seine Waffe zu benutzen, und tötete einen verirrten Schakal.

Es versteht sich von selbst, dass das Kibbuzsekretariat nicht schwieg. Ein oder zwei Mal bemühte Etkin, unser Sekretär, die Polizei, aber deren Suchhunde irrten sich oder wussten nicht weiter: Nachdem die Polizisten sie ein paar Schritte außerhalb des Kibbuz geführt hatten, rissen sie ihre schwarzen Mäuler auf, ließen ein wildes Jaulen hören und starrten dumm vor sich hin.

Überraschende Razzien in den zerfransten Zelten brachten keine Ergebnisse. Als habe die Erde selbst beschlossen, die Räubereien zu verbergen und die Bestohlenen frech anzuschauen. Am Schluss wurde der Stammesälteste geschnappt und zum Kibbuzsekretariat gebracht, zwei Beduinen mit ausdruckslosen Mienen rechts und links von ihm, und die Polizisten, die sie ungeduldig vorwärtsschoben und immer wieder »los, weiter« sagten.

Wir, die Genossen des Sekretariats, behandelten den Alten und seine Leute höflich und respektvoll. Wir baten sie, auf der Bank Platz zu nehmen, waren freundlich, boten ihnen dampfenden Kaffee an, den Ge'ula zubereitet hatte, alles auf besonderen Wunsch von Etkin. Der Alte seinerseits antwortete würdevoll mit Segenssprüchen und guten Wünschen und lächelte unaufhörlich während des ganzen Gesprächs. Er formulierte seine Sätze in einem vorsichtigen, feierlichen Hebräisch.

Es stimmt, einige junge Männer des Stammes hätten die Hände nach unserem Besitz ausgestreckt. Es sei nicht zu leugnen. Sie hätten keinen Respekt, diese jungen Leute, und die Welt werde immer hässlicher. Deshalb wolle er um Verzeihung bitten und die gestohlenen Dinge zurückgeben. Gestohlener Besitz beiße ins Fleisch des Diebs, wie das Sprichwort sagt. So seien die Dinge nun mal, und es gebe kein Mittel gegen die Leichtfertigkeit der jungen Männer. Er bedauere die Belästigung und den Ärger, welche die jungen Leute verursacht hätten.

So sprach er, schob die Hand in die Tasche seines Gewands und holte einige Schrauben heraus, teils glänzend, teils verrostet, zwei Nägel, eine Messerklinge, eine Taschenlampe, einen zerbrochenen Hammer und drei verschimmelte Geldscheine, als Wiedergutmachung für den Schaden und den Ärger.

Etkin breitete verlegen die Arme aus. Aus Gründen, die nur ihm bekannt waren, zog er es vor, das Hebräisch des Gastes zu ignorieren und ihm in gebrochenem Arabisch zu antworten, eine Erinnerung an seine Schulzeit während der Zeiten der Unruhe und der Belagerung. Etkins Worte waren aufrichtig und klar, was die Brüderlichkeit der Völker betraf, die die Grundlage unserer Weltanschauung ist, und die gute Nachbarschaft, die das Verhältnis zwischen den Völkern des Ostens schon lange gekennzeichnet hat und umso wichtiger in der Gegenwart ist, wo so viel Blut vergossen wird und es so viel unnötigen Hass gibt.

Zu Etkins Ehren muss man sagen, dass er dem Gast die Diebstähle genau aufzählte, den Schaden und die Zerstörung hatte der Gast selbst bestätigt, aber – zweifellos aus Vergesslichkeit – vermieden zu entschuldigen. Wenn das Diebesgut zurückkäme und wenn die Diebstähle ein für alle Mal ein Ende fänden, seien wir aufrichtig bereit, eine neue Seite in der Beziehung zu den Nachbarn aufzuschlagen. Unsere Kinder würden einen Höflichkeitsbesuch in den Zelten der Beduinen bestimmt genießen und etwas daraus für sich lernen. Es sei wohl erlaubt zu sagen, dass als Folge davon auch ein Besuch der Beduinenkinder in den Häusern des Kibbuz beabsichtigt sei, um das gegenseitige Verständnis zu stärken.

Der Alte behielt sein Lächeln bei, das weder breiter noch weniger wurde, sondern gleich blieb, und erklärte höflich, die Herren des Kibbuz könnten keinen Beweis für weitere Diebstähle vorlegen, abgesehen von jenen, die er bereits eingestanden und für die er um Entschuldigung gebeten habe. Er unterstrich seine Worte mit einem Segensspruch, wünschte uns Gesundheit, ein langes Leben und reiche Frucht unseres Leibes und der Felder, ging und verschwand am Zaun, er und seine beiden in schwarze Kleidung gehüllten, barfüßigen Begleiter.

Da die Polizei nichts nützte und sogar die Nachforschungen einstellte, schlugen einige der jungen Männer vor, den Wilden in einer der nächsten Nächte eine Lehre zu erteilen, und zwar in einer Sprache, die sie gut verstünden.

Etkin wies ihren Vorschlag vehement und mit guten Gründen zurück, und die Jungen belegten daraufhin Etkin mit Ausdrücken, auf die ich aus Schicklichkeitsgründen nicht näher eingehe. Seltsam war, dass Etkin auf die Beleidigungen nicht reagierte und es sogar für richtig hielt, ihnen halbherzig Recht zu geben und zu versprechen, dass er den Vorschlag dem Sekretariat zur Entscheidung vorlegen wolle. Vielleicht fürchtete er Ungehorsam und ein Aufflammen der Gefühle.

Gegen Abend ging Etkin bei allen Mitgliedern des Sekretariats vorbei und lud sie zu einer dringenden Versammlung um halb neun ein. Als er in Ge'ulas Zimmer trat, erzählte er ihr von den Ideen der jungen Männer und dem ganz und gar undemokratischen Druck, den sie auf ihn ausübten. Er bat sie, zu der Sitzung des Sekretariats eine Kanne schwarzen Kaffee und viel guten Willen mitzubringen. Ge'ula antwortete mit einem säuerlichen Lächeln. Ihr Blick war verschwommen, weil Etkin sie aus einem unruhigen Schlaf geweckt hatte. Bis sie sich umgezogen hatte, war es bereits Abend, feucht, glühend heiß und stickig.

3.

Feucht, stickig und glühend heiß senkte sich der Abend über die Kibbuzhäuser, fing sich in den staubigen Zypressen und griff auf die Rasenflächen und die Ziersträucher über. Aus den Rasensprengern spritzte Wasser auf das durstige Gras, doch es wurde sofort verschluckt, vielleicht war es auch schon verdunstet und verschwunden, bevor es das Gras berührte. Im abgeschlossenen Sekretariatszimmer läutete vergeblich das Telefon. Alle Hauswände verströmten feuchten Dampf. Und aus dem Schornstein der Küche stieg Rauch nach oben, senkrecht wie ein Pfeil ins Herz des Himmels, denn es gab auch nicht den leisesten Wind. Von den fettigen Spülbecken war Lärm zu hören. Ein Teller zerbrach und jemand bekam einen blutigen Kratzer. Eine dicke Katze hatte eine Eidechse oder eine Schlange gefangen, zerrte ihr Opfer über den heißen Betonpfad und spielte träge mit ihm im

Abendlicht. Ein alter Traktor ratterte in einem Schuppen, stotterte, stieß eine stinkende Benzinwolke aus, brüllte, hustete und setzte sich schließlich in Bewegung, um den Arbeitern der zweiten Schicht auf einem weiter entfernten Feld das Abendessen zu bringen. Ge'ula sah neben dem Paternosterbaum eine schmutzige Flasche liegen, mit Resten einer fettigen Flüssigkeit. Sie trat danach, trat noch einmal, aber die Flasche zersprang nicht, sondern rollte langsam in Richtung der Rosenbüsche. Sie nahm einen großen Stein. Versuchte, die Flasche zu treffen. Sie wollte sie unbedingt zerbrechen. Der Stein verfehlte das Ziel. Die junge Frau begann, eine undeutliche Melodie zu pfeifen.

Ge'ula ist eine untersetzte Frau, energisch, neunundzwanzig Jahre alt. Auch wenn sie noch keinen Mann gefunden hat, kennt doch jeder in unserem Kibbuz ihre Qualitäten, zum Beispiel die Hingabe, mit der sie sich gesellschaftlichen Problemen und kulturellen Tätigkeiten widmet. Ihr Gesicht ist blass und mager. Es passt zu ihr, starken Kaffee zu kochen, den man bei uns Kaffee nennt, der Tote aufweckt. Um die Mundwinkel ziehen sich zwei bittere Falten.

An Sommerabenden, wenn wir uns gemeinsam auf eine Decke legen, die auf einer der Rasenflächen ausgebreitet ist, und Witze und Lieder und Zigarettenrauch gen Himmel aufsteigen lassen, verkriecht sich Ge'ula in ihr Zimmer und gesellt sich erst zu uns, wenn sie eine Kanne dampfenden bitteren Kaffee gekocht hat. Und sie sorgt auch immer dafür, dass die Kekse nicht ausgehen.

Was zwischen mir und Ge'ula abläuft, gehört nicht hierher, ich begnüge mich mit einem Hinweis oder zwei. Vor langer Zeit gingen Ge'ula und ich gegen Abend in den Obstgärten spazieren und unterhielten uns. Das ist allerdings lange her und längst zu Ende. Wir unterhielten uns über unkonventionelle gesellschaftspolitische Ideen und diskutierten über die neueste Literatur. Ge'ula formulierte scharf, manchmal erbarmungslos; das machte mich sehr verlegen. Sie mochte meine Geschichten nicht, wegen der radikalen Polarität der Situationen, der Landschaften, der Figuren: Es fehlten die Zwischentöne zwischen Licht und Dunkelheit. Ich verteidigte mich oder stritt es ab, aber laut Ge'ula gab es immer Beweise, und sie war daran gewöhnt, einen Gedanken zu Ende zu denken. Manchmal wagte ich es, besänftigend die Hand auf ihre Schulter zu legen und zu warten, dass sie sich beruhigte. Sie kannte keine Ruhe. Wenn sie sich ein oder zwei Mal an mich lehnte, begründete sie es immer mit einer zerrissenen Sandale oder Kopfschmerzen. Dann haben wir das sein lassen. Bis heute schneidet sie meine Geschichten aus den Zeitschriften aus und legt sie, in Ordner sortiert, in eine spezielle Schublade.

Und ich kaufe ihr noch immer zu ihrem Geburtstag ein neues Buch von einem der jungen Lyriker. Wenn sie nicht da ist, schleiche ich mich in ihr Zimmer und lasse das Buch auf ihrem Tisch zurück, ohne Widmung. Manchmal sitzen wir zufällig im Speisesaal zusammen an einem Tisch. Ich weiche ihrem Blick aus, um nicht die spöttische Traurigkeit zu sehen. An heißen Tagen, wenn ihr Gesicht verschwitzt ist, röten sich die Aknepickel auf ihrem Kinn und sie sieht aus, als habe sie keine Hoffnung. Mit Beginn der herbstlichen Kühle kommt sie mir von weitem manchmal schön und herzergreifend vor. An solchen Tagen pflegt Ge'ula gegen Abend zu den Obstgärten zu gehen. Sie geht allein und kehrt allein zurück. Einige der jungen Leute fragen mich, was sie dort sucht, und auf ihrem Gesicht liegt ein böses Lächeln. Ich antworte, ich wisse es nicht, und tatsächlich weiß ich es nicht.

4.

Hasserfüllt ergriff Ge'ula einen zweiten Stein, um ihn nach der Flasche zu werfen. Diesmal traf sie das Ziel, doch sie hörte nicht das Zersplittern des Glases, das sie hören wollte, sondern nur ein leichtes Klirren: Der Stein hatte die Flasche nur gestreift und die Flasche unter einen Busch gerollt. Ein dritter Stein, größer und schwerer als seine beiden Vorgänger, wurde aus einer lächerlich kurzen Entfernung geworfen: Ge'ula trat auf das aufgelockerte Beet und stand über der Flasche. Diesmal war es ein trockener, ohrenbetäubender Knall, der keine Erleichterung oder Ruhe brachte.

Feucht und schwül und stickig sank der Abend herab, und die Hitze stach einem in die Haut wie Glassplitter. Ge'ula drehte sich um, ging an ihrer Terrasse vorbei, warf ihre Sandalen ins Zimmer und nahm barfuß den sandigen Weg.

Die Erde unter ihren Fußsohlen tat ihr gut. Es war ein grobes, raues Reiben, und ihre Nervenenden vibrierten und schickten vage Ströme durch ihren Körper. Hinter dem felsigen Hügelkamm wartete die Finsternis: Der Obstgarten lag im letzten Licht. Es roch nach reifen und aufgeplatzten Früchten und nach vermodernden Blättern. Die junge Frau öffnete energisch die Umzäunung und ging hinein. In diesem Moment kam leichter Wind auf.

Es wehte ein lauer Sommerwind, ohne eine bestimmte Richtung. Und die alte Sonne rollte westwärts, als strebe sie dem staubigen Horizont zu. Ein letzter Traktor ratterte keuchend über den Feldweg von den weiter entfernten Feldern Richtung Kibbuz. Bestimmt war es der Traktor, der der zweiten Schicht das Abendessen gebracht hatte, eingehüllt in Qualm oder einen sommerlichen Dunstschleier.

Ge'ula bückte sich und klaubte ein paar kleine Steine aus dem Sandstaub, dann warf sie die Steine achtlos einen nach dem anderen zurück. Auf ihren Lippen lagen ein paar Gedichtzeilen junger Dichter, die sie so liebte, und auch ihre eigenen. An einer Bewässerungsanlage blieb sie stehen, bückte sich und trank aus dem Hahn, als würde sie ihn küssen. Aber der Hahn war rostig, das Rohr glühte noch immer, und das Wasser war lauwarm und widerlich. Trotzdem hielt sie den

Kopf unter das Wasser und ließ es über Gesicht und Hals in ihre Bluse laufen. Der säuerliche Geschmack, der Geschmack von Rost und nassem Staub, füllte ihren Mund. Sie schloss die Augen und blieb reglos stehen. Es gab keine Abkühlung, es gab keine Frische. Vielleicht ein Tässchen Kaffee. Aber erst hinterher, nach dem Obstgarten. Jetzt war Gehen an der Reihe.

5.

Die Obstbäume tragen schwer und duften. Die dichten Zweige haben sich über den Baumreihen ineinander verflochten und bilden einen dämmrigen Baldachin, unter dem die Erde verborgene Feuchtigkeit zurückhält. Schatten über Schatten bilden sich um die knorrigen Baumstämme. Ge'ula pflückt eine Pflaume, riecht daran, zerdrückt sie. Ein klebriger Saft tritt aus. Der Anblick macht sie benommen. Und der Geruch. Sie pflückt eine zweite Pflaume und noch eine und zerdrückt sie an ihrer Wange, bis der Saft herausspritzt. Dann, auf den Knien, nimmt sie einen trockenen Zweig und ritzt Formen in den Staub. Linien und Kreise ohne Bedeutung. Einen spitzen Winkel. Bögen. Ein fernes Jaulen dringt in den Obstgarten. Fast wie dumpfer Glockenklang. Ge'ula ist allein. Der Beduine bleibt hinter Ge'ula stehen. Lautlos wie ein Lufthauch. Mit seinem großen Zeh fährt er durch den Sandstaub. Er wirft seinen Schatten vor sich.

Aber Erregung verzerrt den Blick der jungen Frau. Sie sieht und hört nichts. Lange kniet sie da und zeichnet mit dem Zweig Formen in den Sand. Der Beduine wartet geduldig und in vollkommenem Schweigen. Manchmal schließt er sein gesundes Auge und starrt mit dem anderen, dem blinden, vor sich hin. Schließlich streckt er eine Hand aus und streichelt die Luft. Sein Schatten folgt gehorsam und zittert über den Boden. Ge'ula erschrickt, springt auf, lehnt sich an den nächsten Baum. Der Beduine senkt die Schultern und lächelt demütig. Ge'ula hebt die Arme, stößt mit dem Zweig, den sie noch in der Hand hält, in die Luft. Der Beduine hört nicht auf zu lächeln. Sein Blick geht zu ihren nackten Füßen. Er spricht leise, und das Hebräisch, das ihm über die Lippen kommt, ist außerordentlich weich:

»Wie viel Uhr ist es?«

Ge'ula atmet so tief ein, wie es ihren Lungen möglich ist, ihr Gesicht wird scharf, ihre Augen füllen sich mit Kälte. Und sie antwortet mit trockener, klarer Stimme:

»Es ist halb sieben, genau halb sieben.«

Der Araber lächelt noch breiter, er verbeugt sich ein wenig, als bedanke er sich für eine große Güte:

»Vielen Dank, meine Dame.«

Sein großer Zeh hat sich inzwischen tief in den feuchten Boden gebohrt, und die Erdbröckchen bewegen sich, als stöbere unter ihm eine erschrockene Wühlmaus.

Ge'ula schließt prüde den obersten Knopf ihrer Bluse. Große Schweißflecke zeichnen sich unter ihren Achseln ab. Sie riecht den Schweiß, den ihr Körper verströmt, und ihre Nasenflügel weiten sich. Der Beduine schließt sein blindes Auge, hebt den Kopf. Sein offenes Auge blinzelt. Seine Haut ist sehr dunkel und lebendig und warm. Falten haben sich in sein Gesicht eingegraben. Er ist Ge'ula sehr fremd, fremder als alles, was sie kennt, sein Geruch ist ihr fremd, ebenso seine Hautfarbe und sein Atem. Seine Nase ist schmal, lang, vielleicht auch leicht gebogen, und der Hauch eines Bartes verdunkelt seine Oberlippe. Die Wangen sind wie eingesunken. Seine Lippen sind gut geschnitten und erstaunlich dünn, viel schmaler als ihre eigenen. Aber sein Kinn ist energisch, drückt fast Verachtung und Verbitterung aus.

Dieser Mann besitzt eine abstoßende Schönheit, denkt Ge'ula.

Unabsichtlich beantwortet sie das ständige Lächeln des Beduinen mit einem halb spöttischen Lächeln. Dann zieht der Beduine aus einer versteckten Tasche seiner Kleidung zwei zerdrückte Zigaretten, legt beide auf seine dunkle Hand, die er ausstreckt, als halte er einem Sperling Körner hin. Sie hört auf zu lächeln, nickt zweimal und nimmt eine Zigarette. Sie streichelt die Zigarette, langsam, wie träumend, und glättet sie, erst dann steckt sie sie zwischen ihre Lippen. Blitzschnell, noch bevor sie die Bedeutung seiner Bewegung erfasst hat, tanzt vor ihr eine kleine Flamme. Ge'ula schützt mit der Hand das Feuerzeug, obwohl im Obstgarten kein Wind weht, saugt an der Zigarette, schließt die Augen. Der Beduine steckt sich die zweite Zigarette an und verneigt sich höflich:

»Vielen Dank«, sagt er mit seiner Samtstimme.

»Danke«, antwortet Ge'ula, »vielen Dank.«

»Du bist aus dem Kibbuz?«

Ge'ula nickt.

»Gu-t«, stößt er zwischen seinen weißen Zähnen hervor, »das ist gu-t.«

Ge'ula mustert seine dunkle Wüstenkleidung.

»Wird es dir nicht heiß darunter?«

Der Mann antwortet mit einem scheuen Lächeln, entschuldigend, als sei er auf frischer Tat ertappt worden. Er macht einen fast unmerklichen Schritt rückwärts:

»Nein, gar nicht, wirklich nicht. Warum? Es gibt Luft, es gibt Wasser …« Er schweigt.

Die Baumwipfel sind schon ins Dunkel getaucht. Der erste Schakal riecht die bevorstehende Nacht und stößt ein sehnsüchtiges Geheul aus. Der Obstgarten füllt sich mit kleinen, emsig trippelnden Füßen. Und plötzlich bemerkt Ge'ula die vielen hereindrängenden schwarzen Ziegen, die nach ihrem Hirten suchen. Lautlos und ohne Meckern huschen sie zwischen den Obstbäumen umher. Ge'ula presst die Lippen zusammen und unterdrückt einen erstaunten Aufschrei.

»Was tust du überhaupt hier? Stehlen?«

Der Beduine duckt sich, als wäre er von einem Stein getroffen worden. Er klopft sich mit der Faust auf die Brust, dumpfe Schläge sind zu hören:

»Nein, ich stehle nicht, wirklich nicht.« Er fügt in seiner Sprache einen Schwur hinzu, dann lächelt er wieder schweigend. Das Lid des blinden Auges blinzelt nervös. Inzwischen hat sich eine magere Ziege genähert und reibt sich an seinem Bein. Er vertreibt sie mit einem Fußtritt und wiederholt seinen Schwur:

»Nicht stehlen, wirklich, bei Allah, nicht stehlen, verboten, es ist verboten zu stehlen.«

»Das verbietet die Tora«, antwortet Ge'ula mit einem verkniffenen Lächeln. »Du sollst nicht stehlen. Du sollst nicht töten. Du sollst nicht begehren und du sollst nicht ehebrechen. Wer traut den Gerechten unter den Völkern nicht?«

Der Araber verzieht das Gesicht bei diesem Wortschwall und schaut zu Boden. Beschämt. Schuldig. Sein Fuß scharrt unruhig weiter in den Erdhäufchen. Nun möchte er sich versöhnen. Er kneift sein blindes Auge zusammen, und Ge'ula erschrickt einen Moment: Das ist doch ein Zwinkern. Auch ein Lächeln breitet sich auf seinem Gesicht aus. Seine Stimme ist leise, gedehnt, als sage er ein Gebet auf:

»Eine schöne Dame, wirklich, sehr schön. Ich, ich habe noch keine Frau, bin noch klein. Habe noch keine Frau. Ja Allah.« Seine Worte gehen in einen kehligen Aufschrei über in Richtung einer frechen Ziege, die ihre Vorderbeine gegen einen Baumstamm stemmt und genüsslich anfängt zu nagen. Das Tier schaut zögernd auf, zweifelnd, senkt das bärtige Kinn und kaut weiter.

Ohne jede Vorwarnung springt der Hirte in einem Satz zur Ziege, packt sie an den Hinterbeinen, hebt sie über den Kopf, stößt einen wilden, erschreckenden Schrei aus und wirft sie erbarmungslos zu Boden. Am Schluss spuckt er aus und wendet sich an die junge Frau:

»Vieh«, sagt er entschuldigend, »Vieh, kann man nichts machen, kein Anstand.«

Ge'ula löst sich von dem Baumstamm, an dem sie gelehnt hat, und beugt sich zu dem Beduinen. Über ihren Rücken läuft ein süßer Schauer. Ihre Stimme ist immer noch kalt.

»Noch eine Zigarette?«, fragt sie. »Hast du vielleicht noch eine Zigarette?«

Der Beduine schaut sie an, traurig, fast verzweifelt. Er rechtfertigt sich, erklärt weitschweifig, dass er keine Zigaretten mehr hat, keine einzige. Es gibt keine mehr. Wie schade. Gern, sehr gern hätte er ihr noch eine gegeben. Die Zigaretten seien alle.

Die zu Boden geworfene Ziege steht auf und schüttelt sich. Vorsichtig, schlau, geht sie zurück zum Stamm. Beobachtet aus dem Augenwinkel ihren Herrn. Als stelle sie sich naiv. Der Hirte schaut ihr bewegungslos zu. Die Ziege richtet sich auf, stellt einen Vorderhuf gegen den Stamm und fängt wieder an zu nagen. Da nimmt der Araber einen schweren Stein und reckt wild den Arm. Ge'ula fällt ihm in den Arm und hält ihn zurück:

»Lass das. Warum. Lass sie in Ruhe. Sie versteht nichts. Sie ist ein Tier, ohne Vernunft. Ohne Verhaltensregeln.«

Der Beduine gehorcht. Völlig ergeben lässt er den Stein fallen. Ge'ula gibt seinen Arm frei. Er zieht aus einer Tasche das Feuerzeug und spielt mit seinen schmalen Fingern daran herum. Eine kleine Flamme zuckt auf, er bläst in sie. Die Flamme wird breiter, flackert, erlischt. Dann bricht, ganz in der Nähe, ein Schakal in ein durchdringendes Heulen aus. Die Ziegen haben sich inzwischen um die erste Ziege geschart und nagen schnell, fast wütend.

Eine Art unbestimmtes Jammern dringt aus den Beduinenzelten im Süden, und ein rhythmisches Trommeln gibt den Takt vor. Die dunklen Männer sitzen dort an Lagerfeuern und singen ein eintöniges Lied. Die Nacht greift das Lied auf und beantwortet es mit dem Sägen der bescheidenen Grillen. Die letzten Farben erlöschen im westlichen Tal. Der Obstgarten liegt im Dunkeln. Stimmen aus allen Richtungen, das Säuseln des Windes, das Schnauben der Ziegen und das Rascheln der trockenen Blätter. Ge'ula spitzt die Lippen und pfeift eine alte Melodie. Der Beduine hört ihr konzentriert zu, den Kopf geneigt, staunend, den Mund halb geöffnet. Sie schaut auf ihre Uhr. Die phosphoreszierenden Zeiger leuchten wie grüne Glühwürmchen, giftig, ohne etwas zu sagen. Es ist Nacht.

Der Araber wendet Ge'ula den Rücken zu, kniet nieder, drückt die Stirn auf die Erde und lässt ein ausgedehntes Murmeln hören.

»Du hast also noch keine Frau«, unterbricht Ge'ula sein Gebet, »du bist noch zu klein.« Ihre Stimme klingt laut und fremd. Ihre Hände liegen auf den Hüften. Ihr Atem geht noch immer rhythmisch. Der Mann hört auf zu murmeln, wendet ihr das dunkle Gesicht zu und stößt etwas auf Arabisch aus. Er kniet noch immer auf allen vieren, doch seine Haltung drückt etwas wie unterdrückte Freude aus.

»Du bist noch zu klein«, wiederholt Ge'ula. »Sehr klein. Vielleicht zwanzig. Vielleicht ein junger Dreißigjähriger. Es gibt keine Frau für dich. Klein.«

Der Mann antwortet ihr in seiner Sprache mit einem sehr langen feierlichen Sprichwort. Sie lacht, trommelt mit den Fingerspitzen nervös auf ihre Hüften.

»Was ist mit dir?«, fragt sie lachend. »Wieso sprichst du plötzlich arabisch mit mir? Was glaubst du, was ich bin? Was willst du überhaupt hier?«

Wieder antwortet der Beduine in seiner Sprache. Jetzt liegt eine Spur Angst in seiner Stimme. Er zieht sich langsam zurück, wie man sich von einem Sterbenden zurückzieht. Ihr Atem geht jetzt schwer, zitternd. Eine einzige wilde Silbe kommt aus dem Mund des Hirten: ein Zeichen zwischen ihm und seinen Ziegen. Die Ziegen gehorchen, sammeln sich, trippeln mit ihren Hufen über den Laubteppich wie über zerrissenes Tuch. Und die Grillen schweigen. In der Dunkelheit rücken die Ziegen zusammen, eine ängstliche, sich sträubende Herde, sie treten zurück, verschluckt von der Finsternis, der Hirte verschwindet in ihrer Mitte und ist nicht mehr zu sehen.

Danach, allein und zitternd, sieht sie, wie ein Flugzeug in dem schwarzen Himmel über die Wipfel fliegt und ein dumpfes Grollen von sich gibt, seine Lichter blinken und leuchten in festem Rhythmus auf: rot, grün, rot, grün, rot. Die Nacht verschluckt seine Spuren. Der Wind weht den Geruch nach Lagerfeuern und Sand herbei. Nur ein leichter Hauch zwischen den Obstbäumen. Dann packt sie die Panik, ihr Blut erstarrt. Ihr Mund öffnet sich zu einem Schrei, aber sie schreit nicht, sondern rennt, barfuß und so schnell sie kann, rennt nach Hause, sie strauchelt, steht auf und rennt, als würde sie verfolgt, und nur die Grillen hinter ihr zirpen.

6.

Sie kehrte in ihr Zimmer zurück und kochte Kaffee für alle Mitglieder des Sekretariats, denn sie erinnerte sich daran, was sie Etkin versprochen hatte. Draußen war bereits die Abkühlung zu spüren, aber in ihrem Zimmer glühten die Wände, und auch ihr Körper glühte. Vom Rennen klebten ihr die Kleider am Leib, ihre Beine waren zerkratzt und verschwitzt. Ihre Achselhöhlen verströmten einen verhassten, ekligen Geruch. Die Kratzer in ihrem Gesicht brannten. Sie stand da und ließ den Kaffee sieben Mal aufkochen, ein Mal nach dem anderen, so wie sie es von ihrem Bruder Ehud gelernt hatte, bevor er bei einer Vergeltungsaktion in der Wüste umgekommen war. Sie presste die Lippen zusammen und zählte, wie die schwarze Masse mit dem Schaum obendrauf aufkochte, und wie sie sich wieder senkte. Jetzt war es so weit. Sie nahm frische Kleidung für den Abend. Und ging zur Dusche.

Was versteht dieser Etkin von Wilden. Ein großer Sozialist. Was versteht er von Beduinen. Ein Beduine riecht Schwäche schon von weitem. Ein freundliches Wort, ein Lächeln, und er stürzt sich wie ein wildes Tier auf dich und will dich vergewaltigen. Gut, dass ich vor ihm weggerannt bin.

In der Dusche war der Abfluss verstopft und die Ablage glitschig. Ihre saubere Kleidung legte Ge'ula auf das Steingeländer. Ich zittere nicht wegen des kalten Wassers. Ich zittere vor Abscheu. Was für schwarze Finger, und wie er sich direkt an den Hals gefasst hat. Und seine Zähne. Und die Ziegen. Schmal und klein wie ein Junge, und wie stark. Nur durch Beißen und Treten konnte ich mich vor ihm retten. Den Bauch und alles einseifen, und noch mal einseifen, immer wieder. Sollen die jungen Leute doch heute Nacht hingehen und über ihre Zelte herfallen und ihnen die schwarzen Knochen brechen für das, was sie mir angetan haben. Jetzt die Dusche verlassen.

7.

Sie verließ die Dusche, ging in ihr Zimmer und nahm die Kaffeekanne, um sie zum Sekretariat zu bringen. Aber auf dem Weg dorthin hörte sie die Grillen und erinnerte sich, wie er auf allen vieren gekniet hatte und wie erschrocken sie im Dunkeln dagestanden hatte. Und plötzlich übergab sie sich in die Ziersträucher. Und fing an zu weinen. Dann wurden ihre Knie weich. Sie setzte sich zum Ausruhen auf die Erde. Hörte auf zu weinen. Nur ihre Zähne schlugen aufeinander, vor Kälte oder Erbarmen. Plötzlich hatte sie es nicht mehr eilig, auch der Kaffee war ihr nicht mehr so wichtig, sie dachte sich: Es hat Zeit. Es hat Zeit.

Diese Flugzeuge, die in der Nacht den Himmel durchpflügen, üben bestimmt nächtliche Bombardements. Wieder und wieder drängen sie zwischen den Sternen hindurch, und ihre

Lichter wechseln ständig, rot, grün, rot. Als Kontrapunkt das Lied der Beduinen, wie ein ferner Herzschlag: eins, eins, zwei. Eins, eins, zwei. Schweigen.

8.

Von halb neun bis fast neun warteten wir auf Ge'ula. Um fünf vor neun sagte Etkin, er verstehe nicht, was passiert sein könnte, er erinnere sich auch nicht daran, dass Ge'ula auch nur einmal zu spät zu einer Sitzung gekommen sei oder gar gefehlt habe, aber es sei jedenfalls Zeit, anzufangen und zur Tagesordnung überzugehen.

Er gab einen Überblick über die Tatsachen, spezifizierte die Schäden, an denen offenbar die Beduinen schuld waren, obwohl man keine wirklichen Beweise gefunden hatte, und zählte die Schritte auf, die vom Sekretariat unternommen worden waren: Ein Appell an den guten Willen. Hinzuziehen der Polizei. Verstärkte Bewachung der Siedlung. Spürhunde. Gespräch mit dem Stammesältesten. An diesem läge es, sagte Etkin, dass wir in eine Sackgasse geraten seien. Trotzdem sei er überzeugt, man müsse nach einem Ausgleich suchen und nicht in ein Extrem verfallen, denn Hass wecke neuen Hass und so weiter. Man müsse den Teufelskreis durchbrechen, deshalb kämpfe er mit all seiner moralischen Kraft gegen die Haltung – und besonders die Absichten – einiger junger Genossen. Man möge ihm den Hinweis erlauben, der Streit zwischen Viehzüchtern und Ackerbauern sei so alt wie die menschliche Kultur, das bezeuge schon die Geschichte Kains, der sich gegen seinen Bruder Abel erhoben hatte. Wir, in Anbetracht unserer gesellschaftlichen Botschaft, seien verpflichtet, diesen alten Hass zu beenden, so wie wir andere hässliche Erscheinungen beendet hätten. Wir hätten die Sache in der Hand, es hänge von unserer moralischen Stärke ab.

Im Raum entstanden Spannungen und sogar eine unangenehme Atmosphäre, weil Rami zweimal gegen Etkin auftrat und einmal sogar das hässliche Wort »Stuss« benutzte. Etkin war gekränkt, beschuldigte die jungen Genossen »Gewaltakte« zu planen, und sagte am Schluss: »So etwas sollte es bei uns nicht geben.«

Ge'ula kam nicht zur Sitzung, deshalb gab es niemanden, der die Gemüter beruhigte, es wurde auch kein Kaffee serviert. Es kam zu einem Wortwechsel zwischen mir und Rami, obwohl ich dem Alter nach zu den jungen Genossen gehöre. Aber meine Überzeugungen unterscheiden sich von ihren. Wie Etkin lehne ich Gewalt ab, und ich habe dafür zwei Gründe. Als mir Etkin das Wort erteilte, führte ich beide an. Erstens war bis jetzt nichts wirklich Schlimmes passiert. Vielleicht kleine Diebstähle, und auch das war nicht sicher, für jeden Wasserhahn oder Schraubenzieher, den irgendein Traktorfahrer auf dem Feld oder in der Garage vergessen hat oder mit nach Hause gehen ließ, beschuldigt man die Beduinen. Und es wurde weder vergewaltigt noch getötet. Da unterbrach mich Rami und fragte, worauf ich warte, vielleicht auf eine kleine Vergewaltigung, über die Ge'ula ein Gedicht oder ich eine Geschichte schreiben könnten. Ich wurde rot und suchte nach einer passenden Antwort.

Aber Etkin, erschrocken über den rüden Ton, entzog Rami und mir sofort das Rederecht und erklärte erneut seinen Standpunkt und fragte, wie wir wohl dastehen würden, wenn es in der Zeitung hieße, der Kibbuz habe Schläger losgeschickt, um mit arabischen Nachbarn abzurechnen. Als er »Schläger« sagte, machte Rami in die Richtung seiner jungen Freunde eine Bewegung wie beim Baseball. Auf dieses Zeichen hin standen alle mit einem Schlag auf, verließen voller Verachtung den Raum und überließen es Etkin, vor drei alten Frauen und einem ehemaligen Parlamentsmitglied zu sprechen.

Nach kurzem Zögern stand auch ich auf und folgte den

Jungen: Ich teilte ihre Auffassungen zwar nicht, aber mir war auf eine willkürliche und kränkende Art das Rederecht entzogen worden.

9.

Wäre Ge'ula zur Sitzung gekommen und hätte ihren wunderbaren Kaffee mitgebracht, hätten sich die Gemüter vielleicht beruhigt. Es wäre möglich gewesen, dass die Vernunft einen Kompromiss zwischen den verschiedenen Meinungen gewiesen hätte. Aber der Kaffee war auf dem Tisch in Ge'ulas Zimmer kalt geworden. Sie selbst lag noch immer in den Sträuchern hinter dem Gedenkraum und schaute hinauf zu den Flugzeuglichtern und lauschte den Stimmen der Nacht. Ihr war sehr nach Versöhnung und Verzeihen. Sie wollte ihn nicht hassen und ihm nicht den Tod wünschen. Sie wollte aufstehen, ihn zwischen den Wadis suchen, ihm verzeihen und nie zurückkehren. Sie wollte ihm sogar ein Lied singen. Diese scharfen Splitter, die ihre Haut bis aufs Blut verletzten, stammten von der Flasche, die sie hier, an diesem Abend, mit einem großen Stein zertrümmert hatte. Und das Lebendige, das sich zwischen den Glassplittern und den Erdschollen bewegte, war vielleicht eine Giftschlange oder eine Kreuzotter. Sie züngelte mit aufgerecktem, dreieckigem Kopf. Ihre Augen waren aus dunklem Glas. Lidlos, wie sie ist, wird sie sie nie schließen können. Ein Stachel drang in Ge'ulas Fleisch oder eine Glasscherbe. Sie war sehr müde. Der Schmerz war dumpf, fast ein Genuss. Ein fernes Läuten drang an ihre Ohren. Schlafen, jetzt schlafen. Mit müdem Blick, durch einen Schleier vor ihren Augen, nahm sie die Gruppe der jungen Genossen wahr, die den Rasen überquerten, auf ihrem Weg zu den Feldern und zum Wadi, um ein Strafgericht an den Beduinen zu vollziehen. In unseren Händen trugen wir kurze, dicke Stöcke. Die Erregung weitete unsere Pupillen. Das Blut klopfte uns in den Schläfen.

Weit weg in den Obstgärten standen dunkle, staubbe-
deckte Zypressen, bewegten sich hin und her wie in stillem
Gebet. Sie war müde. Deshalb kam sie nicht zu uns, um uns
hinauszugeleiten. Aber ihre Finger streichelten die Erde, und
ihr Gesicht war ruhig und fast schön.

(1963)

Der Weg des Windes

1.

Gideon Schenhavs letzter Tag begann mit einem strahlenden Sonnenaufgang. Weich, fast herbstlich war er. Gedämpfte Lichtblitze flackerten durch die dicken Wolken, die den östlichen Horizont abschlossen. Heimtückisch verbarg dieser neue Tag seine Absicht und zeigte noch nichts von der Hitze, die in ihm steckte.

Violett glimmte es über den östlichen Bergen, angefacht vom Morgenwind. Dann durchbrachen Lichtstrahlen die Wolkenmauer. Es war Tag. Dunkle Luken öffneten sich den Lichtfingern. Schließlich stieg der glühende Ball empor, warf sich gegen die Wolkenberge und sprengte sie. Der Horizont im Osten leuchtete. Das zarte Violett gab auf und machte einem grellen Rot Platz.

Das Wecksignal hatte das Lager erzittern lassen, wenige Minuten vor Sonnenaufgang. Gideon erhob sich, tappte barfuß und verschlafen aus seiner Baracke und sah in das immer heller werdende Licht. Mit einer schmalen braunen Hand schirmte er seine Augen ab, die sich noch immer nach Schlaf sehnten. Mit der anderen knöpfte er mechanisch seine Uniform zu. Schon waren Stimmen und metallisches Klirren zu hören, einige Eifrige saßen bereits da und reinigten ihre Waffen für den Morgenappell. Doch Gideon war langsam. Der Sonnenaufgang hatte eine träge Unruhe in ihm geweckt, eine unbestimmte Sehnsucht. Jetzt war er vorbei, aber Gideon stand immer noch da wie im Halbschlaf, bis jemand ihn anstieß und sagte, nun beweg dich endlich.

Er ging zurück in die Baracke, machte das Feldbett, reinigte seine Maschinenpistole und nahm sein Rasierzeug. Auf dem Weg, zwischen weiß gekalkten Eukalyptusbäumen und vielen Schildern, die zu Sauberkeit und Gehorsam aufriefen, fiel Gideon plötzlich ein, dass heute Unabhängigkeitstag war, der fünfte Tag des Monats Ijjar. Und heute würde die Einheit der Fallschirmjäger eine Vorführung im Jesreel-Tal bestreiten. Er betrat den Waschraum und wartete auf einen freien Platz vor einem der Spiegel. Währenddessen putzte er sich die Zähne und dachte an schöne junge Mädchen. In anderthalb Stunden würden die Vorbereitungen zu Ende sein, die Einheit würde die Flugzeuge besteigen und zum Zielort fliegen. Viele begeisterte Zuschauer würden die Fallschirmjäger erwarten, unter ihnen auch die jungen Mädchen. Das Springen sollte neben dem Kibbuz Nof-Charisch stattfinden, seinem Heimatkibbuz, in dem er geboren worden war und bis zu seiner Einberufung gelebt hatte. Wenn seine Füße das Feld berührten, würden die Kinder des Kibbuz ihn umringen, ihn anspringen und schreien, Gideon, hier ist unser Gideon.

Er zwängte sich zwischen zwei Soldaten, die viel größer waren als er, seifte sich die Wangen ein und fing an, sich zu rasieren.

»Ein heißer Tag«, sagte er.

»Noch nicht, aber es wird heiß werden«, antwortete einer der beiden Soldaten.

Und von hinten murrte ein anderer: »Mach lieber Schluss, statt morgens schon so viel zu reden.«

Gideon war nicht gekränkt, im Gegenteil: Aus irgendeinem Grund weckten diese Worte eine heftige Freude in ihm. Er trocknete sich das Gesicht ab und ging hinaus auf den Appellplatz. Das blaue Licht war inzwischen grauweiß geworden, das unsaubere Gleißen des Chamsin.

2.

Schon am Vorabend hatte Schimschon Schejnbojm behauptet, der Chamsin sei im Anzug. Deshalb ging er morgens nach dem Aufstehen als Erstes zum Fenster und stellte befriedigt fest, dass er auch diesmal Recht gehabt hatte. Er schloss die Läden zum Schutz gegen den Wüstenwind, dann wusch er sich das Gesicht, die Schultern und die Brust, die mit dichten grauen Haaren bewachsen war, rasierte sich und bereitete sein Frühstück zu, Kaffee mit einem Brötchen, das er gestern Abend aus dem Speisesaal mitgenommen hatte. Schimschon Schejnbojm hasste jede Art von Zeitverschwendung, besonders während der produktiven Morgenstunden: zum Speisesaal gehen, sich unterhalten, Zeitung lesen, Meinungen austauschen, und schon ist der halbe Vormittag verloren. Deshalb begnügte er sich morgens mit einem Brötchen und Kaffee, und um zehn nach sechs, nach den ersten Nachrichten, saß Gideon Schenhavs Vater an seinem Schreibtisch, sommers wie winters, ohne Kompromisse.

Er saß an seinem Schreibtisch und betrachtete eine Zeitlang die Landkarte mit den Siedlungen unseres Landes, die an der Wand gegenüber hing. Dabei versuchte er sich an den verstörenden Traum zu erinnern, den er kurz vor dem Aufwachen gehabt hatte, doch der Traum entzog sich ihm. Schimschon beschloss, sich an die Arbeit zu machen und keine weitere Minute zu vergeuden. Es stimmte, heute war ein Feiertag, aber den beging man nicht mit Müßiggang, sondern mit Arbeit. Bis es Zeit war, draußen den Fallschirmjägern zuzuschauen, unter denen sich vielleicht wirklich Gideon befand, wenn er nicht im letzten Moment ausfiel, blieben Schimschon noch einige Stunden. Ein Mann von fünfundsiebzig durfte seine Zeit nicht vergeuden, besonders wenn es so viel schriftlich niederzulegen galt. Er hatte viel zu tun.

Schimschon Schejnbojms Name bedarf keiner Erläuterung. Die Arbeiterbewegung hält ihre Väter in Ehren. Im Lauf der Jahrzehnte hat Schimschon Schejnbojm sich einen unvergleichlichen Ruhm erworben. Seit Jahrzehnten kämpft er mit allen ihm zur Verfügung stehenden Mitteln für die Ideale seiner Jugend. Enttäuschungen und Niederlagen haben seinem Glauben nichts anhaben können, sondern ihn nur um eine gewisse kluge Traurigkeit bereichert. Je mehr er die Schwäche anderer und ihre ideologischen Verirrungen kennenlernte, umso heftiger ging er gegen die eigenen Schwächen vor. Er unterdrückt sie unbarmherzig und lebt nach seinen Grundsätzen, gradlinig wie mit einen Lineal gezogen, mit gnadenloser Disziplin und nicht ohne eine geheime glühende Freude.

Jetzt, zwischen sechs und sieben Uhr morgens am Unabhängigkeitstag, ist Schimschon Schejnbojm noch kein trauernder Vater, aber seine Miene passt ausnehmend gut zu dieser Rolle. Sein zerfurchtes Gesicht trägt die feierlichen, klugen Züge eines Mannes, der alles sieht und seine Gefühle verbirgt. Und seine blauen Augen drücken eine ironische Melancholie aus.

Er sitzt am Schreibtisch, aufrecht, den Kopf über die Seiten gebeugt, die Ellenbogen aufgestützt. Der Schreibtisch ist aus einfachem Holz, so wie alle Einrichtungsgegenstände zweckmäßig und ohne überflüssigen Schnickschnack sind: eher eine Mönchszelle als ein Wohnraum in einem alten Kibbuz.

An diesem Morgen wird er nicht besonders produktiv sein. Immer wieder schweifen seine Gedanken zu dem Traum ab, den er kurz vor dem Aufwachen geträumt hat, er muss sich an ihn erinnern; wenn er sich erinnert, kann er ihn vergessen und sich auf die Arbeit konzentrieren. Irgendein Schlauch und ein Goldfisch oder etwas in der Art, und ein Streit mit jemandem, ganz zusammenhanglos. Jetzt an die Arbeit. Scheinbar hat die Arbeiter-Zions-Bewegung von Anfang an auf einem unüberwindbaren ideologischen Widerspruch beruht, und nur mit Hilfe verbalen Jonglierens ist es gelungen, diesen Widerspruch zu überdecken. Aber der Widerspruch ist nur ein vermeintlicher, und wer hofft, von ihm zu profitieren, um die Bewegung zu schwächen oder anzugreifen, weiß nicht, was er sagt. Und hier ist der einfache Beweis.

Ein Mann mit viel Erfahrung ist Schimschon Schejnbojm. Das Leben hat ihn gelehrt, wie Willkür und Torheit unser Schicksal bestimmen, das Schicksal des Einzelnen wie das der Gemeinschaft. Seine nüchterne Haltung hat ihm nichts von der Offenheit genommen, die ihn seit seiner Jugend bestimmt. Bemerkenswert und verehrungswürdig ist seine hartnäckige Unschuld, wie jene unserer reinen, frommen Vorväter, deren Klugheit ihrem Glauben nichts anhaben konnte. Schejnbojms Handlungen würden nie dem widersprechen, was er sagt. Auch wenn sich einige Führer unserer Bewegung politischen Karrieren zugewandt und wie nebenbei die körperliche Arbeit vernachlässigt haben, hat Schejnbojm den Kibbuz nicht im Stich gelassen. Er hat jede Tätigkeit außerhalb des Kibbuz abgelehnt und seine Nominierung für den Allgemeinen Arbeiterkongress nur nach langem Zögern angenommen. Bis vor wenigen Jahren waren seine Tage genau zwischen körperlicher und geistiger Arbeit aufgeteilt: drei Tage im Garten, drei Tage am Schreibtisch. Die schönen Gärten von Nof-Charisch sind überwiegend von Schimschon Schejnbojm angelegt. Wir erinnern uns noch, wie er gepflanzt und beschnitten, gestutzt, gewässert und gehackt, gedüngt, pikiert, gejätet und auch herausgerissen hat. Sein Stand als intellektueller Führer der Bewegung entband ihn in seinen Augen nicht von seinen Pflichten als Kibbuzmitglied, bei der Nachtwache, beim Küchendienst, bei der Erntehilfe. Auf Schimschon Schejnbojms Lebensweg liegt nicht der geringste Schatten einer Doppelmoral. Er besteht aus Visionen und deren Durchführung und zeigt nie eine Schwäche, so schrieb der Sekretär der Bewegung vor Jahren über ihn in einer Zeitschrift, anlässlich des siebzigsten Geburtstags von Schimschon Schejnbojm.

Natürlich gab es auch Momente bitterer Verzweiflung und

Enttäuschung. Es gab Momente großen Ekels. Doch diese Momente weiß Schimschon Schejnbojm in geheime Quellen brodelnder Energie zu verwandeln, wie es das Marschlied ausdrückt, das er so liebt und das ihn immer zu Höchstleistungen anstachelt: In den Bergen, in den Bergen ist unser Licht erstrahlt, wir werden den Gipfel erklimmen. Das Gestern lassen wir zurück, doch weit ist der Weg ins Morgen. Wenn nur dieser dumme Traum aus den Schatten auftauchen und sich ihm ganz zeigen würde, dann könnte er ihn in jeder Hinsicht zur Seite schieben und sich endlich auf seine Arbeit konzentrieren. Die Zeit geht vorbei. Ein Gummischlauch, ein Gambit im Schach, Goldfische, ein großer Streit, worin besteht der Zusammenhang?

Viele Jahre lang hat Schimschon Schejnbojm allein gelebt. All seine Kräfte widmete er der Gedankenarbeit. Zugunsten seines Lebenswerks verzichtete er auf ein familiäres Nest. Dafür ist es ihm gelungen, bis ins Alter seine jugendliche Klarheit und eine warme Herzlichkeit zu bewahren. Erst mit sechsundfünfzig nahm er plötzlich Raja Grinschpan zur Frau, und Gideon wurde geboren, danach trennte er sich von ihr und konzentrierte sich wieder auf das Schreiben. Allerdings muss man zugeben, dass Schimschon Schejnbojm schon vor seiner Heirat nicht gerade mönchisch lebte. Seine Persönlichkeit zog Frauen ebenso an wie Schüler. Sein dichter Schopf ergraute bereits, als er noch jung war, und durch sein von der Sonne gebräuntes Gesicht zog sich ein anziehendes Muster aus Falten und Furchen. Sein gerader Rücken, seine kräftigen Schultern und seine Klugheit, seine Stimme, die warm ist, zweifelnd und nachdenklich, und dazu seine Einsamkeit, das alles zog Frauen wie flatternde Vögel an. Gerüchte schreiben ihm mindestens eines der kleinen Kinder des Kibbuz zu, und auch anderenorts sind Geschichten aufgekommen. Doch darüber wollen wir schweigen.

Mit sechsundfünfzig Jahren hatte Schimschon Schejnbojm

also beschlossen, einen Erben zu zeugen, der sein Wesen und seinen Namen in die nächste Generation tragen würde. Im Sturm eroberte er Raja Grinschpan, dreiunddreißig Jahre jünger als er, ein winziges Persönchen, das stotterte. Drei Monate nach der Hochzeit, die in kleinem Kreis gefeiert wurde, kam Gideon zur Welt. Und noch bevor der Kibbuz sich von seinem Staunen erholt hatte, schickte Schimschon Schejnbojm Raja zurück in ihr früheres Zimmer und widmete sich wieder dem Schreiben. Zu dieser Episode gab es verschiedene Meinungen, und auch Schimschon Schejnbojm hat im Vorfeld mit sich gerungen.

Nun konzentriert er seine Gedanken und zwingt sie in geordnete Bahnen: Da ist dieser Traum, der immer klarer wird. Sie kam in mein Zimmer und rief mich, ich solle schnell kommen und der skandalösen Angelegenheit ein Ende machen. Ich stellte keine Fragen, sondern eilte ihr hinterher. Jemand hatte sich erlaubt, ein Wasserbecken in den Rasen vor dem Speisesaal zu graben, und ich kochte vor Zorn, weil eine solche Neuerung nicht genehmigt worden war, ein Teich vor dem Speisesaal, wie im Schlossgarten eines polnischen Edelmanns. Ich schrie. Auf wen ich zornig war, weiß ich nicht genau. In diesem Teich waren Goldfische. Und ein Junge füllte den Teich mit Wasser, das aus einem schwarzen Gummischlauch floss. Ich entschied, diese Angelegenheit auf der Stelle zu beenden, aber der Junge wollte nicht auf mich hören. Ich beschloss, am Schlauch entlangzugehen, um den Wasserhahn zu finden und zuzudrehen, bevor es jemandem gelang, diesen Teich zu einer vollendeten Tatsache zu machen, ich ging und ging, bis ich plötzlich entdeckte, dass ich im Kreis ging und dass der Schlauch an keinen Wasserhahn angeschlossen war, sondern einfach zum Teich zurückführte und sich aus ihm mit Wasser speiste. Blödsinn. Schluss damit. Das ursprüngliche Programm der Arbeiter-Zions-Bewegung lässt sich ohne Dialektik verstehen, ganz einfach wörtlich.

3.

Nach seiner Trennung von Raja Grinschpan vernachlässigte Schimschon Schejnbojm seine Pflichten als Mentor seines Sohnes nicht, noch entzog er sich auf andere Weise seiner Verantwortung. Er überhäufte den Jungen, als dieser sechs oder sieben Jahre alt geworden war, mit der ganzen Wärme seiner Persönlichkeit. Allerdings war Gideon eine Enttäuschung. Ein Junge wie er besaß nicht die Voraussetzungen, um eine Dynastie zu gründen. Seine ganze Kindheit hindurch lief ihm die Nase. Er war langsam, unkonzentriert, steckte Schläge und Beleidigungen ein, ohne sich zu wehren, ein seltsamer Junge, der sich für goldene Bonbonpapiere, getrocknete Blätter, Seidenraupen interessierte. Seit er zwölf war, gab es eine ganze Reihe von Mädchen jeglichen Alters, die ihm das Herz brachen, eine nach der anderen. Immer hatte er Liebeskummer, und er veröffentlichte traurige Gedichte und rohe Parodien in der Kinderzeitung. Ein dunkler, sanfter Jüngling, auf eine fast weibliche Art schön, der hartnäckig schweigend durch den Kibbuz ging. Er zeichnete sich nicht bei der Arbeit aus, auch nicht im Gemeinschaftsleben. Er sprach langsam, und bestimmt dachte er auch langsam. Seine Gedichte kamen Schimschon unverbesserlich sentimental und seine Parodien giftig und wenig geistvoll vor. Sein Spitzname, »Pinocchio«, passte zu ihm, das ließ sich nicht leugnen. Und das kaum zu ertragende Lächeln, das er ständig auf den Lippen trug, war in Schimschons Augen das deprimierende Ebenbild von Raja Grinschpans Lächeln.

Doch vor anderthalb Jahren versetzte Gideon seinen Vater in Erstaunen: Er tauchte plötzlich auf und bat Schimschon um seine schriftliche Erlaubnis, sich für den Dienst bei den Fallschirmjägern zu melden. Als einziger Sohn benötigte er dafür die Unterschrift beider Elternteile. Erst als Schimschon Schejnbojm begriff, dass sein Sohn diesmal keinen seiner seltsamen Späße machte, gab er seine Zustimmung. Und dies mit Freude: Das war eine erfreuliche Wendung in der Entwicklung des Jungen, sie würden dort einen Mann aus ihm machen, wie es sich gehörte. Sollte er ruhig gehen. Warum nicht.

Doch der hartnäckige Widerstand Raja Grinschpans stellte ein unerwartetes Hindernis für Gideons Plan dar. Nein, sie würde dieses Papier nicht unterschreiben. Auf keinen Fall. Basta.

Eines Abends ging Schimschon selbst zu ihr, sprach ihr gut zu, brachte überzeugende Argumente vor, brüllte sie an. Alles vergebens. Sie unterschrieb nicht. Ohne Gründe zu nennen. Schimschon Schejnbojm musste es auf Umwegen versuchen, damit der Junge zu den Fallschirmjägern gehen konnte. Er schrieb einen Brief in eigener Sache direkt an Julek. Bat um einen persönlichen Gefallen. Man solle seinem Sohn erlauben, sich freiwillig zu melden. Die Mutter sei emotional instabil. Der Junge werde ein ausgezeichneter Fallschirmjäger werden. Dafür übernehme Schimschon die Verantwortung. Außerdem habe er noch nie um einen persönlichen Gefallen gebeten. Werde es auch nie mehr tun. Dies sei das einzige Mal in seinem Leben. Julek möge doch bitte prüfen, was sich da machen lasse.

Ende September, als sich in den Obstgärten die ersten Anzeichen des Herbstes zeigten, wurde Gideon Schenhav als Freiwilliger zu den Fallschirmjägern eingezogen.

Seit Gideons Einberufung hat sich Schimschon Schejnbojm mit doppelter Kraft in sein Schreiben vertieft, die einzige Spur, die ein Mann in der Welt hinterlassen kann. Diese Spur wird in der Geschichte der hebräischen Arbeiterbewegung nicht ausgelöscht werden. Schimschon Schejnbojm ist noch lange nicht alt. Mit fünfundsiebzig hat er volles Haar, und sein Körper ist muskulös wie eh und je. Seine Augen sind wach, sein Verstand ebenso. Seine Stimme, kräftig, trocken und leicht heiser, wirkt auf Frauen jeden Alters. Er bewegt sich beherrscht und benimmt sich bescheiden. Natürlich ist er fest verwurzelt im Kibbuz Nof-Charisch. Versammlungen und formelle Anlässe sind ihm zuwider, ebenso Ausschüsse und offizielle Termine. Allein mit seiner Feder hat Schimschon Schejnbojm seinen Namen auf die Wand des Gebäudes unserer Nation und der Bewegung geschrieben.

4.

Gideon Schenhavs letzter Tag begann mit einem strahlenden Sonnenaufgang. Er bildete sich sogar ein zu sehen, wie die Tautropfen in der Hitze verdampften. In der Ferne, weit im Osten, brannten die Berggipfel. Ein Feiertag war heute, eine Feier der Unabhängigkeit und eine Feier des Fallschirmspringens über den vertrauten Feldern der Heimat. Die ganze Nacht lang träumte er im Halbschlaf von fallenden Blättern in dunklen nördlichen Wäldern, vom Geruch des Herbstes, von großen Bäumen, deren Namen er nicht kannte. Die ganze Nacht senkten sich blasse Blätter auf die Baracken des Lagers. Auch als er morgens aufwachte, war in seinen Ohren noch immer das Flüstern des Waldes mit den großen namenlosen Bäumen.

Gideon liebte den köstlichen Moment des freien Falls zwischen dem Sprung aus dem Flugzeug und dem Öffnen des Fallschirms. Der leere Raum kommt dir blitzschnell entgegen, wilde Luftböen umspülen deinen Körper, und dir schwindelt vor Freude. Die Geschwindigkeit ist verrückt, zügellos, sie pfeift und brüllt, und dein ganzer Körper zittert mit ihr, glühende Nadeln brennen an deinen Nervenenden, und dein Blut pocht und pocht. Plötzlich, während du noch ein Blitz im Wind bist, öffnet sich der Fallschirm. Die Gurte bremsen deinen Fall, als kämen starke männliche Arme und brächten dich ruhig und bestimmt unter Kontrolle. Du bist wie aufgefangen von diesen Armen unter deinen Achseln.

Statt der wilden Lust spürst du jetzt ein gebremstes, beschütztes Vergnügen. Dein Körper gleitet langsam durch die Luft, schwebt, zögert, driftet im leichten Wind. Nie weißt du im Voraus, wo genau deine Füße die Erde berühren werden – ob auf jenem Hügel oder bei den Orangenhainen dort drüben –, du bist ein müder Zugvogel, du sinkst langsam, du siehst Dächer, Straßen, Kühe auf der Weide, langsam, als hättest du die Wahl, als läge alles in deiner Hand.

Und dann spürst du den Boden unter deinen Füßen, und du stürzt vorwärts in die eingeübte Rolle, die deinen Aufprall abmildert. In wenigen Sekunden musst du nüchtern werden, dein Blutstrom normalisiert sich, die Dimensionen sind wieder wie zuvor. Und nur ein müder Stolz erfüllt dein Herz, bis du bei deinem Kommandeur und den Kameraden ankommst und in den Rhythmus des hastigen Aufbruchs gesogen wirst.

Diesmal wird das alles am Himmel über dem Kibbuz Nof-Charisch stattfinden. Die älteren Genossen werden ihre verschwitzten Hände heben, ihre Kappen hochschieben und versuchen, unter den grauen Punkten, die durch die Luft taumeln, Gideon zu erkennen. Die Kinder werden auf dem Feld herumhüpfen und begeistert auf ihren Helden warten, der vom Himmel springt. Seine Mutter wird aus dem Speisesaal kommen, nach oben spähen und Selbstgespräche führen. Schimschon wird seinen Schreibtisch für einige Zeit verlassen, vielleicht wird er einen Stuhl auf seine kleine Veranda stellen und die ganze Vorführung mit nachdenklichen, stolzen Blicken beobachten. Danach wird der Kibbuz die Einheit zu einem Empfang einladen, im Speisesaal wird man vor Kälte beschlagene Kannen mit Limonade bereitstellen, und es wird Kisten mit Äpfeln geben oder vielleicht Kuchen, den die älteren Frauen gebacken haben, verziert mit Segenssprüchen aus Creme.

Morgens um halb sieben hatte die Sonne ihr unbeschwertes Farbenspiel schon überwunden und erhob sich erbarmungslos über den Hügeln im Osten. Trübe Hitze senkte sich auf das Land. Die Blechdächer der Baracken reflektierten das blendende Licht. Die Wände strahlten eine dichte, bedrückende Hitze in die Räume aus. Auf der Hauptstraße, die sich am Zaun entlangzog, bewegte sich schon eine Prozession von Bussen und Lastwagen: Die Bewohner der Dörfer und Städtchen strömten in die große Stadt, um die Militärparade mitzuerleben. Durch die Staubwolken konnte man ihre weiße Kleidung erkennen und sogar von weitem ihre Jubelgesänge hören.

Die Fallschirmjäger hatten den Morgenappell absolviert. Der Tagesbefehl, unterzeichnet vom Generalstabschef, war verlesen und mit Reißnägeln am Schwarzen Brett befestigt worden. Es hatte ein festliches Frühstück gegeben, mit einem hartgekochten Ei auf einem Salatblatt, umgeben von Oliven.

Gideon, dem die schwarzen Haare in die Stirn fielen, stimmte ein leises Lied an. Die anderen fielen mit ein. Da und dort änderte jemand eine Zeile des Textes ins Alberne oder gar Obszöne. Schon bald wurden aus den hebräischen Liedern kehlige, wie verzweifelt klingende arabische Klagen. Der Befehlshaber der Einheit, ein blonder, gutaussehender Offizier, von dessen Taten am abendlichen Lagerfeuer erzählt wurde, erhob sich und sagte: Genug. Die Fallschirmjäger hörten auf zu singen, tranken schnell ihre Blechtassen mit Kaffee aus und eilten zu den Startbahnen. Dort wurde noch ein Appell abgehalten. Der Kommandeur sprach ein paar freundliche Worte zu seinen Männern und nannte sie Salz der Erde, dann befahl er allen, in die wartenden Flugzeuge zu steigen.

Die Offiziere standen in den Flugzeugtüren und überprüften jedes Gurtzeug. Der Kommandeur selbst ging zwischen den Männern umher, klopfte ihnen auf die Schultern, scherzte, prophezeite, strahlte, als stünde ihnen ein Kampf bevor, als gäbe es eine wirkliche Gefahr. Gideon seinerseits reagierte auf das Schulterklopfen mit einem flüchtigen Lächeln, das über seine schmalen Lippen glitt. Knochig war er, fast asketisch, aber braungebrannt. Ein scharfes Auge, das Auge des legendären blonden Kommandeurs, konnte eine blaue Ader an seinem Hals bemerken, die heftig pochte.

Dann brach die Hitze auch in die dämmrigen Schuppen, vertrieb unbarmherzig die letzten Reste von Kühle und verbrannte alles mit einer grauen Glut. Das Zeichen wurde gegeben. Die Motoren ließen ein dumpfes Röhren hören. Vögel flogen von der Startbahn. Die Flugzeuge dröhnten, rollten schwerfällig vorwärts, begannen Geschwindigkeit aufzunehmen, ohne die sie nicht abheben konnten.

5.

Ich muss hinaus aufs Feld, um ihn mit einem Händedruck zu empfangen.

Schejnbojm beschloss es und klappte sein Heft zu. Die Monate bei der Armee haben den Jungen robuster gemacht. Kaum zu glauben, aber er scheint allmählich doch ein Mann zu werden. Er muss nur noch lernen, wie man mit Frauen umgeht. Er muss ein für alle Mal seine Schüchternheit und Gefühlsseligkeit ablegen: Das soll er den Frauen überlassen, er selbst muss härter werden. Und um wie viel besser er im Schach geworden ist. Bald ist er für seinen alten Vater eine ernsthafte Gefahr. Schlägt mich vielleicht sogar eines Tages. Das ist allerdings noch eine Zukunftsvision. Hauptsache, er heiratet nicht die Erstbeste, die sich ihm anbietet. Er muss erst mit zwei, drei fertigwerden, bevor er unter den Hochzeitsbaldachin tritt. Gideons Kinder werden zwei Väter haben: Mein Sohn wird sich um sie kümmern, und ich werde mich um ihre geistige Erziehung kümmern. Die zweite Generation ist im Schatten unserer Errungenschaften aufgewachsen, deshalb ist sie verwirrt. Eine Sache der Dialektik.

Aber die dritte Generation ist es, der die wunderbare, gesegnete Synthese gelingen wird: Von ihren Eltern erben sie die Spontaneität und von den Alten den Geist. Das wird ein wunderbares Erbe sein, befreit von den Auswüchsen eines mangelhaften Stammbaums. Diesen Satz muss ich mir notieren, er wird seinen Platz in einem der nächsten Aufsätze finden. Es macht mich so traurig, wenn ich an Gideon und seine Kameraden denke: Sie strahlen eine oberflächliche Verzweiflung aus, Nihilismus, etwas wie zynischen Spott. Sie können nicht aus ganzem Herzen lieben und auch nicht aus ganzem Herzen hassen. Keine Begeisterung und kein Abscheu. Nicht dass ich Verzweiflung an sich verurteile. Der ewige Bruder des Glaubens ist die Verzweiflung. Aber das ist dann wirkliche Verzweiflung, männlich und leidenschaftlich, nicht diese sentimentale, lyrische Melancholie. Sitz ruhig da, Gideon, hör auf, dich zu kratzen, hör auf, an den Nägeln zu kauen. Ich will dir eine schöne Passage von Brenner vorlesen. Du verziehst den Mund. In Ordnung. Dann lese ich nicht. Geh hinaus und sei wild wie ein Beduine, wenn es das ist, was du willst. Aber wenn du Brenner nicht kennst, wirst du nie wissen, was Verzweiflung oder Glaube bedeuten. Hier wirst du keine weinerlichen Verse über einen Schakal finden, der sich in einer Falle verfängt, oder über Blumen im Herbst. Bei Brenner steht alles in Flammen. Auch die Liebe, auch der Hass. Vielleicht werden eure Kinder, wenn schon nicht ihr selbst, Licht und Schatten Auge in Auge gegenüberstehen. Ein wunderbares Erbe, das von genetischen Auswüchsen befreit ist. Und der dritten Generation werden wir nicht erlauben, sich von rührseliger Poesie aus der Feder dekadenter Dichterinnen verzärteln und verderben zu lassen. Da kommen die Flugzeuge. Jetzt stelle ich Brenner zurück an seinen Platz und werde zur Abwechslung ein bisschen stolz auf dich sein, Gideon Schenhav.

6.

Mit großen Schritten überquerte Schejnbojm den Rasen, betrat den Betonweg und wandte sich der südwestlichen Ecke des Kibbuz zu, wo ein gepflügtes Feld lag, das man für die Fallschirmspringer ausgewählt hatte. Unterwegs blieb er da und dort neben einem Beet stehen und zupfte Unkraut heraus, das unter blühenden Büschen gewachsen war. Schon immer hatten Schejnbojms kleine blaue Augen mit geübtem Blick das Unkraut entdeckt. Wegen seines Alters hatte er vor einigen Jahren seine Arbeit in den Gärten aufgegeben, aber solange er atmete, würde er nicht aufhören, die Beete abzusuchen und erbarmungslos jedes Unkraut herauszureißen. In solchen Momenten dachte er an seinen Nachfolger, vierzig Jahre jünger als er, in dessen Hände er die Gartenpflege gelegt hatte und der sich selbst als der örtliche Aquarellmaler sah. Blühende Gartenanlagen waren ihm übergeben worden, und nun verwilderte alles von Monat zu Monat mehr. Eine Gruppe aufgeregter Kinder rannte an Schimschon Schejnbojm vorbei. Sie waren in einen hitzigen, ausgedehnten Streit über die Flugzeuge vertieft, die am Himmel über das Jesreel-Tal flogen. Sie stritten beim Rennen, laut und schwer atmend. Schimschon packte einen am Hemd, hielt ihn fest, brachte sein Gesicht nahe an das des Jungen und sagte: »Du bist Saki.«

»Lass mich los«, sagte der Junge.

Schejnbojm sagte: »Was soll dieses Geschrei? Habt ihr nichts als Flugzeuge im Kopf? Und dass ihr über die Beete rennt, wo doch dasteht ›betreten verboten‹ – dürft ihr das? Ist inzwischen alles erlaubt? Schau mich an, wenn ich mit dir spreche. Und gib mir eine ordentliche Antwort, sonst …«

Aber Saki nutzte den Wortschwall, machte plötzlich einen wilden Satz und befreite sich aus dem Griff. Er sprang zwischen die Sträucher, zog eine böse Affengrimasse und streckte die Zunge heraus.

Schejnbojm presste die Lippen zusammen. Er dachte kurz

an sein Alter, aber ebenso schnell schob er diese Überlegung zur Seite und dachte: In Ordnung, darum werde ich mich noch kümmern. Saki, das heißt Asarja, musste nach schnellem Überschlagen mindestens elf sein, vielleicht auch zwölf, ein Wildfang, ein Lümmel.

Die jungen Leute aus dem Vorbereitungslager hatten inzwischen ihren Aussichtsplatz oben auf dem Wasserturm eingenommen und schauten über das Tal hinweg. Der Anblick erinnerte Schejnbojm an ein russisches Landschaftsgemälde. Einen Moment lang empfand auch er den Wunsch, auf den Turm zu klettern und den Fallschirmjägern von weitem genüsslich zuzusehen. Aber der Gedanke an den männlichen Händedruck, der ihn erwartete, ließ ihn noch größere Schritte machen, bis er zum Rand des Feldes kam. Hier blieb er stehen, breitbeinig, die Arme über der Brust verschränkt, die dicken weißen Haare fielen ihm eindrucksvoll in die Stirn. Er reckte den Hals und verfolgte die beiden Flugzeuge mit ruhigen blauen Augen. Das Mosaik von Falten bereicherte Schimschon Schejnbojms Gesichtsausdruck mit einer seltenen Mischung aus Stolz, Nachdenklichkeit und einer Spur beherrschter Ironie. Und die buschigen weißen Augenbrauen erinnerten an Heiligendarstellungen auf russischen Ikonen. Inzwischen hatten die Flugzeuge bereits eine Runde gedreht, und das erste näherte sich dem Feld.

Die Lippen Schimschon Schejnbojms öffneten sich leicht, ein leises Summen entströmte seiner Brust, eine alte russische Melodie. Die erste Gruppe Fallschirmjäger sprang aus der offenen Flugzeugtür. Winzige Gestalten verstreuten sich, wie Samen aus der Hand des Bauern auf einem alten zionistischen Plakat.

Da schob Raja Grinschpan den Kopf aus dem Küchenfenster und fuchtelte mit dem Kochlöffel, den sie in der Hand hielt, als wollte sie die Wipfel der Bäume warnen. Ihr Gesicht war rot und verschwitzt. Vom Schweiß klebte ihr das grobe Kleid an den Beinen, die kräftig und sehr behaart waren. Sie atmete schwer, fuhr sich mit den Fingernägeln ihrer freien Hand durch die wirren Locken, drehte sich plötzlich um und rief den anderen Frauen in der Küche zu: »Schnell! Zum Fenster! Da oben ist Gidi! Gidi ist am Himmel!«

Und ebenso schnell verstummte sie wieder.

Noch während die Gruppe der ersten Fallschirmjäger langsam, wie eine Handvoll Federn, zwischen Himmel und Erde schwebte, sank das zweite Flugzeug tiefer und spuckte Gideon Schenhavs Gruppe aus. Die Männer standen eng gedrängt an der offenen Tür, Bauch an Rücken, ihre Körper eine einzige verschwitzte, aufgeregte Masse. Als Gideon an der Reihe war, presste er die Lippen zusammen, ging in die Knie und sprang, als würde er in das trockene Licht geboren, sprang und fiel. Ein wilder, langer Schrei der Lust drang aus seiner Kehle. Er sprang und sah, wie die Felder seiner Kindheit ihm entgegenjagten, er fiel und sah die Dächer und die Baumwipfel und lächelte ihnen einen Gruß zu und fiel den Weinbergen entgegen und den Betonwegen und den Schuppen und den glänzenden Rohren und fiel mit frohem Herzen. Nie in seinem Leben hatte er eine so starke Liebe empfunden, die ihm einen Schauer über den Rücken jagte. All seine Muskeln waren angespannt, und Wellen der Erregung packten seinen Bauch und liefen über seinen Rücken und den Nacken bis zu seinen Haarwurzeln. Wie ein Irrer schrie Gideon, er schrie und schrie aus Liebe, krallte die Fingernägel in die Handballen, bis fast das Blut kam. Dann wurde das Gurtzeug straffgezogen und schlug ihm in die Achseln. Schlug mit aller Kraft gegen seine Hüften. Einen Augenblick hatte er das Gefühl, als ziehe ihn eine unsichtbare Hand zurück, nach oben, zum Flugzeug, ins Herz des Himmels. Der herrliche freie Fall wurde zu einem weichen Schaukeln, langsam, wie in einer Wiege, wie das Eintauchen in ein warmes Wasserbecken. Plötzlich packte ihn eine heftige Angst: Wie werden sie mich von unten erkennen. Wie können sie ihren einzigen Sohn in einem Wald weißer Fallschirme sehen.

Wie können sie ihre besorgten, liebenden Blicke auf mich richten, nur auf mich. Meine Mutter und mein Vater und die schönen Mädchen und die kleinen Kinder und alle. Ich darf nicht in der Menge untergehen. Es geht um mich, mich lieben sie.

In diesem Moment blitzte ein Gedanke in Gideons Kopf auf. Er hob die Hand zu seiner Schulter und zog an der Schnur des Reservefallschirms, der nur für den Notfall bestimmt war. Mit dem zweiten Fallschirm, der sich über ihm öffnete, verlangsamte sich sein Fall, als habe die Schwerkraft für ihn aufgehört zu existieren. Er schien allein im leeren Raum zu schweben, wie eine Möwe, wie eine einsame Wolke. Die letzten seiner Kameraden waren schon auf dem Feld gelandet und machten sich daran, ihre Fallschirme zu packen. Gideon Schenhav schwebte allein, wie verzaubert, hörte nicht auf zu schweben, zwei Fallschirme aufgespannt über seinem Kopf. Trunken, glücklich saugte er die Hunderte Blicke auf, die auf ihn gerichtet waren. Nur auf ihn.

Wie um dem Schauspiel noch mehr Größe zu verleihen, kam von Westen ein starker, fast kühler Wind auf, durchbrach die Hitze, fuhr in die Haare der Zuschauer und trug den Körper des letzten Fallschirmjägers ostwärts.

7.

Weit entfernt, in der großen Stadt, begrüßten die vielen Zuschauer, die auf die Militärparade warteten, mit einem Seufzer der Erleichterung den plötzlich aufkommenden Wind vom Meer. Vielleicht war das schon das Ende der Hitzewelle. Ein kühler, salziger Geruch wehte durch die glühenden Straßen. Der Wind wurde stärker, stürzte sich auf die Wipfel der Bäume, bog die Stämme der Zypressen, zerzauste die Kiefern, wirbelte Staubwolken auf und trübte den Blick der Menschen, die dem Spektakel der Fallschirmjäger zusahen.

Hoheitsvoll, wie ein riesiger einsamer Vogel, trieb Gideon Schenhav Richtung Osten, der Hauptstraße entgegen.

Der angstvolle Aufschrei, der sich gleichzeitig aus Hunderten von Kehlen löste, drang nicht an Gideons Ohren. Laut singend, wie in einer ekstatischen Trance, schaukelte er langsam auf die Stromleitungen zu, die sich an riesigen Masten entlangspannten. Die Zuschauer starrten entsetzt auf den in der Luft hängenden Soldaten und die Stromleitungen, die das Tal von Westen nach Osten schnurgerade überspannten. Fünf parallel laufende Kabel, leicht durchhängend zwischen den Masten, die sie verbanden, gaben ein hartnäckiges Summen von sich und knarrten im scharfen Wind.

Die beiden Fallschirme Gideons verhedderten sich im oberen Kabel. Im nächsten Moment berührten seine Füße das untere Kabel. Sein Körper hing schräg nach hinten. Das Gurtzeug hielt seine Hüften und seine Schultern und hinderte ihn am Sturz auf die gepflügte Erde. Wären seine dicken Schuhsohlen nicht gewesen, hätte der Stromschlag ihn im Moment der Berührung getötet. Doch das Kabel wehrte sich gegen die fremde Last und begann, die Sohlen zu versengen. Kleine Funken tanzten und platzten unter Gideons Füßen. Er griff mit beiden Händen nach den Gurten, Augen und Mund weit aufgerissen.

Sofort sprang einer der Offiziere, ein kleiner, verschwitzter Mann, aus der versteinerten Menge auf und schrie: »Fass die Kabel nicht an, Gidi, biege dich nach hinten, so weit du kannst, weg von den Kabeln.«

Die Menge, ein dicht zusammengedrängter, erschrockener Haufen, begann sich langsam ostwärts zu bewegen. Es wurde geschrien, geweint. Schejnbojm brachte sie mit seiner metallisch klingenden Stimme zum Schweigen. Er fing an zu rennen, zerstampfte unter seinen Sohlen die Erdschollen, lief geradewegs zu der Stelle unter den Kabeln, schob die Offiziere und die Neugierigen, die ihm entgegentraten, beiseite und befahl seinem Sohn:

»Schnell, Gideon, mach dich los und lass dich fallen. Hier ist die Erde gepflügt, es wird dir nichts passieren. Mach dich los und spring.«

»Ich kann nicht.«

»Hör auf zu diskutieren. Tu, was ich dir sage. Spring!«

»Ich kann nicht, Vater, ich kann das nicht.«

»Es gibt kein Ich-kann-nicht. Mach dich los und spring, bevor du dir einen Schlag holst.«

»Es geht nicht, die Leinen haben sich verheddert. Sie sollen sofort den Strom abschalten, Vater, meine Schuhe verbrennen schon.«

Ein paar Soldaten versuchten für Ordnung zu sorgen und die Versammelten, die gutgemeinte Ratschläge gaben, auseinanderzutreiben, um Platz unter den Kabeln zu schaffen. Wie ein Mantra wiederholten sie unaufhörlich: »Keine Panik, nur keine Panik, bitte.«

Die Kinder des Kibbuz sprangen herum und vergrößerten die Unruhe. Kein Schimpfen und Schreien half. Zwei verärgerten Fallschirmjägern gelang es im letzten Moment, Saki zu packen, der an einem der Strommasten hinaufzuklettern begann und mit Pfeifen und Grimassenschneiden versuchte, die Blicke der Menge auf sich zu ziehen.

Der kleingewachsene Offizier schrie plötzlich:

»Dein Messer! Du hast ein Messer im Gürtel, nimm es und zerschneide die Fangleinen!«

Aber Gideon hörte es nicht oder wollte es nicht hören. Er begann, laut zu schluchzen:

»Hol mich hier runter, Vater, ich verbrenne gleich! Sag ihnen, sie sollen mich runterholen, ich kann's nicht allein.«

»Hör auf zu jammern!«, befahl Schimschon barsch. »Du sollst das Messer nehmen und die Leinen zerschneiden, also tu, was man dir sagt. Ohne Gejammer.«

Der junge Mann gehorchte. Noch immer schluchzte er laut, aber er tastete nach dem Messer, fand es und fing an, die Fangleinen zu zerschneiden, eine nach der anderen. Es wurde still. Nur Gideons Weinen war manchmal zu hören, seltsam und durchdringend. Am Schluss war nur noch eine Leine übrig, und Gideon packte sie, wagte aber nicht, sie ebenfalls zu zertrennen.

»Schneid doch!«, schrien die Kinder. »Schneide sie durch und spring, zeig, was du kannst.«

Und Schimschon fügte beherrscht hinzu: »Auf was wartest du?«

»Ich kann nicht«, sagte Gideon flehend.

»Natürlich kannst du«, sagte sein Vater.

»Der Strom«, weinte Gideon, »ich spüre den Strom. Holt mich schnell runter.«

Die Augen seines Vaters waren blutunterlaufen, als er schrie: »Du Feigling! Schämen solltest du dich!«

»Aber ich kann nicht, ich werde mir alle Knochen brechen, es ist zu hoch.«

»Du kannst, und du musst. Du bist ein Dummkopf, das bist du, ein Dummkopf und ein Feigling!«

Über ihre Köpfe flogen Düsenflugzeuge auf dem Weg zur Flugschau über der Stadt. Sie donnerten in einer genauen Formation westwärts, wie ein Rudel wilder Hunde. Als sie sich entfernt hatten, kehrte die Stille mit doppelter Intensität zurück. Auch Gideon hatte aufgehört zu weinen. Er ließ das Messer zu Boden fallen. Die Klinge bohrte sich vor Schimschon Schejnbojm in die Erde.

»Was hast du getan?«, schrie der kleingewachsene Offizier.

»Nicht mit Absicht«, jammerte Gideon, »es ist mir aus der Hand gerutscht.«

Schimschon Schejnbojm bückte sich, hob einen kleinen Stein auf und warf ihn wütend gegen den Rücken seines festhängenden Sohns.

»Pinocchio, ein Jammerlappen bist du, ein armseliger Feigling!«

Und dann legte sich der Wind vom Meer.

Mit voller Wucht kehrte die Hitze zurück und brach über Menschen und Dinge herein. Ein rothaariger, sommersprossiger Soldat murmelte: »Er hat Angst zu springen, dieser Idiot, so bringt er sich noch um.« Und ein junges Mädchen, dünn und hässlich, das diesen Satz hörte, sprang mitten in den Kreis von Menschen und breitete die Arme aus: »Spring, Gidi, dir wird nichts passieren.«

»Es wäre interessant zu wissen«, sagte ein alter Pionier in Arbeitskleidung, »ob jemand klug genug war, beim Elektrizitätswerk anzurufen und dafür zu sorgen, dass sie den Strom abschalten.« Mit diesen Worten drehte er sich um und ging auf den Kibbuz zu. Er ging schnell, wütend den leichten Abhang hinauf, bis er plötzlich erstarrte, als ganz in der Nähe anhaltendes Schießen zu hören war. Einen Moment lang dachte der alte Pionier, jetzt schieße man ihm in den Rücken. Doch gleich darauf sah er, was geschah. Der Kommandeur der Einheit, der sagenhafte Held, der schöne Blonde, versuchte, mit seinen Schüssen die Stromleitungen zu zertrennen.

Vergeblich.

Inzwischen war aus dem Kibbuz ein klappriger Transporter gekommen, von dem man einige Leitern hob. Der alte Arzt stieg aus, und nach ihm wurde eine Tragbahre ausgeladen.

In diesem Moment schien Gideon einen Entschluss zu fassen. Mit einem heftigen Tritt stieß er sich von dem Kabel ab, aus dem bläuliche Funken sprühten, drehte sich in der Luft und blieb an der letzten Fangleine hängen, mit dem Kopf nach unten und den qualmenden Schuhen einen halben Meter unter dem Kabel.

Genau konnten die Zuschauer es nicht erkennen, aber bisher war er offenbar noch nicht schwer verletzt. Er schaukelte in der Luft, weich, mit dem Kopf nach unten, wie ein geschlachtetes Lamm, das am Haken hängt.

Dieser Anblick weckte in den Kindern eine Art hysterische Heiterkeit, sie fingen an zu lachen, bellend wie Hunde.

Saki schlug sich mit den Händen auf die Knie, krampfhaft würgend und keuchend. Er hüpfte und schrie wie ein boshafter kleiner Affe.

Was brachte Gideon Schenhav dazu, plötzlich den Kopf zu heben und in das Gelächter der Kinder einzustimmen? Vielleicht hatte seine seltsame Haltung ihn verwirrt: Sein Kopf füllte sich mit Blut, die Zunge hing ihm aus dem Mund, seine Haare schwangen nach unten, nur seine Füße traten gegen den Himmel.

8.

Eine zweite Gruppe Flugzeuge durchpflügte den Himmel. Ein Dutzend Metallvögel, formvollendet und böse, die die Sonnenstrahlen in einem blendenden Flackern widerspiegelten. Sie waren formiert wie die Klinge eines Dolchs. Ihr Brüllen ließ die Erde erzittern. Als sie westwärts geflogen waren, herrschte wieder vollkommene Stille.

Der alte Arzt hatte sich auf die Tragbahre gesetzt. Er zündete sich eine Zigarette an, betrachtete die Menge, die Soldaten, die herumtobenden Kinder, und sagte sich: Es wird sein, was sein wird, es wird sein, was sein muss. Und wie heiß es heute doch ist.

Ab und zu lachte Gideon schrecklich über das Geschrei, seine Beine zappelten und malten schwache Kreise in die staubige Luft. Das Blut strömte durch seine Adern und sammelte sich in seinem Kopf. Seine Augen quollen hervor. Die Welt verdunkelte sich. Statt roter Strahlen tanzten violette Flecken vor seinen Augen. Er streckte die Zunge heraus. Die Kinder verstanden das als Spott. »Pinocchio auf dem Kopf«, schrie Saki, »Pinocchio auf dem Kopf, hör auf, uns so komisch anzuschauen, und mach uns vor, wie man auf den Händen geht!«

Schejnbojm hob die Hand, um dem Frechdachs eine

Ohrfeige zu verpassen, aber der Schlag ging ins Leere, weil
der Junge zur Seite gewichen war. Der Alte gab dem blonden Offizier ein Zeichen, und beide berieten sich kurz. Im
Moment befand sich Gideon nicht in akuter Gefahr, weil er
kein Kabel mehr berührte. Aber man musste ihn bald befreien, diese Komödie durfte nicht bis in alle Ewigkeit andauern. Eine Leiter würde nicht viel nützen: Er hing zu hoch.
Vielleicht war es möglich, ihn wieder mit einem Messer zu
bewaffnen und ihm gut zuzureden, die letzte Leine zu kappen und sich in ein Sprungtuch fallen zu lassen. Schließlich
war das eine normale Übung für Fallschirmspringer. Hauptsache, es ging schnell, denn die Situation war beschämend.
Man musste auch an die Kinder denken. Der blonde Offizier
zog sein Hemd aus, wickelte ein Messer hinein und warf das
Bündel nach oben. Gideon streckte die Arme aus und versuchte, es zu packen. Aber der Stoff flog an seinen Händen
vorbei und fiel zu Boden. Die Kinder lachten. Erst nach zwei
weiteren Versuchen schaffte Gideon es, das Hemd zu fangen
und das Messer herauszuziehen. Er hielt es in seinen Fingern, die vom Blut schwer und gefühllos geworden waren.
Plötzlich drückte er die Schneide an seine heiße Wange. Das
Metall verschaffte ihm einen süßen Moment lang Kühlung.
Er öffnete die Augen und erblickte eine auf den Kopf ge-
stellte Welt. Alles sah komisch aus: der Transporter, das Feld,
die Menschen, sein Vater, die Soldaten, die Kinder und auch
das Messer in seiner Hand. Er schnitt den Kindern eine Gri-
masse, gab ein tiefes Lachen von sich und winkte ihnen mit
dem Messer zu. Er versuchte etwas zu sagen. Hätten sie sich
mit seinen Augen von hier oben gesehen, auf den Kopf gestellt, umherrennend wie aufgestörte Ameisen, hätten sie bestimmt in sein Lachen eingestimmt. Aber das Lachen wurde
zu einem bösen Husten, das Gideon fast erstickte, und seine
Augen füllten sich mit Tränen.

9.

Mit seinen vermeintlichen Possen weckte Gideon, wie er da kopfüber hing, Sakis Schadenfreude.

»Er weint«, rief der Junge boshaft, »Gideon weint, man sieht seine Tränen. Pinocchio, der Fallschirmjäger, weint wie ein Baby, schaut doch nur.«

Auch diesmal ging Schimschon Schejnbojms Faust ins Leere.

»Saki«, brachte Gideon mit dumpfer, verzerrter Stimme heraus, »Saki, ich bringe dich um, ich erwürge dich, du Miststück.« Dann lachte er plötzlich und schwieg.

Es hatte keinen Zweck, er würde die letzte Leine nicht selbst zerschneiden, und der Arzt fürchtete, wenn er noch lange so hängen bliebe, könnte er das Bewusstsein verlieren. Man musste sich etwas anderes überlegen. Das alles durfte nicht noch den ganzen Tag lang andauern.

Der Transporter des Kibbuz rumpelte also über die gepflügte Erde und hielt an der Stelle, die Schimschon Schejnbojm anwies. Auf der Ladefläche band man schnell zwei Leitern zusammen, um die nötige Höhe zu erreichen. Zehn starke Arme hielten die untere Leiter von beiden Seiten. Der sagenhafte blonde Kommandeur machte sich daran, hinaufzusteigen. Doch als er sich der Stelle näherte, an der die beiden Leitern miteinander verbunden waren, ließ sich ein bedrohliches Knirschen hören, und das Holz bog sich unter seinem Gewicht. Der Offizier, der ein stattlicher Mann war, zögerte einen Moment. Dann beschloss er, umzukehren und erst einmal die Verbindungsstelle der Leitern zu verstärken. Er kletterte zurück auf die Ladefläche des Lastwagens, wischte sich den Schweiß von der Stirn und sagte: »Einen Moment. Man muss nachdenken.« Und plötzlich, ohne dass jemand ihn zurückhalten konnte, ohne dass es überhaupt jemand bemerkt hatte, war Saki schon die Leiter hinaufgeklettert, hatte die Verbindungsstelle überwunden und sprang,

cin wilder Affe, die Sprossen der oberen Leiter hinauf, in der
Hand ein Messer, niemand wusste, wo er es herhatte. Und
schon begann er, mit der straff gespannten Leine zu kämpfen. Die Zuschauer hielten den Atem an. Der Junge schien
die Gesetze der Schwerkraft zu leugnen, er stützte sich nicht
ab, er gab nicht acht, er sprang auf die letzte Sprosse, flink,
gewandt und effizient.

10.

Mit unbarmherziger Kraft umgab die Hitze den jungen Mann,
der dort in der Luft hing. Vor seinen Augen wurde es dunkel,
er atmete kaum noch. In seinem letzten hellen Moment sah
er seinen hässlichen Bruder vor sich und spürte dessen Atem
auf seiner Wange. Roch ihn. Sah die Schneidezähne, die aus
Sakis Mund stachen. Einen schrecklichen Moment lang war
ihm, als schaue er in einen Spiegel und sähe ein Ungeheuer.
Der Alptraum weckte in Gideon die letzten Kräfte. Er trat
um sich, zappelte, schaffte es, sich umzudrehen, er packte die
Fangleine und zog sich nach oben. Mit ausgebreiteten Armen
warf er sich auf das Kabel und sah das Aufblitzen. Der heiße
Wüstenwind beherrschte das ganze Tal. Und eine dritte Formation von Düsenflugzeugen erfüllte alles mit ihrem Donnern.

11.

Der Status eines trauernden Vaters verleiht einem Mann eine
ehrfurchtgebietende Aura des Leidens. Aber Schejnbojm ver-
schwendete keinen Gedanken daran. Ein bedrücktes, stum-
mes Gefolge begleitete ihn zum Speisesaal. Er wusste genau,
dass er jetzt Raja zur Seite stehen musste.
    Auf dem Weg begegnete ihm Saki, erhitzt, schwer atmend,

ein Held. Die anderen Kinder umringten ihn. Schließlich hätte er Gideon fast gerettet. Schimschon legte seinem Jungen eine zitternde Hand auf den Kopf und versuchte etwas zu sagen. Seine Stimme ließ ihn im Stich, seine Lippen bebten. Er strich ihm schwer über die krausen, staubigen Haare. Nie zuvor hatte er dieses Kind gestreichelt. Nach einigen Schritten wurde es dunkel um ihn, der Alte stürzte in ein Blumenbeet.

Am Abend des Feiertages legte sich der Chamsin. Ein Wind vom Meer kühlte die glühenden Wände. Schwere Tautropfen·fielen nachts auf die Rasenflächen.

Was verkündet der blasse Hof um den Mond? In den meisten Fällen sagt er den Chamsin voraus. Morgen wird die Hitze bestimmt zurückkommen. Es ist Mai. Danach wird es Juni. Wind weht in der Nacht durch die Zypressen und versucht sie zu besänftigen, zwischen einer Hitzewelle und der nächsten. Das ist der Weg des Windes, er kommt und geht und kommt. Es gibt nichts Neues.

(1962)

Vor seiner Zeit

I.

Warm und stark war der Bulle am Vorabend seines Todes.

In der Nacht schächteten sie Schimschon, den Bullen. Gegen Morgen, noch vor dem Melken um fünf Uhr, kam der Fleischhändler aus Nazareth und nahm ihn in einem grauen Lieferwagen mit. An rostigen Haken hingen die Stücke in den Metzgereien von Nazareth. Das Läuten der Kirchenglocken weckte die Fliegenschwärme, die auf dem Bullenfleisch saßen und grüne Rache an ihm übten.

Danach, um acht Uhr morgens, erschien ein alter Effendi mit einem Transistor in der Hand. Er kam, um Schimschons Haut zu kaufen. Radio Ramallah spielte gerade amerikanische Musik. Eine wilde Melodie ertönte aus dem Transistor, ein düsterer Jazz, der unter die Haut ging. Die Kirchenglocken begleiteten das Klagen. Als das Stück zu Ende war, war auch das Geschäft gemacht. Was wirst du tun, Raschid Effendi, mit der Haut von Schimschon, dem prachtvollen Bullen? Ziergegenstände werde ich aus ihr machen, Kunstwerke, Souvenirs für reiche Touristen, Bilder mit vielen Farben auf Pergamentstücken: Hier ist die Gasse, in der Jesus gelebt hat, hier ist die Schreinerei mit Josef höchstpersönlich, hier sind kleine Engel mit Glocken, die die Geburt des Erlösers verkünden, und da kommen die Könige, um vor der Krippe mit dem Kind zu knien, und hier der Säugling mit Licht auf der Stirn, alles auf Pergament, auf echter Rindshaut, Handarbeit und nach der Vorstellung des Künstlers.

Raschid Effendi ging in das Café Zaim, um den Vormittag bei einer Partie Backgammon zu verbringen, in der rechten Hand den fröhlichen Transistor, in einem Sack zu seinen Füßen die Haut des toten Bullen.

Und ein Wind von Nazareth, voll schwerer Düfte, bewegte die Glocken und die Baumwipfel, brachte die Haken in den Metzgereien zum Schwingen, und das Fleisch des Bullen leuchtete rot auf.

2.

In vollem Saft stand Schimschon der Bulle, der Stolz des Kuhstalls im Kibbuz, der Bulle aller Bullen im Jesreel-Tal. Hätte seine Zeugungskraft nicht nachgelassen, dann wäre Josch nicht in der Nacht mit dem Messer zu ihm gekommen, um ihm die Kehle durchzuschneiden.

Schimschon schlief im Stehen, mit gesenktem Kopf. Der Dunst seines Atems mischte sich mit dem Geruch von zähem Kuhschweiß. Das Licht der Taschenlampe glitt über seine Brust und hielt an seiner Kehle inne. Der Bulle spürte es nicht.

Ein vergifteter Köder, überlegte Josch. Das Heulen der Schakale ertönte aus der Dunkelheit. Im Spätherbst war ein Schakal in den Kuhstall eingedrungen, tollwütig oder verrückt vor Hunger, und hatte Schimschon ins Bein gebissen. Schimschon hatte ihn mit einem Tritt getötet, aber das Gift des Bisses hatte seiner Zeugungskraft ein Ende gemacht. So war das Schicksal des stärksten Bullen im ganzen Jesreel-Tal besiegelt.

Mit sanfter, leiser Hand griff Josch nach dem Unterkiefer des Bullen und hob den dunklen Kopf. Der Bulle atmete tief. Seine Augenlider zuckten, zwinkerten fast. Josch drückte die Messerspitze an Schimschons Kehle. Plötzlich weiteten sich die Nüstern des Bullen, und sein Vorderbein stampfte im Mist. Noch immer hatte er die Augen nicht geöffnet, hielt sie geschlossen, bis die Klinge seine Halsschlagader durchtrennt hatte, die Verbindung zwischen Kopf und Herz.

Erst kamen ein paar dünne, vorsichtige Tropfen, der Bulle stieß ein dumpfes Brüllen des Unbehagens aus und bewegte den Kopf von rechts nach links, als wollte er eine hartnäckige Fliege vertreiben oder als wollte er seinem Gesprächspartner heftig widersprechen. Dann folgte ein leichtes Sickern, zögernd, wie von einer unbedeutenden Schramme.

»Nun«, sagte Josch.

Schimschon schlug mit dem Schwanz auf sein schmutziges Hinterteil und gab ein heißes, nervöses Schnauben von sich.

»Nun, los«, sagte Josch und schob die Hand in die Hosentasche. Feucht und zerdrückt war die Zigarette, die er sich zwischen die Lippen steckte. Was brachte Josch dazu, das Streichholz an der Stirn des sterbenden Bullen auszudrücken? Die Flamme erlosch, und es war wieder dunkel. Der Bulle stöhnte jetzt vor Schmerz, aber es war ein unterdrücktes Stöhnen, dann wurde er still, ging unbeholfen zwei Schritte zurück, hob den Kopf und schaute Josch an.

Und als er den herrlichen Kopf hob, brach ein Strahl aus dem Schnitt und sprudelte im Licht der Taschenlampe in einer schwarzen Kaskade abwärts. Josch empfand Widerwillen und Ungeduld.

»Also wirklich«, sagte er. Der Anblick des fließenden Blutes reizte seine Blase. Etwas hielt ihn zurück, angesichts des sterbenden Bullen zu urinieren. Aber seine Geduld war fast zu Ende, er rauchte gereizt und wütend. Ganz langsam verendete Schimschon. Sein Blut war warm und zähflüssig. Er brach in die Knie, zuerst mit den Vorderbeinen, danach legte er sich ohne Eile auf die Seite. Seine Hörner wollten zustoßen, fanden aber kein Ziel.

Erst starben die Augen des Bullen, während seine Haut noch zitterte. Dann lag er still, nur einer der Vorderhufe schlug ein paar Mal ins Stroh wie der Stock eines Blinden. Doch auch dieser Huf hörte auf, sich zu bewegen. Der Schwanz schlug schwach, einmal, noch einmal, wie eine

Hand, die zum Abschied winkt. Und als sein Blut herausgeflossen war, krümmte Schimschon sich zusammen, als wolle er in der Haltung eines Fötus sterben.

»Nun, nun«, sagte Josch.

Nach diesen Worten drückte der Stallbursche die Zigarette aus, entleerte seine Blase und ging zu der kleinen Küche, wo Zeschka Nachtwache hielt.

Zeschka, Dov Sirkins geschiedene Frau, goss Josch süße heiße Milch in einen Steingutbecher. Sie war alt, faltig, mit tiefliegenden, eulenhaften Augen. Der Steingutbecher war groß und dickwandig. Etwas Jähes und Nervöses lag in Zeschkas Bewegungen, ihr Körper war klein und verschrumpelt. Aus dem Becher stieg Dampf, und auf der Milch hatte sich eine fette Haut gebildet.

3.

Nacht für Nacht, bis zum frühen Morgen, hält Zeschka sich in der kleinen Küche auf, in der das Essen für die Säuglinge und für die kranken Kinder gekocht wird. Ihr kantiges Gesicht ruht auf den Knien, um die sie die Arme gelegt hat, wie ein zusammengeklapptes Taschenmesser. Einmal in der Stunde hüllt sie sich in ihren langen, groben Mantel und macht eine Runde durch die Kinderhäuser. Da zieht sie eine Decke zurecht, dort schließt sie ein Fenster, weil es kalt ist, aber sie liebt diese neuen Kinder nicht, und sie ist auch der Ansicht, dass man jetzt weder Kinder noch Eltern braucht, sondern nur vollständige Ruhe und sonst nichts.

Dazwischen ruht sie sich auf dem Schemel aus, ohne Beschäftigung, ohne Grübeleien, wie im Niemandsland an der Grenze zum Schlaf. Sie schläft aber nicht. Wenn ein Kind nachts weint oder hustet, schlurft sie hin, berührt es und sagt: »Schon gut, es reicht.«

Oder: »Schluss jetzt, genug.«

Und zu sich selbst sagt sie: »So soll es sein.«

Seit jenem fernen Tag, an dem Dov Sirkin seine Familie und seinen Kibbuz verließ, ist Zeschka immer verbitterter geworden. Sie spricht schlecht über den Kibbuz im Allgemeinen und über einzelne Menschen im Besonderen. Wir versuchen geduldig zu bleiben. Als ihr ältester Sohn, Ehud, bei einer brutalen Vergeltungsaktion umkam, kümmerten wir uns um sie und bewahrten sie davor, verrückt zu werden. Der Reihe nach besuchten wir sie abends und saßen bei ihr. Wir schickten sie zu einem Kurs in Handarbeit. Und als sie ankam und schamlos forderte, als ständige Nachtwache eingesetzt und von allen anderen Arbeiten befreit zu werden, beharrten wir nicht auf unseren Grundsätzen, sondern sagten: Gut, in Ordnung. Du bist ein Sonderfall, und wir haben beschlossen, dir entgegenzukommen. Aber berücksichtige das bitte ... und so weiter.

Hätte Schimschon es vorgezogen, brüllend zu sterben, nicht mit einem ergebenen Seufzer, hätte Zeschka bestimmt den Kopf gesenkt und »Ja« gesagt. Oder: »So ist es gut.« Aber Schimschon hatte sich dafür entschieden, still zu sterben, und Josch trank die Milch, die sie ihm eingeschenkt hatte, sagte nur »Danke!« und ging, ohne mit ihr zu sprechen oder ihr eine seiner Geschichten von den Kämpfen vor der Staatsgründung zu erzählen. Manchmal blieb er ein Weilchen oder scherzte sogar. In dieser Nacht kam er, trank und ging wieder hinaus in die Dunkelheit.

Und dann, bis zum Morgengrauen, die Schakale.

Ausbrüche von Weinen oder Lachen, als ob gleich nebenan, hier, hinter der Wand, ein Baby bei lebendigem Leib verbrennen würde. Und manchmal klingt es so, als ob geile Männer sich an ein leichtes Mädchen drängen, sie hin- und herschubsen, kratzen und kitzeln, bis sie schreit und lacht und sie stöhnen, und dann lächelt auch Zeschka und sagt sich: »So ist es recht.«

Um fünf oder Viertel nach fünf, wenn der Himmel blass

wird und über den Bergen im Osten ein geisterhafter Schimmer liegt, lange bevor die Sonne aufsteigt, geht Zeschka in ihr Zimmer, um zu schlafen. Unterwegs bleibt sie im Wohnbereich der jungen Leute stehen, klopft heftig an Ge'ulas Tür und ruft: »Aufstehen, es ist schon lange nach fünf. Guten Morgen, aufstehen!«

Ge'ula Sirkin, die übrig gebliebene Tochter von Zeschka und Dov, erwacht lustlos, steht auf und wäscht unter dem Hahn das Gesicht mit kaltem Wasser. Sie läuft zum Speisesaal, und wenn man »Guten Morgen, Ge'ula« sagt, antwortet sie manchmal müde oder noch halb im Schlaf: »Gut. In Ordnung.« In der Küche nimmt sie die großen Kessel in Betrieb und kocht Kaffee für die Arbeiter. Ihre Fingernägel sind rissig, die Haut an ihren Händen ist rau und juckend, und sie hat zwei bittere Falten um den Mund. Ihre Beine sind dünn, blass und mit dunklen Haaren bewachsen. Deshalb trägt sie immer Hosen, nie Röcke oder Kleider. Und ihre Wangen sind, obwohl sie schon über zwanzig ist, noch immer übersät mit Akne. Sie liest gern moderne Lyrik.

Kaffee in großen Kesseln, denkt Ge'ula, ist eklig. Echten Kaffee kocht man in einem *Finjan*. Ehud kam nicht oft nach Hause, wenn er Urlaub hatte, doch jeder Besuch erregte die unverheirateten jungen Mädchen. Manchmal fand auch eine Verheiratete den Weg in sein Bett. Er kochte Kaffee wie ein alter Zauberer, mit Beschwörungen und Geflüster. Dann lachte er plötzlich, als wolle er sagen: Was wisst ihr schon, was könnt ihr denn wissen über das Grauen, wenn man aus nächster Nähe von einer Bazooka beschossen wird. Aber er war wortkarg. Er brach nur in Lachen aus und fragte, warum alle um ihn herumstanden, als ob sie kein Zuhause hätten, als ob sie nichts zu tun hätten. Und lange bevor er starb, war der Tod schon in seinen Augen. Er verließ den Kibbuz nicht, aber er lebte auch nicht hier: Von Jahr zu Jahr verlängerte er seinen Dienst bei der Armee, dort und in den Grenzsiedlungen rankten sich Geschichten um ihn, er war dreiundzwanzig, und man ließ ihn eine Einheit befehligen, er lief in einer abgewetzten Uniform und in Sandalen herum, mit einer Maschinenpistole, die bei einem toten Syrer gelegen hatte. Er nahm an allen Vergeltungsaktionen teil – er fehlte bei keiner einzigen. Einmal war er mit Lungenentzündung losgezogen, kochend vor Fieber, um die Polizeistation in Beth Ghajar zu sprengen. Und er war es, der allein, auf einer nächtlichen Expedition in Har-Hebron, Issa Tobassi festnahm, den Mörder der Familie Janiv im Moschav Bet-Hadass. Als er von seiner einsamen Mission zurückkam, sagte er zu seiner Schwester Ge'ula: »Ich habe ihn und sechs andere getötet, ich musste es tun.«

Bis die Kaffeekessel zu dampfen anfangen, während Ge'ula ihre erste Zigarette auf nüchternen Magen raucht, haben sich die Schakale des Jesreel-Tals in ihre Höhlen zurückgezogen. Der Geruch von Schimschons Blut hatte sie in der Nacht verrückt gemacht. Mager und dürr sind sie, die Schakale des Tals, Speichel läuft aus ihren Schnauzen, ihre Augen triefen. Sie haben vorsichtige Pfoten und räudige Schwänze. Manchmal wird einer wild vor Hunger oder vom Heulen, er dringt auf das Gelände vor und beißt, bis die Wachleute ihn erschießen. Und seine Freunde heulen um ihn und lachen schadenfroh.

Einmal, vor vielen Jahren, hatte Dov Sirkin vergiftete Köder für diese Schakale ausgelegt und kleine Fallen aufgestellt, die er selbst entworfen und gebaut hatte. Wer zuletzt lacht, lacht am besten, pflegte Dov Sirkin zu sagen. Doch dann verließ er den Kibbuz und seine Familie und wanderte durch das Land. Zu seiner Frau hatte er gesagt: »Der Mensch muss versuchen, eine Spur in der Welt zu hinterlassen, damit er nach seinem Tod weiterlebt, sonst hat es keinen Sinn, geboren worden zu sein.«

Aufgrund einer militärischen Anordnung ist es unseren

Soldaten verboten, Feindesgebiet zu verlassen, bevor alle Verwundeten und Gefallenen evakuiert sind. Dass man Ehuds Leiche im Niemandsland zurückgelassen hatte, mit dieser Schande beschäftigten sich zwei Untersuchungsausschüsse, und es wurden Konsequenzen gezogen. Drei Nächte lang lag Ehud dort. Die feindlichen Soldaten versuchten, die Leiche zu bergen, um sie in einer ihrer Städte auszustellen und damit von der Schande ihrer Niederlage in diesem und in anderen Kämpfen abzulenken. Ehuds Kameraden, toll vor Zorn und Scham, vereitelten den bösen Plan, indem sie von unserer Grenze aus das Niemandsland unter Dauerbeschuss nahmen. Doch auch die Feinde beschossen das Gebiet und ließen nicht zu, dass die Leiche geborgen wurde. Nacht um Nacht krochen Ehuds Kameraden mit Todesverachtung in dieses verfluchte Stück Land voller Dornen und Minen und wurden jedes Mal zurückgeschlagen. Der Feind stellte große Scheinwerfer auf und durchbrach die Dunkelheit. Erst in der vierten Nacht, um den Preis von sechs Verwundeten, schafften es seine Kameraden, ihn herauszuholen, trotz des Verbots ihrer Vorgesetzten, trotz aller Gefahren. Sie brachten ihn zum Militärlager und von dort nach Hause und sagten zu ihm, Ehud, du hättest uns nicht im Stich gelassen, nicht mal, um dein Leben zu retten, und nun haben wir auch dich nicht im Stich gelassen. Ruhe sanft.

Aber die Schakale hatten sein Gesicht und sein schönes kantiges Kinn zerrissen. Dov Sirkin erschien zur Beerdigung seines Sohnes und sah aus, als wäre er lebensgefährlich erkrankt. Zeschka sprach nicht mit ihm, und er sagte kein Wort zu ihr. Mit Ge'ula versuchte er zu reden, aber sie antwortete ihm nicht.

Schwarz brodelt der Kaffee in den heißen Kesseln. Sieben Mal aufkochen, beschließt Ge'ula Sirkin, sieben ganze Male. Ihre Lippen sind aufeinandergepresst. Sie beißt die Zähne zusammen. Ihr Mund gleicht der gebogenen Klinge eines Dolchs.

4.

Um sechs Uhr morgens ist das Anlassen der Traktoren aus dem Geräteschuppen zu hören. Die Mitglieder des Kibbuz fahren zu den Feldern, auf denen schwer der Tau liegt. Um acht brennt schon der Himmel, und seine Farbe wechselt von Hellblau zu einem schmutzigen Weißgrau. Die Traktoren, Bewässerungsrohre und Arbeitsgeräte, alles, was Metallteile besitzt, glüht. Du streckst die Hand aus, um sie zu berühren oder zu ergreifen, und berührst flammenden Hass. Die rostigen Wasserhähne gurgeln und spucken Eisensplitter aus.

Vor vielen Jahren war Dov Sirkin verantwortlich für alle Obstgärten gewesen. Nackt bis zu den Hüften, ging er die Baumreihen entlang, singend vor ekstatischer Freude, war am einen Ende der Obstgärten, beschimpfte dort die Pflücker und feuerte sie an, um dann zu verschwinden und am anderen Ende des Gartens wieder aufzutauchen. Er hatte mächtige Schultern, und auf Brust und Rücken wuchsen ihm Haare wie einem Bären: dunkel und dicht.

An Sommertagen ging er gegen Abend durch die Obstgärten, ein blondes Kind auf den Schultern, mit zarten, wohlgeformten Gliedern, schön wie ein Mädchen. Dov brachte diesem Jungen bei, nicht vor Angst zu schreien und nicht mit der Wimper zu zucken, wenn er plötzlich in die Luft geworfen wurde, ohne Vorwarnung, hoch in die Baumwipfel, um von den Armen seines kräftigen Vaters aufgefangen zu werden.

»Man muss stark und abgehärtet sein«, pflegte er zu sagen, obwohl er wusste, dass der Kleine diese Worte noch nicht begriff. »Ein unschuldiges Opfer zu töten ist das schrecklichste Verbrechen auf der Welt. Ein unschuldiges Opfer zu sein ist fast genauso schlimm. Du, Ehud, wirst ein starker Mann werden. So stark, dass dir niemand etwas anhaben kann und du niemandem etwas beweisen musst, weil keiner es wagen wird, sich mit dir anzulegen. Jetzt wird es dunkel, und wir gehen nach Hause. Nein, nicht zusammen, du gehst allein, über das Wadi, und ich auf einem anderen Weg. Du musst lernen, keine Angst vor der Dunkelheit zu haben. Ja, im Wadi gibt es alle möglichen Geschöpfe, aber sie werden Angst vor dir haben, wenn du dich nicht vor ihnen fürchtest. Also geh.«

Der Obstgarten ist in einzelnen Feldern angelegt, eine Pflanzensorte ist von der anderen durch schnurgerade Furchen getrennt. Es gibt Kaiser-Alexander-Äpfel, sie sind kompakt und haben wenig Geschmack. Gala-Äpfel. Saftige Delicious. Dann kommen die Pfirsichbäume, deren Früchte pelzig sind und berauschend duften. Es gibt dunkle Zwetschgen, die wie Wein sind, melancholische Guaven und in einem weiteren Feld Speiseäpfel, die Sanspareil heißen. Dov Sirkin hatte die Felder angelegt, er war es, der in den frühen Tagen des Kibbuz die Bäumchen gepflanzt hatte. Der ganze Obstgarten war nur aufgrund von Dov Sirkins Hartnäckigkeit entstanden. Er hatte mit den Kibbuzgründern gestritten, er hatte gedroht und sie schließlich überzeugt, zweimal machte er Fehler, und man sagte ihm, er sei verrückt, er solle es doch lassen, und zweimal riss er die Bäumchen wieder heraus und pflanzte neue. Vor zwanzig Jahren stand er auf, verließ den Obstgarten und seine Familie und den Kibbuz und zog durch das Land. Und machte sich nicht einmal die Mühe, einen Brief zu hinterlassen.

Seither hat es Generationen von Schakalen gegeben, aber die Jungen führen das Erbe ihrer Väter unverändert weiter. Jede Generation erfüllt Nacht für Nacht die dunklen Felder mit Klageliedern und Jubelgeheul, mit aggressiven Schreien der Preisung, der Verzweiflung und der Boshaftigkeit.

Nach Dov Sirkins Weggang war im ganzen Kibbuz lautes Lamentieren zu hören: Verließ in jenen Tagen jemand den Kibbuz, berief er vor seinem Weggang, zumindest wenn es sich um eine der tragenden Säulen handelte, eine Zusammenkunft ein, bei der er mit der Faust auf den Tisch schlug und die Dinge beim Namen nannte und ein für alle Mal entlarvte, was sich hinter der Fassade verbarg, und dann setzte er sich auf seinen Platz und hörte sich die Antworten an, in denen man ihm, ebenfalls ein für alle Mal, klarmachte, was man von ihm und seinen Beweggründen hielt. Aber Dov stahl sich ohne jede Diskussion davon, er beschuldigte niemanden und verteidigte sich nicht: Er verschwand früh an einem Morgen und kam am Abend nicht zurück, auch nicht am Tag darauf. Er war weg.

Im Lauf der Zeit legte sich der Zorn. Wich Erstaunen. Einem Schulterzucken: Er ist gegangen. Soll er doch. Schließlich kennen wir ihn schon lange. Wir haben es immer gewusst.

Dann kam eine Geschichte über irgendeine Touristin auf, eine Malerin aus Mexiko, und alles war klar. Der Kibbuz übernahm die Verantwortung für Zeschka und ihre Kinder. Ehud Sirkin war derjenige, der mit vierzehneinhalb Jahren eigenhändig die sich drehende Milchtrommel baute, die unsere Molkerei veränderte. Als er sechzehn war, verließ er die Schule und fing an, sich in den Bergen herumzutreiben, und vielleicht entwickelte er schon damals die Gewohnheit, die Waffenstillstandslinie zu überschreiten und heil zurückzukehren. Er schlief hinter der Scheune mit Mädchen aus dem Vorbereitungslager, die vier oder fünf Jahre älter waren als er. Nach seiner Einberufung wurde er etwas ruhiger. Mit dreiundzwanzig war er schon Major und im ganzen Land bekannt. Nur Ge'ula machte uns Sorgen. Und Zeschka.

Dov ging erst nach Haifa und arbeitete im Hafen, um ein bisschen Geld zu sparen: Er hatte zweiundsechzig Grusch in der Tasche, als er den Kibbuz verließ. Von Haifa aus ging er zu den Nowomeisky-Werken am Toten Meer. Und von dort aus wechselte er zu verschiedenen Plätzen in Israel und im Ausland, und wir verloren seine Spur. Verschiedene widersprüchliche Gerüchte kamen uns zuweilen zu Ohren. Vor ein paar Jahren, das wussten wir aus erster Hand, war Dov Sirkin in Jerusalem hängengeblieben und Lehrer für Geographie geworden, in den unteren Gymnasialklassen. Ein erster Herzanfall zwang ihn dazu, das Leben langsamer anzugehen. Nach dem zweiten Herzanfall hörte er auf zu unterrichten und blieb zu Hause. Sein Gesicht ist sehr fahl geworden.

5.

Dov Sirkin war zu Hause. Es war Nacht. Er saß bewegungslos auf einem Stuhl, aufrecht, ohne zu blinzeln, ohne zu gähnen. Und zeichnete mit sicheren Strichen.

Zwei Uhr nachts. An der Decke brannte eine gelbe Glühbirne, nackt, ohne Schirm. Ein bisschen Kalk rieselte von der Decke auf einen alten Holzstuhl. Dovs Zimmer war streng eingerichtet. Jeder Gegenstand befand sich genau an dem Platz, den Dov zwei Jahre vor der Staatsgründung für ihn bestimmt hatte. Trotz der pedantischen Ordnung wirkte der Raum, als lebe eine laute, schwer zu bändigende Herde bunt gemischter Möbel darin. Es herrschte ein Durcheinander, nichts passte zusammen: die leichten, durchsichtigen Vorhänge und die alte Kommode, der ovale Tisch aus den Tagen des sephardischen Jerusalem und der schwarze Schrank mit den Dinosaurierbeinen. In alldem prangte ein grell geblümter Bettüberwurf, rot-blau, aus Seide, wie sie sonst für Frauenunterwäsche genommen wird. Und über dem Ganzen schwebte ein schwerer Kronleuchter. In einer Zimmerecke stand ein großer Blumentopf mit einer Pflanze, die ihre Kaktusschlangen in alle Richtungen streckte, und in der Mitte, am Schreibtisch, geschmückt mit Beschlägen in Gold- und Silbertönen, saß Dov Sirkin und zeichnete.

Er legte den Zirkel zur Seite und griff nach einem Lineal. Er legte das Lineal hin und spitzte den Bleistift. Erst nachdem die Spitze zweimal abgebrochen war, weil er sie zu lange bearbeitet hatte, entschloss er sich zu einem Kompromiss. Er wählte einen roten und einen schwarzen Stift aus einem Bündel von Buntstiften.

Vor vielen Jahren hatte Dov im Hafen von Haifa gearbeitet, dann als Vorarbeiter in einer Fabrik, danach als Soldat in einer britischen berittenen Beduineneinheit, als Waffenhändler in Lateinamerika im Auftrag der jüdischen Untergrundbewegung, als Unteroffizier im Unabhängigkeitskrieg, als Entwicklungshelfer im Negev und schließlich als Geographielehrer. Damals schwang in dem Begriff Geographie noch die wörtliche Bedeutung mit, »die Erde zeichnen«.

Er saß mit gesenktem Kopf da, seine Zeichnung vor sich. Sein Gesicht war kalt, nüchtern, jedes Detail zweckgebunden. Seine Miene war sparsam im Ausdruck, eine konzentrierte Sparsamkeit, klar, ohne einen Hauch von Geiz oder Vergnügen. Nur seine Augenbrauen waren übertrieben geformt, als belächelten sie die eckige Stirn, an deren Rand sie wuchsen. Sein Stift kratzte über das aus einem karierten Block gerissene Blatt.

Die Stille eines menschenleeren Jerusalemer Vororts hing über der Straße draußen und zupfte an den Nadeln der Kiefern in den Gärten. Die abgerissenen Nadeln machten ein leises Geräusch, das durch die geschlossenen Fensterläden drang und bis ins Mark traf. Und die Katzen auf den Geländern der Balkone wurden in der Dunkelheit steif vor Angst. Dov drehte den Kopf zur Tür.

In Ordnung, sie war zu. Abgeschlossen.

Dann heulte in der Ferne ein Schakal wie ein Orchesterleiter, der als Erster seine Saiten stimmt. Viele Jahre waren vergangen, seit ihn Ehud hier besucht hatte, das einzige Mal in seinem Leben: Das war bei einem Treffen der Jugendbewegung in Jerusalem gewesen, oder vielleicht war es ein Lager für Hobbyarchäologen, und der Junge hatte ganz allein die Adresse herausgefunden, war gekommen und zwei Tage geblieben. Das heißt, er war nach Mitternacht mit einem jungen Mädchen aufgetaucht, hatte seinen Vater müde angelächelt und gesagt, er würde am nächsten Morgen alles erklären, und dann waren beide sofort eingeschlafen, in ihren Kleidern. Und als Dov am Tag darauf um sechs Uhr aufwachte, waren sie schon gegangen und hatten nur einen Zettel hinterlassen: »Danke und auf Wiedersehen. P. S. Alles in Ordnung.« Am Abend kam er mit zwei Mädchen an und brachte einige antike Keramiken mit. Bis drei Uhr morgens wechselte er die kaputten Rohre des Heißwasserboilers im Badezimmer aus, die zwei Wände durchnässt hatten, und dann schliefen er und die beiden Mädchen in Schlafsäcken auf der Terrasse. Am Morgen war er nicht mehr da und hatte auch keinen Zettel hinterlassen, nur die Rohre, die er repariert hatte.

Vier Jahre später trafen sie sich zufällig in Beer Sheva, und Ehud gab das vage Versprechen, ihn einmal zu besuchen. »In irgendeiner Nacht«, sagte er, »im Sommer. Ich gehe mit diesen elenden Trampeln zum Trainieren in die Adullam-Berge und versuche, aus Straßenkatzen Tiger zu machen. Du wirst bestimmt erschrecken, wenn ich mitten in der Nacht komme, um mich bei dir zu duschen.« Dov glaubte nicht an dieses Versprechen und erwartete im Sommer darauf kaum, nachts seine Schritte zu hören. Am Ende jenes Sommers erhielt Dov Sirkin einen persönlichen Beileidsbrief vom Befehlshaber der Fallschirmjäger, in dem neben Lob auch die Worte »gesegnet sei der Vater« vorkamen. Er schüttelte den Kopf und beschloss, sich auf die Zeichnung zu konzentrieren und die seltsamen Gedanken zu verdrängen. Er war müde, aber durchdrungen von Selbstdisziplin. Die Kirchen in der Altstadt, jenseits der Grenze im Königreich Jordanien, fingen an, in der Sprache der Glocken zu den Kirchen in Bethlehem zu sprechen, auch sie auf der anderen Seite der Waffenstillstandslinie. Die Glocken von Bethlehem antwor-

teten, ja, hier, ja, hier ist Er geboren, und die Glocken von
Ostjerusalem sangen: Und hier ist Er gestorben, hier ist Er
auferstanden.

6.

Dov legte den schwarzen und den roten Stift zur Seite. Er
zog mit dem Zirkel einen genauen Halbkreis. Dann griff
er zu dem hellblauen Stift und zeichnete eine Viertelstunde
lang, ohne Pause.

Auf dem Papier nahm ein riesiger Hafen Gestalt an. Das
blaue Wasser, das aus den grauen Augen in die Finger floss
und von dort in den Stift, der die Quadrate des Blattes füllte,
erstreckte sich nun fast über die ganze Seite. Die Molen in
Dovs Hafen waren breiter als die breitesten Molen, die Kai-
mauern länger als alle, die je von eines Menschen Hand er-
baut worden waren, und die Kräne waren höher als die höchsten Kräne der Welt. Die Lagergebäude waren größer als die
Stille, die durch die Lamellen der Fensterläden in den Raum
kroch. Ein Gewirr von Wegen, Schienen, Brücken, Tunneln
und Zugangsstraßen krümmte sich wie ein Nest Schlangen.
Gelbe Maschinen sprühten enorme Funken. Stählerne Platt-
formen und Gummiförderbänder waren so skizziert, dass sie
Berge von Ladungen aus den riesigen Schiffen löschen konnten. Alles in exakter geometrischer Perspektive gezeichnet,
maßstabsgetreu, ein wahnsinniges Feuer, eingeschlossen in
einem mathematischen Bernsteintropfen. Wäre das größte
Schiff der Welt dazu verlockt worden, zwischen den Kai-
mauern in Dovs nächtlichem Jerusalemer Hafen zu ankern,
gliche es wohl einem Käfer, der auf dem Stoßzahn eines Ele-
fanten landet.

Der Stift färbte die ganze Bucht blau und ließ das Wasser
mit zarten Bewegungen in das Gewirr der Kanäle fließen.
Von draußen, vom Treppenhaus her, waren fremde Schritte

zu hören, jemand schien sich schwer auf das Geländer zu stützen. Etwas knarrte. Dann war es still.

Dov sprang von seinem Platz auf, lief zum Fenster und prüfte die Riegel der Fensterläden. Sie waren festgeschraubt. Durch die Lamellen der Läden war die leere Straße zu sehen. Fäden von Sternenlicht zogen sich an ihr entlang, von den Dächern zu den Balkonen, von den Mülltonnen zu den Wipfeln der Zypressen, von der Anzeigentafel zum Telefonmast, vom Mauerkopf zu den Ritzen im Pflaster. Die Erde war von einer stillen Haut überzogen, und bläulicher Dunst senkte sich auf sie. Vielleicht war es Tau.

Wieder fiel ein Kalkbröckchen von der Decke, größer als das vorherige. Kalkstaub lag auf dem Bettüberwurf, der an die Unterwäsche unsittlicher Frauen erinnerte. Die Schritte im Treppenhaus waren verstummt. Vielleicht war der Fremde im Erdgeschoss stehen geblieben. Nichts war zu hören, nicht das Geräusch eines Schlüssels im Schloss, auch kein Klingeln. Sicher stand er bewegungslos da und betrachtete prüfend die Türen, von denen die Farbe abblätterte, oder er las die Namen der Bewohner auf den Briefkästen. Dov presste die Zähne aufeinander. Seine Kiefer spannten sich und ähnelten einer geballten Faust. Er verbarg seinen Plan für den Jerusalemer Hafen in einer Schublade der antiken Kommode und kehrte zum Schreibtisch zurück. Dort riss er ein weiteres kariertes Blatt ab und begann die Karte eines bergigen Landes zu zeichnen.

7.

Er war ein grauer Mann: Seine Augen, das Gesicht, die Haare waren grau. Dennoch trug er für gewöhnlich ein hellblaues Hemd, wie es junge Sportler bevorzugen, dazu Sandalen in biblischem Stil. Unter dem Hemd verbarg sich ein kräftiger und sehniger behaarter Oberkörper. Auf den ersten Blick schien er immer noch in den besten Jahren zu sein, mit der stattlichen Figur eines Hafenarbeiters. Nur sein Herz war krank, doch diese Tatsache blieb dem Auge verborgen. Im Herbst würde er sechzig Jahre alt werden.

Er zeichnete die Karte eines bergigen Landes. Ein grünes Polizeifahrzeug raste die Straße entlang, zerriss die Stille, die Stille kam zurück und vernähte den Riss mit kühler, träumerischer Hand. Das Polizeiauto entfernte sich südwärts, in Richtung der gewundenen Gassen um den Bahnhof. Auf drei Seiten war Jerusalem von der Waffenstillstandslinie umgeben. Im Norden und Osten dieser Linie atmete Jerusalem anders. Und im Süden lag die Stadt Bethlehem und noch etwas weiter waren die gottverlassenen Berge von Hebron, und zu ihren Füßen erstreckte sich die ewige Wüste.

Dov zeichnete ein Land voll schwarzer Basaltberge. Den Bergen gab er verschneite, gezackte Spitzen. Er malte steinerne Ungeheuer, scharf geschliffene Felsendolche, Gipfel wie gezogene Schwerter. Und wilde Schluchten, die die Bergkämme spalteten. Da und dort drohten bucklige Felsen in den Abgrund zu stürzen, in einer Kaskade von Steinen. Wie besessen zeichnete er Täler und Pässe. Lauernde Labyrinthe und vulkanische Höhlen, dann wurde es wieder still.

Schließlich hörte Dov auf zu zeichnen und betrachtete sein Werk. Seine Kiefer waren grau. Er nahm einen roten Stift und begann, die Höhe der Gipfel einzutragen. Schon die Ausläufer dieser Berge konnten selbst die höchsten Alpengipfel nur belächeln.

8.

Vor Hunger und Kälte, vielleicht auch aus Reue, fing einer der Schakale von Bethlehem an zu heulen. Sofort antworteten ihm Chöre von Schakalen aus den Bergen von Bet

Zefafa, aus Zur-Bachar, vom Hügel des Klosters Mar Elias mit einem schadenfrohen, boshaften Geheul. Der Wind legte sich, als lausche er aufmerksam.

Wieder knarrten die Stufen, ein Schauer lief ihm über den Rücken, seine Finger wurden blass, der Fremde trat schwer auf die nächste Stufe, dann auf eine weitere, eine dritte, er gab einen Laut von sich, der wie feuchtes Husten klang, und blieb stehen. Wieder senkte sich Todesstille über das Haus, über die Straße, die Stadt. Diesmal eilte Dov in die Küche. Er schloss den Laden, das kleine Fenster. Ließ das Licht an.

Vor ein paar Jahren hatte er noch als Geographielehrer für die unteren Klassen eines staatlichen Gymnasiums gearbeitet. Hunderte von Schülern waren im Lauf der Zeit durch seine Hände gegangen. Sie respektierten seine Unscheinbarkeit und gehorchten seiner grauen Stimme. Gerüchte waren unter ihnen entstanden und von einer Schülergeneration zur nächsten weitergegeben worden, über das Leben dieses alten Lehrers, der einmal ein wichtiger Mann im Untergrund gewesen war und einer der Väter der Kibbuzbewegung. Seine Hände, die die Kreide hielten, machten einen entschlossenen Eindruck. Er konnte eine so gerade Linie ziehen, dass kein Lineal der Welt etwas daran auszusetzen gehabt hätte. Manchmal versuchte er zu scherzen. Es waren langweilige Scherze, graue. In seltenen Fällen zeigte er ein verhaltenes Pathos. Etwas blitzte in seinen Augen auf, das seinen Schülern fast wie Zorn vorkam, aber da war es auch schon wieder verschwunden.

Zwei, drei Mal im Jahr trug er Khakikleidung, nahm ein Bündel gerollter Landkarten, einen robusten Militärrucksack, der immer den Neid seiner Schüler weckte, und machte mit seiner Klasse einen Schulausflug. Fremd und fast exzentrisch wirkte er in seiner Wanderausrüstung: ein abgetragener Regenmantel mit vielen Taschen und Schnallen, hohe Wanderschuhe, eine recht alte Maschinenpistole, die er *Tommy Gun* nannte. Üblicherweise stieg er mit den Schülern der Mittelstufe auf die Naftali-Berge, oder er durchquerte, an der Spitze einer höheren Klasse schreitend, den Kleinen Krater und führte sie von dort aus nach Ma'ale Akrabim und weiter nach Meishar.

Bei einem dieser Ausflüge wurden Dov und die Schüler in Beer Sheva angehalten. Ein Armeeangehöriger befahl ihnen, ihren Plan zu ändern und nicht durch die Wüste Paran zu wandern, die Sicherheitslage habe sich verschärft. Ganz allgemein. Einzelheiten weigerte er sich anzugeben. Es war ein schmaler, groß gewachsener Offizier mit einem Lockenkopf, in einer fast skandalös abgewetzten Uniform, barfuß, wortkarg.

Vier Jahre lang hatte Dov den jungen Mann nicht mehr gesehen. Vier Jahre zuvor war er zu irgendeiner Versammlung für zwei Tage nach Jerusalem gekommen und hatte bei Dov übernachtet. Beim ersten Mal hatte er ein fremdes junges Mädchen mitgebracht und sich nicht die Mühe gemacht, sie seinem Vater vorzustellen, in der zweiten Nacht waren es zwei fremde Mädchen gewesen. Dov erinnerte sich daran, wie schön diese Mädchen gewesen waren, an ihre sanften Stimmen und ihr unterdrücktes Lachen, das morgens aus ihren Schlafsäcken gedrungen war. Jetzt wusste er nicht, welche Worte er wählen sollte und ob es die richtigen Worte überhaupt gab. Die Schüler umringten ihn und den schmalen Offizier, und er wusste nicht weiter.

»Auf jeden Fall«, sagte Ehud beiläufig und dehnte die Silben, als sei er zu faul, den Mund zu öffnen, »auf jeden Fall wäre es das Beste, wenn ihr umkehrt und nach Hause fahrt. Es gibt hier genug Schwierigkeiten, da braucht man nicht auch noch Kinder und Lehrer. Wenn überhaupt, solltet ihr höchstens direkt nach Eilat fahren, singt ein paar Lieder wie ›He, südwärts‹, und dann ab nach Hause. Haltet euch unterwegs nicht auf.«

Der Lehrer ließ die Schultern hängen. Er war größer und breiter als der hochmütige Offizier. Während des Unabhängigkeitskriegs hatte er als Oberstleutnant im Negev gedient. Doch das konnte er in diesem Moment weder seinen Schülern mitteilen noch diesem schläfrigen jungen Offizier, der vor ihm stand und auf irgendetwas kaute, vielleicht einem Kaugummi, vielleicht seiner Zunge.

»Ich weiß es«, murmelte er, »du brauchst es mir nicht zu sagen, ich weiß es.« Die Sonne von Beer Sheva saugte ihm den Schweiß aus allen Poren. »Ich kenne die Gegend hier besser als du. Ich habe im Negev gekämpft, da warst du noch so klein.«

»In Ordnung«, sagte der lockige Offizier. »Schon gut. Fang jetzt nur ja nicht mit irgendwelchen Geschichten an. Wenn du dich hier auskennst, dann verschwende nicht weiter meine Zeit. Lauft uns nicht wie ahnungslose Touristen zwischen den Beinen herum. Schalom.«

»Einen Moment«, sagte Dov verärgert. »Nur noch einen Moment. Hör zu. Zu meiner Zeit hätten wir die Bande in einem Tag vertrieben. Was ist mit euch los, dass sich die Eindringlinge im Negev tummeln wie in den Gassen von Bagdad? Was soll also eure Arroganz? Tut etwas, statt euch mit Mädchen herumzutreiben.«

Die Schüler staunten. Auch Ehud hielt einen Moment inne, der Anflug eines Lächelns zeigte sich auf seinem Gesicht: »Verzeihung?«

»Ich … ich wollte nur sagen, vielleicht sollten wir das allein besprechen. Nicht jetzt. Vielleicht kommst du mal vorbei, warum eigentlich nicht?«

»Warum nicht«, sagte Ehud, »in irgendeiner Nacht, im Sommer. Ich gehe mit diesen elenden Trampeln zum Trainieren in die Adullam-Berge. Tiger aus Straßenkatzen machen. Du wirst ganz schön erschrecken, wenn ich eines Nachts bei dir auftauche, um mich zu duschen und zwei Stunden zu schlafen.«

Nach diesen Worten, nach dem Sommer, zu Beginn des Herbstes, erlaubte man Dov auf seine Bitte hin, noch einen letzten Blick auf den schmalen, lockigen Offizier zu werfen. Er sah die Veränderung. Etwas anderes hatte sich auf dem Gesicht ausgebreitet. Der Stolz war von den leichtsinnigen Lippen verschwunden. Kleine nachtaktive Raubtiere hatten ihm das halbe Gesicht abgenagt.

Bei jedem dieser Ausflüge erhob Dov Sirkin seine Stimme, nur ganz wenig, und hielt einen Vortrag über landwirtschaftliche Terrassenfelder in Galiläa oder über die Handelswege von Mineralien und anderen Gütern über das Rote Meer nach Afrika und Asien. Seine Augen waren so scharf wie die Spitze eines Zirkels. Manchmal hieß er die müde, gleichgültige Gruppe stehen bleiben, deutete auf eine verlassene Ruine und erzählte eine Geschichte. Oder er zeigte ihnen einen unscheinbaren Erdhügel und sagte: Hier liegt ein Geheimnis verborgen. Oder er entdeckte in der Wüste das Skelett eines Kamels, einer Hyäne, eines Schakals. Oder eine Quelle, die ein Anfänger nicht entdeckt hätte, auch wenn er zwanzig Schritte entfernt davon verdurstete.

Nach solchen Ausflügen fragte Dov Sirkin den Lehrer für Literatur nach den Aufsatzheften der Schüler, in denen der Ausflug detailliert und in tausend Variationen beschrieben war. Auch im inhaltslosesten Aufsatz fand Dov etwas Interessantes. Manchmal machte er sich sogar die Mühe, ein paar Zeilen daraus in ein Notizheft zu schreiben, bevor er die Hefte zurückgab und seine eigenen Aufzeichnungen in der untersten Schublade seiner braunen Berliner Kommode verbarg.

Ge'ula kam einmal im Jahr, am Vorabend des Unabhängigkeitstags. Nach dem Feiertag kehrte sie immer in den Kibbuz zurück. Die ganze Nacht und einen halben Tag saß sie allein auf Dovs kleinem Balkon und betrachtete staunend das Feuerwerk am Jerusalemer Himmel und am Himmel über den

Bergen und der Wüste, lauschte den fröhlichen Stimmen aus den Lautsprechern, die von weitem, von den Hauptstraßen her, zu hören waren, betrachtete die singenden und tanzenden Jugendlichen auf der Straße und rauchte eine Zigarette nach der anderen. Ihren Vater nannte sie Dov. Über sich selbst redete sie nie mit ihm, auch nicht über ihre Mutter oder ihren Bruder. Manchmal sprach sie über Ben-Gurion, über die Politik der Zurückhaltung, der Selbstbeherrschung im Gegensatz zu staatlicher Rache und Vergeltung. Alterman war in ihren Augen ein sehr polnischer Dichter, der unheilbar verliebt war in die äußeren Erscheinungsformen des Staats, verliebt in den Tod. Dov versuchte sie ins Gespräch zu ziehen, zu verstehen, zu beeinflussen, aber Gc'ula bat ihn, sie nicht zu stören, sie wolle die Tanzmusik aus der Richtung der Terra Sancta nicht verpassen und sich die Ausgelassenheit dort vorstellen. Bei der Beerdigung sagte Dov zu ihr: »Du musst mir wirklich glauben, dass ich keine Ahnung hatte. Wie hätte ich es wissen können.«

Sie antwortete ihm nicht, sondern entfernte sich von ihm. Ihre Augen waren trocken. Die Lippen zusammengepresst. Ihr Mund glich einem arabischen Krummsäbel.

Danach hörten ihre Besuche auf, sie betrat Dovs Jerusalemer Wohnung nicht mehr.

9.

Dov beendete das Bild des bergigen Landes und machte sich daran, einen brausenden Fluss zu zeichnen, der keinem anderen Fluss auf der Welt glich. Er schuf einen breiten Kanal, der sich in ein System aus vielen Seitenarmen verzweigte, spannte darüber ein verwickeltes Netz aus Abhängen, Böschungen, Staudämmen, Sammelbecken und Seen und schrieb die Maße dazu. Er stellte auch komplizierte Berechnungen für die Steigungswinkel an, die Stärke des Spannbetons, den Wasserdruck im Verhältnis zur Belastbarkeit des Damms, die Festigkeit des Steins, die Stabilität des Bodens unter den Seen, die Geschwindigkeit von Strömungen, die Windstärke, die Anhäufung von erodiertem Sand. Vor ungefähr einer Stunde war das Geräusch von Schritten im Treppenhaus verstummt. Jetzt waren sie wieder zu hören. Jemand stieg die Stufen herauf, langsam und schwer, vermutlich stützte er sich auf das alte, knarrende Geländer. Der Herzanfall war gegen Schuljahresende gekommen. Zwischen dem ersten und dem zweiten lagen Wochen der Übelkeit und nächtlicher Alpträume, er träumte, allein in der Wüste zu sein, allein auf einem Floß mitten auf dem Ozean, allein in einem Flugzeug, ohne dass er gewusst hätte, was man mit den Instrumenten anfing, wie man landete und wie man es vermied, an den immer näher kommenden Bergen zu zerschellen. Dov beschloss, sich zu fügen. Er gab das Unterrichten auf und schloss sich in seiner Wohnung ein. Streng achtete er auf eine gewisse Regelmäßigkeit seiner Tage und Nächte: leichte Mahlzeiten, langsame, nachdenkliche Spaziergänge, Abendzeitung, Musik, abendliche Arbeit an seinem Schreibtisch bis zum Morgengrauen, Vormittagsschlaf und mittags Joghurt, Brot und ein Glas Tee mit Zitrone.

Er lebte von seiner Rente. Zusätzlich machte er manchmal originelle, mitunter künstlerische Landschaftsaufnahmen und schickte sie an Zeitschriften. Aber diese Fotografien waren fast immer auf schlechtes Papier gedruckt, unten auf Seite sechzehn, zwischen Kochrezepten und Kreuzworträtseln. Und von ihrer Schönheit blieben nur ein verschwommener Druck und eine Überschrift wie zum Beispiel »Kloster in Kefar En Kerem in den Abendstunden, Fotograf: Sirkin.«

All diese Fotos landen schließlich in Zeschkas schwerem Album. Woche für Woche schneidet sie die Fotos aus den Zeitschriften aus. Sie pappt sie mit einem zähen, selbstgemachten Klebstoff auf die schwarzen Seiten ihres Albums.

Bei dieser Beschäftigung glänzen ihre Augen, um die sich listige Fältchen bilden. Bei uns hat man ihr hinter ihrem Rücken den hässlichen Spitznamen »Eule« gegeben.

Früh am Morgen, am Ende seiner nächtlichen Arbeit und bevor er sich schlafen legte, stellte Dov Sirkin sich für gewöhnlich ans Fenster und blickte ostwärts, um zuzuschauen, wie die Sonne sich hinter dem Bergland von Moab erhob und weiße Flammen über das Tote Meer ergoss, wie sie ihre Strahlen wie Lanzen über die nackten Berge warf und erbarmungslos gegen die Mauern der Klöster mit den schweren Glocken schlug. Und nun war der Tag gekommen.

Mittags, nachdem er aufgestanden war und Tee, Joghurt, Brot und Oliven zu sich genommen hatte, setzte er sich auf seinen kleinen Balkon zwischen Töpfe mit Kakteen und vertrockneten Pflanzen und schaute auf die Straße. Die Straße krümmte sich, mit Mauern und Gärten und mit verrosteten Gittern vor allen Fenstern. Entlang der Bürgersteige standen Reihen von Mülltonnen. Gegen Abend ging er spazieren und schoss dabei manchmal unverhofft ein Foto. Der Zauber der nahenden Nacht, das ferne Geschrei von Kindern, die Radiogeräusche aus irgendeiner Wohnung, all das zusammen bedeutete schon fast Frieden. Das Abendessen nahm er in einer Filiale von Tnuva ein: Auberginensalat, ein Brötchen, ein Ei mit einer sauren Gurke, Joghurt und eine Tasse Kaffee mit Milch.

Nachts zeichnete er. Alle Schubladen seiner Kommode waren mit Zeichnungen und Fotos gefüllt, mit Gipsmodellen, mit genauen arithmetischen Berechnungen der Rohmaterialien, der Kosten für Planung und Infrastruktur, der benötigten Baumittel, der Geräte und Maschinen, des Personals, der synchronisierten Zeitplanung für Straßenbau und Transport, der einander überlappenden Bauphasen, der geometrischen und architektonischen Prinzipien, sämtlich in Zahlen und Diagrammen festgehalten. Außerdem lagerten dort Fahrpläne für Züge, die schneller waren als die schnellsten Züge der Welt, Zeichnungen von sich windenden Schienen in riesigen in den Stein von Phantasieländern gegrabenen Tunneln. Alleen mit tausend Springbrunnen, die im Licht strahlten, Städte, die es nie gegeben hatte und nie geben würde. Hohe Städte, deren schlanke Türme über den Horizont der Berggipfel ragten und auf blaue Buchten am Meer blickten, während die Wellen sich an der Schwelle der Stille brachen.

10.

Gegen vier Uhr morgens kam Wind auf und fegte durch die Straßen. Da und dort packte er den rostigen Deckel einer Mülltonne und knallte ihn auf den Asphalt und gegen die Gartenmauern.

Leichte, eilige Schritte näherten sich der Wohnungstür. Zwei Stunden lang hatte der Fremde zwischen dem Erdgeschoss und Dovs Wohnung verharrt. Dann wurde er plötzlich von Eile gepackt. Er rannte los, als würde er zwei Stufen auf einmal nehmen. Plötzlich hatte er keine Zeit zu verlieren. Was ist, wo brennt's auf einmal, dachte Dov wütend. Mit hängenden Schultern ging er zur Tür.

Vor vielen Jahren hatte Dov Sirkin die Läden seines kleinen Zimmers am Rand des Kibbuz geschlossen, das Fenster zugemacht, die Vorhänge vorgezogen, die Ruhe im Zimmer eingeschlossen und die dunkle Nacht ausgesperrt. Er hatte sich auf die Matte gesetzt und für die Kinder einen Turm aus Bausteinen errichtet: Höher, höher, er lachte, machte Scherze, er legte einen Stein auf den anderen, bis ihm der Turm bis zu den Schultern reichte, die Kinder schauten ungläubig zu und fingen an, erwartungsvoll zu schnaufen und zu kichern, und dann stürzte der Bau immer ein. Vom Sofa her kam das ruhige Klappern von Zeschkas Stricknadeln. Im Zimmer herrschte der Geruch von Kaffee und von mit viel

Seife gewaschenen Kindern. Draußen, hinter den Wänden, den Läden und Vorhängen, fingen die Schakale an zu heulen. Ge'ula lachte, Ehud lachte, und auch Dov lächelte leicht, als wolle er sagen: Gut.

Mager sind die Schakale, die Spucke läuft ihnen aus dem Maul, ihre Augen tränen. Ihre Schritte sind leise, ihre Schwänze zerzaust. Ihre Augen blitzen vor Gerissenheit oder vor Verzweiflung. Ihre Ohren sind aufgerichtet, fast immer sind sie umgeben von ihren Jungen, und ihre weißen Zähne blinken. Speichel und Schaum tropfen von ihren Kiefern.

Auf Zehenspitzen laufen die Schakale herum. Ihre Nasen sind weich und feucht. Sie wagen es nicht, bis zum beleuchteten Zaun zu kommen. Ihre Schritte sind leicht, ihre Schwänze struppig. Runde um Runde drehen sie, als würden sie einem unbekannten Ritual folgen. Ein Ring von Schakalen pirscht jede Nacht am Rand des Schattens entlang um die Lichtinsel. Bis zur Morgendämmerung füllen sie die Dunkelheit mit ihrem Heulen, und ihr Hunger schlägt gegen die erleuchtete Insel und die Zäune. Doch manchmal dreht einer durch, überfällt die feindliche Festung, frisst Hühner oder beißt ein Pferd oder einen Bullen, bis die Wächter ihn mit einer gezielten Salve aus mittlerer Entfernung töten. Dann beginnen seine Brüder zu trauern, sie heulen aus Angst, aus Ohnmacht und Wut und warten auf den Tag, der gerade beginnt.

Ein Tag wird kommen. Oder eine Nacht.

Langsam, wie schwarzgekleidete Priester bei einer Trauerzeremonie, nähern sie sich der Leiche im Niemandsland. Mit flinken Schritten, als würden sie die Erde streicheln, statt darauf zu treten. Mit tropfenden Schnauzen. Anfangs stehen sie im Kreis und schnüffeln, dann nähert sich einer von ihnen der Leiche und senkt den Kopf, um sie mit der Nasenspitze zu berühren. Er leckt, schnüffelt zum letzten Mal. Ein zweiter Schakal kommt heran und reißt mit seinen spitzen Zähnen die Uniform auf. Ein dritter, vierter und fünfter

Schakal sind da, um das Blut aufzulecken. Der erste Schakal lacht dumpf. Der alte Schakal trennt mit seinen gebogenen, glänzenden Zähnen ein Stück Fleisch vom Körper. Da lacht das ganze Rudel.

Zwischen denen, die in Siedlungen leben, und den Bewohnern der Berge und Wadis liegt ein alter Fluch. Es kann passieren, dass der wohlgenährte Haushund mitten in der Nacht die Stimme seines verdammten Bruders hört. Diese Stimme kommt nicht von den dunklen Feldern, der Feind des Hundes steckt in seinem eigenen Herzen.

»Ehud«, sagte Dov und hielt den Türgriff fest.

Anfangs war es ein leichtes Husten. Dann ein Zittern. Große Müdigkeit, Schüttelfrost. Die Beine gehorchten ihm nicht mehr. Sitzen. Liegen. Fallen. Der Schmerz war stechend und hartnäckig, glich einem Mönch, der unermüdlich eine Litanei betet.

Der Chor der Schakale in den Hügeln Bethlehems lachte. Das Lachen rollte die leeren nächtlichen Straßen entlang, durch Ramat-Rachel, durch Talpiot, durch Baq'a, durch die deutsche Siedlung und die griechische Siedlung, durch Talbiye. Wie ein Affe kletterte das Heulen am Regenrohr des Hauses hinauf, drang in tausend scharfen Splittern hinein. Als der Kibbuz gegründet wurde, glaubten wir, wir könnten von vorn beginnen, bis die Dinge, die nicht zu ändern waren, sich bemerkbar machten und wir sie so lassen mussten, wie sie waren, wie sie schon immer gewesen waren. Ich sagte, es gibt Dinge, die ein Mensch schaffen kann, wenn er es nur von ganzem Herzen will. Aber ich wusste nicht, dass es sinnlos ist, eine Spur auf der Wasseroberfläche zu hinterlassen. Eitelkeit und Dummheit. Ich bin der Letzte, mein Kind, und ich lache nicht.

11.

Im Osten dämmerte es oberhalb des Ölbergs und zwischen den beiden Türmen. Ein lichtscheuer Vogel schrie seinen Hass heraus. Schleichend drang ein blassroter Schein durch die Lamellen des Fensterladens, der nach Osten zeigte. Scharen von Vögeln zerrissen mit ihrem wilden Geschrei die Stille.

Und dann war es Tag. Die Petroleumverkäufer in ihren Wagen schwangen die Glocken. Kinder gingen zur Schule, ihre Taschen in der Hand. Die Zeitungsverkäufer kündigten große Ereignisse an. Auf der Straße wurde ein Auto mit einem Minister darin gesehen, die Reifen quietschten auf dem Asphalt. In einem Laden nach dem anderen wurden die Metallrollos hochgezogen, es war, als würden sich Augen blinzelnd öffnen.

Grell geschminkte Touristinnen versammelten sich um einen Stand voller Antiquitäten. Begeisterung erfüllte die Luft. Neben Nippes wurden Heiligenbilder auf Pergament angeboten, alles sehr kunstvoll, auf echter Ochsenhaut, original und alt, mit Brief und Siegel. Antik, erklärte Na'um Raschid Effendi.

Und wie sanft klingen die Glocken der Klöster in der Ferne. Wie gemein, wie wild und respektlos sind diese Schakale, die mit ihrem schiefen Lachen auf die Botschaft der reinen Glocken reagieren. Häme bewegt sie, endlose Häme, Häme und Gotteslästerung.

(1962)

Die Trappistenabtei

I.

Im Herbst vermehrte sich die Zahl der Übergriffe. Es gab keinen Grund, sich nachsichtig zu verhalten. Unserer Truppe wurde befohlen, die Grenze zu überqueren und Dir A-Naschaf zu überfallen.

»Ein Nest von Mördern wird in dieser Nacht ausradiert werden, und die ganze Küstenebene wird erleichtert aufatmen«, sagte unser Kommandant mit seiner tiefen, ruhigen Stimme. Die Truppe jubelte ihm zu. Itsches Gebrüll war lauter als das der anderen.

Die Baracken der Basis waren weiß gekalkt und leuchteten, sie strahlten Sauberkeit und Fröhlichkeit aus. Schon machten sich die flinken Männer vom Nachschub an den Metalltüren der Waffenlager zu schaffen. Granatwerfer und schwere Geschütze wurden herausgeholt und in exakten Rechtecken am Rand des Appellplatzes niedergelegt.

Im Westen verblassten die letzten Sonnenstrahlen. Schnell verschwand die Trennlinie zwischen den Gipfeln im Osten und den Wolken darüber. Eine kleine Gruppe von Offizieren, eingehüllt in Windjacken, versammelte sich über einer Landkarte, die auf dem Boden ausgebreitet war, die vier Ecken mit Steinen beschwert. Sie betrachteten die Karte beim Schein einer Taschenlampe, ihre Stimmen waren gedämpft. Plötzlich entfernte sich einer der Männer und ging zum Kommandoraum: Rosenthal, ein dünner Offizier, immer gepflegt, angeblich der Sohn eines bekannten Süßigkeiten-Herstellers. Dann schrie eine Stimme aus dem Dunkeln: »Itamar, mach schon, es wird langsam spät.« Und eine andere Stimme antwortete: »Geh zum Teufel! Lass mich in Ruhe.«

Die Kampftruppe machte sich fertig zum Appell. Am

Rand des Platzes, gegenüber den Soldaten, die sich verschlafen und nachlässig in Dreierreihen aufstellten, stand eine Gruppe von Reservisten. Diese wirkten alles andere als verschlafen; sie flüsterten aufgeregt, deuteten mit den Fingern, kicherten vor Verlegenheit oder aus Boshaftigkeit. Unter ihnen war Nachum Hirsch, ein Sanitäter, der nicht aufhörte, sich die Wangen zu reiben, weil er sich in aller Eile rasiert hatte und seine Haut von den vielen kleinen Wunden brannte. Er nahm die Brille ab, starrte auf die Kampftruppe und erzählte einen Witz, der seine Kameraden nicht zum Lachen brachte. Nachum Hirsch wiederholte den Witz mit anderen Worten. Doch auch diesmal lachten sie nicht, vielleicht war die Pointe für ihren Verstand zu gewitzt. »Halt den Mund, du Schlaumeier«, sagten sie. Und er verstummte tatsächlich. Aber die Nacht war nicht still, die verschiedensten Geräusche waren zu hören. Eine Wasserpumpe in einem fernen Orangenhain tickte, als würde sie die Zeit feinsäuberlich in Quadrate teilen. Als Nächstes begann der Generator hartnäckig zu brummen, und entlang der Zäune gingen die Suchscheinwerfer an. Auch der Appellplatz wurde von Licht überflutet, so dass die Soldaten und ihre Waffen ganz weiß aussahen.

Sehr weit weg, am Fuß der Berge im Osten, stieg der Strahl eines feindlichen Scheinwerfers auf und schweifte nervös und ziellos über den Himmel. Ein- oder zweimal verfing sich eine Sternschnuppe darin, und ihr Schein verschwand in dem gleißenden Licht. Die Soldaten klammerten sich an ihre letzten Zigaretten. Einige nahmen einen kräftigen Zug bis zum Stummel, den sie dann unter den Gummisohlen ihrer schweren Schuhe zerdrückten. Andere wiederum bemühten sich, ganz langsam zu rauchen. Eine Lastwagenkolonne mit abgeblendeten Scheinwerfern fuhr bis an den Platz heran und hielt, ohne die Motoren auszuschalten. Der Kommandant sagte: »Heute Nacht werden wir Dir A-Naschaf ausradieren, um der Küstenebene etwas Ruhe zu verschaffen. Wir operieren mit zwei Zügen und zwei Nachhuten. Nach Möglichkeit sollen keine Zivilisten zu Schaden kommen, aber wir lassen in diesem Mördernest keinen Stein auf dem anderen. Jeder tut genau das, was ihm befohlen wurde. Falls jemand in eine unvorhergesehene Situation gerät oder keinen Kontakt zum Rest der Truppe mehr hat, soll er seinen gesunden Menschenverstand benutzen, den Gott ihm gab und den ich für ihn geschärft habe. Das ist alles. Und passt auf euch auf. Niemand soll kaltes Wasser trinken, wenn er schwitzt, das habe ich euren Müttern versprochen. Jetzt bewegt euch.«

Die Truppe antwortete auf diese Worte mit dem Klirren von Schnallen: Auf den Schultern trugen sie den Patronengurt. Ohne dass es ein Zeichen gegeben hätte, begannen alle im Stehen zu hüpfen, auf das Geräusch des Metalls oder des Wassers in den Flaschen, die nicht bis zum Rand gefüllt worden waren, lauschend. Ein paar Reservisten gingen durch die Reihen, sie trugen Töpfe voller Ruß. Ein Soldat nach dem anderen schob die Finger in den Ruß und beschmierte sich Wangen, Stirn und Kinn. Sollten die Scheinwerfer des Feindes ihre Gesichter treffen, wenn sie auf ihr Ziel zukrochen, würde der Ruß ihre verschwitzte, glänzende Haut daran hindern, sie zu verraten. In den Augen Nahum Hirschs, des Sanitäters, sah es wie ein uraltes Ritual aus, und die rußverschmierten Soldaten waren die Priester.

Die Truppe bewegte sich zu den Lastwagen, und die Mädchen stürmten auf die Soldaten zu: die Sekretärinnen, die Schreibkräfte, die Sanitäterinnen, und alle verteilten Lutschbonbons oder andere Süßigkeiten für den Weg. Einige der Soldaten konnten auf keinen Fall in den Kampf ziehen, ohne Kaugummi zu kauen. Itsche legte seine Bärenarme um die Hüften Brurias, der Adjutantin, schwang sie im Kreis durch die Luft und schrie:

»Haltet den Cognac parat, wenn ihr schöne bunte Kufijas haben wollt.«

Sie lachten. Dann wurde es still.

Nachum Hirsch hätte gern getobt vor Zorn oder Abscheu, aber das Lachen übermannte auch ihn, er lachte mit den anderen und lachte allein weiter, als die Kampftruppe die Lastwagen bestieg, die mit abgeblendeten Scheinwerfern auf sie warteten.

2.

Und dann schoss der Feind drei nervöse Leuchtraketen in die Luft, in Rot, Grün und Lila. Dort, am Fuß der Berge im Osten, lag Dir A-Naschaf und kaute auf den Nägeln vor Angst. Alle Lichter waren gelöscht. Eine Dunkelheit der Schuld oder der Angst lag über den Hütten. Nur der Strahl des Suchscheinwerfers erhob sich aus der Mitte des Ortes und streifte den Himmel, als würde von dort das Unglück losbrechen. Zu diesem Zeitpunkt bahnte sich der Spähtrupp den Weg durch die dichten Orangenhaine zu den Straßenkreuzungen, die gesperrt werden sollten, damit der Feind keine Verstärkung schicken konnte.

Die Reservesoldaten, die nie an einer Aktion teilnahmen, weshalb Itsche sie »die Elenden« nannte, scharten sich um die Lastwagen. Ehrfürchtig schauten sie die Kämpfer an. Sie versuchten die Stimmung mit Witzen zu heben. Nachum Hirsch legte den Arm um den kleinen Jonitsch, dann klopfte er ihm zweimal auf die Schulter und sagte: »Ein Schaf im Wolfspelz, was?« Es sollte ironisch klingen, aber seine gehässige Stimme verriet ihn.

Jonitsch gehörte nicht zur Kampftruppe, sondern zu den Reservesoldaten. Er war ein Flüchtling aus Jugoslawien, ein kleiner trauriger Überlebender, der unserer Einheit hinter dem Kantinentresen diente, und manche nannten ihn Waffel-General. Seine Miene war verzerrt, ein Defekt, immer lächelte die rechte Hälfte seines Gesichts, als wäre alles unendlich witzig, und die linke Seite war todernst. Manche sagten, die Deutschen hätten ihm in irgendeinem Arbeitslager oder während der Selektion das Gesicht entstellt. Aber vielleicht waren es auch die jugoslawischen Partisanen gewesen, die ihm den Kiefer oder das Kinn mit einem Faustschlag zertrümmert hatten, damit er endlich aufhörte, ihnen mit seiner jüdischen Armseligkeit die Laune zu verderben.

Warum hatte man diesmal ausgerechnet den kleinen Jonitsch für die Aktion gegen Dir A-Naschaf ausgewählt? Vielleicht sah man in ihm ein Maskottchen. Lächerlich, fast bemitleidenswert sah er aus, der kleine Körper wie gefangen in dem klobigen Patronengurt. Bestimmt hatte sich einer der Offiziere einen Scherz erlaubt, als er Jonitsch der Truppe zuteilte. Er sollte als persönlicher Kurier des Kommandeurs dienen, der die Aktion leitete, während des Kampfes in seiner Nähe bleiben und bei Bedarf zu den Offizieren der Nachhut rennen, um die Verbindung aufrechtzuerhalten. »Du, Freundchen«, hatte man ihm gesagt, »sollst rennen wie der Teufel, stell dir vor, die Waffeln sind dort und der Kunde hier, und dann wartet noch jemand auf eine Limonade und ein weiterer auf Zigaretten und Streichhölzer.«

Nachum Hirsch sagte: »Jonitsch, du ziehst in den Krieg wie der kleine Sohn von Trumpeldor und begreifst nicht, dass sie dich nur auslachen. Was für ein Glück, dass die Araber nicht sehen, wer sie angreift.«

Jonitsch schaute zur Seite, und Nachum sah das geteilte, schiefe Lächeln und dann die beiden Vorderzähne, die aus den aufgerissenen Lippen ragten, und er trat einen Schritt zurück.

Plötzlich wurden die Motoren der Panzer neben dem Kiefernhain angelassen, und der Boden bebte. Diese Panzer sollten nicht an dem Angriff auf Dir A-Naschaf teilnehmen, sondern sich an den Übergängen zwischen den Hügeln aufstellen, um jeglichen Eventualitäten vorzubeugen, seien sie noch so unwahrscheinlich. Das Donnern der gewaltigen Motoren ließ alle Herzen erzittern. Das Zeichen wurde gegeben, und die Lastwagen bewegten sich in Richtung des Wadis. Dort sollten die Kämpfer absteigen und zu Fuß die Orangenhaine durchqueren, bis über die Grenze, um sich Dir A-Naschaf vom Nordwesten und vom Südwesten her zu nähern. Die Mädchen winkten ihnen nach. Schalom, Schalom und viel Erfolg.

Nachum entfernte sich vom Appellplatz. Er setzte sich unter einen Eukalyptusbaum, dessen Stamm weiß gekalkt war. Kleine Kalkkrümel fielen herunter und landeten auf seiner verschwitzten Stirn. Wie immer dachte er an Männer und Frauen und nicht an andere Geschöpfe, von denen die Nacht voll ist. Nächtliche Laute ertönten und zerstreuten seine Gedanken.

3.

Unsere Truppe konnte sich eines angesehenen Kommandanten und vieler mutiger Offiziere rühmen, aber auf Itsche waren wir besonders stolz. Er war der König. Und nicht nur Bruria liebte ihn und ertrug alles schweigend, auch wir anderen verhielten uns wie sie. Er genoss es, jeden zu quälen, Soldaten, Mädchen, sogar Bruria. Sie sagte dann immer: »Du Scheusal, hör auf damit.« Aber das sagte sie jedes Mal mit warmen und feuchten Lippen, als würde sie nach mehr verlangen. Und er liebte es, sie zu beleidigen und sie vor der gesamten Truppe zu erniedrigen, angefangen bei unserem Kommandeur bis hin zu Jonitsch oder Nachum Hirsch oder anderen kleinen Reservesoldaten. Er schrie Bruria an, sie solle ihn in Ruhe lassen, solle ihm nicht den ganzen Tag hinterherlaufen, sie solle nur nachts zu ihm kommen, sie solle nicht an ihm kleben, als wäre sie seine Mutter oder er ihr Vater: es reiche, er habe genug von ihr.

Wenn ihr die Beleidigungen zu viel wurden, suchte sie

manchmal Trost im Kommandoraum bei Rosenthal, dem Kommandooffizier. Sollte Itsche das doch ruhig erfahren, sollte er eifersüchtig werden, ihr war es egal, das hatte er verdient. Rosenthal behandelte sie nicht so, wie Itsche es tat. Er hob ihr nicht plötzlich den Rock bis über die Hüfte, er schob ihr nicht vor Nachschiebern und Fahrern die Hand in die Bluse. Seine Art des Werbens war Kinofilmen nachempfunden, und oft sprach er Englisch mit einem leichten amerikanischen Akzent, um ihr zu gefallen. Er war schlank, gepflegt, sportlich, und er verteilte Komplimente so gewandt, wie er Tennis spielte. Wenn er mit Bruria im Kommandoraum saß, übersetzte er ihr oft die Pornohefte, die sein Bruder aus dem Ausland mitgebracht hatte. Aber er wagte nicht, sie anzufassen, außer mit leichten und höflichen Berührungen. Vielleicht wollte er es auch nicht. Sie kehrte schließlich immer zu Itsche zurück, unterwürfig, klagend, fast bettelte sie um Strafe, und dann war alles wieder wie zuvor. Die ganze Truppe wartete auf den Tag, an dem Itsche vor Eifersucht explodieren und den geschniegelten Kommandooffizier zur Rechenschaft ziehen würde. Aber siehe da, Itsche überraschte uns und zeigte keine Spur von Eifersucht, lachte nur und sagte, Bruria könne sonst wohin gehen, sie könne ihn verlassen, er habe sie satt, er habe alle satt, und warum klebe sie den ganzen Tag an ihm.

Nach jeder Vergeltungsaktion wurde Itsche höheren Orts erwähnt. Zweimal sah man ihn in der von der *Geva* produzierten Wochenschau, und einmal brachte die Wochenzeitung der Armee, *Bamachane*, ihn als Titelbild. Er war derjenige, der den Schlangenpfad entdeckte, von Südjerusalem durch die judäische Wüste und feindliches Gebiet bis nach En-Gedi am Toten Meer, ein Marsch, für den man eine Nacht brauchte. Er war es auch, der eine alte Rechnung mit den Beduinen vom Stamm Arab Al-Attata beglich. Der Divisionskommandeur selbst nannte ihn einmal den Bruder im Geiste von Helden wie jenen des Königs David in Adullam oder von Gideon und Jiftach. Bei einem der Überfälle sprang er allein in eine Höhle, in der sich Dutzende von bewaffneten Gegnern verbarrikadiert hatten, und jagte ihnen mit seinem wilden Geschrei eine solche Angst ein, dass sie vor ihm zurückwichen, während er wie ein Blitz zwischen den dunklen Schützenlöchern umherraste und Handgranaten hineinwarf. Die Soldaten des Feindes, starr vor Schreck, ergaben sich seinem Kugelhagel. Allein betrat er die Höhle, und allein verließ er sie, schwer atmend, brüllend, die Waffe über dem Kopf schwingend.

Itsche ließ seinen Bart wild wachsen. Sein Kopfhaar war dicht und verfilzt und sah immer staubig aus. Sein Bart begann an den Schläfen und vereinte sich fast mit seinen Augenbrauen, wuchs über seine Wangen und den Hals und setzte sich ohne Unterbrechung in dem Bärenpelz fort, der ihm Brust und Arme bedeckte, vielleicht auch den ganzen Körper.

Manchmal überraschte Itsche Nachum Hirsch in der Dusche, die in einer Blechhütte untergebracht war. Der Sanitäter trocknete sich dann schnell ab und verschwand, ohne sich weiter um den Seifenschaum unter seinen Achseln zu kümmern; denn es war bekannt, dass Itsche die Männer vom Nachschub, die Fahrer und die Sanitäter erniedrigte, seine größten Bewunderer, die er »die Elenden« nannte. Aber es konnte auch passieren, dass er sich plötzlich erstaunlich großzügig zeigte und einem eine Pistole schenkte, Beute von der Leiche eines syrischen Offiziers, oder er unterhielt sich mit einem der Leute vom Nachschub, als wären sie gleichgestellt, fragte ihn nach seiner Meinung und sprach über Politik und Mädchen, bis sein fassungsloser Gesprächspartner verstummte.

Die Duschen der Soldatinnen und Soldaten waren durch eine dünne, an vielen Stellen reparierte Blechwand getrennt. Die Reservisten hatten winzige Löcher hineingebohrt und verbrachten davor Stunde um Stunde, besonders freitags und samstags. Itsche lehnte sich mit seinem riesigen nackten Körper an die Trennwand, bis das Blech zu ächzen begann. Auf der anderen Seite antworteten die Mädchen mit angsterfüllten oder erwartungsvollen Aufschreien. Dann lachte Itsche mit seiner tiefen Stimme, und auf beiden Seiten der Trennwand erklang Gelächter. Eines Tages hatte Itsche sich auf dem Fußballplatz der Basis den Knöchel verstaucht. Er hinkte zur Sanitätsstation und überraschte Nachum Hirsch, der gerade aus einem ausländischen Magazin Nacktfotos ausschnitt. Nachum untersuchte den Knöchel, um sicherzustellen, dass es sich um eine Verstauchung und nicht um einen Bruch handelte. Itsche machte wie gewöhnlich Witze. Auch als Nachum Hirsch das Bein weiter oben betastete und am ganzen Körper zitterte, hörte Itsche nicht auf mit seinen Witzen und bemerkte nichts. Dann verband Nachum den Knöchel mit einer elastischen Binde und zog sie gnadenlos fest. Itsche gab ein leises Stöhnen von sich, doch noch immer schien er keinen Verdacht zu schöpfen. Am Ende lächelte Itsche dem Sanitäter zu, bedankte sich für die Behandlung und streckte ihm die riesige Hand hin. Nachum legte seine Finger hinein. Itsche drückte sehr fest zu. Schauer von Schmerz, Stolz und Entzücken liefen dem Sanitäter über den Rücken. Itsche verstärkte den Druck noch. Nachum erlag den süßen Wellen des Schmerzes, doch auf seinem Gesicht war nur ein höfliches Lächeln zu sehen, als würde er sagen: Ich habe deinen Knöchel verbunden, weil es meine Pflicht war. Dann lockerte Itsche den Griff und ließ Nachums Hand los. Er sagte: »Vielleicht nehmen wir dich beim nächsten Angriff mit. Es ist an der Zeit, einen Kampfsanitäter aus dir zu machen, oder?«

Der süße Geruch von Kaugummi wehte Nachum ins Gesicht. Und er fand keine Worte.

Natürlich hatte Itsche dieses Versprechen vergessen, vielleicht war er großzügig mit solchen Versprechen gegenüber den Reservesoldaten. Ausgerechnet der kleine Jonitsch war ausgewählt worden. Bestimmt rannte er jetzt gebückt in der dichten Dunkelheit herum, oder er kroch auf der Erde, mit einer töricht grinsenden Gesichtshälfte und einer, die wie aus Stein gemeißelt schien. Noch herrschte Stille, und kein Geräusch war zu vernehmen. Nur das Zirpen von Grillen und das Heulen von Schakalen und das Lied einer Sängerin aus dem Radio in einer der Wohnbaracken. Noch ist Zeit.

4.

Der kräftige Nachtwind bewegte die Baumkronen. Das Kalkgeriesel nahm zu. Nachum war erschöpft wie nach einer tiefen Verzweiflung. Plötzlich fiel ihm auf, dass seine Finger, ohne dass es ihm zu Bewusstsein gekommen war, unaufhörlich kleine Zweige zerbrochen hatten.

Der feindliche Scheinwerfer suchte noch immer den Himmel ab. Auch die zertretene Erde hörte nicht auf, Wellen dichter, stark riechender Hitze zu verströmen.

Leichte Schritte kamen näher. Nachum kannte diese Schritte. Er stand auf, drückte sich an den Stamm des Eukalyptusbaums, lauerte in der Dunkelheit und überließ sich einer verrückten Vorstellung. Als sie an ihm vorbeiging, sprang er vor und versperrte ihr den Weg. Sie stieß einen leisen, angstvollen Schrei aus. Aber sie erkannte ihn sofort.

»Hey«, sagte der Sanitäter mit dumpfer Stimme.

»Geh zur Seite und lass das«, sagte sie. »Mach keine Dummheiten.«

»Er wird verwundet werden«, sagte Nachum nachdenklich und bedauernd.

»Idiot«, sagte Bruria.

»Heute Nacht wird er verwundet werden. Sogar schwer verwundet.«

»Lass mich weitergehen. Ich will dich nicht sehen und nicht hören. Du bist verrückt.«

»Er wird schwer verwundet werden, aber er wird nicht sterben. Ich verspreche es dir, er wird nicht sterben.«

»Lass das. Hau ab!«

»Bist du böse? Ich werde ihn doch retten, warum bist du böse mit mir, ich werde ihn noch heute Nacht retten.« Er hielt mit ihr Schritt. Sie waren an einer der Baracken angelangt.

»Du machst dich lächerlich. Hör auf, mir nachzurennen. Hör auf, mir solche Sachen zu sagen. Ich habe dich nicht gebeten, mich zu begleiten. Geh weg. Ich habe dir nicht erlaubt, dieses Zimmer zu betreten. Geh weg, oder ich rufe den Hauptfeldwebel. Geh weg, bevor du Ärger bekommst.«

Nachum sah ihren Bewegungen sehnsüchtig zu. Sie knipste das Licht an, nervös, zerstreut, begann, Unterlagen zu ordnen, die auf dem Stuhl und dem Tisch lagen, schob irgendetwas unter den Schrank und setzte sich auf das ungemachte Feldbett, mit dem Rücken zu ihm, das Gesicht zur Wand.

»Du bist noch hier? Was willst du von mir, sag es mir, was habe ich euch getan, dass ihr mich so belästigt? Geh weg! Lass mich allein. Ihr Männer macht mich krank.«

»Du hast mich innerhalb von zehn Minuten zweimal beleidigt«, sagte Nachum Hirsch. »Aber ich nehme dir das nicht übel, nicht heute Nacht. Ich werde sein Leben retten.«

Bruria sagte: »Jacqueline muss jeden Moment zurück sein. Wenn sie dich hier findet, bist du nicht zu beneiden. Es wäre besser, du verschwindest auf der Stelle. Ich weiß nicht einmal, wer du bist. Du bist Nachum, der Sanitäter, gut, Nachum, der Sanitäter, geh jetzt.«

Plötzlich riss Nachum in einer wilden, hysterischen Bewegung sein Khakihemd auf, dass die Knöpfe absprangen, und das Mädchen drückte sich an die Wand und schlug die Hand vor den Mund. Ihre Augen waren weit geöffnet und voller Angst. Sie war nicht in der Lage, etwas zu sagen. Nachum deutete auf seine magere, nackte Brust.

»Jetzt schau genau hin«, flüsterte er fieberhaft, »schau her. Hier dringt die Kugel ein. Die Kugel geht mitten in seinen Hals. Geht hier rein und da raus. Sie zerreißt die Luftröhre. Auch seine Venen werden durchtrennt. Das Blut fängt an zu fließen, direkt in seine Lunge.«

Seine blassen Finger zeichneten die Wunde auf die Brust, dann fuhr er mit seinem fiebrigen Vortrag fort. »Und von hier, von der Luftröhre, geht das ganze Blut in die Lunge. An so etwas erstickt man fast immer, man stirbt.«

»Genug. Sei still. Wirklich, das reicht.«

»Man erstickt, denn wenn die Lunge voller Blut ist, gibt es keinen Platz für die Luft. Und so wird er zu mir gebracht, direkt vom Feld zur Sanitätsstation. Er ist schon ganz blau im Gesicht, er röchelt, spuckt Blut, seine Kleider sind voller Blut, sein Bart ist voller Blut, seine Augen sind verdreht, man sieht nur noch das Weiße. Aber ich verliere nicht die Kontrolle. Ich greife nach einem Messer, einem Gummischlauch und einer Taschenlampe, und ich schneide ihm die Luftröhre auf. Wie ein Schlachter, aber was ich tue, wird ihm in letzter Minute das Leben retten. Ich brauche keine Verdienstabzeichen und Orden. Ich rette sein Leben, weil wir alle Kameraden sind. Ganz unten schneide ich ihm die Luftröhre auf, hier, schau, noch tiefer, hier. Und ich schiebe den Gummischlauch durch die aufgeschlitzte Luftröhre direkt in seine Lunge. So.«

Bruria saß aufrecht da, den Nacken angespannt, als wäre sie hypnotisiert, verzaubert, sie sah seine flinken, dünnen Finger, die über seine Brust glitten, als wären es Nähnadeln, als suchten sie eine unsichtbare Öffnung. Sie schwieg. Nachum hörte nicht auf zu reden, und seine Stimme klang fiebrig und wie erstickt.

»Jetzt nehme ich das Ende des Schlauchs in den Mund. Ich sauge das Blut aus seiner Lunge, um Platz für die Luft zu schaffen, damit er nicht erstickt. Schau, ich sauge und spucke, sauge und spucke, ich höre nicht eine Sekunde lang auf, hingebungsvoll, so, und jetzt blase ich Luft in seine Lunge. Ein und aus, ein und aus, ein und aus, genauso, wie man jemanden rettet, der fast ertrunken ist.«

Langsam, ohne es zu merken, begann auch Bruria anders zu atmen. Sie passte sich dem Rhythmus des Sanitäters an. Eine kurze Stille trat ein.

»Jetzt kommt er zu sich«, schrie Nachum plötzlich. »Ich sehe, wie seine Augen sich bewegen. Und seine Knie. Jetzt gibt er Lebenszeichen von sich.«

Bruria öffnete den Mund, als wollte sie weinen oder schreien, aber sie weinte und schrie nicht, sondern atmete weiter schwer.

»Jetzt holt er schon von allein Luft, nicht durch die Nase und den Mund, sondern durch den Schlauch, den ich in seine Lunge geschoben habe. Schau, er spuckt Blut. Das ist gut für ihn. Er würgt. Auch das ist ein gutes Zeichen. Er wird uns nicht sterben. Er wird leben. Hier, er hat kurz ein trübes Auge aufgemacht, schau hier, das linke. Er hat es wieder zugemacht. Blass. Jetzt kannst du neben seiner Bahre auf die Knie gehen, seine Hand nehmen und versuchen, ihm gut zuzureden. Er kann dir nicht antworten, aber vielleicht hört er schon etwas. Ich gehe jetzt. Ja. Versuch nicht, mich aufzuhalten, ich brauche keinen Dank. Ich habe meine Pflicht erfüllt. Ich gehe, draußen hupt der Krankenwagen, und auch der Arzt ist da. Ein unbekannter Sanitäter hat unter Feldbedingungen eigenhändig eine komplizierte Operation durchgeführt und das Leben eines Nationalhelden gerettet. Itsche und ich, die Arme umeinandergelegt, ein Bild in der Zeitung. Du bist mir nichts schuldig. Im Gegenteil. Heiratet. Lebt in Glück und Frieden. Ich habe nur meine Pflicht erfüllt. Und ich werde euch beide aus der Ferne lieben. Schalom, Schalom, ich gehe, Schalom.«

Nachum sagte Schalom, aber er ging nicht. Stattdessen fiel er erschöpft vor Bruria auf das Feldbett. Leise begann er zu weinen. Sie legte ihm tröstend die Hand auf den Nacken. Das

Zimmer wurde von einer nackten Glühbirne mit einem ungesunden gelben Licht erhellt. Ein Haufen leerer Formulare lag auf einem Metallaktenschrank in der Ecke. Da und dort war Frauenkleidung verstreut, vielleicht auch Unterwäsche, Nachum wagte es nicht, hinzuschauen, er legte den Kopf auf Brurias Knie und rieb seine glühende Wange an ihr. Sie streichelte seine Haare, starrte ins Leere und sagte immer wieder: »Genug, genug, genug.«

Die ersten Geräusche kamen überraschend, wie vorzeitig. Bruria hatte donnernde Salven erwartet, aber das Gefecht begann mit vorsichtigen, stotternden Orientierungsschüssen.

»Jetzt stimmt sich das Orchester ein. Bald geht es los«, sagte Nachum.

»Beruhige dich«, sagte Bruria, »beruhige dich, du Baby. Du darfst den Kopf auf meine Knie legen, wenn du ruhig bist und nicht redest und nicht mehr weinst. Baby. Nichts verstehst du, gar nichts. Und redest Unsinn. Man wird Itsche vom Feld nicht hierher bringen, sondern sofort zum Krankenhaus. Und du wirst keine Chance bekommen. Im Krankenhaus sind heute die besten Chirurgen in Bereitschaft. Niemand saugt mit einem Schlauch das Blut aus seiner Lunge. Sie haben einen Operationssaal und Geräte. Sie werden Itsche tausendmal besser und schneller retten als du. Du bist einfach ein kleiner Junge. Du wirst keine Chance bekommen. Hör auf, mich zum Lachen zu bringen. Nur den Kopf, habe ich gesagt, beweg dich nicht, das kitzelt. Ruhe. So. Braves Kind. Still jetzt. Und fass mich nicht an. Zeig mir deine Hand. Ein Küken bist du. Vielleicht nimmt Itsche dich einmal zu einer Aktion mit, und dann könnt ihr euch gegenseitig retten, so viel ihr wollt, denn ich habe es satt, ich habe euch alle satt, und mir ist es egal, was kommt, ich will nur, dass die Zeit vergeht. Leg deine Brille auf den Tisch. So. Jetzt kann man dich anfassen. Sei still. Ich werde dir ein Wiegenlied singen. Ich kann Itsche davon überzeugen, dass er dich beim nächsten Mal mitnimmt. Dass er aus dir einen Kampf-sanitäter macht. Wenn Itsche die Verwundung überstanden hat, werde ich ihm erzählen, wie gut du warst und dass du nicht wolltest, dass er stirbt, dass du ihn sogar retten wolltest. Ich werde ihm sagen, dass du still warst und nur ruhig dage-legen hast. Ja. So.«

An der Zimmerdecke befanden sich große, nasse Flecken wie dunkle Ungeheuer. Manchmal lief eine Maus durch das Zimmer und verschwand in einem Loch im Boden und tauchte aus einer unerwarteten Ecke wieder auf. Bruria zog eine weiße Sandale aus, versuchte die Maus zu treffen, ver-fehlte sie. In dem Moment hörte man wieder aus der Ferne den bedrohlichen Lärm. Salven von Maschinengewehrfeuer durchbrachen die Stille. Kurz darauf stimmte ein Granatwer-fer ein böses Husten an. In der Dunkelheit draußen grollte es wie Donner.

Nachum sagte: »Ich kann schnell und kräftig Luft in seine Lunge blasen, ich kann ihn aufblasen, ihn zum Platzen brin-gen. Ich kann den Gummischlauch auch herausziehen, dann wird er sofort wieder blau und erstickt. Aber ich werde nichts dergleichen tun. Ich werde ihn retten, wenn du endlich auf-hörst, mich zu beleidigen. Und lass das Singen. Ich darf jetzt nicht einschlafen, ich muss jederzeit bereit sein, zur Sanitäts-station zu rennen und den Eingriff vorzunehmen und ihn für dich zu retten. Und stoß mich nicht weg, ich bin kräftiger als du. Das wird ein Geschenk sein, und ich habe mir eine Belohnung verdient, weil ich sein Leben gerettet und ihn dir lebendig zurückgebracht habe.«

Jetzt hörte man auch die Artillerie. Die feindlichen Bat-terien am Bergabhang fingen an, die Grenzsiedlungen zu beschießen und die Nacht mit Leuchtraketen zu erhellen. In Dir A-Naschaf zerstörten die Einheiten ein Haus nach dem anderen und löschten die hartnäckigen Widerstandsnester aus. Kanonendonner zerschnitt Nachums Flehen. »Du bist ein Zwischenfall«, sagte Bruria. Sie stöhnte und gab auf. Der junge Mann war schweißgebadet, mit verdrehten Augen. Sie breitete die Arme aus, als warte sie auf ihre Kreuzigung, und sagte: »Mach es wenigstens schnell.« Wie sich herausstellte, war der Satz nicht nötig.

Das hektische Knattern von Dauerfeuer verbreitete sich in alle Richtungen. Ferne Salven erklangen als Echo. Eine heftige Explosion übertönte die Maschinengewehre. Nach und nach begannen die Kampfgeräusche einem verborgenen Rhythmus zu folgen: Wellen von unterwürfigen, zaghaften Fragen wurden mit starken, heiseren Schlägen beantwortet. Wilde Saitenklänge mischten sich mit dem schwindelerregenden Dröhnen von Trommeln. Schließlich wurde auch dieser Rhythmus durchbrochen: Eine strahlende Kaskade lodernder Klänge stieg in der Finsternis auf und erfüllte alles bis zum dunklen Horizont. Dann folgten die letzten Schüsse, bis auch diese schließlich abebbten. Die Stille kam und hüllte alles mit zärtlicher, barmherziger Geduld ein. Der Sanitäter verließ das Zimmer ohne ein weiteres Wort und eilte zur Sanitätsstation, um das Operationsbesteck vorzubereiten, das für den Notfall in einer sterilen Tasche verwahrt wurde. Nächtliche Ruhe senkte sich herab über die Ebene. Schon bald begannen die Grillen wieder zu zirpen, und die Schakale heulten im Chor.

5.

Unser Offizier sagte: »Das war ein scharfer, klarer Schnitt. Wie im Lehrbuch. Keine Probleme. Keine Zwischenfälle. Sauber wie eine Fuge von Bach. Und jetzt, Mädchen, macht eine Flasche Arrak für den Maestro auf.«

Itsche, heiser, verdreckt und außer sich vor Begeisterung, begann Freudenschüsse in den Himmel zu feuern.

»Wir haben es geschafft«, schrie er. »Hammelfleisch, Kartoffeln, Arrak, wir haben alles, was wir brauchen, und Dir

A-Naschaf gibt es nicht mehr! Nicht mal eine Katze ist übrig geblieben! Was heißt da Katze, nicht einen Hund haben wir zurückgelassen, keine Menschenseele. Wo ist Bruria, diese Hure, wo steckt sie! Wo sind alle die anderen schönen Mädchen!«

Er verstummte plötzlich, als die Sanitäter Jonitschs Leiche vom Lastwagen hoben und sie zur hell erleuchteten Sanitätsstation trugen. Die Leiche war in eine schmutzige Decke gehüllt, aber Nachum hob sie kurz an und betrachtete die Augen des Toten, weit offen, mit einem beleidigten und überraschten Ausdruck, als hätte man ihn wieder zum Narren gehalten. Sogar sein seltsames Lächeln wirkte weniger beunruhigend. Der lachende Mundwinkel war noch da, aber der zweite hatte sich angepasst. Nachum wandte sich an Itsche: »Was habt ihr mit Jonitsch gemacht?«

»Was schaust du mich so an«, verteidigte sich Itsche. »Sein Name stand auf der ersten Kugel. Er war tot, bevor es richtig losging. Eine Salve hat mich verfehlt, um zwei Meter vielleicht, und er war ihr im Weg.« Während Itsche das sagte, begann er, Gürtel, Waffen und Ausrüstung abzulegen. Er zog sein verdrecktes Hemd aus und fragte leise: »Wo ist sie, wohin ist sie verschwunden?«

»Woher soll ich das wissen«, sagte Nachum.

»Dann such sie und bring sie hierher. Du hast fünf Minuten«, befahl Itsche mit einer Stimme, die vor lauter Müdigkeit heiser war. »Und vorher gib mir ein bisschen kaltes Wasser.«

Nachum gehorchte.

Er gab ihm Wasser, wartete, füllte das leere Glas erneut auf, wartete wieder, spülte das Glas im Waschbecken und lief los, um Bruria zu suchen.

Fast ohne Zögern ging er dorthin, wo es am dunkelsten war, zum Hang hinter den Lagerhallen. Und da sah er Bruria, wie sie an der Mauer lehnte, mit aufgeknöpfter Bluse, die eine Brust frei, und Rosenthal, der Kommandooffizier, hielt die Brustwarze zwischen zwei Fingern und scherzte. Sie lachte nicht und bewegte sich nicht, sie stand da, als würde sie im Stehen schlafen oder als wäre alles verloren und sinnlos geworden. Nachum spürte einen heftigen Stich im Herzen, als er das sah. Er wusste nicht, warum, er wusste nur, dass alles ein Fehler war, vom Anfang bis zum Ende. Er wandte sich ab und ging zurück zu Itsche.

»Sie ist nicht hier«, log er, »sie ist weggefahren. Man hat sie beide mit dem Jeep wegfahren gesehen, noch bevor ihr zurückgekommen seid. Sie ist nicht hier.«

»In Ordnung«, sagte Itsche langsam, »verstehe. Er hat sie mit nach Jerusalem genommen. Sie hätte wenigstens abwarten können, ob ich schon tot bin oder nicht.«

Nachum zitterte und schwieg.

»Komm, mein Freund«, fuhr Itsche fort, »komm. Wir nehmen uns auch einen Jeep. Hast du eine Zigarette für mich? Nein? Nein. Macht nichts. Wir folgen ihnen. Wann sind sie losgefahren? Vor einer Stunde? Einer halben Stunde? Bis zur Kurve bei Hartuv haben wir sie eingeholt. Eine Krise nach der anderen heute Nacht. Komm, steig ein, das Rennen fängt an. Schade, dass es so spät ist. Rosenthal kann auf seinem Jeep schon mal eine weiße Fahne hissen. Was hast du gesagt? Ich dachte, du hättest etwas gesagt. Komm, lass uns ihnen folgen. Dann eben ohne Kaffee. Schade um den Kleinen. Ist einfach da rausgegangen und ohne Grund getötet worden. In Zukunft nehme ich keinen mehr mit, der dort nichts zu suchen hat. Ein Hund ist, wer aus dem Tod einen Witz macht, und ein Hund, wer es nicht macht. Sag doch was. Und? Hast du nichts dazu zu sagen? Sprich, sag ein Wort. Sag wenigstens, wie du heißt. Ich habe deinen Namen vergessen. Ich weiß ganz genau, dass du einer vom Nachschub bist, aber ich habe deinen Namen vergessen. Ich bin müde. He, schau, was wir für ein Tempo vorlegen. Hundertzwanzig, hundertdreißig, mindestens. Und das ist noch gar nichts.«

Die nächtliche Straße war verlassen und trostlos. Über den Hängen der Berge im fernen Osten spiegelte der Nachthimmel die erlöschenden Flammen des zerstörten feindlichen Dorfs wider. In den Bewässerungskanälen der Orangenhaine floss geräuschlos das schwarze Wasser und verschwand in der Erde der Ebene.

6.

Nachum lehnte sich in dem abgewetzten Sitz des Jeeps zurück und drehte den Kopf, um Itsche anzuschauen. Er sah nur die Haarmähne und den üppigen Bart. Einen Moment lang erinnerte ihn Itsche an den Propheten Elias aus dem Bibelunterricht, wild und eifersüchtig, der alle Baalspropheten am Berg Karmel schlachten ließ. Denn auch Elias war in Nachums Vorstellung ein gesichtsloser Riese, nur Bart und Haarwust. Itsche lenkte den Wagen mit einer schläfrigen Aggressivität, eine Hand am Steuer, die andere müde auf seinem Knie. Der schwere Körper beugte sich vor wie der eines Reiters, der den Hals des Pferdes umfasst. Konnte es sein, dass er kurzsichtig war? Der Jeep zerschnitt die Straße, und in den Kurven heulte er auf. Der Wind blies ihnen einen betörenden Duft aus den Orangenhainen ins Gesicht.

Hinter ihnen verschwanden nacheinander die Lichter der Dörfer in der Ebene. Ab und zu sah man Zivilisten, die aus ihren Betten aufgestanden waren und sich in Grüppchen an der Hauptstraße eines verschlafenen Städtchens versammelten. Sie tauschten Vermutungen aus und warteten auf das Morgenlicht und auf die ersten Nachrichten, um zu erfahren, was es mit dem nächtlichen Lärm und dem Widerschein des Feuers am Himmel auf sich hatte. Itsche und Nachum hielten nicht an, um Erklärungen zu liefern, sie verringerten ihre Geschwindigkeit nicht. Nur einmal, an einer dunklen Kreuzung, bremste Itsche scharf; am Straßenrand stand, in einen Mantel oder eine Decke gehüllt, eine verdächtige Gestalt, als lauerte sie auf etwas. Itsche nahm die Maschinenpistole, die vor Nachums Füßen lag, und richtete den Lauf auf die Gestalt. »Was gibt's?«, fragte er. Die Scheinwerfer des Jeeps beleuchteten einen jungen Mann, einen Toraschüler, in Schwarz gehüllt, nur sein Gesicht und die Socken waren schneeweiß. Der Toraschüler trug eine Brille und wirkte verzweifelt. Er sprach schnell, auf Jiddisch, und Nachum hörte verblüfft, dass Itsche ihm ebenfalls auf Jiddisch antwortete, geduldig, mit leiser Stimme. Danach segnete der Mann die beiden, und sie fuhren weiter. Der Jeep startete, preschte vorwärts in die Kurve und weiter, den Bergen Jerusalems entgegen. Andere Menschen sahen sie auf ihrer nächtlichen Fahrt nicht.

Itsche sagte nichts, und Nachum fragte nichts. Stille Freude und eine heimliche Sehnsucht erfüllten sein Herz. Er kannte die Wahrheit und Itsche nicht. Itsche lenkte den Jeep wie ein Wahnsinniger, und er, Nachum, lenkte Itsche. Die Straße begann sich immer mehr zu schlängeln. Der Jeep gehorchte und schnitt die Kurven mit wütender Energie, die Reifen quietschten hasserfüllt. Nachum fragte leise: »Wie ist es mit dir, Itsche, aus was bist du gemacht?«

Der scharfe Wind verschlang die Wörter. Itsche hatte wohl etwas falsch verstanden, denn er beantwortete eine ganz andere Frage: »Aus Rumänien. Ich wurde in der Nähe von Bukarest geboren. Man könnte sogar sagen, in einem Stadtteil von Bukarest. Im Krieg flohen wir nach Russland, und dort zerstreuten wir uns, einer starb, eine Frau verschwand, und einige kehrten später nach Rumänien zurück. Ich und meine kleine Schwester erreichten über Polen und Österreich Norditalien, und von dort kamen wir mit der Jugend-Alijah in ein orthodoxes landwirtschaftliches Jugenddorf. Dort sind wir aufgewachsen. Es gibt noch einen oder zwei aus unserer Familie, die in Russland leben, aber ich habe keine Ahnung, wo. Und jetzt spielt es keine Rolle mehr.«

»Ich nehme an, du wirst Berufssoldat werden«, sagte Nachum. »In zehn Jahren bist du mindestens Oberst und danach ein großer General.«

Itsche schaute den Sanitäter überrascht an: »Wieso? In einem Jahr beende ich den Dienst. Ich spare Geld, um mich bei der Busgenossenschaft Egged einzukaufen, und ich habe gute Chancen, bei Hapo'el Petach Tikwa Mittelstürmer zu werden. Nicht gleich jetzt. Irgendwann mal. Ich muss noch viel lernen. Vielleicht haben wir hier eines Tages Profi-Fußball, dann schwimme ich in der Sahne, kann meine Schwester verheiraten und endlich leben wie ein Mensch.«

»Und bis jetzt hast du nicht wie ein Mensch gelebt?«

»Wie ein Hund«, sagte Itsche mit müdem Zorn.

»Sag, was hast du mit diesem Kerl auf Jiddisch besprochen?«

»Ich habe ihn gefragt, was er hat, und er sagte, er habe Schüsse gehört und Angst bekommen. Ich sagte, die Araber sollten Angst haben, die Tage seien vorüber, an denen Juden Angst vor nächtlichen Schüssen haben müssen. Und ich habe von ihm eine halbe Schachtel Zigaretten für meine Rede kassiert. Magst du eine? Nein? Dann eben nicht. Noch vor Castel kriegen wir sie, und dann werde ich Rosenthal ein für alle Mal eine Lektion erteilen. Bruria nehmen wir mit, nach Jerusalem. Kennst du dich in Jerusalem aus? Gibt es da ein Restaurant, das bis frühmorgens geöffnet hat?«

»Eine tote Stadt«, sagte Nachum. »Nachts ist Jerusalem wie ausgestorben. Tagsüber eigentlich auch. Außerdem werden wir sie nicht kriegen, weder vor Castel noch irgendwo anders, wenn du nicht schneller fährst. Viel schneller. Rosenthal wird sie in sein Haus bringen und gleich in sein Bett, und wir werden dumm in Jerusalem herumstehen, mitten in der Nacht, ohne zu wissen, wo wir hingehen sollen. Wie Laurel und Hardy in einem Dick-und-Doof-Film. Gib Gas, Itsche, fahr, so schnell du kannst, los!«

Itsches Fuß drückte wütend auf das Pedal. Der Motor sammelte seine letzten Kräfte. Die Geschwindigkeit nahm zu, es wurde grau, schwarz, ein Aufheulen, ein Jammern. Nachums Herz füllte sich mit Angst und Verlangen. Er wusste, wo sich Bruria und Rosenthal, der Bastard, jetzt befanden, und Itsche wusste es nicht. Ganz umsonst ließ er den großen Itsche die nächtlichen Straßen entlangfahren, und Itsche hatte keine Ahnung. Nachum roch noch den Duft ihrer Haut, den Geruch von einfacher Seife, spürte noch ihre Finger auf seinem Nacken, und Itsche hatte keine Ahnung. Er schob die Hand in seine Tasche und berührte die Instrumente, das sterile Skalpell, die Bandagen, die Morphiumkapsel, den Gummischlauch, alles, was für eine Notoperation nötig war, wenn der Jeep in den Abgrund neben der bergigen Straße stürzen würde. Und auch davon hatte Itsche keine Ahnung. Rechts neben ihm saß derjenige, der ihm bald das Leben retten würde. Das war ein verantwortungsvoller und düsterer Auftrag, und Nachum würde ihn bis zum Ende ausführen. Ein unbekannter Sanitäter hat in der Nacht beim Schein einer Taschenlampe operiert und das Leben eines Nationalhelden gerettet. Einfallsreich. Hingebungsvoll. Besonnen. Solidarisch. Gekonnt. Und auch – flüsternd, lautlos die Lippen bewegend – mit Liebe.

Dann ging einer der Scheinwerfer aus: flackerte ein paar Mal und erlosch. Der Jeep raste weiter gen Osten mit dem Licht eines Zyklopen, das brannte und die Schatten in den Bergen überwältigte. Wie ein Geist galoppierte der Jeep, und Itsche, über das Steuerrad gekauert, beschleunigte, er biss sich auf die Lippen und drückte das Gaspedal durch.

Er wird schwer verletzt sein, Bruria, lebensgefährlich verletzt, aber ich werde ihm nicht erlauben zu sterben. Ich werde ihn mit Hingabe operieren und verbinden und meine eigenen Verletzungen ignorieren. Du wirst mir sein Leben zu verdanken haben, und ich werde bescheiden davongehen. Itsche ist ein riesiges, ahnungsloses Bärenjunges: Er weiß nichts und versteht nichts. Hier, jetzt summt er etwas durch die Zähne und hat keine Ahnung, was gleich passieren wird.

Vielleicht dachte Itsche an den blassen Toraschüler, dem sie am Rand der Küstenebene begegnet waren und der ihn auf Jiddisch angefleht hatte. Vielleicht dachte er an andere Orte und andere Zeiten. Er summte eine melancholische Melodie vor sich hin:

Unser Vater, unser König, aus Gnade erhöre uns,
denn wir haben keine verdienstvollen Handlungen.
Erweise uns Milde und Huld
und hilf uns!

»Amen«, flüsterte Nachum Hirsch hingebungsvoll. Und seine Augen füllten sich mit Tränen.

Kurz vor der Kurve am Sha'ar HaGai, wo die Straße nach Jerusalem nahe an den feindlichen Stellungen von Latrun vorbeiführt, schlug ihnen die Kälte entgegen: die eisige Luft aus Jerusalem, voll vom Duft der Kiefern. Der Motor stöhnte, hustete ein paar Mal hässlich, röchelte und verstummte, wie all das Leblose, das die Nacht erfüllt.

7.

Itsche stieg aus, schwer, müde, und öffnete die Motorhaube. Nachum nahm die Taschenlampe heraus, die bei der Notoperation hätte leuchten sollen, und richtete das Licht auf den Motor. Er sah, wie Itsche mit den Zündkerzen kämpfte, wie ein Blinder zog und drückte und mit der Faust gegen die Metallwand schlug. Mit seinen kräftigen Fingernägeln drehte er eine Schraube fest. Er zerrte an Kabeln, erbarmungslos und vielleicht ohne Verstand. Dies erhöhte noch die Böswilligkeit des Motors: Auf einmal, ohne Vorwarnung, ging auch der zweite Scheinwerfer aus. Der Jeep war dunkel. Itsche riss Nachum die Taschenlampe aus der Hand und zertrümmerte sie auf den Felsen: »Soll doch alles kaputtgehen«, sagte er.

Nachum nickte, als wolle er sagen: Ja, völlig richtig. Aber es war stockdunkel, und Itsche konnte diese Bewegung nicht sehen. Nachum entzündete ein Streichholz nach dem anderen. Mit dem letzten Streichholz steckten sie sich jeder eine der Zigaretten an, die Itsche von dem Toraschüler bekommen hatte.

Zuerst verfluchte Itsche den Jeep, danach Nachum, Bruria, Frauen im Allgemeinen, Himmel und Erde. Die meisten Schimpfwörter waren auf Russisch und erbarmungslos, einige waren auf Arabisch. Auch die Araber verfluchte Itsche ausgiebig. Am Ende verfluchte er sich selbst. Dann schwieg er. Seine Stimme war heiser von all seinem Gebrüll vor der Aktion, währenddessen und nach der Rückkehr zur Basis. Jetzt versagte sie ihm ganz, nur ein Krächzen war zu hören, lächerlich und verzweifelt. Er ließ sich, ein haariger Berg, auf der Motorhaube des toten Jeeps nieder. Da hockte er, ohne einen Laut von sich zu geben oder sich zu bewegen.

Als ihre Augen sich an die Dunkelheit gewöhnt hatten, entdeckte Itsche eine dunkle Masse hinter der Grenze, neben Latrun: die schwachen Umrisse der Trappistenabtei hinter der Waffenstillstandslinie, auf feindlichem Gebiet.

»Da ist ein Gebäude«, krächzte Itsche schwach.

»Das ist eine Abtei«, sagte Nachum munter. Plötzlich erfüllte ihn pädagogischer Eifer. Er war hellwach, fern jeder Müdigkeit, aufgeregt. »Das ist die Trappistenabtei. Die Mönche haben ein Gelübde abgelegt, bis zum Ende ihres Lebens zu schweigen.«

»Und warum?«, fragte Itsche im Flüsterton.

»Weil Worte die Quelle der Unreinheit sind. Ohne Worte gibt es keine Lügen. Das ist doch ganz einfach. Sie leben dort jahrzehntelang auf engstem Raum miteinander und sagen kein Wort. Stell dir vor, welche göttliche Ruhe dort herrscht. Wer eintreten möchte, muss das Gelübde ablegen. Wie in der Armee. Du musst dich verpflichten, für immer zu schweigen.«

»Das kann ich nicht verstehen«, krächzte Itsche tonlos.

»Klar, dass du das nicht verstehen kannst. Du kannst ja nur ein Dorf zerstören, ohne etwas über seine Bewohner und seine Geschichte zu wissen, ohne es wissen zu wollen. Einfach so. Wie ein tobender Bulle. Ist doch klar, dass du das nicht verstehst. Was verstehst du schon, ficken und töten, das verstehst du gut. Und Fußball. Und Anteile an Egged. Du bist ein wildes Tier und kein Mensch. Ein wildes, dummes Tier. Man legt dich doch dauernd rein. Rosenthal fickt Bruria, die Offiziere, die Wachen und sogar einer wie ich. Glaubst du, dass sie jetzt in Rosenthals Jeep auf dem Weg nach Jerusalem ist? Denkst du das? Weil du ein Tier und kein Mensch bist, deshalb denkst du, dass alle so sind wie du. Aber es sind nicht alle wie du. Nicht alle zerstören und töten die ganze Zeit. Im Gegenteil. Alle lachen über dich. Rosenthal fickt deine Bruria, und dich fickt er auch. Ich habe sie gefickt, und jetzt ficke ich dich. Warum bist du wie ein Irrer losgerannt, sag es mir! Warum hast du einen Jeep und eine Maschinenpistole und mich geschnappt und bist wie ein wild gewordener Bulle losgestürmt? Ich sage dir, warum. Weil du ein Unmensch bist. Deshalb. Weil du ein dummes wildes Tier bist. Deshalb.«

Itsche sagte mit dem Rest seiner Stimme: »Erzähl mir noch etwas über die Abtei.«

Nachum Hirsch, der bebrillte dünne Sanitäter, hob ein Knie und stellte den Fuß auf ein Rad des Jeeps. Er rauchte und spürte Energie und Männlichkeit wie Wein durch seine Adern fließen.

»Der Staub toter Worte klebt an dir. Reinige deine Seele in Stille. So steht es bei Rabindranath Tagore, einem indischen Dichter und Philosophen. Jetzt muss ich dir wohl erklären, was das überhaupt ist, ein Dichter, ein Philosoph, ein Inder. Aber wer hat schon die Zeit und die Kraft, aus dir einen Menschen zu machen? Es wäre schade um die Worte. Und es bringt sowieso nichts, aber bitte. Latrun heißt so, weil hier im Mittelalter eine Burg stand. Die Kreuzritter hatten sie gebaut, um die bequemste Route von der Küstenebene nach Jerusalem zu kontrollieren, das heißt die Straße von Beth-Horon. Latrun ist eine Verballhornung des Namens der Festung: *Le touron des chevaliers.* Sprich, der Turm der Ritter. *Touron* ist ein Turm. *Tour.* Tour Eiffel. Turm im Schachspiel. Turm. Schläfst du schon? Ist das zu viel Stoff auf einmal? Nein? Es gibt Forscher, die auf eine andere Quelle hinweisen, eine noch ältere, für den Namen Latrun: *Castellum boni latronis*, das heißt die Burg des guten Räubers, der zusammen mit Jesus gekreuzigt wurde. Hast du mal von der Kreuzigung gehört, von Jesus, vom guten Räuber? Hast du in deinem Leben jemals ein Buch gelesen? Antworte mir. Was hast du? Fühlst du dich nicht gut? Antworte mir!«

Itsche schwieg.

In der Dunkelheit sah man die weit entfernten Lichter von Siedlungen. Die feindlichen Stellungen in Latrun, wo die Nachricht von der Zerstörung Dir A-Naschafs bestimmt schon angekommen war, leuchteten sporadisch mit Scheinwerfern den dichten Baumbestand an den Hängen der Judäischen Berge ab. Ein einzelner Schuss, fast lächerlich, rollte zwischen den Hügeln herab und hallte lange nach.

»Sag mal, ist es nicht gefährlich, die ganze Nacht hierzubleiben?«, fragte Nachum mit plötzlicher Angst.

Itsche schwieg.

»Sag schon, ist das nicht gefährlich? Vielleicht sollten wir zu Fuß weitergehen? Vielleicht gibt es in der Nähe ein Dorf oder einen Kibbuz?«

Itsche wandte ihm für einen Augenblick sein bärtiges Gesicht zu, schaute ihn an und sah wieder weg. Er sagte kein Wort. Nachum ging hinter den Jeep, um zu urinieren. Plötzlich hatte er Angst, Itsche im Dunkeln zu verlieren. Zähneknirschend, aber mit klarer Stimme, sagte er: »Was für ein Stück Dreck ich bin. Ein Elender.«

Itsche schwieg.

Dann begann sich der nahende Tag anzukündigen, die dunklen Massen wurden heller, die Umrisse schärfer. Im Osten zeigte sich ein Lichtschimmer, wie ein Heiligenschein, wie ein barmherziger Traum. Wenn es überhaupt Gnade oder Erbarmen gab, dachte Nachum, war das ihre Farbe. Bruria wird sich duschen, Schweiß und Tränen abwaschen und dann schlafen. Jonitsch werden sie begraben oder, wie man gern sagt, zur letzten Ruhe betten. Wenn es bloß auch für jemanden wie mich etwas Ruhe geben würde. Wenn es für Itsche Ruhe geben würde, er ist jetzt schon todmüde. Überhaupt, jeder braucht Ruhe. Wenigstens ein bisschen. Ich halte es nicht mehr aus. Ich brauche Stille.

Plötzlich erhoben sich auf allen Seiten die triumphierenden Stimmen der Schakale. Vom feindlichen Gebiet kamen sie, gellten durch die steilen Wadis und verbreiteten sich auf den Ebenen des belagerten Landes. Die Suchscheinwerfer des Feindes bewegten sich hin und her. Ziellos, willkürlich. Das Licht traf auf den Hang neben dem toten Jeep und den beiden verlorenen Soldaten, hielt inne, wanderte zurück zu den dornigen Büschen und dem Gestrüpp. Ein kleines Nachtraubtier verfing sich im Lichtstrahl. Das Tier blieb wie versteinert stehen. Sein schütteres Fell zitterte in Todesangst. Dann machte es einen Satz und verschwand in der Finsternis.

Aber schon bald ließ die Dunkelheit diejenigen im Stich, die in ihr Schutz suchten. Sie schwand allmählich über den Gipfeln der Berge im Osten, dem Land der Feinde.

(1962)

Fremdes Feuer

Die Nacht breitet ihre Flügel über die Bewohner
der Welt aus. Die Natur webt ihr Gewebe und atmet
immer wieder. Die Schöpfung hat Ohren, aber ihr
Gehör und das, was sie hört, sind eins und ungeteilt.
Die wilden Tiere wandern umher und suchen Beute
und Nahrung, die Haustiere stehen am Trog. Der
Mensch kehrt von seiner Arbeit zurück. Doch kaum
hat er die Arbeit verlassen, locken Liebe und Sünde.
Gott hat geschworen, die Erde zu erschaffen und zu
besiedeln. Und er brachte Fleisch zu Fleisch ...

Micha Josef Berdyczewski, *Vor dem Sturm*

1.

Zunächst schritten die beiden älteren Männer dahin, ohne
ein Wort miteinander zu wechseln.

Als sie den überheizten und hell erleuchteten Club verließen, halfen sie sich gegenseitig in die Mäntel. Josef Jarden
schwieg stur, während Dr. Kleinbergers Hustenanfälle lang
und feucht waren und mit einem Niesen endeten. Die Worte
des Redners bereiteten ihnen Kummer: Das alles bringt
nichts. Zu nichts werden diese Worte führen. Zu nichts
Brauchbarem jedenfalls.

Müdigkeit und ein Gefühl von Ohnmacht beherrschten
die schlecht besuchten Versammlungen der bescheidenen
Partei der Mitte, in der sie seit Jahrzehnten Mitglied waren.
Diese Versammlungen werden zu nichts führen. Kopfloses
Handeln reißt das ganze Land in eine Orgie selbstgefälliger
Arroganz. Die Stimme der Mäßigung, die Stimme der Vernunft, war unhörbar, sie setzte sich in dieser Orgie nicht
durch. Was können schon einige Dutzend gebildeter, nicht
mehr ganz junger Menschen bewirken, die eine gemäßigte

und vernünftige Politik befürworten, weil sie in ihren Leben bereits die Folgen verschiedenster politischer Ekstasen miterlebt hatten? Einige Dutzend wohlwollender Gebildeter sind noch nie dazu in der Lage gewesen, einen berauschten Pöbel und seine leichtsinnigen, euphorischen Führer, die alle jubelnd dem Chaos entgegenrennen, zu stoppen.

Nach dreißig Schritten, an der Stelle, an der die Gasse in eine vornehme und ruhige Straße Rechavias mündete, blieb Josef Jarden stehen, also blieb auch Dr. Kleinberger stehen, ohne zu wissen warum. Josef Jarden suchte lange nach einer Zigarette und fand dann eine. Dr. Kleinberger beeilte sich, ihm Feuer zu geben. Sie wechselten noch immer kein Wort miteinander. Mit feingliedrigen Fingern schützten sie die kleine Flamme vor dem Wind. Die herbstlichen Winde wehen kräftig in Jerusalem, fast wild. Josef Jarden bedankte sich mit einem Kopfnicken und sog den Rauch ein. Nach drei Schritten erlosch die Zigarette, weil er sie nicht gut genug angezündet hatte. Wütend warf er sie auf den Bürgersteig und zerdrückte sie mit dem Absatz. Dann bückte er sich, hob die erloschene, zerdrückte Kippe auf und warf sie in einen Papierkorb, den die Stadtverwaltung Jerusalems an einem Pfosten der Bushaltestelle hatte befestigen lassen.

»Korruption«, sagte er.

»Also wirklich, ich bitte dich«, antwortete Dr. Kleinberger, »das ist doch eine simple, fast vulgäre Definition für eine Realität, die allein schon per definitionem komplex ist.«

»Korruption und Arroganz«, beharrte Josef Jarden.

»Mein lieber Josef, wer weiß es besser als du, dass jede simple Definition gewissermaßen eine Niederlage ist.«

»Mir reicht's«, sagte Josef Jarden und rückte seinen Schal unter dem Mantelkragen zurecht, um sich besser vor dem Wind zu schützen, der wie eisige Messer stach. »Mir reicht's, ich werde das Kind jetzt beim Namen nennen. Krankheit ist Krankheit und Korruption ist Korruption.«

Dr. Kleinberger befeuchtete mit der Zunge seine Lippen,

die im Winter immer platzten, blinzelte mit den Augen, die so schmal wie die Schießscharten eines Panzers waren, und bemerkte:

»Die Korruption ist ein komplexes Phänomen, Josef. Ohne Korruption ist das Wort Reinheit bedeutungslos. Auch hier herrscht irgendeine Gesetzmäßigkeit, ein ewiger Kreis, das haben unsere Erzväter schon verstanden, als sie sich über das Böse äußerten, und auch die Väter der christlichen Kirchen wussten es: Korruption und Reinheit sind extreme Gegensätze, aber in Wirklichkeit verursacht und ermöglicht das eine das andere, das lässt Blüten treiben, und daran sollten wir glauben und hoffen in diesen schlimmen Zeiten.«

Durch die Straßen Rechavias wehte eine hochmütige, scharfe Kälte. Die Straßenlaternen gaben ein gelbes, flackerndes Licht ab. Ein paar Lampen waren von Randalierern zerschlagen worden, blind und dunkel schaukelten sie auf den Masten. Nachtvögel hatten sich in den zerbrochenen Lampen ein Nest gebaut.

Die Gründer des Viertels Rechavia haben viele Bäume gepflanzt, sie haben Gärten und Alleen angelegt, weil sie in den glühenden Steinen von Jerusalem ein schattiges, gepflegtes Viertel bauen wollten, in dem man am Tag das Klavier hört und in der Dämmerung Violine oder Cello. Das Viertel verschwindet unter Baumwipfeln. Tagsüber stehen die kleinen Häuser schläfrig da, als ständen sie am Boden eines Schattensees. Aber nachts nisten im Gebüsch dunkle Geschöpfe, die ihre Flügel ausbreiten und verzweifelt schreien. Man kann sie nicht wie die Straßenlaternen mit Steinen bewerfen, weil die Steine sie nicht treffen würden, sie würden sich in der Dunkelheit verlieren, und die Baumwipfel würden wie mit unsichtbarem Spott hin und her wehen.

Denn auch diese Gegensätze sind nicht einfach, sondern komplex. Eigentlich zieht das eine das andere an, das eine kann ohne das andere nicht sein und so weiter. Dr. Elchanan Kleinberger ist Ägyptologe, Junggeselle, mit einem bescheidenen Renommee. Besonders in jenem europäischen Land, aus dem er vor dreißig Jahren in letzter Minute geflüchtet ist. Sein Leben und seine Ansichten stehen unter dem Zeichen eines ausgeprägten Stoizismus. Josef Jarden, Experte für die Entzifferung antiker hebräischer Schriften, ist Witwer, der seinen ältesten Sohn bald mit einem Mädchen namens Dina Dannenberg verheiraten wird, der Tochter einer alten Freundin. Was die Nachtvögel betrifft, sie nisten mitten in der Siedlung, aber die ersten Sonnenstrahlen jagen sie jeden Morgen zu den versteckten Löchern in den Felsen und Hainen außerhalb der Stadt.

Die beiden älteren Männer setzten ihren Spaziergang fort und wussten nichts, was nach den harschen Worten noch hätte gesagt werden können. Sie gingen an der Residenz des Premierministers an der Ibn-Gvirol-Straße und der Keren-Kayemet-Allee vorbei, an den Gebäuden des Herzeliya-Gymnasiums, und blieben an der Ecke der Ussishkin-Straße stehen. Diese Kreuzung ist nach Westen hin offen, und der kalte Wind bläst erbarmungslos von den felsigen Äckern her. Hier nahm Josef Jarden erneut eine Zigarette aus der Schachtel, und Dr. Kleinberger gab ihm wieder Feuer und schützte wie ein Matrose die Flamme mit beiden Händen: Diesmal würde die Zigarette nicht erlöschen.

»Nun, dann werden wir also alle im kommenden Monat auf der Hochzeit tanzen«, sagte der Doktor wie im Scherz.

»Ich gehe jetzt zu Lilli Dannenberg, wir müssen die Gästeliste erstellen«, sagte Josef Jarden. »Eine abgespeckte Liste. Ihre Mutter, seligen Angedenkens, wollte immer, dass unsere Söhne ohne großen Pomp heiraten, nur eine bescheidene Zeremonie, und so soll es sein. Nur eine bescheidene familiäre Zeremonie. Mit dir, selbstverständlich, wirklich, für uns bist du ein Teil der Familie. Gar keine Frage.«

Dr. Kleinberger nahm seine Brille ab, hauchte sie an, wischte sie mit einem Taschentuch sauber und setzte sie langsam wieder auf:

»Ja, das versteht sich von selbst. Aber die Dannenberg wird damit nicht einverstanden sein. Du solltest dich lieber nicht täuschen. Sie wird mit Sicherheit wollen, dass die Hochzeit ihrer Tochter eine totale Machtdemonstration wird, und ganz Jerusalem wird eingeladen sein, um vor ihr in die Knie zu gehen und sie zu bewundern. Und du wirst selbstverständlich nachgeben und dich ihrem Willen beugen.«

»Nicht so schnell«, antwortete Josef Jarden, »man kann mich nicht so leicht umstimmen. Besonders in einem Fall wie diesem, da es um den Wunsch meiner verstorbenen Frau geht. Frau Dannenberg ist empfindsam, bestimmt ist ihr nichts Menschliches fremd.«

Als Josef Jarden sagte, dass man ihn nicht so leicht umstimmen könne, begann er, mit den Fingern die krumme, halb zerquetschte, jedoch noch nicht erloschene Zigarette zu zerdrücken. Und Dr. Kleinberger sagte:

»Du irrst dich, mein Freund. Dannenberg wird auf die große Show nicht verzichten. Natürlich ist sie eine empfindsame Frau, wie du so wunderbar formuliert hast, aber sie ist auch eine harte Frau. Diese beiden Eigenschaften widersprechen einander nicht. Du solltest dich auf eine äußerst harte Diskussion vorbereiten. Eine vulgäre Diskussion.«

An der Straßenecke ging ein gemeinsamer Bekannter vorbei, vielleicht war es auch ein Fremder, aber sein Schatten erinnerte die beiden Freunde an einen gemeinsamen Bekannten. Beide hoben ihre Hände an den Hut, um ihn zu begrüßen, und auch der Fremde bewegte die Hand zum Hut, blieb aber nicht stehen, sondern ging mit energischen Schritten weiter, den Kopf gegen den Wind gebeugt. Er verschwand in der Finsternis. Danach fuhr ein Rowdy auf seinem Motorrad vorbei, der Lärm erfüllte ganz Rechavia.

»Was für ein Lärm«, sagte Josef Jarden verärgert. »Dieser verdammte Gangster hat absichtlich den Auspuff manipuliert, um die Ruhe von zehntausend Bürgern zu stören. Und warum? Nur weil er nicht sicher ist, dass er tatsächlich existiert, und diese Schikane verleiht ihm ein aufgeblasenes Selbstwertgefühl: Alle hören ihn. Die Professoren, der Präsident und der Premierminister, die Künstler. Die Frauen. Diesen Wahnsinn sollte man im Keim ersticken, bevor es zu spät ist. Und mit Gewalt stoppen.«

Dr. Kleinberger hatte es nicht eilig mit der Antwort. Er dachte darüber nach, überlegte lange hin und her und sagte dann:

»Erstens ist es schon zu spät.«

»Mit dieser Resignation bin ich nicht einverstanden. Und zweitens?«

»Und zweitens. Ja, es gibt immer ein Zweitens. Entschuldige meine Direktheit: Zweitens: Du übertreibst. Wie immer.«

»Ich übertreibe nicht«, sagte Josef Jarden und presste vor unterdrückter Wut die Zähne zusammen, »ich übertreibe nicht. Ich nenne ganz einfach das Kind beim Namen. Das ist alles. Ich habe die Zigaretten in der Hand und du die Streichhölzer. Feuer bitte. Ja. Ich danke dir. Man muss immer das Kind beim Namen nennen.«

»Aber ehrlich, mein teurer Josef, wirklich«, fuhr Dr. Kleinberger mit einer gekünstelt lehrerhaften Geduld fort, »wer, wenn nicht du, weiß, dass das Kind meist mehr als nur einen Namen hat. Nun sollten wir auseinandergehen. Du musst jetzt zu dieser zukünftigen Schwiegermutter, damit du nicht zu spät kommst und dir eine Rüge einhandelst. Sie ist zweifellos eine empfindsame Frau, aber auch hart. Ruf mich morgen Abend an. Wir könnten unsere halbgespielte Schachpartie beenden. Beste Grüße, und nimm meine Streichhölzer mit. Ja. Als Geschenk. Gerne.«

Als die beiden älteren Männer sich auf den Weg machten, jeder in seine Richtung, erklang jubelndes Geschrei aus dem Tal des Kreuzes. Bestimmt hatten sich dort Jungen der Jugendbewegung versammelt, um in der Dunkelheit Verstecken zu spielen. Die uralten Ölbäume bieten gute Verstecke. Stimmen und Gerüche steigen vom Tal in die gepflegte Siedlung auf. Die Ölbäume leiten eine Art geheimen Strom zu den vielen Bäumen, die Rechavia zieren. Es sind die Nachtvögel, die für diesen Strom verantwortlich sind. Diese Verantwortung verleiht ihnen einen außerordentlichen Ernst. Sie heben ihre Schreie für Momente der Gefahr oder der Wahrheit auf. Die Ölbäume aber sind zu einem ewigen, stillen Wachstum verurteilt.

2.

Das Haus, in dem Frau Lilli Dannenberg wohnt, liegt in einer ruhigen Gasse zwischen Rechavia und dem Viertel Kiryat Shmuel. Der Rowdy, der mit seinem Motorrad die Ruhe der ganzen Stadt störte, hatte Frau Dannenbergs Ruhe nicht gestört, und zwar deshalb nicht, weil sie keine Ruhe fand. Sie ging in der Wohnung hin und her, räumte auf, legte etwas von da nach dort, überlegte es sich anders und brachte den Gegenstand wieder zu seinem vorherigen Platz zurück. Als hätte sie wirklich vor, zu Hause zu sitzen und friedlich auf den Gast zu warten. Um halb zehn sollte Josef zu ihr kommen, um die Gästeliste für die Hochzeit zu erstellen. Diese Angelegenheit ließ sich verschieben, es gab keinen Grund zur Eile: der Besuch, die Hochzeit und auch die Gästeliste. Was soll's. Übrigens, er wird pünktlich um halb zehn kommen, man kann sich auf ihn verlassen, er wird keine Sekunde später kommen, aber die Tür wird verschlossen sein und die Wohnung dunkel und leer. Das Leben ist voller Überraschungen. Es tut gut, sich vorzustellen, wie sein Gesicht aussehen wird, wenn er überrascht, beleidigt und auch ein bisschen schockiert reagiert. Es macht Spaß, sich vorzustellen, was er auf den Zettel schreiben wird, den er ganz bestimmt an der Tür hinterlassen wird. Es gibt Menschen, und zu ihnen gehört Josef, die einem fast sympathisch werden, wenn sie überrascht, beleidigt und auch etwas schockiert sind. Das ist eine Art Alchemie der Seele. Er ist ein anständiger Mensch, erwartet stets das Gute und fürchtet das Böse.

Diese Überlegungen stellte sie auf Deutsch an. Lilli Dannenberg, ruhig und mit kaltem Gesicht, knipste die Leselampe an. Sie saß im Sessel und feilte ihre Nägel. Zwei Minuten vor neun waren die Fingernägel zu ihrer Zufriedenheit gefeilt. Sie machte, ohne aufzustehen, das Radio an. Der tägliche Bibelabschnitt war schon gelesen worden, die Nachrichten hatten noch nicht begonnen. Irgendeine bekannte, sentimentale Melodie wurde vier oder fünf Mal wiederholt, ohne Variation, bis man sie nicht mehr hören konnte. Lilli drehte den Knopf, huschte über die Sender des Nahen Ostens mit den kehligen Stimmen hinweg, hielt auch in Athen nicht inne und erreichte den Sender Wien genau zu den Kurznachrichten auf Deutsch. Danach wurde Beethovens *Eroica* gespielt. Sie machte das Radio aus und ging in die Küche, um sich einen Kaffee zu kochen.

Was geht mich das an, wenn er beleidigt oder überrascht sein wird. Was geht mich das an, was mit diesem Mann und mit seinem Sohn passiert. Es gibt Gefühle, für die die hebräische Sprache noch nicht weit genug entwickelt ist, um sie auszudrücken. Wenn ich das zu Josef oder seinem Kleinberger sage, werden sie beide über mich herfallen und es wird eine lange Diskussion über die Fähigkeiten der hebräischen Sprache geben, die zu unangenehmen Digressionen führen wird. Dabei gibt es auf Hebräisch das Wort »Digression« noch nicht einmal. Den Kaffee muss ich ohne ein bisschen Zucker trinken. Bitter, natürlich ist er bitter, aber erfrischend. Darf ich mir einen Keks genehmigen? Nein, ich darf keinen

Keks essen, es gibt keine Kompromisse. Nun ist es schon Viertel nach neun. Also los, bevor er kommt. Der Ofen. Das Licht. Der Schlüssel. Und ab mit mir.

Lilli Dannenberg ist eine geschiedene Frau von sechsundvierzig. Sie könnte ohne weiteres sieben oder acht Jahre abziehen, aber das ist gegen ihre moralischen Prinzipien, deshalb hält sie ihr richtiges Alter nicht geheim. Sie ist rank und schlank, ihre Haare sind von Natur aus blond, allerdings ist die Farbe nicht mehr frisch, dafür sind sie füllig und schwer geblieben. Ihre Nase ist gerade und aggressiv. Ihre Lippen sind stets unruhig und faszinierend, und ihre Augen strahlen in einem hellen Blau. Sie trägt nur einen dezenten Ring, der die Linien der Einsamkeit und Nachdenklichkeit ihrer langen Finger betont.

Dina wird nicht vor Mitternacht aus Tel Aviv zurück sein. In der Kanne habe ich ihr ein bisschen Kaffee für morgen früh gelassen. Im Kühlschrank gibt es Gemüse, und im Brotkorb liegt frisches Brot. Das Wasser wird noch heiß sein, sollte sie sich um Mitternacht ein Bad einlassen wollen. So weit ist alles unter Dach und Fach. Und wenn alles unter Dach und Fach ist, warum bin ich dann so unruhig, als sei irgendwo ein Licht an oder als stehe eine Tür offen. Aber nichts ist an und nichts steht offen, und ich bin schon zwei Straßen weiter Richtung Westen gegangen, so dass dieser Mann, Josef Jarden, mich auf dem Weg zu mir nicht zufällig treffen und damit alles verderben können wird. Die meisten levantinischen jungen Männer sind auf den ersten Blick sehr hübsch. Aber nur wenige halten dem zweiten Blick stand. Ein großer Geist grübelt ständig, das verzehrt den Körper von innen und höhlt das Gesicht wie Regen den Kalkstein. Deshalb sehen Geistesgrößen so aus, als wäre etwas in ihr Gesicht geschrieben, und manchmal ähneln die Buchstaben Verbrennungen; ihr Körper ist eine Niederlage auf zwei Beinen. Die levantinischen Schönlinge hingegen kennen keinen

Schmerz, und deshalb sind ihre Gesichter symmetrisch und ihre Körper stark und adrett. Wie die eleganten Puppen in den Schaufenstern eines Herrenausstatters. Zweiundzwanzig Minuten nach neun. Ein Nachtvogel schreit ohrenbetäubend einen komplizierten Satz. Dieser Vogel heißt auf Deutsch »Eule«, auf Hebräisch, glaube ich, »Janschuf«, aber wie dem auch sei, es macht keinen Unterschied. Genau in sieben Minuten wird Josef bei mir klingeln. An seiner Pünktlichkeit besteht kein Zweifel. Genau dann werde ich in seiner Wohnung in der Elfasi-Straße klingeln. Halt den Schnabel, Eule, ich habe diese Argumente schon oft genug gehört. Und Ja'ir wird mir die Tür öffnen.

3.

Wer aus einer kaputten Familie stammt, zerstört im Lauf der Zeit die Familien, die heil sind. Das ist kein Zufall, auch wenn man daraus keine Gesetzmäßigkeit ableiten kann. Josef Jarden ist Witwer. Lilli Dannenberg ist geschieden. Ascher, ihr Ex-Mann, starb keine drei Monate nach der Scheidung an gebrochenem Herzen oder an einer Lebererkrankung. Sogar Dr. Kleinberger, Ägyptologe und Stoiker, eine Nebenfigur, ist ein alternder Junggeselle. Man könnte ihn durchaus als einen einsamen Menschen bezeichnen. Bleiben Ja'ir Jarden und Dina Dannenberg. Dina ist nach Tel Aviv gefahren, um ihren Tanten die freudige Nachricht zu verkünden und um Einkäufe und Besorgungen zu erledigen. Sie wird vor Mitternacht nicht zurück sein. Und was Ja'ir betrifft, er sitzt mit seinem Bruder Uri, dem Gymnasiasten, im gemütlichen Wohnzimmer des Hauses Jarden in der Elfasi-Straße. Er hat beschlossen, diesen Abend dazu zu nutzen, um den immer größer werdenden Rückstand seines Studiums an der Universität aufzuholen: drei Übungen, ein deprimierendes Referat, eine Unmenge bibliografischer Arbeiten. Das Studium der Volkswirtschaft scheint ihm wichtig und nützlich zu sein, aber auch anstrengend bis zum Überdruss. Hätte er die Wahl gehabt, hätte er vielleicht den Fernen Osten studiert, China, Japan, das mysteriöse Tibet, und vielleicht Lateinamerika: Rio, die Inkas. Oder Schwarzafrika. Aber was kann ein junger Mann mit einem derartigen Studium anfangen? Soll er sich etwa ein Iglu bauen oder eine Geisha heiraten? Das Problem ist, dass die Volkswirtschaft mit Formeln und Berechnungen vollgestopft ist. Die Wörter und die Zahlen zerbröckeln vor seinen Augen. Dina ist in Tel Aviv. Wenn sie wieder zurück ist, wird sie sich vielleicht beruhigt und den überflüssigen Streit von gestern vergessen haben. All diese Dinge, die ich ihr ins Gesicht gesagt habe. Andererseits, ihre Provokationen. Mein Vater ist bei der Schwiegermutter und wird nicht vor elf Uhr zurück sein. Wenn es doch irgendeine Möglichkeit gäbe, irgendeinen Weg, Uri davon zu überzeugen, dass er aufhört, dort zu sitzen und in seiner Nase zu popeln. Ekelhaft. Um Viertel nach neun wird es im Radio die Livesendung eines Hörspiels mit dem Titel *Suche den Schatz* geben. Das ist die Lösung für diesen lästigen Abend. Wir hören uns die Sendung an, und dann machen wir die dritte Übung fertig. Und das reicht.

Die Brüder schalteten das Radio an.

Die Abenteuer der Nachtvögel warten nicht bis Viertel nach neun. Noch vor Ende der Dämmerung sind die Eulen und die anderen Vögel der Dunkelheit vom Stadtrand ins Herz der Siedlung geflogen. Mit ihren glasigen, toten Augen wundern sie sich über die Lichtvögel, die im letzten Schimmern des Tages selbstgefällige, geschwätzige Laute von sich geben. Für die Ohren der Nachtvögel klingt das verrückt, wie ein Fest von Narren. Am Rand Rechavias, dort, wo die letzten Häuser des Viertels auf die steilen Felsen im Westen treffen, begegnen den aufsteigenden Vögeln die Vögel, die hinabsinken. In der Dämmerung fliegen beide Vogelschwärme aneinander vorbei. Beide sind nervös wegen des seltsamen Lichts. Kein Kompromiss ist in Jerusalem von Dauer, und auch die

Dämmerung sinkt schnell. Es wird dunkel. Die Sonne hat das Land verlassen, und auch ihre Nachhut hat sich schon weit zurückgezogen.

Um halb zehn wollte Lilli an der Tür der Familie Jarden klingeln. Aber an der Ecke der Radakstraße sah sie einen Kater, der auf einer Steinmauer stand und mit gerecktem Schwanz vor Lust schrie. Lilli entschied sich dafür, dem geilen Kater ein paar Minuten lang zuzuschauen. Inzwischen hörten sich die beiden Brüder den Beginn der Sendung über den Schatz an. Ein amüsierter Radiosprecher teilte dem Team und den Zuhörern den ersten Hinweis mit. Es war ein Hinweis in Form eines Volksliedes von Bialik:

> Nicht am Tage, nicht in der Nacht
> gehe ich leise hinaus, spazieren:
> Nicht auf dem Berg und nicht im Tal
> da steht eine alte Akazie ...

Und schon waren Ja'ir und Uri von detektivischem Eifer gepackt: Eine alte Akazie ist ein Anhaltspunkt. Nicht auf dem Berg und nicht im Tal, hier wird es schon komplizierter. Ja'ir hatte gleich eine scharfsinnige Idee: Vielleicht suchen wir das Lied in dem großen Lyrikband von Bialik, dann wissen wir, wie es weitergeht, und finden den Hinweis, wohin wir uns wenden sollen. Er lief zum Bücherregal, suchte, irrte, fand schließlich den Band und in weniger als drei Minuten auch das Gedicht. Doch die Verse, die folgten, lösten das Rätsel nicht, sondern steigerten die Jagdlust nur:

> Und die Akazie löst Rätsel
> und prophezeit...

Also wirklich. Wenn die Akazie das Rätsel ist, wie kann man von ihr erwarten, dass sie Rätsel löst und dazu noch in die

Zukunft schaut? Weiter. Der nächste Vers ist nicht relevant. Bialik auch nicht. Man muss in einer anderen Richtung suchen. Mal nachdenken. Und schon haben wir es gefunden: Das hebräische Wort für Akazie ist »Schita«, und Schita heißt auch »Methode«. Und »System«. Diese Überlegungen hätten auch diesen Clown Kleinberger nicht blamiert. Also, denken wir weiter nach. Uri, halt den Mund, stör uns jetzt nicht. Nun, mein lieber Watson, sag mir, was du unter den ersten Worten »Nicht am Tage und nicht in der Nacht« verstehst. Du verstehst nur Bahnhof? Klar, dass du nichts verstehst. Denk ein bisschen nach. Übrigens, ich verstehe auch nichts. Aber gib mir noch eine Minute, dann werden wir schon sehen.

Es klingelte.

Eine unerwartete Besucherin stand in der Tür. Ihr Gesicht war ausdruckslos, und ihre Lippen zuckten nervös. Sie war eine schöne, seltsame Frau.

Ein zerzauster Straßenkater ist dazu fähig, auf alles zu verzichten, um von einem Menschen gestreichelt zu werden. Auch wenn er hitzig ist, wird er nicht auf menschliches Streicheln verzichten. Als Lilli ihn berührte, zuckte er. Mit der linken Hand hielt sie den Kater am Rücken fest, während die Finger ihrer rechten Hand sanft über seinen Hals strichen. Diese Mischung aus Sanftheit und Kraft war für den Kater die reinste Wonne. Er legte sich auf den Rücken, ließ sich von ihren angenehmen Fingern den Bauch streicheln und schnurrte laut und genussvoll. Lilli kitzelte ihn und sprach dazu:

»Dir geht es gut.« Das sagte sie auf Deutsch. »Jetzt geht es dir gut. Sag nicht, dass es dir nicht gutgeht.« Der Kater schloss die Augen, bis sie so schmal wie Schießscharten waren, und hörte nicht auf zu schnurren.

»Sei still«, sagte sie, »du musst nichts tun. Nur genießen.«

Sein Fell war weich und warm. Es zitterte leicht, dann hörte es auf. Lilli rieb ihren Ring am Ohr des Katers:

»Außerdem bist du auch dumm.«

Plötzlich zappelte der Kater und wurde unruhig. Vielleicht ahnte er, was auf ihn zukam. Die gelben Augen blinzelten, das Funkeln erlosch. Sie vollführte mit der Faust einen Bogen durch die Luft und schlug heftig mit ihr in den Bauch des Katers. Das Tier schreckte hoch, sprang in die Dunkelheit, prallte an den Stamm einer Kiefer und schlug die Krallen in die Rinde. Von dort zischte er in die Finsternis wie eine Schlange. Sein Fell war gesträubt. Lilli wandte sich ab und ging auf das Haus der Familie Jarden zu.

»Guten Abend, Ja'ir. Du hast bestimmt frei. Du bist doch wohl allein zu Hause.«

»Uri ist da, und wir … außerdem ist mein Vater doch auf dem Weg zu dir.«

»Uri ist also auch da. Den habe ich völlig vergessen. Guten Abend, Uri. Wie groß du geworden bist. Bestimmt sind alle Mädchen verrückt nach dir. Nein, ihr müsst mich nicht hineinbitten. Ich bin nur gekommen, um etwas mit dir zu klären, Ja'ir, ich will auf keinen Fall stören.«

»Aber Frau … Lilli. Was für eine Idee. Du störst nie. Komm herein. Ich war so sicher, dass du jetzt bei dir zu Hause bist und mit meinem Vater Kaffee trinkst, und plötzlich …«

»Plötzlich steht dein Vater vor einer verschlossenen Tür, und die Fenster sind dunkel. Und er begreift nicht, was mit mir los ist, er ist enttäuscht und macht sich Sorgen – was ihn fast gutaussehend macht. Schade, dass ich nicht unsichtbar im Garten zwischen den Bäumen stehen kann, um seine Miene zu genießen. Aber das spielt jetzt keine Rolle. Ich werde es dir erklären. Komm, Ja'ir, gehen wir ein bisschen spazieren, es gibt eine Sache, die ich mit dir klären muss. Ja, gerade heute Abend. Geduld.«

»Wieso, ist etwas passiert? Ist Dina etwa nicht nach Tel Aviv gefahren, oder …«

»Sie ist als gutes Mädchen gefahren und wird als gutes

Mädchen zurückkommen, aber erst spät. Komm, Ja'ir. Nimm keinen Mantel mit. Es ist nicht kalt draußen. Es ist angenehm. Uri, du entschuldigst uns doch. Und wie groß du bist, Uri. Auf Wiedersehen.«

Im Garten, am Pfefferbaum, sagte sie zu Ja'ir:

»Du brauchst nicht zu erschrecken, es ist nichts Grundsätzliches passiert.«

Doch da erkannte Ja'ir bereits seinen Irrtum: Er hätte den Mantel doch mitnehmen sollen, trotz Lillis Rat. Die Nacht war kalt. Und später würde sie noch kälter werden. Er könnte sich entschuldigen, zurückgehen und den Mantel holen. Lilli hatte doch auch einen Mantel an, modisch und fast gewagt. Aber zurückzugehen, um einen Mantel zu holen, schien ihm aus irgendeinem Grund beschämend und vielleicht auch feige. Also verzichtete er darauf und sagte:

»Ja, es ist draußen wirklich angenehm.«

Weil sie nicht sofort antwortete, hatte er Zeit zu überlegen, ob es in Jerusalem tatsächlich Akazien gab, und wenn ja, wo, und wenn nicht, ob es dann sein könnte, dass das Wort »Schita« auch auf das Verb »leschatot« hinwies, was so viel bedeutete wie »jemanden zum Narren halten«. Wer weiß, vielleicht befindet sich der Schatz in einem der Wadis, die die Siedlung im Westen und Süden einrahmen. Schade um das Ende der Sendung. Ich werde nun nie die Lösung erfahren.

4.

Nach dem kleinen Schock und der Verwirrung und zwei, drei Überlegungen, die zu nichts führten, entschied sich Josef Jarden, zu Dr. Kleinberger zu gehen. Sollte Elchanan zu Hause sein, würde er eintreten, sich für die späte Stunde und für den unangemeldeten Besuch entschuldigen und seinem Freund von diesem seltsamen Vorfall erzählen. Wer hätte das gedacht. Und wie sie mich angeschaut hätte, wäre ich auch nur ein bisschen zu spät gekommen. Und da stehe ich nun und warte, und es ist schon zehn Uhr, sogar zweieinhalb Minuten nach zehn. Wäre ihr etwas passiert, hätte sie angerufen. Man kann das nicht nachvollziehen und auch nicht erklären.

»Und inzwischen hast du dir eine vulgäre und vielleicht auch schmerzliche Diskussion erspart«, sagte Elchanan Kleinberger und lächelte. »Sie wird wegen der Gästeliste nicht nachgeben. Sie wird die ganze Stadt einladen. Die ganze Universität. Den Präsidenten und den Bürgermeister. Und warum denkst du, Josef, dass sie dir nachgeben sollte? Warum darf sie nicht den Papst und seine Frau zur Hochzeit ihrer einzigen Tochter einladen? Was ist los, Josef?«

Der Gast begann, geduldig zu erklären: »Die Zeiten sind, allgemein gesagt, nicht leicht. Und predigen wir nicht mündlich und schriftlich seit geraumer Zeit die Idee des ›Sei bescheiden‹? Außerdem wollte Ja'irs Mutter eine intime Hochzeit, nur unter Verwandten, und das ist ihr Vermächtnis, zumindest in moralischer Hinsicht. Und … auch die Mittel, das heißt, wer sollte sich wegen einer pompösen Hochzeit in Schulden stürzen?«

Dr. Kleinberger schien den Faden verloren zu haben. Er schenkte Kaffee ein und bot Milch und Zucker an. An dieser Stelle fand er es richtig, etwas über den Zusammenschluss einander widersprechender Extreme zu sagen. Bald darauf sprachen sie über andere Themen. Sie sprachen über Ägyptologie. Sie sprachen über hebräische Literatur. Sie kritisierten die Stadtverwaltung Jerusalems. Geschickt verband Elchanan Kleinberger die Ägyptologie, sein Fach, mit der hebräischen Literatur, seiner Geliebten, wie er sie nannte, er sagte von sich, er wäre ihr temperamentvoller Liebhaber. Wie gewöhnlich verzichtete Josef Jarden auf seine eigene Meinung, wenn er mit seinem Freund diskutierte, obwohl er in den meisten Fällen die Formulierungen Elchanan Kleinbergers ablehnte. So endeten ihre Diskussionen mit den Formulierungen Josef

Jardens und nicht mit denjenigen seines alten Freundes; Josef Jarden hatte das letzte Wort.

Wäre es nicht so kalt gewesen, wären die beiden Freunde auf den Balkon gegangen, um die Hügel im Licht der Sterne zu betrachten, wie sie es im Sommer immer taten. Gegenüber liegt das Tal des Kreuzes. Dort wachsen alte Ölbäume und strahlen eine bittere Ruhe aus.

Hungrig, fast aggressiv, klammern sich ihre Wurzeln tief in der schweren Erde fest. Brechen durch den steinigen Grund, wachsen um die Steine herum oder zerspalten sie und saugen die Feuchtigkeit auf. Wie scharfe Krallen. Aber oben wiegen sich die Wipfel grünlich und silbern im Wind: Sie strahlen Ruhe und Würde aus.

Der Ölbaum lässt sich nicht umbringen. Ist er verbrannt, lässt er starke Triebe wachsen. Ein vulgäres, unbefangenes Wachstum, würde Elchanan Kleinberger sagen. Vom Blitz getroffene Ölbäume bekommen mit der Zeit neue Blätter. Sie wachsen in den Bergen von Jerusalem, auf den niedrigen Hügeln an der Küste und im Verborgenen in den von Steinmauern eingefassten Höfen von Klöstern; dort werden die knorrigen Stämme der Ölbäume seit Generationen dicker und dicker, und die üppigen Zweige ragen fast unzüchtig in den Himmel hinauf. Sie besitzen die Lebenskraft von Raubvögeln.

Nördlich von Rechavia erstrecken sich die Nachlaot, arme Stadtteile mit herzergreifenden Straßen. In einer dieser krummen Gassen steht ein alter Ölbaum. Vor einhundertsieben Jahren hatte man dort ein Eisentor aufgestellt, und der Türsturz lehnte sich an den Ölbaum. Mit der Zeit stützte sich der Baum auf das Eisentor, das wie ein Spieß in den Stamm eingedrungen war.

Geduldig fing der Ölbaum an, den Eindringling zu umarmen. Mit den Jahren wurde die Umarmung immer fester. Das Eisen wurde durch die Umarmung des Baums zerdrückt. Der Baum erholte sich. Der grünen Baumkrone fehlte nichts.

5.

Ja'ir Jarden ist ein schöner junger Mann. Er ist nicht sehr groß, aber seine Schultern sind fest und sein Oberkörper ist geschmeidig und stark, und auch sein Rücken ist gut gebaut. Sein Kinn ist kantig, energisch, mit einem tiefen Grübchen. Die Mädchen sehnen sich insgeheim danach, dieses Grübchen mit der Fingerspitze zu berühren, und manche werden rot oder blass, wenn sie dieser Wunsch überkommt. Dann sagen sie: »Er bildet sich wer weiß was ein. Dabei ist er doch nur ein hohler Klotz.«

Seine Arme sind kräftig und bedeckt mit schwarzen Haaren. Man kann von Ja'ir Jarden nicht sagen, dass er ungelenk sei, aber eine gewisse Schwerfälligkeit, eine langsame Festigkeit ist in seinen Bewegungen zu erkennen. Lilli Dannenberg hätte es wohl »massiv« genannt und den Hinweis wiederholt, dass es der hebräischen Sprache an Nuancen fehle – auch wenn Elchanan Kleinberger in der Lage gewesen wäre, diesen Hinweis zurückzuweisen und sofort ein Adjektiv auf Hebräisch vorzuschlagen, vielleicht sogar zwei, und zugleich auch die passende Übersetzung für »Nuancen« zu finden.

Es könnte durchaus sein, dass diese spannende Massivität, die Ja'ir Jarden kennzeichnet, in wenigen Jahren zu einer hausväterlichen Korpulenz führen wird, wie bei seinem Vater. Ein scharfes Auge könnte die ersten Anzeichen dafür entdecken. Doch Lilli hat keine Lust, diese Wahrheit zu entdecken, im Moment ist Ja'ir ein schöner, junger Herzensbrecher. Der Schnurrbart verleiht seiner Erscheinung eine besondere Kraft. Er ist blond, üppig, und immer wieder verfangen sich Tabakkrümel in ihm. Ja'ir studiert Volkswirtschaft an der Universität, und seine Zukunft liegt noch vor ihm. Romantische Vorstellungen, Kibbuzim oder das Leben in der Peripherie locken ihn nicht. Seine politischen Ansichten sind moderat, wie er es von seinem Vater gelernt hat. Obwohl Josef Jarden die Politik als Wüste der Korruption und Arroganz sieht, Ja'ir hingegen als weites offenes Feld.

»Du kannst mir eine Zigarette anbieten«, sagte Lilli.

»Ja, natürlich, bitte, Lilli.«

»Danke. Ich habe meine Zigaretten zu Hause gelassen, weil ich es eilig hatte.«

»Feuer, Lilli?«

»Danke. Dina Jarden, das ist ein musikalischer Name. Hört sich fast so an wie Dina Dannenberg. Vielleicht etwas einfacher. Wenn ihr ein Baby bekommt, könnt ihr es Dan nennen. Das klingt wie ein exotisches Lied über Glocken und Kamele: Dan Jarden. Wie lange habe ich noch Zeit, bis ich Großmutter werde? Ein Jahr? Etwas weniger? Du musst nicht antworten. Das war eine rhetorische Frage. Ja'ir, wie sagt man auf Hebräisch ›eine rhetorische Frage‹?«

»Das weiß ich nicht«, sagte Ja'ir.

»Ich habe dich ja gar nicht gefragt. Das war eine rhetorische Frage.«

Nervös fing er an, an seinem Ohrläppchen zu ziehen: Was hat sie bloß, diese Frau. Was will sie von mir. Etwas gefällt mir an ihr überhaupt nicht. Sie ist nicht aufrichtig. Schwer begreifbar.

»Jetzt suchst du nach Worten und findest keine. Das macht nichts. Deine Manieren sind vollkommen in Ordnung, und du stehst, Gott behüte, ja nicht vor einem Prüfungsausschuss.«

»Ich habe dich nicht für einen Prüfungsausschuss gehalten. Im Gegenteil. Das heißt, ich …«

»Du bist ein sehr spontaner Mensch. Mir sind schnelle und schlagfertige Antworten nicht wichtig, sondern, wie soll ich es sagen, dein Esprit.« Sie lächelte in der Dunkelheit.

Der Zufall führte sie die Straße hinauf, sie erreichten das Zentrum von Rechavia und gingen dann Richtung Norden. Ein dünner Passant mit Brille, sicherlich ein Student mit extremen Ansichten und Pech in der Liebe, ging an ihnen vorbei, in der Hand hielt er ein Transistorradio. Ja'ir horchte, drehte den Kopf, hörte konzentriert zu, versuchte, etwas, wenn auch nur ein paar Worte, von der spannenden Sendung mitzubekommen, bei der ihn Lilli Dannenberg gestört hatte. Nicht auf dem Berg und nicht im Tal, da steht eine alte Akazie. Ihretwegen hatte er das Haus verlassen, ohne einen Mantel anzuziehen, und jetzt fror er. Und es war ihm unangenehm. Und er hatte fast die ganze Sendung verpasst. Sollte sie doch endlich zur Sache kommen und dann Schluss.

»Gut«, sagte Ja'ir, »in Ordnung, Lilli. Kannst du mir sagen, was es für Probleme gibt?«

Sie wunderte sich: »Probleme? Es gibt keine Probleme. Du und ich gehen an einem angenehmen Abend spazieren, weil Dina weggefahren und dein Vater nicht zu Hause ist. Wir unterhalten uns, lernen uns kennen. Es gibt eine Menge, worüber wir reden können. Ich weiß nicht so viel von dir, und vielleicht gibt es ja etwas, was du von mir wissen möchtest.«

»Du hast vorhin gesagt«, sagte Ja'ir und fummelte an seinem Ohrläppchen, »du hast gesagt, es gäbe etwas …«

»Ja. Es ist eine Formalität und an und für sich unwichtig. Aber ich möchte dich bitten, die Angelegenheit so schnell wie möglich zu regeln. Sagen wir morgen oder übermorgen, spätestens Anfang nächster Woche.«

Sie drückte die Zigarette aus und lehnte eine zweite ab.

Vor vielen Jahren hatte ein bekannter Architekt Rechavia geplant und beabsichtigt, daraus eine Gartensiedlung zu machen. Schmale, schattige Gassen wie die Al-Harizi-Straße, einen gepflegten Boulevard namens Sderot Ben-Maimon, Plätze wie den Magnes-Platz, an dem auch an heißen Sommertagen die Kiefern leise rauschen. Ein sicherer Hafen, ein Kurort für die Flüchtlinge, deren Schicksal so bitter war. Die Straßen bekamen die Namen mittelalterlicher jüdischer Berühmtheiten, um mit ihnen einen Sinn für Kontinuität zu erzeugen und sie durch eine Atmosphäre von Wissen und Bildung zu bereichern.

Mit der Zeit wuchs Jerusalem immer mehr, und Rechavia

wurde von einem Ring hässlicher Siedlungen umgeben. Die Gassen verstopften durch den steigenden Autoverkehr. Als die westliche Verkehrsader eröffnet wurde und die Hügel von Sheikh Badr und Neve Sha'anan zum Zentrum der Stadt und des Landes wurden, hörte Rechavia auf, ein Gartenviertel zu sein. Auf den Felsen wurde schnell gebaut. Die kleinen Villen wurden abgerissen, und stattdessen errichtete man hohe Gebäude. Die anfänglichen Absichten wurden von der neuen Zeit und von technischem Fortschritt verdrängt.

Es sind die Nächte, die Rechavia etwas von den geraubten Träumen zurückgeben. Die Bäume, die überlebt haben, ziehen aus der Nacht eine neue Würde und verhalten sich manchmal so, als wären sie ein Wald. Erschöpfte, sich langsam bewegende Bewohner verlassen ihre Häuser, um in der Abenddämmerung einen Spaziergang zu machen. Vom Tal des Kreuzes steigt eine andere Luft auf, die den Duft der bitteren Kiefern und die Nachtvögel mit sich bringt – als würden die Olivenhaine in die Gassen und in die Höfe eindringen. In den beleuchteten Räumen sieht man Regale voller Bücher. Manchmal spielen Frauen Klavier. Vielleicht spüren sie große Sehnsucht.

»Der Mann dort auf der anderen Straßenseite, der sich den Weg mit einem Stock ertastet«, sagte Lilli, »ist Professor Shatzky. Er wird alt jetzt. Du hast bestimmt nicht gewusst, dass Professor Shatzky noch am Leben ist. Wahrscheinlich dachtest du, er gehöre ins 19. Jahrhundert. Und vielleicht hattest du damit sogar Recht. Er war ein giftiger, eleganter Mensch, der an Mitgefühl glaubte, und in seinen Schriften verlangte er erbarmungslos, dass alle Menschen für alle Menschen Erbarmen aufbringen sollten. Auch das Opfer sollte mit dem Täter Mitleid haben. Jetzt ist er blind.«

»Ich habe nie von ihm gehört«, sagte Ja'ir. »Er scheint nicht gerade von meinem Fach zu sein, wie man so sagt.«

»Und jetzt, wenn ich dich um eine Zigarette bitten darf, werden wir über dein Fach reden, wie man so sagt.«

»Bitte. Nimm dir. Ich bin schon neugierig zu erfahren, was es mit dieser Formalität auf sich haben mag, von der du angefangen und in der Mitte aufgehört hast?«

Sie kniff die Augen zusammen. Sie bemühte sich, sich zu konzentrieren. Sie erinnerte sich an schmerzhafte Momente, die sie erlebt hatte, lange bevor dieser plumpe Kavalier geboren worden war. Für eine kurze Weile war ihr schlecht und fast hätte sie einen Rückzieher gemacht. Doch nach einigem Zögern sagte sie:

»Es geht um eine Untersuchung. Ich möchte, dass du dich medizinisch untersuchen lässt, und zwar so bald wie möglich, jedenfalls bevor wir die Hochzeit bekanntgeben.«

»Das verstehe ich nicht«, sagte Ja'ir und seine Hand blieb auf halber Strecke zum Ohrläppchen in der Luft hängen. »Das verstehe ich nicht. Ich bin hundertprozentig gesund. Wieso eine Untersuchung?«

»Nur eine Kontrolle. Die Krankheit, an der deine Mutter starb, ist erblich. Und übrigens, wäre sie rechtzeitig untersucht worden, hätte sie vielleicht noch einige Jahre gelebt.«

»Ich wurde vor zwei Jahren durchgecheckt, vor Beginn der Universität, man sagte mir, ich sei gesund wie ein Ochse. Über meine Mutter weiß ich fast nichts. Ich war klein.«

»Ja'ir, du würdest doch wegen einer kleinen Untersuchung keine große Diskussion anfangen, oder? Richtig. Du bist ein braver Junge. Das ist nur für meinen Seelenfrieden, wie man so sagt. Hättest du ein bisschen Deutsch gesprochen oder wenigstens lesen können, hätte ich dir wirtschaftswissenschaftliche Bücher von Erich Dannenberg geschenkt. An ihn kannst du dich bestimmt nicht erinnern. Ein neues Kapitel, wie man so sagt. Ich werde mir ein anderes Geschenk für dich überlegen müssen.«

Ja'ir schwieg.

Als sie die Ibn-Ezra-Straße erreichten, hielt sie eine alte, elegant angezogene Frau auf.

»Es gibt einen direkten Kontakt zwischen aller Kreatur.

Gott ist zornig, und der Mensch sieht es nicht. Alle Taten haben eine Bedeutung, die guten und die bösen Taten. Die, die im Dunkeln gehen, werden noch ein großes Licht sehen. Nicht morgen – sondern gestern. Die Kehle ist warm und das Messer scharf. Für die ganze Welt gibt es eine Bedeutung.«

Ja'ir entfernte sich von der Verrückten und machte größere Schritte. Lilli verharrte kurz, ohne zu sprechen. Nach einer Minute holte sie ihn wieder ein und war neben ihm. Ihr Gesicht verzerrte sich giftig, als wäre sie krank, dann verschwand dieser Ausdruck. In Jerusalem nannte man jene elegante Dame »Eine Bedeutung«. Sie hatte eine Bass-Stimme und einen deutschen Akzent. Noch von weitem grüßte die Verrückte von Rechavia die beiden:

»Von oben der Segen des Himmels, und von unten der Segen des Wassers, von Düsseldorf bis Jerusalem, alle Taten haben eine Bedeutung, egal ob man baut oder zerstört. Friede und Erfolg und auch vollständige Erlösung sei mit euch und allen Vertriebenen und Leidenden. Schalom, Schalom den Nahen und den Fernen.«

»Schalom«, antwortete Lilli leise. Bis sie das Gebäude der Rothschild-Schule erreichten, sprachen sie kein einziges Wort. Ja'ir summte in Gedanken die Melodie »Nicht am Tage, nicht in der Nacht …«, dann hörte er damit auf.

Lilli sagte:

»Diskutier nicht mit mir wegen dieser Untersuchung, auch wenn du es für eine Laune hältst. Deine Mutter ist wegen einer Nachlässigkeit gestorben. Dein Vater ist erneut allein zurückgeblieben und du wurdest ein Waisenkind.«

»Schon gut«, sagte Ja'ir, »muss man das immer wieder erwähnen?« Dann ging er weiter, und plötzlich wurde ihm klar, was sie gesagt hatte. Er fischte mit der Zunge einen Tabakkrümel aus seinem Schnurrbart und sagte:

»Erneut? Hast du gesagt, dass mein Vater erneut allein zurückgeblieben ist?«

Jetzt klang Lilli Dannenbergs Stimme kalt und belehrend

wie die einer Sachbearbeiterin hinter dem Gitter eines Informationsschalters.

»Ja. Die zweite Frau deines Vaters starb an Krebs, als du sechs Jahre alt warst. Seine erste Frau war nicht an Krebs gestorben, sie hat sich von ihm getrennt, sie hat sich von ihm scheiden lassen. Du wirst bald selber ein verheirateter Mann sein, und es ist an der Zeit, dass dein Vater aufhört, dir elementare Tatsachen zu verheimlichen, als wärst du noch ein Baby.«

»Das verstehe ich nicht«, sagte Ja'ir verletzt, »das verstehe ich nicht: War mein Vater davor schon einmal verheiratet?«

In seiner Verwirrung sprach er lauter, als es der Uhrzeit und der Umgebung angemessen gewesen wäre. Lilli bemühte sich, die Aufregung zu dämpfen.

»Dein Vater war vier Monate lang verheiratet«, sagte sie, »mit einer Dame, die später Erich Dannenberg heiratete.«

»Das«, sagte Ja'ir, »kann nicht sein.«

Er blieb stehen, zog eine Zigarette aus der Schachtel und stecke sie zwischen die Lippen, vergaß aber, sie anzuzünden. Dann vergaß er die Anwesenheit seiner Begleiterin, er vergaß, auch ihr eine Zigarette anzubieten, er starrte in die Dunkelheit und versank in Gedanken. Schließlich sagte er:

»Na und? Was hat das mit uns zu tun?«

Lilli lächelte. »Sei freigebig und biete mir auch eine Zigarette an, ich habe meine zu Hause gelassen. Du hast recht. Nicht nur dir, auch mir ist es fast unvorstellbar, dass es diese Ehe gegeben hat, dass sie möglich war, ich kann das, was ich dir erzählt habe, kaum glauben. Aber du solltest eine Lehre aus dieser Geschichte ziehen. Jetzt zünde bitte beide Zigaretten an. Meine und deine. Oder gib mir die Streichhölzer und ich tue es. Reg dich nicht auf. Das ist schon lange her. Und es hat weniger als vier absurde Monate lang gedauert. Es war eine Episode. Komm, gehen wir ein bisschen weiter. In diesen Stunden ist Jerusalem großartig. Komm.«

Sie gingen Richtung Norden, Ja'ir in Gedanken versunken.

Und in ihr wuchs eine wilde Freude. Ein Auto hupte. Ein Nachtvogel rief ihr etwas zu, sie antwortete nicht. Sie sah die Spitzen ihrer und seiner Schuhe auf dem Bürgersteig. Sie nahm die Streichhölzer aus seinen zerstreuten Fingern und steckte beide Zigaretten an.

»Und mir hat man nie auch nur ein Wort davon gesagt«, sagte Ja'ir.

»Nun, jetzt weißt du es. Das reicht. Beruhige dich. Mach dir keine bösen Gedanken«, sagte Lilli mit warmer Stimme, als wolle sie ihn mit diesen Worten trösten.

»Aber das ist … das ist seltsam. Und irgendwie unangenehm.«

Sie berührte seinen Nacken. Streichelte über seinen Haaransatz. Ihre Hand war warm und tat dem jungen Mann gut. Sie gingen weiter, hatten Rechavia hinter sich gelassen und Nachlaot erreicht. Die kurvigen Straßen wurden hier zu rechtwinkligen Gassen. Und plötzlich standen sie vor jenem Ölbaum, der das Eisentor umarmte und zerdrückte.

6.

Elchanan Kleinberger und Josef Jarden waren in ihr Schachspiel vertieft. Über dem Tisch hing eine Lampe im Stil einer alten bayerischen Straßenlampe und verströmte ein diffuses Licht. Die Titel in Goldbuchstaben auf den Rücken der gelehrten Bücher warfen das Licht noch diffuser zurück. Rundherum, vom Fußboden bis zur Decke, standen die mit Büchern vollgestopften Regale Dr. Kleinbergers. Ein Regal war den Briefmarkenalben des Ägyptologen gewidmet. Ein anderes beherbergte die hebräische Literatur, die geheime Liebe Elchanan Kleinbergers. In die wenigen Lücken zwischen den Bänden hatte er afrikanische Miniaturen gestellt, Vasen, primitive erotische Plastiken. Auch diese Plastiken dienten als Vasen für Kunstblumen, die nie welkten.

»Nein, Josef, nicht so«, sagte Dr. Kleinberger, »so wirst du für das Pferd mit einem Turm bezahlen müssen.«

»Nur einen Moment, Elchanan. Lass mich in Ruhe nachdenken. Ich habe in diesem Spiel noch einen kleinen Vorteil.«

»Einen vorübergehenden Vorteil, mein Freund, einen vorübergehenden Vorteil«, sagte Dr. Kleinberger heiter. »Aber denk in Ruhe nach, solange du möchtest. Je länger du nachdenkst, desto besser wirst du verstehen, wie flüchtig dein Vorteil ist. Flüchtig und imaginär.« Er lehnte sich im Sessel zurück.

Josef Jarden dachte: Jetzt muss ich mich konzentrieren. Was er wegen meiner ungünstigen Situation gesagt hat, ist nur Nervenkrieg. Ich muss mich konzentrieren. Der nächste Zug wird das Spiel entscheiden.

»Der nächste Zug wird die Partie entscheiden«, sagte Dr. Kleinberger, »möchtest du daher vielleicht eine zehnminütige Pause einlegen und eine Tasse Tee mit mir trinken?«

»Das ist ein machiavellischer Vorschlag, Elchanan, und ich zögere nicht, das Kind beim Namen zu nennen. Ein diabolischer Vorschlag, zu dem Zweck, meine Gedanken abzulenken, und das hast du schon geschafft, meine Gedanken sind auf jeden Fall schon abgelenkt. Die Antwort ist: Danke, nein.«

»Wir haben schon darüber gesprochen, dass jedes Kind mehr als einen Namen hat, Josef, vor zwei oder drei Stunden haben wir darüber gesprochen. Und du hast es bereits vergessen, wie schade.«

»Ich habe schon vergessen, was ich vorhatte. Das heißt mit dem Turm. Du hast es geschafft, mich zu verwirren, Elchanan. Bitte, ich muss mich konzentrieren. Hier: So. Ja. Ich bin hier, und du bist dort. Was sagen Sie jetzt dazu, lieber Herr Doktor?«

»Jetzt sage ich kein einziges Wort mehr. Höchstens, dass wir kurz unterbrechen, um die Nachrichten zu hören. Aber nach den Nachrichten werde ich dir ›Schach!‹ sagen, Josef, und danach ›Schachmatt!‹.«

Kurz vor Mitternacht trennten sich die beiden Männer. Josef Jarden trug seine Niederlage mit Würde. Er ließ sich mit einem Kognak von seinem Freund trösten und sagte:

»Am Wochenende treffen wir uns bei mir. Und auf meinem Territorium wirst du eine Niederlage erleiden. Das schwöre ich dir.«

Dr. Kleinberger lachte. »Und das ist der Mann, der in der gesellschaftspolitischen Zeitschrift den schönen Artikel ›Gegen die Politik des Revanchismus‹ geschrieben hat. Gute Nacht, Josef.«

Draußen war es dunkel und windig. Eine bösartige Eule drängte Josef dazu, seine Schritte zu beschleunigen. Ich habe vergessen, sie anzurufen und mich danach zu erkundigen, was mit ihr los gewesen ist. Aber es wird besser sein, bis morgen zu warten: Sie wird anrufen und sich entschuldigen, und ich werde ihre Entschuldigung nicht akzeptieren. Auf jeden Fall nicht gleich.

7.

Und die Akazie löst Rätsel
und prophezeit,
die Akazie befrage ich,
wer wird mein Ehemann sein?

Die hartnäckige Melodie nahm auf die Umstände keine Rücksicht und ließ Ja'ir nicht los. Er pfiff, summte und sang sie, und sie ließ ihn immer noch nicht in Ruhe. Lilli fragte Ja'ir nach seinen Professoren, nach seinem Studium, nach Studentinnen, die bei dem Gedanken an seine bevorstehende Hochzeit bestimmt verrückt werden würden.

Ja'ir überlegte: Es reicht. Ab nach Hause. Was sie erzählt hat, muss nicht stimmen. Und wenn doch, was geht mich das an. Was will sie. Was hat sie. Das muss aufhören. Ich muss heim. Außerdem ist mir kalt.

»Vielleicht«, sagte er zögernd, »sollten wir langsam zurückgehen, es ist schon spät, die Luft ist sehr feucht. Und kalt. Ich möchte nicht schuld daran sein, wenn du nach diesem Spaziergang eine Erkältung bekommst.«

Er nahm sie beim Arm, etwas oberhalb des Ellenbogens, und zog sie zart zu einer Straßenecke, die von einer Laterne beleuchtet war.

»Weißt du, mein lieber Junge«, sagte sie, »wie viel Geduld ein Mann und auch eine Frau nötig hat, damit die Ehe nicht nach wenigen Monaten zu einer Tragödie wird?«

»Aber ich denke … vielleicht reden wir darüber auf dem Rückweg. Oder wann anders.«

»In den ersten Monaten hat man Sex, mehr braucht man nicht. Morgens, mittags und abends Sex, vor dem Essen, nach dem Essen und statt Essen. Aber nach einigen Monaten entsteht plötzlich Leerlauf, und dieser Leerlauf führt zu allen möglichen Gedanken. Man entdeckt nervtötende Angewohnheiten. Auf beiden Seiten. Und dann, in diesem Augenblick, ist Subtilität vonnöten.«

»Das geht in Ordnung. Mach dir keine Sorgen. Ich und Dina …«

»Aber wer hat denn über dich und Dina gesprochen? Ich meine es ganz allgemein. Doch jetzt kann ich dir auch etwas über den Einzelfall sagen. Lege den Arm um meine Schultern. Mir ist kalt. Ja, sei nicht so schüchtern. Sei ein sensibler Mann. Ja, so. Ich werde dir etwas über Dina und über dich sagen.«

»Aber ich weiß es schon.«

»Nein, mein Junge, du weißt nicht alles. Zum Beispiel, dass Dina dein Aussehen liebt und nicht dich. Sie denkt nicht an dich. Sie ist noch ein Kind. Und du auch. Ich glaube, du warst noch nie deprimiert. Antworte jetzt nicht. Nein, ich habe nicht gesagt, dass du ein grober Mensch bist. Im Gegenteil. Ich möchte sagen, dass du stark bist, du bist einfach und stark, genau wie unsere Jugend sein soll. Hier, gib mir deine Hand. Ja, stell nicht so viele Fragen. Ich wollte deine Hand haben. Ja, so. Jetzt drück bitte meine Hand. Weil ich dich darum bitte, ist das nicht Grund genug? Drücken, nicht zart, mit Kraft. Noch stärker. Noch stärker. Keine Angst. Du hast vor mir Angst. So. Jetzt ist es gut. Du bist sehr stark. Hast du gemerkt, dass deine Hand kalt ist und meine warm? Gleich wirst du wissen, warum. Hör doch auf, nach Hause zu wollen. Sonst fange ich noch an zu denken, dass ich mit einem verwöhnten Baby durch die nächtlichen Gassen gehe, einem Baby, das nur nach Hause will und schlafen. Schau doch, Junge, der Mond lugt durch die Wolken. Siehst du? Ja. Sei ganz still, für ein paar Minuten. Sag nichts.«

Aus der Ferne hörte man gedämpft das Heulen der Schakale. Die Wörter flohen ihn. Er wollte etwas sagen, etwas, für das es keine Wörter gab, das sich einen Weg zu bahnen versuchte, aber keinen fand. Ein scharfer, beißender Wind kam aus der Wüste in die Siedlungen hinein und quälte die mit Kopfsteinen gepflasterten Gassen. Die Fenster waren zu, die Rollläden heruntergelassen. Die Gullys waren mit Eisengittern verschlossen. Durch die Jerusalemer Steinbögen huschten die Nachtkatzen. Eine lange Reihe von Mülleimern fror am Straßenrand. Was Lilli Dannenberg zu Ja'ir Jarden sagte, bezeichnete sie insgeheim als didaktisch. Sie versuchte, das Tempo der Geschehnisse zu kontrollieren, um nicht alles zu verlieren. Doch in ihren Schläfen pochte das Blut, und ein inneres Zittern trieb sie unaufhörlich weiter. In Nachlaot gab es keine Akazien, die Rätsel lösten. Die beiden verließen das Gewirr der Gassen, kreuzten den Markt Mahane Yehuda und erreichten die Jaffa-Straße. Hier führte Lilli den jungen Mann in ein billiges Restaurant, das von Taxifahrern frequentiert wurde.

Unter der Lampe fliegen die Falter und demonstrieren ihre Liebe zu dem gelben Licht. Frau Dannenberg bestellt schwarzen Kaffee ohne Zucker, auch ohne Süßstoff, Ja'ir ein Käsebrot. Nach kurzem Zögern bestellt er auch ein Gläschen Kognak. Sie legt ihre Hand auf seine braune, breite Hand und zählt vorsichtig seine Finger. Leicht beschwipst erwidert er ihr Lächeln. Sie nimmt seine Hand und führt seine Fingerspitzen an ihre Lippen.

8.

In diesem Lokal von Taxifahrern im Viertel Mahane Yehuda gab es einen riesigen Kerl, der Abu hieß. Tagsüber schlief er. Um Mitternacht wachte er auf, wie die Bären, ging hinaus und herrschte über die Jaffa-Straße. Alle Taxifahrer unterstellten sich ihm freiwillig, weil er stark und gutmütig war, zugleich aber auch ein harter Mann. Er saß mit drei oder vier seiner Anhänger zusammen an einem Tisch und brachte ihnen bei, wie man die Würfel fallen lassen müsse, damit man beim Backgammon gewann. Als Ja'ir und Lilli das Restaurant betraten, sagte Abu zu seinen Jungs:

»Hier kommt die Königin von Saba, und das ist König Salomo.«

Und weil Ja'ir schwieg und Lilli lächelte, fügte er hinzu:

»Macht nichts. Hauptsache, man ist gesund. Warum, meine Dame, gibst du dem Kind Kognak zu trinken?«

Seine Taxifahrer-Kumpane drehten die Köpfe. Auch der Inhaber des Lokals, ein tuberkulöser und melancholischer Mann, sah auf, um das Spektakel, das sich ankündigte, zu beobachten.

»Und du, Junge, ich kann dich partout nicht verstehen. Was soll das sein? Tag der Oma? Der Sei-nett-zu-deiner-Großmutter-Tag? Wieso gehst du mit diesem antiken Modell nachts aus?«

Ja'ir stand auf, seine Ohren wurden rot, er war bereit, für seine Ehre zu kämpfen. Aber Lilli bedeutete ihm mit einer Handbewegung, sich wieder zu setzen, und ihre Stimme klang warm und fröhlich.

»Es gibt Modelle, für die würde ein Mann von Erfahrung und Geschmack seine Seele verkaufen, und mit der Seele würde er auch gleich das gesamte neumodische Spielzeug von heute verkaufen, das aus Blech und Glas gemacht ist.«

»Nicht schlecht.« Abu lachte. »Warum kommst du nicht zu mir, um eine gute Hand ans Steuer zu bekommen, eine Hand mit Verstand in den Fingern und Erfahrung in den Nägeln. Warum gehst du zu so einem Küken?«

Ja'ir sprang auf, mit gesträubtem Schnurrbart. Aber auch diesmal war sie schneller und dämpfte den drohenden Streit. In ihren Augen leuchtete etwas Neues:

»Was fällt dir ein, Ja'ir, dieser Herr möchte mich nicht beleidigen, sondern erheitern. Er und ich haben die gleichen Gedanken. Also pluster dich nicht auf, sondern setz dich hin und lerne, wie man mich glücklich machen kann. Jetzt geht es mir gut.« Und vor lauter Freude zog die geschiedene Frau Ja'irs Kopf zu sich und küsste ihn auf das Grübchen in der Mitte des Kinns. Abu sagte, langsam, als wäre er vor Entzücken kurz vor einer Ohnmacht:

»Mein Gott Zebaoth, wo warst du bis jetzt, meine Dame. Und wo war ich.«

Lilli sagte:

»Heute ist Enkelsohn-Tag. Aber morgen oder übermorgen muss die Oma vielleicht ein Taxi nehmen, kann ja sein, dass der Opa dann irgendwo in der Gegend ist, oder er findet heraus, wo die Königin von Saba residiert, und wird ihr Affen und Papageien mitbringen, wie sich das gehört. Komm, Ja'ir, wir machen uns auf den Weg. Guten Abend, mein Herr, es war mir ein Vergnügen.«

Als sie auf dem Weg nach draußen am Tisch der Fahrer vorbeigingen, sagte Abu ehrfürchtig:

»Geh heim, schlafen, Bürschchen, im Namen Gottes, du bist nicht wert, auch nur ihren kleinen Finger zu berühren.«

Lilli lächelte.

Und draußen sagte Ja'ir wütend:

»Das sind doch alles Messerstecher und noch dazu primitiv.«

9.

Ihre kleinen Nägel steckten im Fleisch seines Arms:

»Jetzt ist mir auch kalt«, sagte sie, »und ich möchte, dass du mich festhältst. Falls du schon weißt, wie man mich halten muss.«

Ja'ir legte ihr den Arm um die Schultern, wütend und beleidigt, und diese Gefühle verliehen seinen Bewegungen eine unterdrückte Gewalttätigkeit.

Lilli sagte:

»Ja, so.«

»Aber … ich schlage trotzdem vor, wir kehren um und gehen nach Hause, es ist schon spät«, sagte er und nahm gedankenlos sein Ohrläppchen zwischen Daumen und Zeigefinger: Was will sie von mir. Was hat sie.

»Es ist schon zu spät, um nach Hause zu gehen«, flüsterte sie, »und das Haus ist leer. Was gibt es zu Hause? Nichts. Sessel. Ekelhafte Sessel. Von Erich Dannenberg. Von Dr. Kleinberger. Von deinem Vater. Von allen armseligen Menschen. Wir haben dort nichts, zu Hause. Und hier draußen kann man allem begegnen und alles spüren. Eulen, die den Mond verzaubern. Du wirst mich doch jetzt, in der Nacht, nicht allein lassen mit diesen Fahrern und Rowdys und mit den Eulen. Du bleibst hier, um mich zu beschützen. Nein, ich bin nicht verwirrt. Ich bin ganz klar und starr vor Kälte, lass mich nicht allein und sag kein Wort, Hebräisch ist eine derart pathetische Sprache, alles ist Bibel und Kommentare. Sag kein Wort auf Hebräisch, sag überhaupt kein Wort. Halte mich nur fest. Bei dir. Ganz nah. So. Und bitte nicht aus Höflichkeit, halte mich, als wollte ich mich mit Kratzen und Beißen von dir befreien und du würdest mich dennoch nicht loslassen. Sei still. Und die böse Eule soll auch still sein. Weil ich nichts mehr hören und sehen kann, weil du mir den Kopf und die Ohren zugedeckt und den Mund verbunden hast, weil du meine Hände hinter meinem Rücken festhältst, weil du viel kräftiger bist als ich, weil ich eine Frau bin und weil du ein Mann bist.«

10.

Inzwischen hatten sie die Siedlung Makor Baruch durchquert und waren bis zum Zaun der Militärbasis gekommen, dann bis zum letzten Kiesweg und bis zum Zoo im Norden Jerusalems, auf der Demarkationslinie zwischen der Stadt und dem Feindesland. Hier blieben sie stehen.

Die Radiosendung über den Schatz endete ohne Ergebnis. Niemand löste das Rätsel der alten Akazie. Der Schatz wurde nicht gefunden. Uri war zusammengerollt im Wohnzimmer eingeschlafen, als Josef Jarden von Dr. Kleinberger zurückkam. Die Wohnung war unaufgeräumt. Auf dem Tisch in der Mitte des Zimmers lag offen der Gedichtband von Bialik. Alle Lampen waren an. Ja'ir war nicht zu Hause. Josef Jarden weckte seinen jüngeren Sohn und schickte ihn schimpfend ins Bett. Ja'ir ist bestimmt zur Bushaltestelle gegangen, um seine Verlobte abzuholen. Morgen werde ich Lilli erlauben, sich für ihre Abwesenheit heute Abend zu entschuldigen. Sie wird sich lange entschuldigen, und ich werde sie zappeln lassen, bis ich endlich bereit sein werde, die Entschuldigung zu akzeptieren. Was aber wirklich hässlich ist, ist die Diskussion mit Kleinberger. Klar, dass ich das letzte Wort gehabt habe, trotzdem habe ich eine Niederlage einstecken müssen, genau wie bei der Schachpartie, ich muss das Kind beim Namen nennen. Ich glaube kaum, dass unsere Partei es schafft, einen Weg aus der Depression und der Apathie zu finden. Die Schwäche des Herzens und die Schwäche des Willens haben ganz schön was vernichtet. Es ist sowieso alles verloren. Jetzt sollte ich schlafen gehen, damit ich mich morgen nicht so mondsüchtig bewege wie die Mehrheit dieser Menschen. Aber wenn ich es schaffe, jetzt einzuschlafen, wird mich Ja'ir wecken, wenn er nach Hause kommt und Lärm macht. Danach werde ich bis zur Morgendämmerung nicht mehr einschlafen können, und ich werde wieder eine dieser schrecklichen Nächte haben. Wer hat dort geschrien? Nein, niemand. Vielleicht ein Vogel.

Auch Dr. Elchanan Kleinberger hatte das Licht in seinem Zimmer ausgemacht. Er stand an dem einen Ende des Zimmers, mit dem Gesicht zur dunklen Wand und dem Rücken zur Tür. Im Radio lief das Nachtkonzert. Die Lippen des Gelehrten bewegten sich leise. Flüsternd versuchte er, die richtigen Wörter für ein Gedicht zu finden. Insgeheim dichtete er. Auf Deutsch. Er, der glühende Liebhaber der hebräischen Literatur und der Beschützer der Ehre dieser Sprache, flüsterte seine Gedichte auf Deutsch. Vielleicht hielt er deshalb diesen Tatbestand auch vor seinem besten Freund geheim. Der Gelehrte empfand es als eine Sünde und auch als Heuchelei.

Seine Lippen bemühten sich, die Dinge in Worte zu fassen. Ein irrendes Licht flackerte über die dunklen Regale, tanzte kurz auf den Gläsern seiner Brille, wie ein wahnsinniger, verzweifelter Blitz. Draußen schrie ein Vogel voller Schadenfreude. Langsam, unter großen Qualen, klärten sich die Dinge. Doch sie duldeten noch immer keine Worte. Seine schlaffen Schultern fingen an, in erstickter Lust zu zittern. Die richtigen Wörter waren nicht aufgetaucht, waren nur flüchtig vorbeigehuscht, wie durchsichtige Schleier, wie

Düfte, wie Sehnsüchte, die sich nicht festhalten ließen. Er spürte, dass es für ihn keine Hoffnung gab.

Danach machte er das Licht wieder an und zog träge einen wissenschaftlichen Band aus dem Regal. Der deutsche Titel war in Gold in den Ledereinband geprägt: *Geister und Dämonen in den früheren Riten der Chaldäer.* Huren sind sie, all diese Wörter. Ewig betrügen sie dich und sie verschwinden in der Dunkelheit, wenn deine Seele nach ihnen lechzt.

11.

Es war der letzte Hain. In seinem Zentrum hatte man den Biblischen Zoo errichtet, sein nördlicher Teil grenzte Jerusalem gegen die Dörfer des Feindes ab. Weniger als vier Monate war Lilli mit Josef Jarden verheiratet gewesen, er voller Träume und Ideen. Das war Jahrzehnte her. Und noch immer war keine Ruhe. Das Fleisch vergisst Kränkungen nicht. Und der Mond schwebt wie immer ruhig und kalt über den Nachthimmel.

Im Zoo herrscht eine nervöse Stille.

Alle Raubtiere schlafen, aber sie schlafen nicht tief. Nie sind sie gänzlich getrennt von den Gerüchen und Geräuschen, die der Wind mit sich bringt. Die Nacht sickert unaufhörlich in ihren Schlaf, und hin und wieder knurren sie leise. Ein eisiger Wind lässt ihr Fell erschauern. Ein gespanntes Zittern, vor Angst oder wegen eines Alptraums, kommt und geht. Eine feuchte Nase, misstrauisch, entdeckt fremde Gerüche in der nächtlichen Luft. Tau liegt auf der Erde. Das Rauschen der Kiefern sendet Botschaften von stiller Trauer. Die Nadeln knistern leise.

Aus dem Zwinger der Wölfe kommt ein Geräusch. Ein Wolfspaar neckt sich, sie gieren nach einander in der Dunkelheit der Nacht. Die Wölfin beißt den Wolf, das verdoppelt seine Wildheit. Während sie sich paaren, hören sie die

Schreie der Vögel und das teuflische Fauchen der Wildkatze.

Aus den Tälern steigt bläulicher Dunst. Hinter der Grenze flackern fremde Lichter. Der Mond erhellt alles und bleibt wie verzaubert auf den weißen Felsen liegen. Glänzende Giftpflanzen verbreiten ein zerbrechliches, urzeitliches Licht.

Schlafwandelnde Schakale irren durch die Täler. Aus der Tiefe des Nebels rufen sie ihre Brüder, die im Zwinger eingeschlossen sind. Das ist das Land der Alpträume, und dahinter erstrecken sich vielleicht die Gärten, die noch kein Mensch gesehen hat, nach denen nur das Herz verlangt: Zuhause.

Aus den Tiefen deines Schreckens hebe deine Augen. Betrachte die Spitzen der Kiefern. Die Wipfel sind vom Schein eines violetten Lichts umhüllt, als gewähre man ihnen eine Gnadengabe. Nur die Felsen sind trocken wie der Tod. Gib ihnen ein Zeichen.

(1964)

All die Flüsse

1.

Tova: ein einfacher Name, ein gewöhnlicher Name, der nicht zu einer jungen Dichterin passt. Auch ihr Körper tut es nicht: Er ist zu groß. Obwohl, nur etwas zu groß. Eine junge Frau, aber mit dem Körper einer Mutter. Ihre Hüften und Schultern zeigen eine nachdrückliche Fülle, die wiederum etwas Weiches hat. Ihre Arme sind zu dick. Sie ist keine ätherische junge Frau.

An die Farbe ihrer Augen kann ich mich nicht erinnern. Das ist seltsam: Ich entsinne mich noch gut an die Farbe ihrer Hose, die Hose war aus grobem Stoff und auch etwas abgewetzt, und die Farbe war irgendetwas zwischen Dunkelblau und Dunkelgrau. Ich kann diese Farbe nicht benennen, vielleicht hat sie keinen Namen. Aber ich sehe sie auch jetzt noch vor mir, ohne mich anzustrengen. Ich sehe sie, ohne die Augen zu schließen und mich zu konzentrieren. Ich sehe sie vor mir. Noch mehr: Meine Finger können die Rauheit des Stoffes spüren, eine fließende und warme Rauheit, die sich hart und zugleich weich anfühlt, obwohl ich den Stoff überhaupt nicht berührt habe.

Ihre Haare waren stumpf, dunkel, ein bisschen trocken. Augen, an die ich mich auf keinen Fall erinnern kann, aber ihre Müdigkeit habe ich nicht vergessen. Kleine Fältchen breiten sich in den Augenwinkeln aus. Und etwas wie Spott ist in den Augen und den Mundwinkeln zu erkennen. Aber der Reihe nach: Nachdem ich ihre Augen beschrieben habe, sollte ich ihre Nase schildern: etwas schwer. Während ihr Mund Einsamkeit und Weichheit verrät. Ihre Lippen kommen nicht zur Ruhe. Auch wenn sie schweigt, bewegen sie sich. Ich habe ihre Lippen nicht berührt.

Ihr Kinn leugnet die Weichheit ihrer Lippen: Das Kinn ist kantig, arrogant, unterbricht scharf die fließenden Linien des Unterkiefers. Der Hals darunter ist etwas zu kurz geraten. Das ist nicht wahr. Tovas Hals ist nicht zu kurz, und dick ist er auch nicht. Seine einzige Schuld ist, dass er nicht lang ist wie ein Blumenstängel. Das ist eine lächerliche Beschuldigung.

Nun, das passiert mir öfter: Ich habe versucht, Tovas Gesicht systematisch zu beschreiben, alles der Reihe nach, und siehe da, auch bei einer nachlässigen Betrachtung wird klar, dass ich die Stirn ausgelassen habe, als ich mich beeilte, von ihren Haaren auf die Augen zu kommen. Und auch die Wangen. Es reicht. Die Geschichte betrügt mich und verflacht die Details, eins nach dem anderen, denn wenn man Tova betrachtet, sieht man ihr Gesicht auf einen Blick, den ganzen Menschen. Außerdem lebt ihr Gesicht, und die Wörter sind tot. Ich bin die Wörter leid. Du versuchst mit aller Kraft, genau zu sein, und dann kommen sie und verdrehen alles. Dieser Versuch wird wenigstens zeigen, dass ich nicht verliebt bin oder Fieber habe. Was passiert ist, ist wirklich passiert, ich bin klar im Kopf geblieben, ich habe mich logisch verhalten, und deshalb kann ich jetzt hier sitzen und alles der Reihe nach aufschreiben. Ohne nach Luft zu schnappen, ohne mich zu winden, vom Anfang an.

2.

Ich heiße Elieser Dror. Ich bin achtundzwanzig Jahre alt. Geboren bin ich im Kibbuz Tel-Tomer. Meine Eltern gehören zu den Gründern des Kibbuz, sie waren dabei, als man die Grundsteinlegung feierte und als die erste Furche mit dem Pflug gezogen wurde, um es mit den Worten meiner Mutter auszudrücken. Meine Mutter ist für das Kulturprogramm zuständig: Feste, Versammlungen, Lesungen, Dekorationen,

Maskierungen, Vorträge und Seminare. Ihre stürmische Energie kennt keine Grenzen. Tova ist eine langsame und zerstreute junge Frau. Sie ist dreiunddreißig, also genau fünf Jahre älter als ich. Ich habe sie nicht nach ihrem Alter gefragt. Sie hat es mir freiwillig gesagt. Man sieht, ich bin wieder von der richtigen Reihenfolge abgewichen. Mein Vater ist ein kleiner Mann. Er ist kleiner als meine Mutter und viel ruhiger als sie. Die ganzen Jahre arbeitet er im Kuhstall. Er hat eine feste politische Meinung, beklagt sich über nichts, außer über ganz allgemeine Dinge – über die Hitze im Sommer und die Kälte im Winter. Ich bin nicht untersetzt. Im Gegenteil. Übrigens, sogar meine Schwestern sind viel größer als mein Vater.

Den Dienst in der Armee habe ich als Leutnant beendet. Ich bin Fallschirmjäger der Reserve. Blond. Ein bisschen von dem, was ich während des Kriegs getan habe, werde ich später erwähnen, wenn ich beschreibe, was ich Tova im Café erzählt habe. (Nun, schon wieder habe ich die Reihenfolge der Ereignisse durcheinandergebracht: Die Wahrheit ist, was ich in der Armee gemacht habe, lag vor dem, was ich Tova erzählte, und auch das gehört schon der Vergangenheit an. Und nun habe ich versprochen, in der Zukunft zu erzählen, was ich bereits in der Vergangenheit erzählt habe. Seltsam, man kann nicht einmal drei Sätze schreiben oder sagen, ohne die Dinge zu verdrehen oder, seien wir ehrlich, ohne zu lügen.)

Meine Arbeit im Kibbuz ist gewinnträchtig, obwohl es sich um keine landwirtschaftliche Tätigkeit handelt. Wir haben eine kleine Werkstatt, die wir gern unsere »Fabrik« nennen. Diese Werkstatt produziert dekorative Lampenschirme. Zwei ältere Kibbuzmitglieder und drei angestellte Arbeiter stehen mir zur Verfügung. Ich leite die Fabrik. Ich bekam diesen Posten, weil ich als praktischer, energischer, einfallsreicher und fantasievoller Mensch gelte. Das heißt, das haben sie bei der Mitgliederversammlung behauptet, in der ich zum Leiter gewählt wurde. Vielleicht haben sie meine Vergangenheit in der Armee berücksichtigt, während der Suezkrise und der drei Vergeltungsaktionen, darauf komme ich später noch zu sprechen.

Mädchen. Manchmal kommen sie in mein Zimmer und bringen Kuchen, und ich mache etwas zum Trinken. Ich bin derjenige, der in Tel-Tomer eingeführt hat, dass man an Winterabenden ein Gläschen Schnaps trinkt. Das hat zu einigem Tratsch geführt, mir aber ein gewisses Ansehen verschafft. Dann erzähle ich diesen Mädchen, wie es in der Armee war. Manchmal bleibt eine da, nachdem die anderen weggegangen sind, und in der Morgendämmerung bekomme ich zuweilen ein nettes Kompliment. Diese Eroberungen sind oberflächlich und flüchtig, denn ich habe es nicht eilig. Wenn eine weinend ankommt, ist es in der Regel der Anfang vom Ende: Ich kann Tränen nicht ausstehen. Alles kannst du in Ruhe erklären, und du kannst versuchen, mit Logik zu überzeugen. Und wenn es dir nicht gelingt und du keine Gründe findest, helfen Tränen auch nichts: Niemand hat dich dazu gezwungen, zu mir zu kommen. Niemand hat Tränen vergossen, damit du bleibst, und niemand vertreibt dich. Jeder hat das Recht auf seine eigene Auffassung.

Im Sommer verbringe ich viele Stunden im Schwimmbad. Weil ich das Wasser liebe und auch gern braungebrannt bin. Ich habe beim Schwimmen ein paar ausgezeichnete Ergebnisse erzielt. Fußball mag ich weniger. Abends, bevor die Mädchen kommen, um einen Schluck zu trinken und ein bisschen zu reden, widme ich täglich eine Stunde oder anderthalb meiner Briefmarkensammlung. Sie ist eine der besten Privatsammlungen im Land. Mein Vater hat vor zweiundfünfzig Jahren damit begonnen, in Lodz. Mir wurde sie übergeben, als ich aus der Armee zurückkam. In weniger als sechs Jahren habe ich es geschafft, die Sammlung zu verdoppeln. Ich muss noch etwas über die Sammlung sagen, denn sie war der Grund dafür, dass ich Tova getroffen habe. Zumindest indirekt. Ich fand ihren Namen nicht in der Sammlerliste und wir tauschten auch keine Briefmarken in Briefen und trafen uns letztlich nicht wegen der Neugierde, die aus einer langen Korrespondenz entsteht. So einfach ist das Leben nicht. Ich mag nicht von »Zufall« sprechen, besonders nicht nach allem, was ich in der Armee erlebt habe, das Treffen mit Tova ist kompliziert. Ich habe beschlossen, alles der Reihe nach aufzuschreiben. Nun fahre ich fort, es der Reihe nach zu erzählen.

3.

Die Briefmarken bereiten ein Vergnügen, die derjenige, der sich nicht damit beschäftigt, nicht verstehen kann: Ich komme nach dem Abendessen aus dem Speisesaal in mein Zimmer, setze mich in den Sessel, stecke mir eine Zigarette an, konzentriere mich, rauche langsam und mache nur kurze Züge. (Das ist eine der drei Zigaretten, die ich mir täglich genehmige: eine mittags, eine abends und noch eine vorm Schlafengehen.) Nach der Zigarette suche ich im Radio ein Konzert. Etwas Ruhiges und Angenehmes, als Hintergrund. Ich mache die Jalousie zu und knipse die Tischlampe an. (Lampe und Lampenschirm sind ein Produkt meiner Hände.) Und dann beginne ich laut Katalog zu sortieren, auszusuchen, einzutragen und zu kontrollieren, und danach – einzukleben. Ich habe außerdem eine regelmäßige Gewohnheit: Jeden Abend schreibe ich einen Brief. Das heißt, ich stehe in Kontakt mit mehr als zwanzig Briefmarkensammlern in aller Welt, und wir tauschen uns regelmäßig aus. In Lima, der Hauptstadt Perus, habe ich Pedro Antonio y Madre Gonzales. Ich habe einen polnischen Priester namens Jan, der mir Briefe in biblischem Hebräisch schreibt und sich nach den Fortschritten beim Aufbau des Landes erkundigt, und ob in den Hügeln Jerusalems schon die ersten Anzeichen dafür zu erkennen sind, dass der Erlöser bald kommt. Und in Nagasaki habe ich Takama, einen Pazifisten und kämpferischen Sozialisten.

Weitschweifig drückt er seine Achtung vor der Kibbuz-Idee aus. Alexander ist ein jüdischer junger Mann aus Kischinew, der mir Briefmarken der baltischen Länder schickt, die schon lange nicht mehr existieren, und von mir noch mehr Briefmarken aus Israel verlangt, weil, wie er schreibt, »die jungen Mädchen aus den israelischen Briefmarken Ornamente machen«. Gern denke ich an Nicos, einen Griechen aus Marseille, der mir neue und alte arabische Briefmarken schickt. Diese sind in Israel sehr schwer zu bekommen. Dann habe ich Fuad, einen Händler libanesischer Abstammung, der in Monrovia, Liberia, lebt. Sein erster Brief trug als Adresse meinen Namen und den Namen meines Kibbuz im »israelischen Reich der Haschimiten«. Vielleicht wollte er einen Scherz machen. Ich schrieb ihm höflich, was ich von solchen Witzen halte, und seither sind seine Briefe kurz und korrekt, und die Briefmarken, die er mir schickt, sind sehr gut. Ich habe Joachim aus Linz noch nicht erwähnt, der mir Briefmarken schickt und dafür keine haben will, weil er darin »eine symbolische Wiedergutmachung sieht für eine Sünde, die unsühnbar ist«. Außerdem gibt es noch Janosz, Peter Swanberg und andere. Warum habe ich all diese Philatelisten erwähnt? Um zu zeigen, dass das Interesse am Briefmarkensammeln groß ist? Oder weil ich Zeit gewinnen und die Geschichte von Tova hinauszögern möchte? Wie dem auch sei, die Philatelie führt dazu, interessante Menschen zu kontaktieren, ohne dass es zu einer Last wird und ohne Freunde, die dir in die Seele kriechen. Ich komme gleich zurück zu der Geschichte mit Tova. Nach der Korrespondenz blättere ich ein bisschen in den Alben: Ich blättere langsam, wie man einen guten Wein in kleinen Schlucken trinkt. Das ist das Reich der obersten Ordnung. Die Briefmarken sind nach Ort, Zeit, Wert, Farbe und Zugehörigkeit geordnet. Nie wird eine beschädigte Briefmarke hier ihren Platz finden: Alle Briefmarken werden einer strengen Kontrolle mit der Lupe unterzogen. Selbst eine seltene oder prachtvolle Briefmarke kommt nicht in die Sammlung, wenn sie einen kleinen Fleck hat oder wenn ihr ein Zahn fehlt. Übrigens, die seltenen und wertvollen Briefmarken zeichnen sich nicht durch Pracht oder Luxus aus. Meist sind es graue Briefmarken. All diese farbige Pracht mit Silber und Gold und drei- oder sechseckig ist etwas für kleine Kinder. Neue billige Staaten drucken unendlich viele Briefmarkenreihen, das sind nur protzige, vulgär bebilderte Lappen. Neulich bekam ich aus Afrika so einen Schund. Darauf zu sehen waren kopulierende Menschenaffen.

Ja, ich höre gleich auf mit den Briefmarken und wende mich wieder der Sache mit Tova zu. Nur noch ein Satz zur Ordnung. Ich fürchte, dass das, was ich vorhin gesagt habe, ohne eine kurze Erklärung nicht zu verstehen ist: Den Augen des Laien mögen bei erster Betrachtung die Albumblätter als Ansammlung bunter Flecken ohne System erscheinen. Die Wahrheit aber ist, dass es sich um die perfekte Harmonie von Tausenden von Mosaiksteinchen handelt, in der jeder Stein dem anderen gleichgültig ist, aber alle davon profitieren, wenn sich eine Lücke mit einer fehlenden Briefmarke füllt und wenn eine noch unvollständige Serie vollständig wird. Das Farbenchaos auf einem Albumblatt ist nur das offene Gesicht eines geheimen, aber strengen Gesetzes. Doch nun genug davon.

Übrigens, als ich Tova von der Briefmarkensammlung erzählte – wir waren auf dem Weg zum Strand –, verstand sie sofort das Vergnügen, das in einer Sammlung steckt, und sagte einen poetischen Satz: »So sammelt uns auch Gott zu sich, er ordnet, verschiebt und klebt ein, und vielleicht macht ihm die geheime Harmonie hinter den offensichtlichen Leiden auch Spaß.« Das hat sie gesagt, mehr oder weniger. Schon wieder habe ich die Chronologie durcheinandergebracht.

Eines Abends fand ich in der Zeitschrift *Die Welt der Briefmarke* eine kleine, wichtige Anzeige: Ein Sammler aus Tel

Aviv, ein gewisser Dr. Elieser M. Berlin, sucht eine seltene österreichische Briefmarke, eigentlich eine österreichisch-ungarische Briefmarke, aus dem Jahr 1899. Die Bezeichnungen dieser Briefmarke sind so und so. Für diese Briefmarke würde Dr. Berlin eine ganze Sammlung von Briefmarken aus Bosnien und Herzegowina geben. Ein Interessent möge die und die Telefonnummer anrufen oder ihn in seiner Wohnung in Tel Aviv aufsuchen, in der Straße so und so, in den Mittagsstunden (ausgerechnet!).

Als ich diese Anzeige las, sprang ich vom Stuhl auf, weil ich die gesuchte Briefmarke doppelt habe (bei den Briefmarken, die mein Vater vor der Sintflut in Warschau gesammelt hatte). Und wer sich in Philatelie auskennt, braucht keine Erklärung zu dem Begriff »Briefmarken aus Bosnien und Herzegowina«. Ich beschloss, mir gleich am folgenden Tag einen Tag frei zu nehmen und nach Tel Aviv zu fahren, um möglichen Konkurrenten zuvorzukommen. Morgens um sechs machte ich mich auf den Weg, kurz vor sieben Uhr war ich am Busbahnhof in Haifa, und um halb neun kam ich heil und gierig in Tel Aviv an, die gewünschte österreichisch-ungarische Briefmarke in der Tasche.

Ich habe schon den Versuch aufgegeben, ein Bild mit Wörtern zu beschreiben, weil Wörter eines nach dem anderen kommen und ein Bild sofort vor uns steht. Trotzdem werde ich versuchen, diese seltene Briefmarke zu schildern, für die Dr. Berlin so großzügig zu bezahlen bereit war: Man sieht eine Frau, die in einem Fluss badet, an dessen Ufer Gazellen stehen.

Nein. Tova ist keine Nachbarin oder Untermieterin von Dr. Elieser M. Berlin, auch nicht seine Haushaltshilfe oder seine Tochter. Ich schreibe gleich alles auf und werde versuchen, es vorsichtig zu tun.

4.

Ich hatte den ganzen Vormittag vor mir. Ich spazierte durch die Straßen und besuchte bei dieser Gelegenheit einige Geschäfte, die Waren aus meiner Fabrik verkaufen. Ich prüfte auch die Lampenschirme konkurrierender Fabriken. Ich prahle nicht gern, deshalb übergehe ich diese Sache mit Schweigen. Ich besuchte ein paar Briefmarkenhandlungen in der Herzl-Straße und in der Allenby-Straße. Ich schaute mir viel an und kaufte nur wenig. Was können sie mir schon verkaufen?

Dann schaute ich auf die Uhr und sah, dass ich noch Zeit hatte: Dr. Berlin hatte gebeten, ihn erst in der Mittagszeit anzurufen oder ihn aufzusuchen. Ich kaufte eine Zeitung. Ich betrat ein einfaches Restaurant, genauer gesagt ein »Tnuva«. Ich bestellte zwei frische Brötchen, Salat, Rührei, Joghurt und Kaffee. Zwischendurch tötete ich eine Fliege mit einem schnellen Schlag. Und ich breitete die Zeitung vor mir aus.

Die Kellnerin, eine kleine, geschminkte und hässliche Frau, fragte mich, wie ich den Kaffee gern hätte. In diesem Moment sah ich noch eine Fliege, und auch sie zerdrückte ich mit einem schnellen Schlag auf die Tischplatte. Ich verlangte Milchkaffee. Plötzlich stand eine Frau am Nebentisch auf und beschwerte sich bei der Kellnerin, dass man hier »nicht mehr in Ruhe sitzen« könne. Die Kellnerin entschuldigte sich mit ungarischem Akzent. Ich begriff, dass die Rüge mir gegolten hatte, und sagte, so wie sie sich vom Lärm belästigt fühle, fühle ich mich von den Fliegen belästigt. Tova zog sich zurück und sagte nichts. Ich trank, aß und las die ganze Zeitung. Mit dem meisten, was darin stand, war ich nicht einverstanden. Und oft entdeckte ich mit Leichtigkeit einen offensichtlichen Widerspruch oder eine himmelschreiende Lüge.

Das Restaurant war fast leer: Tova, ich und die Kellnerin. Draußen waren die Geräusche von Tel Aviv zu hören. Musik, Schreie, Motorlärm, Meer, Gelächter.

Ich hasse Tel Aviv. Vielleicht ist es nicht Hass, aber ich ertrage die Stadt nicht. Und das hat zwei Gründe: Erstens bin ich in einem Kibbuz aufgewachsen und erkenne deshalb auf einen Blick die ganze Hässlichkeit des Stadtlebens. Und zweitens: Was kann man in solch einer Stadt anfangen?

Die Kellnerin rauchte eine Zigarette und las die ungarische Tageszeitung *Új Kelet*. Tova rauchte und schrieb etwas auf ein Blatt Papier, das von einem Schreibblock abgerissen worden war. Ich fragte mich, ob ich schon jetzt die Mittagszigarette rauchen sollte. Vor lauter Langeweile. Doch nach einem Blick auf die Uhr entschied ich mich dagegen.

Plötzlich sagte die Kellnerin:

»Es wird heiß draußen.«

Ich beeilte mich, ihr Recht zu geben, denn es stimmte. Ich sagte:

»Ja, heiß.«

Nach langem Schweigen sagte Tova aus ihrer Ecke:

»Die Hitze, das ginge ja noch an, aber die Feuchtigkeit wird uns noch alle umbringen.«

Ich hatte genug von der Zeitung. Ich schob die leere Tasse von mir und dachte, vielleicht sollte ich aufstehen, bezahlen und das Lokal verlassen. Die Frage war, wohin ich jetzt gehen könnte. Die Kellnerin lief zur Küche und beschimpfte dort irgendjemanden. Ich konnte es hören, aber wen sie verfluchte, sah ich nicht. In der Zwischenzeit betrachtete ich Tova. Ich war vollkommen gefasst und ruhig. Auch jetzt, da ich das alles aufschreibe, bin ich gefasst und ruhig. Schon zu Beginn der Militärzeit sagte man von mir, Elieser verliert nicht so schnell den Kopf. Ich sah Rauchringe und ihren Tisch und das Zittern in ihren Mundwinkeln. Ich sah, wie die Fliegen sich um ihre Kaffeetasse scharten. Und sie sah oder merke es nicht. Doch jetzt, da ich mich an all die Details erinnere, scheint es noch etwas gegeben zu haben, vielleicht sogar etwas Wichtiges, was ich nicht bemerkt hatte. Überhaupt, jetzt sieht es anders aus.

Ich sagte:

»Warten Sie auf jemanden?«

Sie wollte mir antworten und fing plötzlich an zu husten. Am Anfang war es ein leichtes Husten, als wolle sie sich räuspern. Dann begann sie zu würgen und zu röcheln, und aus ihrer Lunge drangen hässliche Geräusche, die sich wie Bellen anhörten. Sie stand auf, ihr war schwindlig, sie musste sich sofort auf dem Tisch abstützen. Ihr Mund glich dem Maul eines durstigen Fisches.

Ich zögerte nicht eine Sekunde. Ich lief zu ihr und klopfte ihr auf den Rücken. Sie wich zurück, ihre Augen waren verschleiert. Ich habe schon gesagt, dass ich mich auf keinen Fall an die Farbe ihrer Augen erinnere. Ich ließ sie los. Sie wich zurück, bis uns der Tisch trennte. Sie versuchte etwas zu sagen. Ihre Lippen zitterten. Und als das Husten abebbte und sie es schaffte zu sagen, was sie sagen wollte, waren ihre Worte schon zu spät und überflüssig.

»Fass mich nicht an.«

Ich entschuldigte mich. Ich schlug vor, ihr ein Glas Wasser zu holen. Ich wollte nichts Böses, ich wollte ihr doch nur helfen.

»Ich brauche keine Hilfe«, sagte sie.

Ich lächelte.

»Das gibt es nicht. Ich habe noch nie eine junge Frau getroffen, die keine Hilfe gebraucht hätte.«

»Ich bin keine junge Frau«, sagte Tova und nahm das Wasserglas von der ungarischen Kellnerin. »Ich bin eine Frau von dreiunddreißig.«

Als sie diese seltsame Aussage machte, lächelte sie. Das Lächeln war nur auf den Lippen, das übrige Gesicht nahm nicht an dem Lächeln teil. In ihren Augenwinkeln tauchte etwas auf, das einem gewissen Spott sehr nahe war. Ich beschloss, für diese Information auch eine Information preiszugeben.

»Und ich bin achtundzwanzig. Ich heiße Elieser. Ich bin frei für eine Mitfahrgelegenheit.«

Vielleicht gefielen ihr diese Worte. Diesmal lachten auch die Augen hinter dem Schleier aus Tränen, die sich während ihres Hustenanfalls in ihnen gesammelt hatten. Schnell drehte sie das Blatt auf dem Tisch um, damit ich nicht sehen konnte, was sie geschrieben hatte, und sagte:

»Setz dich, wenn du magst.«

Aber es war mir gelungen, einen schnellen Blick auf das Blatt zu werfen, es waren kurze Zeilen, die ich gesehen hatte. Ich setzte mich zu ihr und sagte:

»Gesegnet sei Gott, der den Dichter mit einer Dichterin zusammengebracht hat. Darf ich es lesen?«

Sie überlegte kurz und sah mich misstrauisch an, dann traf sie eine Entscheidung und zündete sich eine neue Zigarette an:

»Was willst du überhaupt von mir?«

Ich erschrak. »Nichts Besonderes. Ich wollte dich nur kennenlernen. Ich bin Elieser Dror vom Kibbuz Tel-Tomer. Und ich schreibe auch manchmal Gedichte. Besonders für die Kibbuzfeste. Lustige Gedichte, aber normalerweise haben sie eine ernste Schlussfolgerung.«

Tova sagte:

»Die meisten Kibbuzniks sind grob. Du scheinst in Ordnung zu sein. Ich habe gesehen, wie du gesprungen bist, um mir zu helfen, als ich den Hustenanfall hatte. Ich heiße Tova. Ich rauche zu viel. Ich danke dir. Du bist jetzt frei. Frei für eine Mitfahrgelegenheit, wie du gesagt hast. Ich bin jetzt in Ordnung.«

»Einen Moment«, sagte ich. Jetzt war ich wirklich böse auf sie und wollte die beiden Beleidigungen nicht unkommentiert hinnehmen. »Einen Moment, bevor du mich von deinem Tisch vertreibst. Erstens bist du noch nicht in Ordnung. Zweitens, was soll das heißen, die Kibbuzniks sind grob? Was ist das für eine Aussage? Ich kann auch verallgemeinern und zum Beispiel behaupten, dass alle Dichter gestört sind.«

»Das stimmt. Besonders, wenn man sie stört. Kann ich jetzt endlich erfahren, was du von mir willst?«

Sie atmete schwer. Zog den Aschenbecher näher zu sich. Sie nahm die Zigarette, die sie während des Hustenanfalls ausgedrückt hatte, und steckte sie erneut an. Sie runzelte die Augenbrauen, als sie die Zigarette mit starken und festen Fingern anzündete, und ihre Lippen rundeten sich, ich konnte den Blick nicht abwenden. In diesem Moment merkte ich zum ersten Mal, dass ihr der linke Daumen fehlte. Das reizte mich, ich sagte:

»Wenn ich die Musen störe, sollte ich lieber sofort verschwinden. Ich wollte dir nur sagen, dass ich nicht umsonst gesagt habe, dass ich die Lyrik mag. Ich liebe sie wirklich. Jetzt bitte ich um Entschuldigung, ich gehe, guten Tag.«

»Warte«, sagte Tova, »wenn du es nicht eilig hast, warte. Setz dich ein bisschen zu mir.«

»Ich habe es nicht eilig«, sagte ich und wunderte mich. Nun entschied ich mich, meine Mittagszigarette zu rauchen.

5.

Ihr Arm sah etwas zu füllig aus – nur ein bisschen –, etwas mehr, als ich es bei einer jungen Dichterin hätte sehen wollen. Dieser Arm ruhte auf einer Hose aus grobem Stoff, dessen Farbe irgendetwas zwischen Dunkelblau und Dunkelgrau war. Auch jetzt spüre ich den Stoff in den Fingerkuppen. Dabei habe ich ihn nicht berührt.

»Ich habe dich beleidigt«, sagte sie.

Ich verneinte es. Ich sagte, ich sei einer von denen, die beleidigen und nicht beleidigt sind, einer der sechsunddreißig Bösen. Sie lächelte misstrauisch, oder vielleicht war sie nur sehr müde. Ich konnte mich nicht beherrschen und versuchte, unter dem Tisch die Hand ohne Daumen zu sehen. Tova bekam das mit und sagte, das Gedicht sei fast fertig, es brauche vielleicht nur noch den letzten Schliff. Ob ich Lyrik wirklich liebte?

Ich versicherte es ihr. Und erzählte, dass ich einmal ein Gedicht geschrieben hätte, das nicht humoristisch gewesen sei. Es sei in der Armee gewesen, nach einer traurigen Geschichte.

Nein, sie möge die ausgezeichneten Reime der Kibbuz-Dichter nicht.

Sie schob sich die Kippe in die verstümmelte Hand. In mir wuchs das schwer zu beherrschende Verlangen, den Stumpf zu berühren.

Und dennoch, wenn ich ihr von dem Gedicht erzähle, das ich geschrieben habe, wird sie bereit sein, es anzuhören. Und inzwischen könnten wir noch eine Tasse Kaffee zusammen trinken.

»Es war ein Gedicht über einen Freund«, sagte ich. »Er war ein junger Mann aus Netanya, der mit mir zusammen diente, und gemeinsam waren wir an einigen Vergeltungsaktionen beteiligt. Er wurde einen halben Meter von mir entfernt getötet: Ich war hier, und er war da, es war der Überfall auf Hirbat Yaatar. Seine Eltern beschlossen, einen Gedenkband zu veröffentlichen. Vielleicht nur ein Heft. Sie baten mich um einen Artikel, es wurde ein Gedicht.«

Tova wollte wissen, was in dem Gedicht stand. Ich sagte es ihr aus dem Gedächtnis auf: In der ersten Strophe ging es um eine junge Zypresse, die in den Dünen wuchs. In der zweiten brach ein Feuer zwischen den Bäumen aus. In der dritten war die Zypresse verbrannt, und aus der Kiefer tropfte Harz, weil sie die Zypresse nicht vergessen konnte, die neben ihr gewachsen war, und weil sie nicht verstehen konnte, warum es sie noch gab und die Zypresse nicht mehr. Das war vielleicht keine hohe Kunst, kein Bialik, wurde aber aus einem heißen Herzen geschrieben. Genug. Jetzt bist du dran. Zeig mir, was du geschrieben hast.

»Warte einen Moment«, sagte Tova, und ich wusste, ich

müsste sie mehrmals bitten, bis sie mir ihr Gedicht zeigen würde, das sie mir doch so gern zeigen wollte. »Warte einen Moment. Erzähl mir vorher von der Armee. Von dem Überfall auf das Dorf, das du erwähnt hast.«

»Hirbat Yaatar«, sagte ich, »ein verdammtes Dorf.« Ich schwieg: Ich kann nicht über den Überfall reden, ohne die kleine Heldentat zu erwähnen, für die ich eine Auszeichnung bekam. Und ich gebe nicht gerne an.

Tova drängte mich nicht. Vielleicht dachte sie, meine Erinnerungen an den Überfall seien zu schmerzlich und ich wolle deshalb nicht darüber sprechen. Sie legte die Zigarette im Aschenbecher ab, ohne sie auszudrücken. Sie bog den Kopf nach hinten und die Haare fielen ihr über den Rücken. Ihre Lippen zitterten. Ich gab nach und erzählte ihr, wie ich seitlich in der Dunkelheit zur Stellung mit Maschinengewehrschützen, die uns unaufhörlich beschossen, gekrochen war und was ich während des Kriechens empfunden hatte. Und wie ich, ohne entdeckt zu werden, bis auf vierzig Meter an die Stellung gelangte. Und wie ich die Stellung mit dem exakten Wurf einer Handgranate neutralisierte. Und das in der Dunkelheit. Und wie alle hinterher sagten: Elieser, das ist unbeschreiblich.

Tova wollte etwas sagen, vielleicht versuchte sie, ihre Gefühle ausdrücken, aber sie wurde wieder von einem Hustenanfall gepackt. Sie fing an zu zittern und zu stöhnen, Speichel flog auf den Tisch, und wieder klang ihr Husten wie Hundegebell, und ich klopfte ihr auf den Rücken, bis sie sich ein bisschen beruhigte und es ihr gelang, etwas zu sagen:

»Ich habe dich schon gebeten, mich nicht anzufassen.« Ich rief nach der ungarischen Kellnerin. Sie brachte schnell ein Glas Wasser. Tova reizte mich immer mehr, vielleicht wegen ihres fehlenden Daumens, vielleicht auch wegen ihres krankhaften Hustens. Es war doch ein Wahnsinn, mit diesem grotesken und gequälten Gesicht auch noch zu lächeln, während sich der Körper mehr und mehr verzerrte. Und wie sie schon wieder rauchte: inbrünstig, süchtig. Als habe sie beschlossen, sich zu bestrafen. Als tue ihr das Leiden gut. Und warum reizte mich das so sehr, dass ich mich mit Gewalt beherrschen musste, nichts zu tun, was ich später bereuen würde. Wahnsinn.

6.

Die Erinnerung verfälscht alles.

Eigentlich war da nichts: sie und ihr Husten. Ich mit der Übelkeit und dem Reiz. Alle anderen Details drängen sich in mein Gedächtnis, obwohl es keine Rolle spielt, ob es sie gegeben hatte oder nicht: Die Geräusche der Stadt. Der Geruch des Meers und des Winds. Der Geruch von Schweiß. Ein magerer, unrasierter Mann, der das Restaurant betrat, um eine Schachtel Zigaretten zu kaufen, und der beim Verlassen des Lokals mit einem dummen Grinsen zu uns sagte, wir sollten uns beeilen, beeilen sollten wir uns, denn die Zeit vergehe rasend schnell und kehre nicht mehr zurück. Dann kam ein Mädchen, zog die ungarische Kellnerin am Ärmel und hörte nicht auf zu sagen: »Du musst schnell kommen, weil Halina sagt, dass sie ein für alle Mal abhauen wird.« Und die Fliegen, die ich getötet hatte, die überflüssig und tot noch immer auf dem Wachstuch lagen, und die Fliegen, die ich nicht gefangen hatte, weil Tova mir wie beschwörend zugeflüstert hatte: »Es gelingt dir nicht, ausgerechnet dir nicht. Siehst du?«

All diese Einzelheiten spielen keine Rolle. Die Geschichte muss weitergehen und alles abwerfen, was sie behindert. Aber die Erinnerung geht nicht vorwärts. Sie geht rückwärts, vom Ende zum Anfang, wie ein Krebs, es ist, wie wenn man morgen aus einem Alptraum aufwacht und versucht, sich zu erinnern, und vom Horror zu den unwichtigen Details geht, die davor waren, um zu begreifen, wie der Traum begonnen hatte und warum er zu einem Punkt gekommen war, an dem man vor lauter Angst wach wurde.

Die Bodenfliesen waren schmutzig und hatten Risse. Na und. Fliegen kamen und beschnupperten ihre leblosen Verwandten, die ich auf dem Wachstuch totgeschlagen hatte. Das habe ich bereits gesagt. Die Uhr oberhalb der Eingangstür, die große und alte Uhr, die um halb elf auch halb elf zeigte, aber auch um zwanzig nach elf, zeigte immer nur halb elf.

Und um elf Uhr zwanzig betrat ein Bettler das Restaurant, auf einem Auge blind, in einem zerrissenen Anzug und mit schmutziger Krawatte, und fing an, auf einer Geige zu spielen. Einen Walzer oder Csárdás, es war mir egal. Tova gab ihm ein paar Münzen. Ich achtete darauf, wie viel sie ihm gab, und gab genau das Doppelte: Ich wollte es ihr zeigen. Er ging hinaus, und die Kellnerin kam und fragte, ob wir noch etwas trinken wollten.

Wieder bat ich Tova, mir das Gedicht zu zeigen, das sie geschrieben hatte. Ich scherzte: Welch eine Muse, wollte ich wissen, hätte ich vertrieben, als ich zu ihr kam? Tova brachte mir Dinge bei, die ich vorher nicht gewusst hatte: Nach ihren Worten waren ihre Gedichte ohne jede Muse entstanden. Auch ohne Inspiration. Im Gegenteil. Sie schreibe, wenn ihre Seele kalt wie Eis sei. Wie eine Chemikerin im Labor. Wie eine Chemikerin, die mit Gift umgeht: Vorsichtig, nüchtern, sehr konzentriert. Ein Gedicht sei die Zusammenführung von Elementen. Chemie. Wie eine Lösung. Wie Giftkristalle.

Sie redete und ich kam zu einem Entschluss: Plötzlich schnappte ich mir das Blatt unter ihrer Hand, drehte es um und begann zu lesen.

Sie verstummte mitten im Satz. Vielleicht war sie blass geworden. Ich las das Gedicht einmal, und als ich begann, es ein zweites Mal zu lesen, hatte sie erneut eine Zigarette in der Hand. Sie rauchte und zitterte: als hänge plötzlich alles von mir ab, von dem, was ich sagen und tun würde. Dann bemerkte ich, dass sie versuchte, meinem Blick zu folgen, der sich über die Zeilen bewegte. Und weil wir uns gegenübersaßen, musste sie das Gedicht auf dem Kopf stehend lesen, wie ein jemenitisches Kind in der Talmud-Thora-Schule. Danach legte sie ihre Hand auf meine und bat:

»Sag nichts. Sag noch nichts. Warte. Vielleicht willst du auch nichts sagen. Fühle dich nicht dazu verpflichtet. Man muss nichts sagen.«

Ihre Hand auf meiner.

Und das Gedicht:

Alle Flüsse fließen zum Meer,
und das Meer wird nicht voll.
Alle Gedichte machen das Blut krank,
und das Blut zerstört und steigt.
Alles, was hier ist – geht dorthin,
und dort ist nur das kranke Meer.
Kluge Menschen schlafen zu Hause,
und nur der Fluss geht ins Exil.
Alle Flüsse gehen zum Meer
Und das Meer dreht sich einsam in der Welt
und schläft nicht ein und hört nicht auf und ist nicht.

»Wenn du wirklich etwas sagen willst, dann sage es. Jetzt.«

Ich sagte:

»Die letzte Zeile macht das ganze Gedicht kaputt.«

Tova sagte plötzlich:

»Du bist noch nicht verheiratet. Und du wirst nicht so schnell heiraten.«

Ich begriff den Zusammenhang zwischen meinen Worten und den ihren nicht. Ich beschloss, nicht nachzugeben:

»Würdest du an der letzten Zeile noch etwas feilen oder sie einfach kürzen, wäre das Gedicht glaubhafter. Vielleicht könnte man auch einen Reim für das Ende finden. Vielleicht ist es dir einfach auf die Schnelle eingefallen, weil ich gekommen bin und dich gestört habe, gerade als du an der letzten Zeile warst.«

»Du bist nett. Wäre jetzt Winter, hätte ich mich sogar in dich verlieben können.«

Ich war schockiert.

»Wenn du noch frei bist für eine Mitfahrgelegenheit, wie du vorhin gesagt hast, würdest du mich vielleicht zum Strand begleiten wollen?«

Ich sagte:

»Warum nicht. Ich habe noch fast zwei Stunden.«

Ich glaube, an dieser Stelle muss ich etwas klären. Auf jeden Fall muss ich es versuchen. Ich bin ein großer, breiter Mann. Man sieht mir an, dass ich kräftig bin, auch wenn ich diese Kraft nicht anwende. Was ich Tova über Hirbat Yaatar erzählt hatte, über die Stellung der Maschinengewehrschützen und die Auszeichnung, das hatte sie bestimmt fasziniert. Außerdem war mir das schon einmal passiert, vor zwei Jahren, dass eine ältere geschiedene Frau sich in mich verliebt hatte, nur wegen meines Äußeren.

Tova sagte:

»Komm, gehen wir.« Als ginge es ihr ausgerechnet hier, in diesem Restaurant, schlecht, und woanders würde es ihr gutgehen.

Beim Bezahlen blieb ich stur: Ich gab der Ungarin das Geld für unser beider Kaffee und sagte: »Was gibt es da zu diskutieren. Das ist doch nichts. Vergiss es.«

Tova sagte:

»Du bist wirklich einer von den sechsunddreißig Bösen. Fass mich nicht an. Es geht schon wieder los.«

Und erneut fing sie an, fürchterlich zu husten. Bei dieser Gelegenheit sah ich, dass ihr Taschentuch zerknittert und schmutzig war. Seltsam, auch dieses Detail reizte mich.

7.

Sie hustete, als wollte sie ihre Lungen ausspucken. Ihr Gesicht war verzerrt. Ihre Augen begannen zu tränen, und nach einer Minute vermischten sich diese Tränen mit Schleim. Sie versuchte ihr Gesicht abzuwischen, aber ihre Bewegungen waren ungeschickt. Einen Moment lang dachte ich, ich sollte mein Taschentuch herausholen und ihr Gesicht abwischen, erinnerte mich aber sofort daran, dass sie ausdrücklich darum gebeten hatte, nicht berührt zu werden. Der Reiz ließ mich wild und wahnsinnig erzittern. Ich sah, wie ihre verkrüppelte Hand durch die Luft fuhr, als suche sie etwas, das sie aber nicht fand, doch sie gab nicht nach, hörte nicht auf zu fuchteln. Ich hielt mich zurück. Tova stand jetzt vor der glänzenden Espressomaschine, die ihr als Spiegel diente, und versuchte ihr Gesicht in Ordnung zu bringen. Ihre Haare. Ihre Augen.

Ich lächelte und sagte, was ich stolpernden Soldaten bei einer anstrengenden Übung sagte:

»Das macht nichts. Das passiert. Ist nicht schlimm.«

Tova bat mich, kurz auf sie zu warten. Verschwand in der Toilette. Es verging eine Minute, es vergingen weitere Minuten. Ich wurde ein bisschen nervös. In der Zwischenzeit nahm ich die seltene österreichisch-ungarische Briefmarke, die in einem Zellophanumschlag steckte, aus meinem Portemonnaie. Ich betrachtete die Frau, die im Fluss badete. Mehr als sechzig Jahre waren seit dem Druck dieser Briefmarke vergangen. Die Frau ist tot, die Gazellen im Hintergrund sind tot, Österreich-Ungarn ist auseinandergefallen, geblieben ist nur dieser Fluss mit dem unbekannten Namen. Und die Briefmarke. Der ursprüngliche Wert ist lächerlich, fast nichts im Vergleich zum jetzigen Wert: Da sieht man, was die Zeit mit den Dingen anstellen kann. Was man, meiner Meinung nach, wirklich braucht, ist Geduld. Tova kam heraus, schön gekämmt und gewaschen. Sie stützte sich auf mich. Fast in einer Umarmung, verließen wir das Lokal und traten auf die

Straße. Ihre Haut verströmte einen angenehmen Duft. Und weil sie nicht rauchte, kamen mir ihre Lippen, als sie lächelte, schön und hilflos vor.

Ich fing an, ihr etwas über Philatelie zu erzählen, und weshalb ich heute nach Tel Aviv gekommen war und dass ich mich deshalb in ungefähr einer Stunde und vierzig Minuten von ihr trennen müsse. Auf dem Weg trafen wir auf den einäugigen bettelnden Geiger, er lächelte uns an, als wären wir alte Bekannte, und nickte. Sein Kinn und seine Wangen waren mit weißen Stoppeln bedeckt. Sein Anzug war so abgewetzt und schmutzig, dass ich das Gefühl hatte, mich für ihn schämen zu müssen. Einige Minuten standen wir vor dem Schaufenster eines Elektrogeschäfts: Ich wollte die Lampenschirme sehen. Sie nahm meinen Arm und legte ihn um ihre Taille. Ihre Taille war rund und warm. Wir waren im Norden von Tel Aviv. Auf dem Weg zum Strand. Irgendwo in der Nähe wohnte Dr. Elieser M. Berlin. Ich war in die Stadt gekommen, um mit ihm ein Geschäft zu machen.

8.

Auf dem Weg zum Strand bat ich Tova, mir etwas über sich zu erzählen: Ich hatte ihr ja schon fast meine ganze Lebensgeschichte erzählt, Armee, Lampenschirme, Mädchen, Briefmarken, Lyrik. Und sie hatte mir noch fast nichts erzählt. Außer dem, was im Gedicht stand, von dem ich mich im Moment nur an eine Zeile erinnerte: »Kluge Menschen schlafen zu Hause.« Und weil ich nicht verstand, was daran klug sein sollte, zu Hause zu schlafen, fragte ich Tova. Sie fand es richtig, sich einen Scherz zu erlauben, und begann mit der Stimme einer Ansagerin von »Suche nach Verwandten« im Radio zu deklamieren: »Gitta, Tochter von Lisa und Robert-Re'uven Levi, geboren 1926 in Bratislava, über Tirol und Wien 1946 nach Israel emigriert, lebte zunächst im Waisendorf der Jewish Agency und danach in einem Kibbuz in Samaria. Wurde zuletzt in Begleitung eines kräftigen Kibbuzniks gesehen, der für eine Mitfahrgelegenheit frei war. Wer etwas über sie weiß, möge bitte Kontakt aufnehmen. Was möchtest du noch von mir wissen?«

Ich lachte höflich, um sie nicht zu verletzen. Diesen Scherz fand ich weder lustig noch besonders gelungen. Ich fragte sie, was mit ihrer Familie geschehen sei und was sie jetzt mache, das heißt, außer Gedichte zu schreiben.

Tova erzählte mir weitere Details über sich, aber nicht der Reihe nach, so dass es schwierig war zu verstehen, was zeitlich davor und was danach war. Ich werde, so gut ich kann, alles logisch geordnet aufschreiben. Ihr Vater war Zahnarzt gewesen, ihre Mutter Klavierlehrerin. Bis heute gab es Musikstücke, die sie, wenn sie gespielt wurden, dazu zwangen, außer Hörweite zu fliehen, sonst hatte sie, wie sie es formulierte, nur die Wahl zwischen Tod und Tod. Im Krieg waren sie in einem Konzentrationslager. Ihr Vater wurde ermordet. Ihre kleine Schwester wurde verschleppt, auch ihre Mutter wurde in andere Lager deportiert, und niemand überlebte. Sie wurde gequält. Nein, den Daumen hatte sie ausgerechnet im Kibbuz verloren. Nicht bei den Deutschen. Das war eine andere Geschichte. Nach dem Krieg arbeitete sie als Erzieherin in einem Waisenhaus der Jewish Agency. Danach hatte sie einen Freund, einen bekannten jungen Mann aus der Reihe der Jugendbewegung der Kibbuzim, doch sie trennten sich und sie, Towa, landete in der Stadt. Ihre Gedichte wurden in Zeitschriften veröffentlicht. Ein Band war schon erschienen und gut angekommen. Ein zweiter Band ist in Vorbereitung. Sie verdient ihr Geld mit Grafikaufträgen. Das heißt, sie malt Reklamebilder. Einmal hat sie an einem Wettbewerb zur Gestaltung einer Briefmarke teilgenommen, aber ihr Vorschlag wurde nicht akzeptiert. Sie liebt es, in abgelegenen Cafés zu schreiben, zu ungewöhnlichen Zeiten. Sie liebte mich fast, wie sie sagte.

Vielleicht hätte ich das alles schon gleich am Anfang schreiben sollen. Ich bin mir nicht mehr sicher mit der Chronologie. Vor lauter Details ist mir alles durcheinandergeraten.

Auf Umwegen erreichten wir den Strand. Wir hätten die Allee bis zum Ende gehen können und wären in wenigen Minuten am Strand gewesen. Aber Tova wollte, dass wir rechts abbogen, und der Elieser-Ben-Yehuda-Straße parallel zum Strand folgten. Ein paarmal wurde sie wieder von diesem feuchten, tuberkulösen Hustenanfall gepackt. Ich genierte mich ein wenig vor den Passanten, und Tova bemerkte meine Verlegenheit und entschuldigte sich bei mir, sowohl vor als auch nach jedem Hustenanfall, wenn sie sich schnell eine neue Zigarette anzündete. Wir sahen dicke Mütter mit Kinderwagen. Manchmal hörten wir einen Vogel. Wir sahen Autos, einige der neuen Modelle waren mir in Israel noch nie aufgefallen. Einmal beobachteten wir einen kräftigen Metzger, der sein Beil in das Fleisch schlug, bis das Knacken der Knochen zu hören war.

Und Tova sagte:

»Jetzt erzähle mir mehr über Briefmarken. Oder über dieses Hirbat, wie hieß es noch mal? Wie war es, unter Feuer durch die Dunkelheit zu kriechen?«

Ich habe es ihr erzählt.

An der Ecke der Jabotinsky-Straße trafen wir einen Bekannten Tovas. Es war ein junger Mann, klein und widerlich, eine Art Künstler, kleinwüchsig, alterslos, in enger Hose und schrillem Hemd. Er war fast kahl, hatte aber den Rest seiner Haare nach vorn gekämmt und zusammengebunden, wie eine rebellische Locke oder ein Horn zum Stoßen. Seine dünnen Pobacken wölbten sich in der engen Hose wie ein schlechter Witz. Er hatte auch einen dünnen, spärlichen Schnurrbart. Er fiel Tova um den Hals und umarmte und küsste sie und tat überhaupt so, als stürbe er vor Lust, wie ein

Hund, der eine Spur aufgenommen hat. Und sofort begann er, sich über einen Dichter und Kritiker lustig zu machen, dessen Namen ich noch nie gehört hatte. Erst, als er damit fertig war, all die hässlichen Dinge über diese widerliche Null zu sagen, wandte er sich zu mir, musterte mich langsam und frech von unten bis oben und fragte Tova, ob ich ihr neuer Liebhaber sei. Tova sagte, ja, das ist er. Der Mann wollte wissen, ob ich im Theater arbeite. Tova sagte wieder, ja, das tut er.

Ich war zweimal verblüfft. Sagte aber kein Wort, weil ich mich prinzipiell zu denen zähle, die eher beleidigen und nicht beleidigt werden.

Als wir uns von dem Clown entfernten, sagte Tova, dass er Günther heiße und alle ihn Gustav nannten und dass er sich für den Gründer der Bewegung der absurden Malerei in Israel halte, aber sein Geld verdiene er bei der Polizei, bei der Spurensicherung. Er untersuche Zigarettenasche und Speichelflecken und so weiter. Früher habe sie ihn sehr geliebt, weil seine Aggressivität ihr einsam und fast tragisch erschienen sei, und nun liebe sie ihn nicht mehr und treffe ihn auch nicht gern. Das sei ihr einige Male passiert. Sie halte sich für schuldig. Und inzwischen gehe das Leben weiter.

Ich fand es richtig, ihr ein Kompliment für ihre Schönheit zu machen, ihr Lächeln, ihren Körper, damit sie nicht das Gefühl hatte, dass ihr Leben vorbeigehe und alles verloren sei. Meine Komplimente empfing sie mit großer Freude. Ein Kompliment musste ich wiederholen, weil Tova nicht aufhörte zu fragen, ob das wirklich alles stimme.

Da es in unserem Gespräch um das Thema Liebe ging, erzählte ich ihr, wie sich einmal, als ich noch Soldat war, eine ältere verheiratete Frau in mich verliebt hatte. Sie hatte Verwandte im Kibbuz besucht, mich beim Basketball und abends beim Schwimmen gesehen, und am Tag darauf hatte sie angefangen, mir den Hof zu machen. Sie war hässlich wie eine Eidechse, weil aber die jungen Leute meiner Altersgruppe es mitbekommen hatten, entschied ich mich, aus dem Ganzen ein Spiel zu machen. Bis heute erzählt man bei uns darüber Witze und Geschichten.

Tova sagte:

»Ich bin nicht deine Mutter und ich sage dir nicht, was du zu tun hast.«

Diesen Satz fand ich unlogisch und nicht zum Thema passend, aber ich schwieg.

Dann sagte Tova, dass die Reklamebilder, die sie male, ihr wie eine Art Prostitution vorkämen.

Ich erzählte ihr von der Zeremonie im Büro des Generals, bei der man mir die Auszeichnung verliehen hatte, wie man die Urkunde vorgelesen hatte und wie mein Offizier beschrieb, wie ich zur Stellung gekrochen war, und wie ich nicht aufhören konnte, an meinen Freund aus Netanya zu denken, der in Hirbat Yaatar einen halben Meter von mir entfernt gestorben war.

Tova erzählte mir auch eine Geschichte über eine Auszeichnung, die sie einmal bekommen hatte: Es war ein internationaler Grafik-Preis für ein Werbeposter für die UNO zum Thema: Die Freiheit und das Glück. Sie habe dieses Poster mit einem Gefühl von Ekel gemalt, Freiheit und Glück seien ihr vorgekommen wie zwei erfundene Vögel aus einem unerträglich süßlichen Kinderbuch, und ausgerechnet dieses Poster bekam einen internationalen Preis.

Als wir die Hayarkon-Straße überquerten, fasste ich den Entschluss, Tova die österreichisch-ungarische Briefmarke zu zeigen und ihr zu erklären, wie wichtig mir das Geschäft war, das ich in einer Stunde tätigen würde. Und ich sprach auch davon, was für ein Vergnügen es sei, Briefmarken zu sammeln, von dem Mosaik, von der Ordnung, die für mich wahre Schönheit bedeute.

Tova stand da, schaute auf das Meer und beschenkte mich mit einem poetischen Satz:

»Auch Gott sammelt uns einzeln, ordnet, klebt uns in seinem Album ein und genießt die Harmonie, hinter der sich unsere Leiden verbergen.«

Ich schwieg.

Tova sagte:

»Ich liebe dich.«

Wir gingen die zerbrochenen Stufen hinunter zum Meer.

Es war heiß. Mir klebte das verschwitzte Hemd am Rücken. Ich hatte Durst. Wieder begann sie zu husten. Als sie sich beruhigt hatte, zeigte ich ihr die österreichisch-ungarische Briefmarke: Eine Frau badet im Fluss, am Ufer stehen Gazellen.

Sie begann zu zittern. Und ich fragte sie, was jetzt komme.

9.

Am Strand hatten sich ein paar kleine Rowdys mit eingeölten Haaren versammelt. Sie pfiffen uns nach. Ich wollte mir diese Frechheit nicht gefallen lassen. Ich stand auf, die Arme übereinandergelegt. Mein Hemd hatte ich bereits vorher ausgezogen. Die Rowdys kicherten und verschwanden. Ich sagte Tova, dass ich nicht angeben wollte, aber sie hatte es mit eigenen Augen gesehen. Sie lachte. Ich hob eine Handvoll Sand auf und ließ ihn durch die Faust auf ihre dunkelblau-graue Hose rieseln. Tova bat, ich solle mich wieder neben sie setzen, die Rowdys seien ja schon weggelaufen. Ich setzte mich.

»Einmal«, sagte sie, »nahm ich an einem Wettbewerb teil, es ging um eine Briefmarke zum Jubiläum der Besiedlung des Landes. Ich malte einen alten Mann und eine alte Frau. Das Paar saß in der Mitte eines Feldes zwischen Dornen und Insekten und ruhte sich in der Sonne aus. Klar, dass sie ein anderes Poster wählten, ich bin durchgefallen. Stell dir vor, ich hätte Erfolg gehabt. Du hättest die Briefmarke in dein Album geklebt und hättest nichts gewusst. Vielleicht willst du mich heiraten?«

Ich sagte:

»Bitte?«

Tova sagte:

»Das Meer, die Dünen, der Himmel, das Feuer, der Wind, alles ist voller einfacher Beweise. Wie kommt es, dass wir stur sind und uns nicht überzeugen lassen, wir wollen noch nicht einmal hinhören und rennen atemlos von einer Nacht in die andere, als wäre unser Tod eine Party, die man nicht versäumen darf. Auch du hast es jetzt eilig zu gehen. Geh, wenn du willst. Ich halte dich nicht fest. Geh. Tausche Briefmarken. Eines Tages wirst du zufällig der Mann in der Maschinengewehrstellung sein. Und ein Fremder wird zu dir kriechen, ohne dass du es mitbekommst, und er wird dich töten, ehe du den Kopf gewendet hast. Geh, geh schon, Schalom.«

»Tova«, sagte ich, »du bist doch krank. Wie kannst du jetzt eine derart wichtige Entscheidung treffen wie eine Heirat. Du solltest im Bett liegen. Du musst aufhören zu Rauchen. Hör mal, wie du hustest. Hör doch nur.«

Sie schwieg. Vielleicht hörte sie auch zu. Aber in diesem Moment hustete sie nicht, es gab auch keine Lust, sondern nur Meer und Wind und Sonne und Sand, und sie war schön und so weit weg von mir.

Wir malten Formen in den Sand. Ab und zu dachte ich in diesem Schweigen an Dinge, die mir Tova auf dem Weg zum Meer von ihrer Jugend erzählt hatte. Im Konzentrationslager gab es einen deutschen Offizier. Tova war ein fünfzehnjähriges Mädchen. Der Offizier war schlank, hatte schwarze Haare und traurige Augen. In seinem Zimmer stand ein polnisches Klavier, das aus einem geplünderten Haus stammte. Er erlaubte ihr, für ihn zu spielen. Er hörte zu und weinte vor Sehnsucht. Er nahm seinen schwarzen Ledergürtel ab und befahl ihr, ihn damit zu peitschen, für Schurken wie ihn gebe es kein Erbarmen, gebe es kein Pardon, sie musste ihn im Takt der Musik mit aller Kraft peitschen, und wenn sie nachlässig war, drückte er die Zigarette in ihrer Haut aus: Hier, oberhalb des Arms. Auf dem Nacken. An anderen Stellen, die du nicht zu sehen bekommen wirst. Er war ein unglücklicher Mensch. Er hatte einen großen Schäferhund, der Heine hieß, und dieser Hund hasste Juden und konnte sie anhand ihres Geruchs ausfindig machen. Dann biss er sie.

Im Kibbuz hatten sie einen schönen jungen Mann, einen von den verschlafenen Prinzen des Tals. Arnon hieß er. Er konnte auf den Händen gehen und seine Beine bewegten sich in der Luft.

Ich musste es sagen:

»Ich kann nicht nur auf den Händen gehen, ich kann sogar auf den Händen Treppen steigen.«

»Lügner«, sagte Tova. »Wenn du das kannst, dann zeig es mir. Ja. Hier. Jetzt.«

Ich zögerte. Und plötzlich berührte sie mich mit dem Stumpf im Nacken, und ich war völlig in ihrer Hand. Ich stand auf, zog die Schuhe aus, sprang und schlug einen Salto in der Luft. Ich landete auf den Händen und begann zu gehen. Ich lief bis zum Wasser und zurück zu Tova. Meine Muskeln gehorchten mir mit einer präzisen Leichtigkeit, ohne ein Zeichen von Anstrengung. Die alten Frauen in den Liegestühlen reckten ihre Schildkrötenhälse und beäugten mich auf Jiddisch. Sie pfiffen und klatschten. Eine gutaussehende junge Touristin sagte »Oh, là là«, wie Franzosen es tun. Ich ignorierte diese Lobesbezeugungen und setzte mich zu Tova. Sie rauchte.

»Du Süßer, du«, sagte sie.

»Jetzt habe ich mir vielleicht einen Kuss verdient«, sagte ich.

Aber Tova lächelte und küsste ihre Zigarette und sagte:

»Warte, Junge.«

Ich musste an die Zeit denken, und als sie für einen Moment den Kopf drehte, schaute ich schnell auf die Uhr. Ich hatte noch eine Viertelstunde.

»Sagen wir mal, du bist einverstanden, mich zu heiraten«,

sagte sie lachend, »stell dir vor, du hast zugesagt. Weißt du, was wir machen würden, nachdem du zugesagt hättest?«

»Wir bestellen das Aufgebot, kaufen einen Ring und erzählen es unseren Verwandten.«

»Nein. Wir gehen den Strand entlang, bis wir eine menschenleere Stelle finden, nur wir und das Wasser und die Abenddämmerung, denn bis wir dort hinkommen, wird es Abend sein. Dann ziehen wir uns aus und gehen ins Wasser. Ich werde ein Gedicht über dich verfassen. Du wirst mich zu Hirbat Yaatar bringen und mir zeigen, wie du keine Angst hattest und wie heldenhaft du warst. Und in der Nacht kehren wir zum Meer zurück, und du wirst die ganze Nacht Briefmarken auf das Wasser kleben und ich werde zuschauen und lachen.«

»Tova«, sagte ich, »du machst Witze. Und ich muss mich gleich verabschieden und gehen. Sei für einen Moment ernst. Wenn du ein Telefon hast, gib mir jetzt die Nummer, und bei Gelegenheit, wenn ich im Auftrag der Lampenschirmfabrik wieder in die Stadt komme, werde ich mich melden und wir können zusammen ausgehen.«

Darauf hatte sie keine Antwort, stattdessen bekam sie einen Hustenanfall. Die Zigarette landete im Sand. Ihr Gesicht wurde rot. Speichel flog von ihrem Mund auf mein Knie. Die Hand mit dem fehlenden Daumen ruderte verzweifelt durch die Luft. Sie ließ ihre kleine Strohtasche fallen und der Inhalt fiel in den Sand. Ich wusste nicht, ob ich mich bücken sollte, um die Sachen aufzusammeln, oder ob ich ihr vorher auf den Rücken klopfen sollte. Ich entschied mich, ihr nicht auf den Rücken zu klopfen, weil sie mich ja schon einige Male gebeten hatte, sie nicht anzufassen. Ich wartete. Aber der Husten hörte nicht auf, sondern wurde immer schlimmer, bis ich Abscheu empfand. Doch je mehr mein Abscheu wuchs, umso stärker wurde auch meine Lust, bis ich nicht mehr wusste, wie mir war.

Endlich beruhigte sie sich. Aber ich konnte mich nicht beruhigen. Sie bat mich um Verzeihung. Ich habe ihr sofort verziehen.

10.

Danach trennten wir uns und ich sah sie nie wieder.

Ich muss alles chronologisch aufschreiben. Nicht die letzten Minuten überspringen. Auch sie aufschreiben. Dieser plötzliche Wahnsinn – den Stumpf zu berühren, ihr nachzugeben, ihr hinterherzugehen, sie zu heiraten – wehzutun.

Und wie ich zu ihr sagte, in Ordnung, ich kann ein bisschen später kommen, der Briefmarkensammler wird vielleicht auf mich warten, lass uns jetzt zu jenem Ort gehen, von dem du gesprochen hast, oder in dein Zimmer. Und wie sie, statt sich zu freuen, eine Zigarette nach der anderen rauchte und ihre Lungen vor Schmerz platzten. Sie stand vor mir, vor mir und vor fremden Augen, sie schwankte, sie fasste sich mit neun Fingern an den Hals, sie röchelte, versuchte das Gedicht aufzusagen, inmitten des blutigen Schleims, als wären die Worte des Gedichts die Adresse eines Arztes oder eine Arznei, die sie vor dem Ersticken retten könnte: All die Flüsse – kcha – gehen – kcha – alle – kcha kcha – gehen dahin, und nur dort – kcha – kcha – das Meer –

Ich konnte nicht mehr stillhalten.

Ich packte sie am Arm, dann an beiden Schultern, schüttelte sie und schrie sie an, sie möge aufhören, dass sie nicht durchdrehen solle, dass sie krank sei, dass man diese Geräusche nicht aushalten könne, dass sie nach Hause gehen solle, dass ich jetzt auch gehen müsse, dass sie kein Recht habe, einem Fremden diese Verantwortung aufzuladen, schließlich stütze sie sich jetzt auf mich, man könne sie nicht allein lassen, was denke sie denn, was ich jetzt tun solle.

Mit wilden Bewegungen befreite sie sich von meinem

Griff. Sie stand, atmete schwer. Und sog den Rauch einer neuen Zigarette in ihre Lungen.

»Warte«, sagte sie leise. »warte. Das kommt auch zu dir. Du bist sehr stark. Stark und geschmeidig. Du gehst auf den Händen, bombardierst Stellungen, das stimmt. Aber es wird dir nichts helfen, denn irgendwann wird dich dein Körper verraten. Er ist ein Verräter. Und dann wirst du dich daran erinnern, wie ich dich vor ihm gewarnt habe. Du wirst es noch sehen. Du sorgst die ganze Zeit für ihn und sein Vergnügen. Dass er isst, schläft, seinen Spaß hat, du verwöhnst deinen herrlichen Körper und hütest ihn, dass ihm nichts Böses passiert, keine Schramme. Aber er ist ein Verräter. Eines Nachts wirst du aufwachen, und er wird dich mit einem Messer voller Schmerz stechen. Und noch mehr Messern aus allen Richtungen. Denk daran, was ich dir sage. Du wirst dich vor Schmerzen winden und schreien und betteln, aber er wird mit einem Messer nach dem anderen zustechen. Er wird vergessen, was du dein Leben lang für ihn getan hast. Er wird dich mitten in der Nacht wecken, du wirst in der Dunkelheit erschrocken die Augen öffnen, und er wird dich töten. In der Nacht. Es wird dunkel sein und niemand wird bei dir sein. Niemand. Keine Mutter und kein Vater, und auch der Kibbuz wird nicht da sein, und keine Frau. Nur du und dein Mörder, mitten in der Nacht, und keine Kraft der Welt wird ihn aufhalten können. Du wirst sterben. Wie ein Hund wird dein großer, guter Körper dich in der Nacht überfallen und dich ohne Erbarmen töten. Fang gleich jetzt an, ihn zu hassen, weil er ein Verräter ist und du nicht weißt, in welcher Nacht er dich töten wird. Versuche wegzulaufen. Dummkopf, renn, wenn du kannst, renn, du Dummkopf, renn auf den Händen, renn auf dem Kopf, renn, so schnell du kannst, damit ich dich nie wieder sehe. Los, renn doch.«

Sie weinte. Ihre Stimme war nicht zu hören, und auch ihr Gesicht bewegte sich nicht. Nur ihre Augen füllten sich, ohne dass ich wusste, womit. Da war das Meer. Es war heiß.

Es war spät. Ich sagte, ich müsse gehen und es wäre besser, wir würden uns als Freunde trennen. Sie lächelte mich an, beugte sich vor und begann, sich auf mich zu übergeben, mit Schwung, fast hingebungsvoll, mit lautem Schluckauf.

Ich floh vor ihr, ohne noch irgendetwas zu sagen.

An den Wasserhähnen säuberte ich mich, soweit es ging.

Dr. Elieser M. Berlin traf ich, als er sein Haus verließ. Die Mittagsstunden waren schon vorbei. Und ein anderer Briefmarkensammler war mir zuvorgekommen. Vielleicht ein andermal. Wie schade. Guten Tag. Bitte.

Um fünf Uhr verließ ich Tel Aviv. Um halb sieben war ich in Haifa. Vor acht Uhr abends stand ich schon unter der Dusche neben meinem Zimmer, seifte mich mehrmals ein, nachdem ich die schmutzigen Kleider in den Wäschesack gestopft hatte. Ich wusch auch meine Haare. Danach aß ich Salat und Brot, aber ohne rechten Appetit. Ich hörte mir ein Flötenkonzert an und trank ein Gläschen Wermut. An die Tür hängte ich ein Schild: Nicht stören, bin heute Abend nicht frei für eine Mitfahrgelegenheit. Die Mädchen kamen nicht, oder sie kamen, sahen das Schild und gingen wieder. Die seltene österreichisch-ungarische Briefmarke steckte ich wieder an ihren Platz: eine im Fluss badende Frau. Am Ufer die Gazellen.

Danach blätterte ich in meinen Alben und beschloss, dass ich alles, was mir an diesem Tag widerfahren war, chronologisch geordnet aufschreiben sollte. Was ich nicht geschrieben habe, war nicht chronologisch, und ich schaffe es nicht, alles aufzuschreiben.

Jetzt fällt ein Lichtkreis auf meinen Tisch. Das schwere, in Hirschleder gebundene Album aus Warschau liegt offen vor mir, die Seite von Bosnien-Herzegowina aufgeschlagen. Bosnien-Herzegowina gibt es nicht mehr und die letzte Briefmarke auf dem Blatt ist sowieso die letzte. Für immer. Wieder höre ich Musik, und auch jetzt habe ich ein Flötenkonzert gewählt. Draußen herrscht vollkommene Stille, wenn man die Frösche und die Grillen außer Acht lässt. Ich habe keine Ansprüche, nicht ihr gegenüber und nicht an mich selbst, auch nicht an die Philatelisten. Ich mache mir in aller Ruhe Gedanken über Flüsse: Die Quellen bilden Rinnsale, diese werden zu Bächen und fließen in Flüsse, die wiederum große Ströme bilden und ins Meer fließen. Das Meer bleibt. Woher kommt dieses plötzliche und heftige Verlangen, jetzt, in dieser Minute, zu sterben.

(1963)

Die Verbesserung der Welt

Sein Leben lang lebte er vom Hass.

Er war ein einsamer Mensch und in seinem Herzen sammelte sich Verzweiflung. In den Nächten erfüllte ein schwerer Geruch sein Junggesellenzimmer am Rande des Kibbuz. Seine eingesunkenen strengen Augen sahen Formen in der Dunkelheit. Der Hasser und sein Hass halten sich gegenseitig am Leben. Das hat es schon immer gegeben: Ein einsamer Mensch mit zermarterter Seele, der seine Verzweiflung weder durch Weinen noch durch Geigespielen lindern kann und der seine Verzweiflung auch nicht dadurch hätte lindern können, dass er seine Fingernägel in das Fleisch derjenigen Menschen schlägt, die er hasst – mit den Jahren wird er mehr und mehr in die Enge getrieben, bis er zwischen Wahnsinn oder Selbstmord wählen muss und das Leben um ihn herum erleichtert aufatmet, sobald er seine Wahl getroffen hat.

Gute Menschen fürchten den Hass und glauben nicht an ihn. Wenn er vor ihren Augen erscheint, ziehen sie es vor, ihm andere Namen zu geben, und nennen ihn Hingabe oder sogar Gottesfürchtigkeit.

Deshalb galt er in unserem Kibbuz als ein Mann, der nach seinem Glauben lebte und aus diesem Grund mit der Welt und mit uns streng war. Er war nicht Teil der Kibbuz-Führung. Seine Hingabe bescherte ihm keine wichtigen Positionen oder andere Ehrungen wie die Berufung in Ausschüsse oder die Teilnahme an Konferenzen. So geschah es, dass wir ihn im Laufe der Jahre mit einem Heiligenschein versahen; ein Heiliger, der sich aus Bescheidenheit von der Welt zurückgezogen hatte.

Dieser Heiligenschein schützt ihn vor Gerede. Es lässt sich zwar nicht bestreiten, dass er anders ist als die anderen, er spricht wenig und arbeitet viel. In der Tat, ein einsamer

Mensch. Was soll man machen. Aber solchen Menschen ist es zu verdanken, dass der Kibbuz besteht. Und auch wenn er zuweilen harsche, bittere Worte zu uns sagt: Wir müssen zugeben, dass unser Alltag nicht immer unseren Idealen und Träumen entspricht und wir deshalb durchaus Rüge und Tadel verdienen.

Er ist für die Maschinen zuständig.

Morgens um sechs Uhr klingelt bei ihm der Wecker. Er steht auf, streift seine ölige Arbeitskleidung über und geht hinunter zum Speisesaal. Er kaut eine dicke Scheibe Schwarzbrot mit einem Berg Marmelade und spült alles mit Kaffee hinunter. Danach, von Viertel nach sechs bis neun Uhr, die Hände schwarz vom Maschinenöl, arbeitet er in einem Blechschuppen, dessen Dach im Sommer von der Hitze bis zur Weißglut erhitzt und im Winter vom Regen, der einen eintönigen Rhythmus trommelt, getroffen wird. Um neun kehrt er zurück in den Speisesaal, wäscht seine mit Petroleum verschmierten Hände zuerst mit Kernseife, dann mit normaler Seife, um das schwarze Öl von seinen Händen zu kriegen. Aber es geht nie ganz weg und das Schwarz wird lediglich zu Grau.

Während des Frühstücks gleiten seine Augen über die ersten Seiten der Tageszeitung, auf der Suche nach Nachrichten, die seinen Hass nähren könnten, wie etwa Verbrechen, Korruption oder Verrat an den Idealen, in deren Namen der Staat gegründet worden war.

Nach dem Frühstück kehrt er in den Schuppen zurück. Hier führt er Krieg mit Zahnrädern, mit Gummibändern, mit Vergasern und Radiatoren, mit Zündkerzen und Batterien. Wir halten ihn für einen ausgezeichneten Mechaniker und sind von seiner Arbeit und seiner zurückhaltenden Art begeistert. Er kämpft mit den Geräten und Metallteilen, als hätten sie einen Geist, und als wäre dieser grundsätzlich verräterisch und widerspenstig und seine Aufgabe bestünde darin, den Geist zu überwältigen und zur Vernunft zu bringen.

Nur selten legt er ein Teil beiseite und zischt: »Vergeblich. Damit kann man nichts mehr anfangen. Man muss ein neues Teil kaufen.« In diesen seltenen Fällen ist er wie ein General, der eine Niederlage erlitten hat und sich, wenn auch zähneknirschend, dafür entscheidet, sie mit Würde zu tragen.

In den meisten Fällen schafft er es aber, die kaputten Teile zu reparieren und instand zu setzen. Wenn sich seine eingesunkenen Augen in die widerspenstige Ölpumpe graben, steckt in seinem Blick unterdrückte Wut und unendliche Geduld. Pädagogische Geduld, haben wir es einmal genannt.

Zwei Ausdrücke benutzt er sehr oft, »Abwarten und sehen«, und »insofern als«. Und manchmal murmelt er zwischen zusammengepressten Zähnen:

»Also wirklich.«

Sein Körper ist schwer, vor lauter Schwere sieht es manchmal so aus, als würden die Linien und Konturen seines Körpers und seines Gesichts langsam zu Boden gezogen werden, als leide er mehr als andere Menschen unter dem Gesetz der Schwerkraft. Die Falten in seinem Gesicht, auch die verbitterten Falten um seinen Mund, die breiten, gebeugten Schultern, seine Hände, sogar seine grauen Haare, die ihm ständig in die Stirn fallen: alles an ihm scheint durch eine unwiderstehliche Kraft zu Boden gezogen zu werden.

Um halb eins verlässt er den Schuppen und geht zum Speisesaal. Er häuft sich den Teller voll mit Fleisch, Kartoffeln und verschiedenen Gemüsesorten, die er nicht unterscheiden kann. Er zermalmt das Essen mit kräftigen Kieferbewegungen, und seine Augen schweifen wieder über die Schlagzeilen der Zeitung und entdecken in allem das Faule und Korrupte.

Um Viertel nach eins kehrt er in den Maschinenschuppen zurück und arbeitet bis fast vier Uhr. Das sind die schwersten Stunden. Im Sommer glüht der Schuppen wie Feuer, und im Winter dringen die Krallen des eisigen Windes durch die zerbrochenen Fenster. Er atmet hörbar schwer, beharrt aber darauf, weiterzuarbeiten. Er hat einen schwarzen Sack aus Leinen, den er auf dem Betonboden unter jeweils derjenigen Maschine ausbreitet, unter die er dann kriecht, um den Motor von unten zu begutachten. Seit siebenundzwanzig Jahren ist er nicht einen Tag lang krank gewesen.

Nach der Arbeit geht er wieder in den Speisesaal. Wie morgens um sechs schiebt er sich ein Schwarzbrot mit Marmelade in den Mund und spült alles mit einem Glas warmer Milch hinunter. Dann geht er in sein Zimmer. Er duscht, rasiert sich, legt sich auf sein Junggesellenbett und liest die Zeitung, bis er einschläft. Bis zum inneren Teil der Zeitung ist er da noch nicht gekommen.

Die Abenddämmerung weckt ihn aus seinem Schlummer, als würde sie ihn beißen. Zu dieser Stunde empfindet er immer große Angst, eine Art Druck, eine böse Vorahnung: Als wäre die Abenddämmerung endgültig. Als wäre sie für immer. Er schlüpft schnell in die Hose, kocht sich einen Kaffee, setzt sich in den gepolsterten Sessel und macht sich an die inneren Seiten der Zeitung. Wenn er den Leitartikel liest, die Kolumnen und die Kommentare, die Reden der Parteiführer und die Analysen, überfällt ihn ein fast körperlicher Schmerz. Seine Gesichtszüge werden mönchisch streng, züchtigend, erbarmungslos: Ausgelöscht seien ihre Namen und ihr Gedenken. Was tun sie uns an. Warum vernichten sie alles, was gut ist. Aus seinen Augen strahlt eine graue, richterliche Weisheit. Seine Lippen zittern. Manchmal blitzt in seinen Augen ein Funken Hass auf, ein Hass, der von den anderen als Hingabe oder Gottesfürchtigkeit verstanden wird. Mit dem Bleistift macht er sich Notizen auf den Rand der Zeitung. Keine Wörter, nur Zeichen, ein Fragezeichen, ein Ausrufezeichen, eine Unterstreichung. Oder zwei Ausrufezeichen. Manchmal allerdings streicht er auch wütend ganze Passagen durch.

Die Abenddämmerung weicht der Dunkelheit. Er muss das Licht anmachen. Das elektrische Licht schmerzt in den Augen und vermindert die Wachsamkeit, ohne die man nicht denken kann. Vor dem gelben Licht fürchtet er sich, als wollte es ihn bestechen und seine Sätze verdrehen. Die klaren Überlegungen verlieren ihre Konturen, und nach einer halben oder einer Stunde hat er schon Erscheinungen. Er ist nicht mehr in der Lage, den Anforderungen einer scharfen Analyse zu genügen. Er hat nicht mehr die Kraft, das Tagesgeschehen im Licht des höchsten Gerichts zu beurteilen: der Lehren der großen Visionäre, der Väter der Bewegung. Und er ist zu müde, um ein Urteil zu fällen. Das elektrische Licht ermüdet seine Augen. Er starrt vor sich hin. Er hat Visionen. Mit den Visionen kommt der Schmerz. Sein Gesicht verliert den grauen, weisen Ausdruck, den man mit einiger Mühe als anziehend oder spirituell bezeichnen könnte. Ohne diesen Gesichtsausdruck ist er jedoch ein hässlicher Mann, fast unerträglich hässlich – so hässlich, dass die Kinder im Kibbuz ihn hinter seinem Rücken den bösen Haman nennen und mit den Fingern auf ihn zeigen.

Aber die Stunde zwischen Abenddämmerung und Dunkelheit ist für ihn die schönste Stunde des Tages. Bis er dazu gezwungen ist, das Licht anzumachen und sich der Müdigkeit und der Verschwommenheit zu ergeben, hat er genug Zeit, die Dinge klarzustellen. Aus purem, kaltem Hass studiert er, was in der Zeitung steht. Mit messerscharfer Präzision formuliert er, Paragraph für Paragraph, die Anklage, wie der Staat die Vision der Gründer verraten und verhöhnt hat und wie er sich prostituiert. Das ganze Volk frisst, säuft und stellt die edelste Vision auf den Kopf. Der Judenstaat sollte ein neues Kapitel in der Geschichte der Juden aufschlagen, und nun läuft er ins Verderben und feiert sein letztes, ausgelassenes Fest, um die schreckliche Geschichte der Juden glücklich zu beenden. Doch die schreckliche Geschichte der Juden ist in vollem Gang. Die Messer werden immer noch geschliffen.

Über Generationen hinweg waren die Juden ein tiefgründiges und furchterregendes Volk. Jetzt sind sie zu einem levantinischen Mob geworden, fröhlich, korrupt, auf ständiger Suche nach Neuem und mit einem unstillbaren Hunger nach Ausschweifungen. Bis eines Tages der Feind kommt und seine Beute wie aufgegebene Eier einsammelt; dann werden uns die Augen aufgehen und wir werden feststellen müssen, dass nichts mehr zu retten ist. Nationen haben nie aufgrund militärischer Niederlagen oder wirtschaftlicher Schwierigkeiten zu existieren aufgehört. Und das verstehen sie nicht; sogar diejenigen nicht, die sich damit brüsten, ihre Führer und Nachfolger der Gründer zu sein. Große Nationen verfaulen, werden dekadent, und erst dann kommt der Feind. Mitten im Gelage tritt er durch das Tor, während die Verteidiger betrunken in ihrem Erbrochenen liegen. Wie ein Donner aus heiterem Himmel wird die Zerstörung eines Tages über uns kommen. Mitten im großen Fressen. Nicht der Krieg wird das Land verwüsten, sondern die Fäulnis. Der Gestank erfüllt bereits die Luft, es wird schon Abend, und alles wird trüb und beginnt sich aufzulösen in dem gelben Licht der elektrischen Lampe. Ich hätte vielleicht einen Brief an die Redaktion schreiben sollen. Aber wer bin ich schon.

Eine gute Brille hätte sein Leiden vielleicht gelindert. Diese einfache Lösung fällt ihm jedoch nicht ein. Vor Müdigkeit und Schmerz blinzelt er in das gelbe Licht und hat Erscheinungen. Rundliche, geschminkte Frauen tauchen vor seinen Augen auf, die durch die Stadt laufen, als wären sie nur dazu geboren, sich und den anderen Freude zu bereiten; junge Männer, angezogen wie die Amerikaner im Kino, sie tragen stilvolle Krawatten, die mit silbernen Krawattennadeln befestigt sind, und schicke Sonnenbrillen. Sie haben in ihrem Leben ein Ziel vor Augen. Und die Nachkommen der Makkabäer, die Erben der Verteidiger, verbringen ihre Zeit damit, die öffentlichen Telefonzellen zu zerstören oder nachts in den Straßen obszöne Lieder zu grölen. Sie sind wie Messerstiche ins Herz der Stadt. Er sah das unverschämt tiefe Dekolleté des Kleids seiner jüngeren Schwester Esther und die

Silhouette ihres Körpers auf der Gangway des italienischen Fliegers: der Abschied am Flughafen in Lod. Nur für wenige Jahre würden sie das Land verlassen, sie und ihr Mann Gideon, bis Gideon befördert wird und eine ordentliche Stelle in einem Büro bekommt, die es ihm ermöglicht, sich endgültig in seiner Heimatstadt niederzulassen, ohne jemals wieder wie ein kleiner Angestellter von einer fremden Hauptstadt in die andere fliegen zu müssen. Der Körper seiner Schwester bei der Umarmung, im Moment des Abschieds. Der Anblick des Flugzeugs. Der Lärm der Menschen, die ankamen und abflogen, und ihrer Begleiter. Die Kellner, die jeden mögen, ohne Ausnahme, und ich mittendrin in dieser Hässlichkeit, wie ein böser Geist: Warum fahren sie alle, worüber freuen sie sich, was soll das, in diesen Zeiten sollten wir doch zusammenstehen und alle wie Träumer nach Zion ziehen.

Und dann das Geräusch von Reifen auf dem dunklen Asphalt, wie geiles Flüstern mitten in der Nacht. Zwei Uhr morgens, im Fluss der bunten, leisen und starken Autos sitzen Juden einer neuen Generation, frei, immer zu zweit, Mann und Frau, wohin fahren sie alle, morgens um zwei. Wer wird morgen früh aufstehen, um zur Arbeit zu gehen. Und wer braucht diese neuen Gebäude aus Glas und Beton, geformt wie die Hüften einer Frau. Der unreine Samen Amerikas auf dieser Traumerde. Sogar der hebräische Polizist lächelt mich höflich und aufgesetzt an, weltmännisch, als nähme auch er teil an der allgemeinen guten Laune, der neuen Sinnlichkeit, einem kalten, verklemmten Humor, der nichts anderes ist als Lüsternheit, Posse und Unreinheit. Wir sind gekommen, um auf dieser Erde eine Vision zu verwirklichen, und nun ist alles Kino und Hollywood. Das Land Israel ist eine Hure. Ein Mann, der sein Land hasst, ist ein Verräter. Aber ein Mann, der die Hure hasst, die ihn verraten hat, ist der betrogenen Vision treu. Auch wenn die Augen bis zum Wahnsinn schmerzen, kann er doch noch in der Nacht im Kibbuz einen Spaziergang machen und ein gutes Abendbrot genießen, mit einer großen Portion Salat, mit Sauerrahm und Hering und drei Scheiben Brot mit Schnittkäse und zwei Tassen Tee. Falls er neben einer vernünftigen Person sitzt, kann er mit ihr ein Gespräch führen. Nicht über die Taktik der Partei, ihre Siege und Niederlagen, sondern über die Verbesserung der Welt.

Nach dem Abendessen verlässt er den Speisesaal nicht, sondern setzt sich an den Tisch, an dem man die Abendzeitung liest. Diese Zeitung bringt der Schatzmeister aus der Stadt mit. Ein Ring alter Kibbuzmitglieder bildet sich um die Zeitung. Manche lesen stehend, über die Köpfe der Sitzenden hinweg. Und manche der Sitzenden müssen auf dem Kopf lesen. Langsam baut sich ein Gespräch auf, man diskutiert. Zu Beginn geht es um Kommentare, Bemerkungen, Vergleiche zwischen heute und früher. Dann erhitzen sich die Gemüter, weil darüber diskutiert wird, wie der Zustand ist und sein sollte und was wir diesbezüglich machen sollten. Es gibt Moderate und Extremisten, und es gibt welche, die den goldenen Mittelweg finden.

Die meisten sind nicht dazu in der Lage, abzuschätzen, wie weit die Dinge schon gediehen sind. Vielleicht lügen sie sich auch bewusst etwas vor. Es ist seine Pflicht, ihnen die Augen zu öffnen, wenigstens ihnen, es sind doch die letzten Getreuen. Er beginnt ihnen zu erklären, wie die Fäulnis die Wurzeln bereits befallen hat. Wie dieses verrückte Land sich ins eigene Fleisch schneidet, ohne es zu merken. Noch wächst das Gebäude weiter und verzweigt sich. Augenscheinlich errichtet man neue Siedlungen, man baut neue Straßen. Wer sich jedoch in Biologie auskennt, weiß, dass auch der tote Körper noch Haare und Nägel wachsen lässt, bis er vollkommen verwest ist. Das Gebäude ist zum Einsturz verurteilt, verfault wird es in sich zusammenfallen. Der bösartige Tumor wird die Hure aufzehren. Das Gegröl der Betrunkenen, die kleinbürgerliche Arroganz und die leeren Worte werden den Verrat nicht vergessen machen. Das Volk hat seine Führer verraten, und die Führer haben ihr Volk verraten. Und beide haben die Vision verraten. Der Kibbuz hätte die Masada des dritten Tempels sein können. Aber auch sie wurde verraten und ihre Anführer und ihre Mitglieder sind gemeinsam zur Hure gegangen.

Die Anwesenden halten das alles für überzogen. Aber die Veteranen wissen, dass darin heilige Wut steckt und vielleicht auch die Wahrheit, und es ist gut, dass einige junge Menschen diese Worte hören, so wie sie gesagt werden, vielleicht berühren sie ihr Herz.

Aber die jungen Leute, es sind drei oder vier, grinsen: Sie begreifen nicht, wie man ein begnadeter Mechaniker sein kann und zugleich so ein Idiot.

Da die Diskussion von Arbeitern geführt wird und nicht von Partygängern, pflegen sie in der Regel um zehn Uhr abends Schluss zu machen und zu sagen:

»Wir reden später darüber weiter. Wir werden das prüfen.«

Jeder geht in sein Zimmer, und nur die Wachleute der Nachtschicht bleiben auf, aber sie gehen nicht in die Nacht hinaus, um am Zaun Wache zu halten, sondern sie bleiben noch länger im Speisesaal sitzen, trinken Tee in kleinen Schlucken, um die Zeit totzuschlagen, machen vergeblich der Kameradin den Hof, die im Kinderhaus sein sollte und nicht hier. Nichts ist so, wie es sein sollte.

Der Mann geht zu seinem Zimmer. Er überquert den Rasen und sieht einen vergessenen Rasensprenger und ein Wasserrohr mit einem Leck. Er muss seinen Hass unterdrücken. Als ob er nichts gesehen hätte. In sein Zimmer gehen und das Licht anmachen. Schon wieder quält die Lampe seine Augen. Trotz seiner Müdigkeit nimmt er von dem groben Holzregal einen alten Band und liest in den Schriften der Gründer. Andere ernähren sich von dem, was sie in ihrer Jugend gelesen haben, ohne zu merken, wie das Vergessen ihren Glauben auffrisst. Er jedoch bleibt dabei und kehrt Abend für Abend zurück zu dem, was man ihm vor vielen Jahren in der Jugendbewegung der Pioniere in Litauen beigebracht hat. Inbrünstig vertieft er sich in die grausame Schönheit der Vision: Die Väter der Bewegung haben zwar noch kein geschliffenes Hebräisch geschrieben, aber ihre Gedanken waren geschliffen und es fehlte nicht an analytischem Reichtum. Und die volle Bedeutung mancher Seiten erschließt sich erst jetzt, in dieser hässlichen Zeit.

Nach ein paar Seiten überwältigt ihn die Müdigkeit: Ein nicht mehr junger Mann, der täglich stundenlang schwere, körperliche Arbeit verrichtet, ringt am Abend unter Aufbietung all seiner Kräfte mit den Ideen und untersucht sie. Er hätte weiterlesen wollen, aber er schafft immer nur wenige Seiten, der Körper ist erschöpft.

In der Nacht wird der Geruch in seinem Zimmer dichter. Selbst im Sommer, wenn die Fenster sperrangelweit offen sind. Vor diesem Geruch gibt es kein Entrinnen. Die nächtlichen Geräusche fallen über ihn her, sobald er das Licht löscht und einzuschlafen versucht. Sogar ein Mensch mit einer klaren Weltsicht ist gegen diese wilden Stimmen nicht gefeit.

Er möchte in diesen Stimmen ein Echo seiner Gedanken hören, sei es, indem er die Wörter Geist und Geister miteinander verbindet, sei es, indem er das Heulen der Schakale in das Weinen der Füchse übersetzt – ein bekanntes Gleichnis für die Zerstörung von Königreichen, für Wahnsinn und Tod. Aber die nächtlichen Geräusche bei uns im Kibbuz, zwischen den Bergen und den geschwungenen Tälern, sind stärker als alle Gleichnisse, sie reißen alles mit sich und fallen in der Nacht über dich her und die Worte verlieren sich.

Er war ein einsamer Mensch, und in seinem Herzen sammelte sich Verzweiflung. Der Hasser und das Objekt seines Hasses halten sich gegenseitig am Leben. Das hat es schon immer gegeben. Vor vielen Jahren hatte er eine Frau gehabt:

Eine Überlebende, eine seltsame Frau, sehr dünn, böse, sie hatte den Aufstand in irgendeinem Konzentrationslager überlebt. Sie kam zu uns, um ihm zu berichten, wie heldenhaft seine beiden Brüder gestorben wären, auf die Deutschen schießend, bis sie keine Munition mehr hatten. Am Schluss erzählte sie ihm, wie sie ihn gefunden hatte und wie sie zum Kibbuz gekommen war. Sie redete lange. Als sie fertig war, war es schon Nacht. Deshalb blieb sie über Nacht. Und auch in der Nacht darauf. Sie war einige Jahre älter als er.

Nach der Hochzeit wollte sie mit ihm den Kibbuz verlassen. Sie zählte auf die Unterstützung durch ihre Verwandten, und damit und mit dem Geld der Wiedergutmachung wollte sie eine neue Existenz aufbauen und ein gutes Leben führen: Der Kibbuz war zwar ein guter Ort, aber nicht für sie. Sie hatte für das jüdische Volk genug gelitten, nun sollten andere leiden, und sie würde endlich ein bisschen was vom Leben haben.

Mager und boshaft war sie. Ihr Körper konnte seinen Hunger nicht stillen. Nach einigen Monaten trennten sie sich. Sie ging fort, er blieb. Mit dem Geld von ihren Verwandten und mit der Wiedergutmachung eröffnete sie einen Modesalon für Frauen, der demjenigen, den sie damals in Warschau geführt hatte, in nichts nachstand.

Da sie nicht noch einmal geheiratet hat, besucht er sie weiterhin, wenn er, was selten vorkommt, in die Stadt fährt. Dann bettelt er um ihren Körper. Manchmal erlaubt sie es ihm, ungern, mit einem Seufzer, sie protestiert, sie bittet ihn, es schnell zu machen, und wirft sich selbst ihre Großzügigkeit vor, die schon immer zu Problemen geführt habe. Danach serviert sie ihm Kaffee. Er fängt eine Diskussion mit ihr an, über Zweck und Ziel. Er hasst sie zwar von ganzem Herzen, aber das ist der Hass des Tages, und der ist völlig anders als der Hass der Nacht, auf den die nächtlichen Geräusche von draußen antworten.

Die Nacht ist lebendig und atmet. Seine versunkenen,

strengen Augen sehen in der Dunkelheit Formen. Das Zimmer ist nicht sauber. Überall ist Staub. Unter dem Bett liegt ein Paar vergessene Socken. Das Zirpen der Grillen kommt in Wellen. Von weitem ist Vieh zu hören. Muhen. Ein Schrei. Ein Traktor rattert auf einem fernen Acker. Hunde bellen, als wären sie verrückt geworden. Das Lachen junger Paare, die den Rasen überqueren und in der Dunkelheit des Wadis verschwinden. Ausgelöscht seien ihre Namen und ihr Gedenken. Im Weinberg streunen die Schakale. Ein Ostwind bläst aus der Wüste und schlägt die Wipfel der Bäume, um sie vor dem Feuer und dem Beil, für das sie wachsen, zu warnen, und auch das ist nichts Neues.

Er möchte das Radio anmachen, um diese Geräusche, die ihn verrückt machen, zu übertönen. Und was gibt es im Radio? Anzüglichen Gesang, ein anstößiges Lied, eine heiße, feuchte Stimme, so schmachtend, dass man es nicht aushält. Er macht das Radio aus und verflucht die Sängerin, und inzwischen sind alle nächtlichen Geräusche wieder da. Auf einen Schlag schläft er ein, es ist wie der gnädige Schlag auf den Kopf eines sterbenden Pferds.

Im Schlaf sieht er üppige Frauen mit breiten Hüften, lachend, mit offenen Haaren.

Und dann kann es passieren, dass man in der Nacht einen Schrei hört. Die Wächter sagen: »Der Arme. Was soll man machen.«

Ein paar Tage vor dem Neujahrsfest fuhr er nach Tel Aviv, um in der Stadt mögliche Ersatzteile für seine Motoren zu prüfen und vielleicht eine neue Sorte amerikanischer Kolben zu bestellen.

Wie immer besuchte er seine Geschiedene und sie servierte ihm Kaffee. Sie redeten ein bisschen über Neuigkeiten und deren Zweck und Ziel. Er wollte mit ihr schlafen. Sie lehnte ab, und er bettelte ein bisschen. Aber umsonst: Es stellte sich heraus, dass sie bald wieder heiraten würde. Nein, nicht aus Liebe. Was für eine verrückte Idee: Wer heiratet in ihrem Alter und mit ihrer Erfahrung aus Liebe? Nein. Der Bräutigam stammte ebenfalls aus Warschau, auch er hatte seine frühere Familie verloren, auch er wurde wie durch ein Wunder gerettet, und auch er handelte mit Damenoberbekleidung. Zusammen könnten sie es weit bringen.

Der Mann trennte sich von seiner Geschiedenen, ohne ihr zu gratulieren.

Er ging mit unsicheren Schritten durch die Stadt. Langsam wurden seine Schritte sicherer, sogar wütend. Zunächst ging er zur Wohnung seiner Schwester und seines Schwagers, als hätte er vergessen, dass sie in Europa waren und mindestens noch ein oder zwei Jahre dort bleiben würden, zumindest bis zu Gideons Beförderung.

Die Mieter behandelten ihn höflich: Sie dachten, er sei gekommen, um den Zustand der Möbel zu inspizieren. Sie versicherten ihm, dass sie gut auf die Möbel aufpassen würden, luden ihn ein, hereinzukommen und etwas zu trinken, damit er sich mit eigenen Augen überzeugen könne, dass die Sachen in guten Händen waren. Er aber blieb an der Tür stehen, beschimpfte die Mieter und ging wieder. Bis zum Abend lief er durch die Straßen von Tel Aviv und sah, dass alles verloren war. Abends gingen die Neonlichter in den Straßen an und taten seinen Augen weh. Deshalb bog er in dunklere Gassen ab. Kurz vor Mitternacht erreichte er das Handelshaus für landwirtschaftliche Ausrüstung, in dem er die neuen Kolben, von denen er in einem Prospekt gelesen hatte, prüfen und vielleicht auch kaufen wollte. Die Gasse war dunkel und das Geschäft geschlossen. Eine Welle des Hasses stieg in seiner Brust empor, bis er seinen eigenen Atem hören konnte: Dieses korrupte Pack, sie haben den Laden geschlossen, haben alles hinter sich gelassen und sind losgezogen, um mit den Frauen zu feiern. Wie wunderbar waren doch die Väter der Arbeiterbewegung, die alles prophezeit und uns im Voraus gewarnt haben. Wir haben uns über ihre Schriften lustig gemacht. Auch der tote Körper lässt noch Haare und Fingernägel wachsen, bis er völlig verwest ist.

Am Ende der Gasse sprach er eine Prostituierte an, ging mit ihr in ein billiges Hotel und gab ihr das Geld, mit dem er die Kolben hatte kaufen wollen. Er blieb bis zum Morgen bei ihr und hasste sie und sich selbst unendlich. Am nächsten Tag fuhr er zurück zum Kibbuz, beschäftigte sich mit den Maschinen, las die Neujahrausgabe der Zeitung von vorn bis hinten und wartete darauf, dass es dunkel wurde. In der Nacht ging er zur Obstplantage und hängte sich an einem Baum auf. Nach dem Feiertag fanden wir ihn, hielten eine Trauerrede und sprachen über seine bescheidene Hingabe an das Ideal, das wir alle miteinander teilten.

Die Beerdigung eines Mannes, der sein Leben der Verbesserung der Welt gewidmet hat, ist nicht anders als andere Beerdigungen, und wir haben nichts hinzuzufügen. Er war ein einsamer Mensch. Möge seine Seele in das ewige Leben eingebunden sein.

(1964)

Ein ausgehöhlter Stein

I.

Am Tag darauf gingen wir hinaus, um die Schäden zu begutachten.

Der Sturm hatte unsere Ernte vernichtet. Die zarten Sprösslinge des Wintergetreides waren verschwunden, als hätte man sie mit einem riesigen Tuch weggewischt. Junge Bäume lagen entwurzelt, alte Bäume gekrümmt am Boden: geküsst von einem grausamen Ostwind. Die schlanken Zypressen hingen schlapp herunter, als wäre ihnen das Rückgrat gebrochen worden. Die Wipfel der Palmen der Allee im Norden unseres Kibbuz, die die Gründer vor dreißig Jahren gepflanzt hatten, nachdem sie hierhergekommen waren und die kahlen Hügel vorgefunden hatten, waren vom Sturm geköpft worden. Ihre stumme Unterwerfung hatte sie nicht vor dem Zorn retten können. Die Wellblechdächer der Scheunen und Schuppen waren weit davongeflogen, alte Baracken aus ihren Fundamenten gerissen. Die ganze Nacht hatten die Fensterläden an die Wände geklopft, als würden sie um Rettung flehen. Auch sie hatte der Wind weggerissen. Die ganze Nacht war ein einziges Heulen, Schreien und Ächzen gewesen, bis mit der Morgendämmerung Stille eingetreten war. Wir gingen hinaus, um die Schäden zu begutachten, über zerbrochene Gegenstände steigend.

»Das ist nicht normal«, sagte Felix, »es ist doch schon Frühling.«

»Ein Taifun. Hier, bei uns. Ein echter Tornado«, sagte Sejger mit Ehrfurcht und Stolz.

Weissmann fasste zusammen:

»Der Schaden lässt sich als sechsstelliger beziffern.«

Sofort beschlossen wir, die Behörden und die Kibbuzbewegung um Hilfe zu bitten. Wir kamen ferner darin überein, Handwerker anzuwerben, damit sie bei uns ein paar Tage als Freiwillige arbeiten. Und wir nahmen uns vor, nicht die Nerven zu verlieren und sofort mit der Arbeit zu beginnen. Wir würden diese schlimme Prüfung bestehen, wie wir auch in der Vergangenheit schon Prüfungen bestanden hatten, wir würden uns nicht unterkriegen lassen. So ungefähr würde Felix am Freitag im Rundschreiben des Kibbuz schreiben. Wir würden einen klaren Kopf behalten.

Was Klarheit betraf, mussten wir nur den Morgenhimmel betrachten. Eine glanzvolle Klarheit, wie geschliffen. Schon lange nicht mehr hatten wir so einen klaren Himmel gesehen wie an jenem Morgen, an dem wir uns aufmachten, die Schäden abzuschätzen, und unsere Füße über zerbrochene Gegenstände stolperten.

2.

Eine kristallklare, bläuliche und außergewöhnliche Ruhe hatte sich auf die Hügel gesenkt. Die Frühjahrssonne schien auf die Berge im Osten, das Licht war rein und durchsichtig, und viele Vögel zwitscherten aufgeregt. Es war windstill, die Luft wurde von keinem Staub getrübt. Wir gingen von einem Ende des Kibbuz zum anderen, diskutierten, machten Notizen in ein Heft, trafen Entscheidungen und gaben sofortige Instruktionen aus. Wir vermieden jedes überflüssige Wort, unsere Stimmen waren leise und fast feierlich.

Verletzte: Der alte Nevidowski, der Wächter, leicht verletzt, getroffen von einem schweren Balken. Schulter verrenkt, aber nicht gebrochen (Diagnose des Arztes im Bezirkskrankenhaus). *Elektrizität*: Stromkabel an mehreren Stellen abgetrennt. Am wichtigsten: Stromnetz abschalten, bevor die Kinder hinausgehen und alles anfassen. *Wasser*: Im Hof überflutete Stellen, im Kinderhaus kein Wasser. *Nahrungs-mittel*: Heute nur Brote, mit kaltem Fleisch, dazu Limonade. *Fuhrpark*: Ein Jeep kaputt; einige Traktoren unter herabge-stürzten Trümmern begraben. Im Moment nicht festzustel-len, wie sehr beschädigt. *Funk*: Beide Telefone außer Betrieb. Mit dem Transporter in die benachbarte Kreisstadt fahren, herausbekommen, was in der Nacht anderenorts geschehen ist und was die Außenwelt von unserem Zustand erfahren hat.

Felix schickte den Transporter los und ging zu den Säug-lingshäusern. Von dort zu den Kuhställen und Hühnerstäl-len. Von dort zu unserer Schule, wo er anordnete, dass der Schulbetrieb spätestens um zehn Uhr wiederaufgenommen werden solle. »Um jeden Preis und unter allen Bedingun-gen.«

Energische Betriebsamkeit zeichnete Felix aus und brachte seinen kleinen, kompakten Körper zum Pochen. Er verstaute die Brille in der Hemdtasche. So sah sein Gesicht ganz an-ders aus, es war das Gesicht eines Kriegers, nicht eines Den-kers.

Überall im Hof rannten die befreiten Hühner umher, un-bekümmert da und dort in der Erde scharrend, als hätten sie schon vollkommen vergessen, dass sie in Käfigen mit Futter-rinnen auf die Welt gekommen und gezüchtet worden waren und nicht, so wie die Hühner früher, in einem Dorf.

Das Vieh zeigte Zeichen eines leichten Schocks: Immer wieder hoben die Kühe ihre dummen Köpfe und suchten das Dach, das der Sturm weggeweht hatte. Ab und zu muh-ten sie bitter und lang, als wollten sie uns vor Böserem war-nen, das uns noch bevorstehe. Der große Strommast war auf das Dach von Batja Pinskis Haus gefallen und hatte die Dachziegel zertrümmert. Um fünf nach acht zertraten die Elektriker bereits ihr Chrysanthemen-Beet, um eine proviso-rische Leitung zu legen. An erster Stelle für die Reparaturar-beiten am Stromnetz standen, abgesehen von den Säuglingshäusern, das Bruthaus der Küken, die ohne Heizung in der nächsten Nacht nicht überleben würden, und die Dampfkessel, ohne die es keine warme Mahlzeit gäbe. Felix veranlasste, ihm ein Transistorradio zu bringen, damit er verfolgen konnte, was in den anderen Siedlungen los war. Es wäre vielleicht angebracht, Batja Pinski und einigen anderen Mitgliedern, die krank oder alt und einsam waren, einen Besuch abzustatten, um sie zu beruhigen und um nachzuschauen, wie sie diese Schreckensnacht überstanden hatten. Aber die gesellschaftlichen Pflichten konnten ein paar Stunden warten, bis die nötigsten Notfallmaßnahmen in die Wege geleitet waren. Aus der Küche beispielsweise wurde ein Gasleck gemeldet, man wisse vorläufig noch nicht genau, an welcher Stelle es ausströme. Außerdem konnte man bei Menschen wie Batja Pinski und den anderen nicht einfach nur kurz vorbeischauen: Sie beginnen zu reden, sie haben Beschwerden, Sorgen und Erinnerungen, und dieser extreme Morgen war nun wirklich der ungeeignetste für solche seelischen Belange.

Aus den Radionachrichten erfuhren wir, dass es sich weder um einen Taifun noch um einen Tornado gehandelt hatte, sondern um ein lokales Phänomen. Sogar Orte in unmittelbarer Nähe waren fast verschont geblieben. Die Winde aus zwei Richtungen waren über unseren Hügeln miteinander kollidiert, es entstand ein Wirbel, der nur bei uns Schaden angerichtet hatte. In der Zwischenzeit erschienen die ersten Freiwilligen, gefolgt von einem Strom Neugieriger, Radioreporter und Journalisten. Felix beorderte drei junge Männer und einen Lehrer mit viel Erfahrung zum Haupttor, um diese Welle von Eindringlingen davon abzuhalten, uns vor den Füßen herumzulaufen. Nur Befugten sollten sie Einlass gewähren. Der gefallene Strommast stand schon wieder aufrecht, provisorisch von Stahlkabeln gehalten. Bald würden die wichtigsten Einrichtungen wieder mit Strom versorgt werden. Felix zeigte, dass er beides ist, ein Mann des Wortes und ein Mann der Tat. Natürlich schaffte er nicht alles allein. Jeder von uns gab sein Bestes. Und wir würden weiterarbeiten, bis alles wieder in Ordnung wäre.

3.

Die Fenster sind beschlagen, der Petroleumkocher knistert.

Batja Pinski fängt Fliegen. Ihre Bewegungen sind für ihr Alter erstaunlich flink. Hätte Abrascha das Glück gehabt, mit ihr alt zu werden, wäre sein Spott sicherlich in Bewunderung und sogar zarte Gefühle umgeschlagen: Mit den Jahren hätte er gelernt, sie zu verstehen und zu schätzen. Aber Abrascha fiel vor vielen Jahren im Spanischen Bürgerkrieg, nachdem er freiwillig auf der Seite der wenigen, die im Recht waren, gekämpft hatte. Wir erinnern uns an die Trauerrede, die Felix für seinen Jugendfreund gehalten hatte: Es war ein nüchternes, ergreifendes Dokument, frei von leeren Phrasen, voller Glauben und Schmerz, voller Liebe und Vision. Die Witwe zerquetscht die Fliegen, die sie zwischen Daumen und Zeigefinger fängt. Aber sie ist nicht ganz bei der Sache, manche Fliegen zappeln noch, nachdem sie in die Blechtasse geworfen wurden. Es ist still im Zimmer. Man kann das Zerquetschen der Körper der Fliegen zwischen ihren Fingern hören.

Es sind uralte Artikel von Abrascha Pinski, die gerade zur Debatte stehen: Mit unermüdlicher Geduld hat Felix es erreicht, dass der Verlag der Kibbuzbewegung einen Band mit diesen Artikeln Abraschas aus den dreißiger Jahren herausbringt. Die Schriften haben nichts an Aktualität verloren. Im Gegenteil: Je weiter wir uns von den Werten entfernen, die uns damals leiteten, umso wichtiger ist es, gegen ihr Vergessen anzugehen. Und die Gesellschaft scheint hinsichtlich der dreißiger Jahre eine gewisse Nostalgie zu entwickeln, deshalb hat das Buch durchaus Chancen, gut verkauft zu werden. Nicht zu vergessen die große Beliebtheit von Erinnerungen an den Spanischen Bürgerkrieg. Felix wird das Vorwort schreiben. Veröffentlicht werden auch neun Briefe, die Abrascha aus dem belagerten Madrid an die engagierten sozialistischen Arbeiter Palästinas geschrieben hat.

Mit der Spitze eines Taschenmessers zerlegt Batja Pinski die zerquetschten Fliegen auf dem Boden der Blechtasse. Die Spitze zerkratzt den Boden und macht schabende Geräusche, die einem kalte Schauer über den Rücken laufen lassen.

Zum Schluss hebt die Alte die Glasabdeckung des Aquariums hoch und wirft die zerquetschten Fliegen hinein. Die Zierfische schwimmen zur vorderen Glaswand, ihre Schwänze tänzeln, ihre Mäuler öffnen und schließen sich gierig, ihre Körper sind bunt und leicht. Als die Witwe die Flinkheit der Fische im Wasser und ihre zauberhaften Farben sieht, wird ihr Gesicht rot und ihre Fantasie schweift aus.

Fische, faszinierende Wesen: Sie sind kalt, und sie leben. Dieser Widerspruch ist spannend. Schließlich ist das doch das ersehnte Glück und letzter Wunsch: kalt und lebendig zu sein.

Mit den Jahren hat Batja Pinski eine bewundernswerte Fähigkeit entwickelt: Sie ist in der Lage, bis zu vierzig oder fünfzig Fische zu zählen, obwohl sie im Aquarium ständig hin und her schwimmen. Und manchmal kann sie erraten, wohin ein Fisch oder der ganze Schwarm schwimmen wird. Ringe, Schleifen, Zickzacklinien, plötzliche, völlig willkürliche Wendungen, hinauf und hinunter, Linien, die unendlich feine und komplexe Arabesken ins Wasser zeichnen.

Das Wasser im Aquarium ist klar. Die Körper der Fische sind noch klarer. Ein Dia in einem Dia. Die Bewegung der Flossen ist die leichteste Bewegung der Welt, eine Bewegung, die fast keine ist. Die Bewegung der Kiemen ist feiner als fein.

Es gibt kohlschwarze Fische und schwarz-silber-schwarz-silber gestreifte Fische, es gibt blutfarbene Fische, manche sind violett wie eine Krankheit, manche hellgrün wie abgestandenes Wasser in frischem. Alle sind frei, das Gesetz der Schwerkraft gilt für sie nicht. Sie unterstehen einem anderen Gesetz, das Batja nicht kennt. Abrascha hätte im Laufe der Jahre selbst dieses Gesetz entziffern können, aber er hatte sich dafür entschieden, sein Leben für einen fernen Krieg zu opfern.

4.

Die Pflanzen und die leblosen Dinge erschaffen eine Illusion von Tiefe. Das stille Grün von Unterwasserwäldern. Felsbrocken am Boden. Korallensäulen, die mit Pflanzen bewachsen sind. Und auf einem Sandhügel in der Mitte des Aquariums liegt ein ausgehöhlter Stein.

Anders als die Fische unterliegen die Pflanzen und die leblosen Dinge dem Gesetz der Schwerkraft. Die Fische stürzen sich oft auf die Steine und die Pflanzen. Sie reiben sich an ihnen oder picken an ihnen herum. Batja Pinski ist der Meinung, dass es sich um Schadenfreude handelt, um gemeine Angeberei, um Boshaftigkeit und Spott.

Während sich ein Blutfisch-Schwarm dem ausgehöhlten Stein nähert, presst Batja Pinski ihre glühende Stirn an das kalte Glas. Wenn das Leben durch das Loch im Stein rauscht, bewegt auch sie eine tiefe, unbestimmte Kraft, und sie zittert am ganzen Körper. Dann muss sie mit Gewalt die Tränen zurückhalten. Sie zieht den Brief aus der Tasche ihrer uralten Kittelschürze. Der Brief ist an den Rändern ausgefranst und etwas vergilbt, aber die Worte sind immer noch voller Mitgefühl und Zärtlichkeit:

»Ich denke, mehr als wir uns am Gedenken unseres geliebten Abrascha versündigten«, schrieb Avramek Bart, einer der Leiter des Verlags der Kibbuzbewegung, »versündigten wir uns an den Seelen unserer Kinder. Die jüngere Generation hat es verdient, die vergessenen Perlen kennenzulernen, die in den Essays und Briefen Abraschas stecken. Eines Tages werde ich zu dir kommen, um ein wenig in den Schubladen zu schnüffeln, schnüffeln selbstverständlich in Gänsefüßchen, und ich bin sicher, dass du uns auf der Suche nach seinem Nachlass und bei dessen Redaktion eine große Hilfe sein wirst. Es grüßt dein treuer Kamerad«, unterschrieben von irgendeiner Ruth Bardor im Namen von Avramek Bart.

Die Alte hält den Umschlag an ihre Nase. Eine Weile schnuppert sie an ihm mit geschlossenen Augen. Ihre Lippen sind leicht geöffnet, man sieht, dass ihr Zähne fehlen. Ein kleiner Tropfen hängt zwischen Nase und Oberlippe, dort, wo in diesen schlimmen Jahren ein paar Schnurrbarthaare gewachsen sind. Dann steckt sie den Brief wieder in den Umschlag und den Umschlag in die Tasche ihrer Kittelschürze. Jetzt ist sie erschöpft und muss sich im Sessel ausruhen. Aber nicht lange. Ein Nickerchen von zwei, drei Minuten reicht ihr. Da surrt schon wieder eine Fliege, die die Schlacht überlebt hat, Batja Pinski steht auf und macht sich auf die Jagd.

Vor vielen Jahren pflegte Abrascha sie zu beißen, wenn er kam. Seine Liebe war wie Hass. Und plötzlich entlud er sich und fiel auf sie und war schon zerstreut und abwesend und nicht mehr bei ihr.

Viele Monate vor seiner Abreise summte er ununterbrochen eine Melodie mit seiner russischen Bassstimme, er schämte sich nicht für die falschen Töne. Sie kann sich an die Melodie erinnern, das Lied der spanischen Freiheitskämpfer, voller Sehnsucht, Wildheit und Rebellion. Diese Melodie spülte das armselige Zimmer in den Malstrom alles mit sich reißender Kräfte. Abrascha fing an, die blutenden spanischen Städte der Reihe nach aufzuzählen, einen Finger für jede

Stadt, die den Feinden der Menschheit in die Hände gefallen war. All diese Städte hatten fremdartige Namen, und Batja nahm an ihnen den Klang von Lüsternheit und Zügellosigkeit wahr. Sie mochte Spanien nicht und war an dessen Wohlergehen nicht interessiert: Dort hatte man unsere Vorväter bei lebendigem Leib verbrannt oder in die Verbannung geschickt. Aber sie beschloss zu schweigen. Abrascha holte weit aus und erklärte ihr die dialektische Bedeutung des Bürgerkriegs und seinen Stellenwert innerhalb des finalen Kampfes, der in ganz Europa gekämpft werden würde. Alle bisherigen Kriege waren seiner Meinung nach nichts anderes als eitel, Lüge und eine Falle für die Naiven gewesen; nur für Bürgerkriege lohne es sich zu sterben. Diese Ausführungen hörte sie gern, obwohl sie sie nicht verstand und auch nicht verstehen wollte. Erst wenn er fast ans Ende seines Vortrags gekommen war, wo es um die eisernen Gesetze der Geschichte ging und er mit Nachdruck beteuerte, dass der Zusammenbruch der Reaktion kommen werde wie ein Blitz aus heiterem Himmel, verstand sie, worüber er sprach, denn sie konnte diesen Blitz in seinen Augen sehen.

Und plötzlich hatte er genug von ihr. Vielleicht hatte er den gequälten Ausdruck auf ihrem Gesicht gesehen, vielleicht für einen kurzen Moment einen Blick auf ihre wahren Wünsche erhalten. Er setzte sich an den Tisch, stützte seinen großen, quadratischen Kopf mit seinen robusten Ellenbogen ab, vertiefte sich in die Zeitung, aß eine Olive nach der anderen und baute aus den Kernen gedankenlos eine akkurate Pyramide.

5.

Der Wasserkessel kocht und pfeift laut. Batja Pinski steht auf, um sich einen Tee zu machen. Seit der Sturm sich gelegt hatte, gegen vier Uhr morgens, hat sie nicht aufgehört, Tee zu trinken. Eine Tasse nach der anderen. Sie ist noch nicht hinausgegangen, um sich die Zerstörungen anzuschauen. Sie hat nicht einmal versucht, den Fensterladen aufzumachen. Sie sitzt hinter zugezogenen Gardinen und versucht, sich die Schäden in allen Einzelheiten vorzustellen. Was gibt es da schon zu sehen? Alles hat sie vor Augen: zertrümmerte Dächer, zertrampelte Gärten, umgestürzte Bäume, tote Kühe, Felix, Klempner, Elektriker, Experten und Schwätzer. Alles ist öde. Diesen Tag wird sie dem Aquarium widmen, bis sich ihr Wunsch erfüllt haben und Avramek Bart gekommen sein wird. Auf ihre Intuition ist Verlass. Man kann alles im Voraus wissen, wenn man es nur wirklich will und keine Angst davor hat, was dabei zutage treten wird. Heute wird Avramek kommen, um die Zerstörungen zu beurteilen. Er wird kommen, weil er seine Neugierde nicht beherrschen kann. Bestimmt wird er sich genieren, nur einfach so zu kommen, wie einer der Gaffer, die sich stets dort ansammeln, wo ein Unglück geschehen ist. Er wird eine Ausrede suchen. Und dann wird er sich daran erinnern, was er Batja versprochen hat: die Schubladen Abraschas zu durchstöbern und dessen Schriften zu sortieren. Jetzt ist es halb neun. Er wird am Nachmittag um zwei oder um drei Uhr da sein. Ich habe noch Zeit. Ich kann mich anziehen, kämmen, das Zimmer aufräumen. Und alles vorbereiten, was ich für ihn vorbereiten möchte. Genug Zeit, um mich jetzt erst einmal in den Sessel zu setzen und in aller Ruhe Tee zu trinken.

Sie saß im Sessel gegenüber der Kommode, unter dem prunkvollen Leuchter. Zu ihren Füßen lag ein kleiner, dicker Perserteppich, rechts von ihr stand ein Kartentisch aus Ebenholz. All diese schönen Dinge hätten Abrascha verwirrt, wenn er zurückgekommen wäre. Wäre er vor zwanzig Jahren zurückgekommen, hätte er in der Partei und der Bewegung Karriere gemacht, alle Felixe und Avrameks hinter sich gelassen und heute Botschafter oder Minister sein können –

und sie wäre jetzt von noch schöneren Möbeln umgeben. Er hatte sich entschieden, für die Spanier zu sterben, und die Möbel hatte Martin Zlotkin, ihr Schwiegersohn, Dizas Mann, für sie gekauft. Nachdem er Diza geheiratet hatte, brachte er all diese Geschenke mit, dann nahm er seine junge Frau zu sich nach Zürich. Dort leitet er jetzt eine Abteilung der Bank seines Vaters, mit Zweigstellen auf drei Kontinenten. Diza führt einen Zen-Buddhismus-Kreis, und einmal im Monat schickt sie einen Brief mit einem Flyer, der in deutscher Sprache Seelenruhe und Demut anpreist. Von Enkeln keine Rede, da Martin Zlotkin Kinder hasst. Diza selbst nennt ihn »unser großes Kind«. Sie besuchen Israel einmal im Jahr und spenden für Bedürftige. Für den Kibbuz haben sie eine Bücherei mit sozialistischer Literatur zu Ehren Abrascha Pinskis gestiftet, obwohl für Martin sozialistische Ideen wie Pferdekutschen waren: schön und unterhaltsam, aber längst passé; heutzutage gebe es dringendere Probleme.

6.

Am Tag vor Abraschas Abreise bekam Diza eine Lungenentzündung. Sie war zwei Jahre alt, blond, eigenwillig und kränklich. Die Krankheit überschattete Abraschas Abschied. Einen ganzen Tag lang stritt Batja mit den Pflegerinnen und den Erziehern, bis sie ihr erlaubten, die Kleine samt ihrem Kinderbett vom Säuglingshaus zur Familienunterkunft in der schäbigen Baracke zu bringen. Der Arzt kam mit einem Eselskarren aus dem benachbarten Dorf, stellte ein Rezept aus und wies Batja an, für warme Temperatur im Zimmer zu sorgen und sie auf keinen Fall abzusenken. In der Zwischenzeit packte Abrascha seine Khakihemden, Schuhe, Unterwäsche und zwei, drei hebräische und russische Bücher ein. Er stopfte alles in einen Rucksack, dazu noch einige Fischkonserven. Abends war er gut gelaunt, er stand am Bett seiner

Tochter und sang ihr zwei Lieder vor, wobei seine Stimme vor Inbrunst zitterte. Er zeigte Batja auf der Landkarte von Spanien, die neben der Tür hing, wo gerade die Grenze zwischen den Arbeitern und ihren Unterdrückern verlief. Und er nannte die Namen der Städte: Barcelona, Madrid, Malaga, Granada, Valencia, Valladolid, Sevilla. Batja hörte nur mit einem Ohr zu, sie wollte schreien: Was fällt dir ein, du Spinner, verlass mich nicht, bleib hier, lebe; und sie wollte auch schreien: Hoffentlich krepierst du dort. Aber sie schwieg, presste die Lippen zusammen wie eine alte, böse Hexe. Diesen Gesichtsausdruck hat sie bis heute beibehalten. Sie erinnert sich an jenen letzten Abend vor dreiundzwanzig Jahren, als würde er sich seither tagtäglich wiederholen. Manchmal schwimmen die Fische durch das Bild, aber sie verwischen es nicht: Sie winden ihre Bahnen hinein und wieder hinaus und verleihen den Bildern dadurch einen sonderbaren Zauber, als stünde vor den Augen der Witwe nicht etwas, was vor langer Zeit geschehen ist, sondern etwas, was erst noch geschehen sollte, sich aber dadurch auch noch vermeiden ließe. Sie muss sich gut konzentrieren, sie darf keinen Fehler machen. Heute noch wird Avramek Bart kommen, er wird ganz einfach und unwissend hier eintreten, und dann habe ich ihn in der Hand.

Um drei Uhr in der Nacht klingelte der hässliche Blechwecker. Abrascha stand auf und zündete die Petroleumlampe an. Sie stand nach ihm auf, barfuß und dünn, und sagte, dass es noch nicht Morgen sei. Abrascha legte einen Finger auf seine Lippen und sagte: »Still, das Baby.« Sie wünschte, die Kleine würde aufwachen und aus aller Kraft schreien. Er entdeckte Spinnweben in einem Winkel der Baracke, stellte sich auf die Zehenspitzen und entfernte sie. Der Spinne gelang es noch zu fliehen, sie versteckte sich hinter den Balken der niedrigen Decke. Abrascha flüsterte: »In zwei, drei Monaten, wenn wir gesiegt haben, komme ich zurück und bring dir ein spanisches Schmuckstück mit, und für Diza werde ich auch etwas mitbringen. Jetzt halt mich nicht auf, der Wagen nach Haifa fährt um halb vier los.«

Er wusch sich mit dem eiskalten Wasser aus dem Hahn, der am Hang des Hügels stand, etwa zwanzig Meter von der Baracke entfernt. Der besorgte Wachmann kam, um nachzuschauen, was in der Dunkelheit los war. »Mach dir keine Sorgen, Felix«, sagte Abrascha, »die Revolution fährt ab und die Revolution wird heil zurückkommen.« Danach scherzten sie noch ein bisschen und wechselten, weiter in scherzhaftem Ton, auch ein paar ernsthafte Worte. Um Viertel nach drei ging Abrascha in die Baracke, und Batja, die ihm im Morgenrock gefolgt war, ging ebenfalls hinein, zitternd vor Kälte. Im Licht der Petroleumlampe sah sie, dass er sich in der Dunkelheit und wegen seiner Eile schlecht rasiert hatte: Er hatte sich geschnitten und blutete, an einigen Stellen waren einzelne schwarze Bartstoppeln stehengeblieben. Sie streichelte über seine Wangen und versuchte, das Blut und den Tau abzuwischen. Er war ein großer Mann, breit und warm, und als er anfing, tief in seiner Brust das stolze und traurige Lied der spanischen Freiheitskämpfer zu summen, hatte Batja den Eindruck, er sei ein liebender Mann, dem sie sich nicht in den Weg stellen dürfe, weil er genau wisse, wohin er gehe, während sie gar nichts wisse. Felix sagte »Schalom, Schalom« und fügte auf Jiddisch hinzu: »Sei mir gesund, Abrascha.« Dann ging er. Sie küsste Abrascha auf die Brust und den Hals, und er nahm sie in die Arme und sagte »genug, genug«. Dann wurde die Kleine wach und weinte mit einer Stimme, die wegen der Krankheit fast unhörbar war. Sie nahm das Kind auf den Arm, und Abrascha berührte beide mit seinen großen Händen und sagte: »Nu, nu, was soll das, es reicht.«

Dann hupte der Wagen und Abrascha sagte freudig: »Es ist so weit. Wir fahren.«

Und an der Tür sagte er noch: »Macht euch meinetwegen keine Sorgen. Schalom.«

Sie beruhigte die Kleine und legte sie wieder ins Bettchen. Dann machte sie die Petroleumlampe aus und stand allein in der Dunkelheit am Fenster, um zu sehen, wie die Nacht blasser wurde und wie sich im Osten langsam die Bergkuppen zeigten. Plötzlich freute sie sich von ganzem Herzen darüber, dass Abrascha die Spinnweben aus dem Winkel entfernt hatte, ohne die Spinne zu töten. Sie ging wieder ins Bett, zitternd, weil sie wusste, dass Abrascha nicht zurückkehren und dass die Reaktion den Krieg gewinnen würde.

7.

Die Fische im Aquarium fraßen die zerquetschten Fliegen auf und schwebten weiter durch ihren gläsernen Raum, vielleicht suchten sie nach noch mehr Delikatessen. Sie forschten im Dickicht der Wasserpflanzen nach, pickten an den Steinen herum und griffen sich misstrauisch gegenseitig an, um zu sehen, ob ein anderer etwas ergattert hatte, das man ihm rauben konnte.

Erst als die letzten Krümel weg waren, begannen die Zierfische wieder zum Boden des Aquariums zu sinken. Langsam, wie mit bedachter Sorglosigkeit, rieben sie ihre silbernen Bäuche im Sand. Kleine Sandpilzwolken stiegen auf. Das Gesetz des Widerspruchs gilt nicht für Fische: Sie sind kalt, und sie leben. Ihre Bewegungen sind träumerisch, wie von schläfriger Wildheit.

Gestern, kurz vor Mitternacht, als der Sturm begann, wachte die Witwe auf und schlurfte in ihren abgetretenen Hausschuhen zur Toilette. Dann wollte sie sich eine Tasse Tee kochen und sagte laut, mit einer brüchigen Stimme: »Ich habe doch gesagt, du sollst dich nicht verrückt machen.« Mit der Tasse in der Hand suchte sie sich ein Plätzchen. Sie entschied sich für den Sessel vor dem Aquarium, nachdem sie die Unterwasserbeleuchtung angeknipst hatte. Dann, während draußen der Sturm immer schlimmer wurde und die Baumwipfel und Fensterläden peinigte, beobachtete Batja, wie die Fische wach wurden.

Wie immer waren es die silbernen Fische, die zuerst auf das Licht reagierten: Sie zappelten und glitten aus ihrem Versteck in den Pflanzen und machten sich daran, mit kleinen und kräftigen Flossenschlägen nach oben zu schwimmen. Ein einzelner Spitzmaulkärpfling zog mitten im Schwarm seine Runden, und es sah so aus, als hätte er ihn dazu angestachelt, sich auf den Weg zu machen. Im Handumdrehen hatte der Schwarm sich wie eine Flugzeugstaffel formiert und war losgeschwommen.

Um ein Uhr morgens brach die alte Baracke neben der Schuhwerkstatt zusammen. Der Sturm knallte das Blechdach gegen die Mauern, und die Luft pfiff und heulte. In diesem Moment wachten die roten Schwertträger auf und folgten ihrem Anführer, einem großen Fisch mit einer scharfen, schwarzen Flosse. Es war nicht das Zusammenbrechen der Baracke gewesen, was die Schwertträger geweckt hatte. Ihre Brüder, die grünen Schwertträger, lösten sich vom Boden und schwammen anmutig in das Dickicht, als wären sie fest dazu entschlossen, die Lichtung zu besetzen, die von den silbernen Fischen freigemacht worden war. Nur der einzige Kampffisch, der König des Aquariums, schlummerte noch zwischen den Korallen. Auf das plötzliche Licht reagierte der König mit einem Schauder von Ekel. Gestreifte Fische fingen an, um den dösenden König herumzutanzen.

Die letzten Fische, die in Bewegung kamen, waren die Guppys, der ›Mob‹ des Aquariums. Eine aufgehetzte Meute, die hin und her schwamm und nach Resten suchte. Über die Halme und die Glaswände und durch den Sand krochen langsam die Schnecken, über die Sauberkeit des Wassers wachend. Die Witwe saß die ganze Nacht vor dem Aquarium, die leere Tasse in der Hand, sie beschwor die Fische, dahin und dorthin zu schwimmen, und benannte sie mit den Namen der spanischen Städte: Malaga, Valencia, Barcelona, Madrid, Córdoba. Und draußen wurde der Sturm immer heftiger, er köpfte die schönen Palmenwipfel und zerfetzte die Zypressenallee.

Sie legte ihre Beine auf den Kartentisch aus Ebenholz, den Martin und Diza Zlotkin für sie gekauft hatten. Sie dachte über Zen-Buddhismus nach, sie dachte an Demut, an Bürgerkriege, an den finalen Kampf, bei dem man nichts zu verlieren hatte, und an den Blitz aus heiterem Himmel. Mit aller Kraft überwand sie die Müdigkeit und die Verzweiflung, und sie wiederholte sich immer wieder die Argumente, die sie, wenn es so weit wäre, vorbringen würde, Argumente, denen er nicht widerstehen können würde. Während all dieser Stunden wanderten ihre Augen durch andere Welten, und ihre Lippen flüsterten, genug, genug, sei endlich still.

Als der Sturm bei Tagesanbruch nachließ und wir hinausgingen, um die Schäden zu begutachten, döste die Alte, ein Dösen voller Flüche und Schmerzen in den Gelenken. Dann stand sie auf, kochte sich noch einen Tee und begann, Fliegen zu fangen, sie durchquerte das Zimmer mit einer Geschwindigkeit, die nicht zu ihrem Alter passte. Ihr Herz sagte ihr, dass Avramek Bart heute kommen würde, sein Versprechen wird ihm als passende Ausrede dienen. Sie sah, wie der Putz von der Decke fiel, als der Strommast neben ihrem Haus umgeweht wurde und dabei ein paar Dachziegel zerschmetterte. Die echten Bewegungen sind frei von Geräuschen. Geräuschlos wacht der König im Aquarium auf und schwimmt zu dem ausgehöhlten Stein. Vor der gewölbten Öffnung hält er inne. Er nimmt die vollkommene Stille an: Die Lautlosigkeit des Wassers. Das Gefrieren des Lichts. Die Stille des ausgehöhlten Steins.

8.

Ohne Diza hätte Batja Pinski Felix schon in den vierziger Jahren geheiratet.

Das war ungefähr zwei Jahre nach Eintreffen der schrecklichen Nachrichten aus Madrid. In Europa tobte erneut ein finaler Krieg, und im Speisesaal hängten sie eine Landkarte mit vielen Pfeilen, ermutigende Sprüche, aufmunternde Slogans und Flugblätter auf. Diza war vier Jahre alt, vielleicht fünf. Batja hatte die Trauer überwunden und blühte wieder auf, eine dunkle Blüte, die so manche Herzen in Aufruhr versetzte. Sie trug immer Schwarz, wie eine spanische Witwe, und wenn sie mit Männern sprach, blähten sich ihre Nasenflügel, als röchen sie einen fernen Wein. Jeden Morgen ging sie auf ihrem Weg zur Schneiderei aufrecht und schlank an den Arbeitern im Hof vorüber. Manchmal sang sie mit dunkler, bitterer Stimme, bis die anderen Arbeiterinnen sich gegenseitig anschauten und wisperten »nun, nun, also sowas«.

Felix hatte es nicht eilig, und er ließ nichts anbrennen. Er half Batja bei all den kleinen Schwierigkeiten und sorgte auch für Dizas Erziehung. Nach einer Weile, als der Parteisekretär ihn dazu gezwungen hatte, seine Arbeit im Kuhstall aufzugeben, um eine Aufgabe in der Kibbuzbewegung zu übernehmen, machte er es sich zur Gewohnheit, für Diza kleine Überraschungen aus der großen Stadt mitzubringen. Der Witwe gegenüber verhielt er sich sehr respektvoll, als litte sie an einer unheilbaren Krankheit und als wäre es seine Aufgabe, ihr die letzten Tage zu versüßen. Morgens schlich er in ihr Zimmer, wischte den Fußboden und versteckte beispielsweise Schokolade an verschiedenen Stellen, so dass die Geschenke dann ganz unerwartet auftauchten. Oder er hängte Kleiderbügel aus Metall hin, abgezwackt von seinen Spesen, statt der schon angebrochenen Kleiderbügel aus Holz. Und er versorgte Diza mit sorgfältig ausgewähltem Lesestoff: angenehme Bücher, keine, die auf irgendeine Weise von Tod oder Einsamkeit handelten, russische Bücher über die Entwicklung Sibiriens, den Fünfjahresplan, die Erziehung des Herzens durch Bildung.

»Hör auf, das Mädchen zu verderben«, sagte Batja manchmal.

Und Felix antwortete nachdenklich und taktvoll:

»Es gibt Situationen, in denen man ein Kind verwöhnen muss, um es nicht zu benachteiligen.«

»Du bist ein teurer Mann, Felix«, sagte Batja oft, und manchmal fügte sie hinzu: »Du denkst immer an die anderen, aber vielleicht solltest du auch mal an dich selbst denken, Felix.«

Wenn sie das sagte, hörte er eine gewisse Sympathie heraus oder ein Interesse an ihm und seiner Situation, er unterdrückte seine Aufregung und antwortete:

»Das ist nicht wichtig. Das macht nichts. In solchen Zeiten geht es nicht, dass jeder nur an sich denkt. Und ich bringe nicht die größten Opfer.«

»Du hast viel Geduld, Felix«, sagte Batja böse und schürzte die Lippen.

Und Felix, sei es aus Kalkül, sei es aus Naivität, schloss:

»Ich habe viel Geduld.«

Und tatsächlich begann die Witwe nach einigen Monaten, vielleicht waren es auch ein oder zwei Jahre, weicher zu werden. Sie erlaubte Felix, sie vom Speisesaal bis zur Tür ihres Zimmers zu begleiten, von der Schneiderei bis zum Kinderhaus, und manchmal hörte sie auf einer Bank vor den Wiesen eine halbe Stunde lang seinen Reden zu. Er wusste, dass die Zeit noch nicht reif dafür war, Batja zu berühren, aber dass die Zeit für ihn arbeitete. Batja tauschte die schwarze Kleidung nach wie vor nicht gegen eine andere aus, sie gab ihren hochmütigen Stolz nicht auf, aber im Herzen wusste auch sie, dass die Zeit für Felix arbeitete, er umwarb sie von allen Seiten, und bald würde sie keine Wahl mehr haben.

Die kleine Diza war es, die alles änderte.

Sie machte jede Nacht ins Bett, sie rannte nachts aus dem Kinderhaus, schlich sich morgens in die Baracke der Schneiderei und klammerte sich an ihre Mutter, sie schlug und kniff andere Kinder und Tiere, und von Felix wurde sie manchmal Kwa-Kwa genannt. Weder Geschenke noch Liebkosungen oder Süßigkeiten halfen, auch keine Rügen. Einmal, als Felix und Batja im Speisesaal ganz offen am selben Tisch saßen, kam die Kleine und setzte sich auf seine Knie. Er war aufgeregt, dachte, sie wolle endlich Frieden mit ihm schließen, er streichelte ihren Kopf und nannte sie »mein Kind«. Und plötzlich pinkelte sie auf seine Hose und lief davon. Felix stand auf und rannte ihr hinterher, kochend vor Zorn und pädagogischem Eifer, er rannte zwischen den Tischen hindurch und bemühte sich, das Mädchen zu fangen. Batja blieb sitzen, aufrecht und düster, und machte keine Anstalten, sich einzumischen. Am Ende schnappte sich Felix eine Blechtasse von einem der Tische und warf sie nach Diza, die nicht zu fangen war und immer weiter lief, er traf sie nicht, er stolperte, stand wieder auf und versuchte, seine Khakihose zu säubern, die mit Urin und Joghurt verschmiert war. Der ganze Speisesaal grinste. Damals war Felix schon stellvertretender Generalsekretär der Arbeiterpartei, und da stand er nun, rot und schnaufend, und hinter seiner Brille blitzten mordlustig seine Augen. Sejger schlug sich mit beiden Händen auf den Bauch, sagte: »Sieh mal einer an!«, und erstickte fast vor Lachen. Auch Weissmann wieherte laut. Sogar Batja konnte ein Grinsen nicht unterdrücken, weil das Mädchen unter den Tischen hindurchgekrochen war und nun mit der Miene eines verfolgten Engels zu ihren Füßen saß. Die Betreuerinnen waren entrüstet: Wie geht das an, dass ein Erwachsener, eine Persönlichkeit des öffentlichen Lebens, mitten im Speisesaal mit Geschirr nach Kindern wirft? Überschritt das nicht alle Grenzen?

Drei Wochen später wurde bekannt, dass Felix mit Zetka, Sejgers Frau, ein Verhältnis hatte. Sejger trennte sich von Zetka, und zu Beginn des Frühjahrs heiratete sie Felix. Im Mai wurden Zetka und Felix in die Schweiz gesandt, um dort die Flucht von Holocaust-Überlebenden zu organisieren. Die Partei betrachtete Felix als eine tragende Säule der jungen Führungsebene, die sich aus den Reihen der Mitglieder herausgebildet hatte. Und mit Batja Pinski ging es bergab.

9.

Wenn Avramek kommt, muss man ihm Tee servieren, ihm alles zeigen, was in den Schubladen und Umschlägen liegt, man muss mit ihm über den Einband und den Schutzumschlag des Buchs diskutieren, und schließlich wird ihm nichts anderes mehr übrigbleiben: Wir werden über die Widmung reden müssen, damit zwischen uns nur ja kein Missverständnis aufkommt.

Sie nahm das letzte Foto Abraschas in die Hand, aufgenommen von einem deutschen kommunistischen Kämpfer in Madrid. Auf dem Foto sah Abrascha unrasiert aus, sein Kopf war mager, seine Kleidung unordentlich, und auf seiner Schulter saß eine Taube. Die Lippen waren geöffnet, die Augen müde und erloschen. Er sah ausgelaugt aus, wie ein Mann nach einer Liebesnacht, nicht wie ein Freiheitskämpfer. Auf die Rückseite hatte er geschrieben: »Für Batja und für Duz, vom ungewaschenen Vater.« Und darunter, mit anderen Buchstaben und anderer Tinte, aber im Reim: »Und Grüße an den Kibbuz.«

Im Laufe der Jahre hatte Batja Pinski sich angewöhnt, Selbstgespräche zu führen. Anfangs sprach sie nur flüsternd. Als Diza Martin Zlotkin heiratete und mit ihm in die Fremde ging, begann sie dann laut mit sich zu sprechen, mit einer krächzenden Stimme, und wegen dieser Stimme wurde sie von den Kindern Baba Jaga genannt, wie die böse Hexe in den Geschichten, die die älteren Betreuerinnen erzählten.

Hör zu, Avramek, da ist noch etwas. Eine heikle, komplizierte Sache, aber mit Vernunft können wir sie regeln. Es ist also so, wenn Abrascha noch am Leben wäre, hätte er sich bestimmt selbst um die Veröffentlichung seines Buches gekümmert. Stimmt's? Ja, es stimmt. Aber Abrascha lebt nicht mehr und kann sich nicht um all das kümmern, was mit der Herausgabe des Buches zusammenhängt. Ich meine, die Farbe, die Bindung, das Vorwort, all diese Sachen, und auch die Widmung. Will sagen, er hätte das Buch doch natürlich seiner Frau gewidmet. Wie jeder andere Mensch auch. Jetzt ist Abrascha nicht mehr da, und ihr sammelt seine Artikel und Briefe und bereitet ein Buch vor, und es gibt keine Widmung. Was werden die Leute sagen? Denk mal nach, Avramek, überlege selbst, was werden die Leute dazu sagen? Das ist doch eine Einladung für den übelsten Tratsch: Er ist nebbich vor seiner Frau nach Spanien geflohen. Oder: Er ist weggefahren und hat dort in Spanien irgendeine Carmen, Miranda oder so gefunden, sich in sie verliebt, und das war's dann gewesen. Warte einen Moment. Lass mich ausreden. Ich bin noch nicht fertig. Diesen Tratsch muss man auf jeden Fall vermeiden. Nein, nicht meinetwegen, mir ist ihr Geschwätz egal. Von mir aus können sie sagen, ich hätte mit dem Mufti und mit eurem Plechanow geschlafen. Das juckt mich nicht. Es geht nicht um mich, sondern um ihn: Das gehört sich nicht, dass man über Abrascha Pinski alles Mögliche sagt. Das ist nicht gut für euch, ihr müsst der Jugend doch ein Vorbild präsentieren, ohne Carmen, Miranda und so was. Um es kurz zu machen, eine Widmung. Ja. Egal, wer sie schreibt. Du. Felix. Ich. Irgendwie so, zum Beispiel, in etwa: erste Seite: *Die Frage der Generation und die Generationenfrage*, eine Anthologie von Avraham (Abrascha) Pinski, Kämpfer und Held des Spanischen Bürgerkrieges. Ja. Auf der zweiten Seite dann dieses Foto. Doch. So wie es ist. Und dann, auf der dritten Seite oben: Meiner edlen Frau Batja ist dieses Buch in Liebe und Schmerz gewidmet. Danach, auf der nächsten Seite, kann man dann schreiben, dass das Buch im Verlag der Arbeiterpartei erscheint, und auch die Bemühungen von Felix erwähnen. Das schadet nicht. Aber diskutier nicht mit mir, Avramek, ich darf mich nicht aufregen, denn ich bin nicht mehr gesund, und außerdem weiß ich einiges über dich und Felix, ich weiß auch, wie man Abrascha reingelegt hat, damit er in diesen dummen Krieg fuhr. Sag nichts. Tu, was ich dir sage. Hier, trink. Du bekommst noch einen Tee, also trink und streite nicht um jedes Ding.

Und dann seufzte sie, sie schüttelte sich und setzte sich in den Sessel, um auf ihn zu warten. In der Zwischenzeit beobachtete sie die Fische. Als sie eine Fliege surren hörte, sprang sie auf und klatschte die Fliege an die Fensterscheibe. Wie kommen die bloß rein, wenn doch alles zu ist. Wo kommen sie her. Sterben sollen sie. Und überhaupt, wie können sie nach dem Sturm noch am Leben sein, so armselige Kreaturen wie die Fliegen.

Sie zerquetschte die Fliege, warf sie als Futter für die Fische in das Aquarium und setzte sich wieder in den Sessel. Aber Ruhe fand sie keine. Das Wasser im Kessel fing an zu kochen. Bald wird Avramek kommen. Sie sollte das Zimmer etwas aufräumen. Aber alles ist schon mustergültig aufgeräumt, wie immer, schon seit Jahren. Vielleicht sollte sie die Augen schließen und nachdenken. Aber worüber.

10.

Wir erholten uns von dem Sturm von Stunde zu Stunde mehr.

Fest entschlossen und mit Hingabe nahmen wir die Schäden in Angriff. Einige einsturzgefährdete Gebäude wurden mit dicken Seilen abgesperrt. Die Zimmerleute brachten Stützen an und vernagelten Löcher mit Sperrholzplatten. Da und dort spannten wir Segeltuchplanen. Traktoren brachten Balken und Blechplatten. Wo das Wasser große Pfützen gebildet hatte, schufen wir provisorische Übergänge, indem wir Schubkarren voll Kies und Zementbrocken hineinkippten. Bis das gesamte Stromnetz wiederhergestellt sein würde, spannten wir vorläufig einzelne Kabel zu den wichtigsten Orten. Aus dem Lager holten wir alte Petroleumöfen und Petroleumkocher. Die älteren Frauen befreiten die Öfen vom Rost, und für eine Weile fühlten wir uns in frühere Zeiten zurückversetzt. Unser Aktivismus ließ uns etwas spüren, was fast so etwas wie Freude war. Manche tauschten Erinnerungen aus und erzählten sogar Witze. Inzwischen bat Felix alle zuständigen Stellen um Hilfe, die Techniker der Telefongesellschaft, den Katastrophenschutz, die Regionalverwaltung, das Amt für landwirtschaftliche Besiedlung, das Sekretariat der Bewegung und wen es sonst noch gab. All diese Mitteilungen mussten durch Boten übermittelt werden, mit Hilfe von Jeeps, weil durch den Sturm die Telefonverbindungen unterbrochen waren. Nicht mal unsere Kinder blieben müßig. Damit sie uns nicht zwischen den Beinen herumliefen, befahl ihnen Felix, die Hühner einzufangen, die aus dem zusammenbrechenden Hühnerstall geflohen waren. Fröhliches Jagdgeschrei war von den Wiesen und aus den Hainen zu hören. Begeisterte Kinderscharen, mit roten Gesichtern, tauchten keuchend an den unerwartetsten Ecken auf, um die Flucht der gackernden Hühner zu unterbinden. Einige dieser Geräusche drangen durch die geschlossenen Fensterläden und die vorgezogenen Gardinen bis in Batja Pinskis Zimmer hinein. Und die Witwe sprach mit rauer Stimme zu sich selbst, was ist da los, worüber freuen sie sich so.

Alle Dinge, die für das Leben im Kibbuz unentbehrlich waren, funktionierten bis zum Mittag wieder. Die Mitglieder bekamen eine kalte, aber nahrhafte Mahlzeit. Die Kinderhäuser hatten Licht und Heizung. Aus allen Wasserhähnen kam Wasser, wenn auch mit schwachem Druck und mit Unterbrechungen. Nach dem Essen konnte man einen ersten inoffiziellen Bericht über die Schäden verfassen. Es stellte sich heraus, dass sich die schlimmsten Verwüstungen bei den Baracken am Fuß des Hügels ereignet hatten. Diese Baracken hatten die Gründer vor Jahrzehnten errichtet, und als sie damals die Zelte auf dem kahlen Hügel abgebaut hatten und in die Baracken einzogen, wussten sie, dass sie hier von nun an leben würden und es kein Zurück mehr gab.

Jahre später, als man die neuen Behausungen baute, teilte man der Jugend die alten Baracken zu. Anfangs lebten junge Flüchtlinge in ihnen, Holocaust-Überlebende, die aus Europa über die asiatischen Länder der Sowjetunion und über Teheran zu uns gekommen waren und die wir mit offenen Armen aufgenommen hatten. Danach wohnte dort eine *Palmach*-Einheit, aus der zwei große Generäle hervorgingen. Von unseren Baracken aus zog diese Truppe in die Nacht, um die Radareinrichtungen der englischen Armee zu zerstören, und hierher kamen sie in der Morgendämmerung zurück. Später, als der *Palmach* nach der Ausrufung des Staats seine Arbeit beendet hatte, übernahm die Armee die schon baufällig gewordenen Baracken. Hier war die Zentrale der legendären Bergtruppe stationiert, und hier plante man die großen Nachtaktionen. Im Laufe der fünfziger Jahre wohnten hier Einwanderer, *Nachal*-Truppen, zwei oder drei Vorbereitungsgruppen, die nicht erfolgreich waren, Freiwillige, seltsame Singles, die aus entlegenen Ländern zu uns kamen, auf der Suche nach irgendeiner Botschaft, und zuletzt ließen wir die angeheuerten Arbeiter hier wohnen. Als man beschloss, nach den ersten beiden noch eine dritte Siedlung zu bauen, war das Schicksal der Baracken besiegelt. Sie waren ohnehin schon am Zerfallen, die Bretter waren locker, die Deckenbalken schief, und die Böden sanken ein. Unkraut sprengte die Fundamente. Die Wände waren mit Graffiti beschmiert, Grobheiten in sechs Sprachen und lüsterne Zeichnungen, die man nicht dulden konnte. In der Nacht kamen die Kinder dahin, um Räuber- und Hexenspiele zu veranstalten. Nach den Kindern kamen die Paare in der Dunkelheit. Bis wir Zeit hatten, die Skelette der Baracken zu entsorgen, um die dritte Siedlung zu bauen, war der Sturm schon gekommen. Er erledigte unsere Arbeit, als hätte er keine Geduld mehr gehabt. Die Zimmerleute gingen durch die Trümmer und bargen Bretter, Türen und Türrahmen, die sich später vielleicht noch verwenden ließen.

Überall war Felix' untersetzte Gestalt zu sehen. Es schien, als tauche er an mehreren Orten gleichzeitig auf. Seine gutüberlegten, durchdachten Anweisungen sorgten dafür, dass nicht hin und her gerannt wurde, dass doppelte Arbeit und unnötige Anstrengungen vermieden wurden. Keine Minute verlor er seine klare Sprache, die Fähigkeit, zwischen wichtigen und unwichtigen Dingen zu unterscheiden.

Siebzehn Jahre war Felix Generalsekretär, Bevollmächtigter, später auch Abgeordneter und Mitglied des inneren Ausschusses gewesen. Vor einem Jahr, als Zetka, seine Frau, schwer erkrankte und nur noch kurze Zeit zu leben hatte, hatte Felix seine Ämter aufgegeben, war in den Kibbuz zurückgekommen und hatte hier die Stelle des Sekretärs übernommen. Gesellschaftliche und wirtschaftliche Probleme, seit Jahren ungelöst, hatten sich nach seiner Ankunft wie durch ein Wunder in Luft aufgelöst. Alte Pläne wurden verwirklicht. Unrentable Wirtschaftszweige bekamen neuen Schwung. Es herrschte eine andere Stimmung. Vor wenigen Wochen, zehn Monate nach Zetkas Tod, heiratete Felix Weissmanns geschiedene Frau. Zwei Tage vor dem Sturm war eine kleine, ernst dreinblickende Delegation gekommen, um uns darauf vorzubereiten, dass man uns Felix erneut nehmen würde: Für die kommenden Wahlen müssten wir einen starken Mann aufstellen, der uns in der Regierung vertreten könnte.

Um ein Uhr war die telefonische Verbindung wiederhergestellt. Solidaritätstelegramme erreichten uns aus nah und fern, verbrüderte Kibbuzim, Institute und Organisationen drückten ihre Anteilnahme aus und boten uns ihre Hilfe an.

Und im Hof des Kibbuz herrschte wieder Ruhe. Hie und da sprach noch ein Polizeioffizier leise mit Kreisbeamten, oder einer der Berater flüsterte mit einem neugierigen Journalisten. Felix hatte uns verboten, mit Journalisten und Radioleuten zu sprechen, denn hinsichtlich zukünftiger Ansprüche von uns auf Zahlungen der Versicherung wäre es besser, meinte Felix, wenn wir alle dasselbe aussagen würden.

Und um Viertel nach eins brachten sie den alten Nevidowski aus dem Krankenhaus zurück, seine verrenkte Schulter war fachmännisch verbunden, sein Arm steckte in einem eindrucksvollen Dreieck aus weißem Stoff, und sein gesunder Arm winkte zur Begrüßung. Um halb zwei sprach man im Radio über uns: Wieder sagten sie, dass es sich weder um einen Taifun noch um einen Tornado gehandelt habe, sondern um ein örtliches Phänomen: Winde aus zwei Richtungen, vom Meer und aus der Wüste, hätten sich gekreuzt und einen Wirbel verursacht. So etwas passiere in der Wüste fast täglich, aber in besiedelten Gegenden sei dieses Phänomen selten, und die Wahrscheinlichkeit, dass es sich wiederhole, gering. Es gebe keinen Grund zur Sorge. Aber wachsam solle man bleiben.

Batja Pinski machte das Radio aus und stand auf, um durch die Schlitze des Fensterladens hinauszuspähen. Sie verfluchte die Frauen von der Küche, die in dem Tohuwabohu ihre Pflicht vergessen und ihr das Mittagessen nicht geschickt hatten. Sie wussten doch, wie krank sie war und wie sehr ihr jede Anstrengung und jede Aufregung schaden konnte. Sie hatte zwar keinen Hunger, das änderte jedoch nichts an der

Kränkung und an ihrem Zorn: Man hatte sie vergessen. Als gäbe es mich nicht mehr. Als hätte Abrascha nicht sein junges Leben in einem verfluchten, fremden Land für sie und ihre rosigen Kinder geopfert. Sie haben alles vergessen. Und auch Avramek hat vergessen, dass er versprochen hat, zu mir zu kommen. Heute wird er wohl nicht mehr auftauchen. Komm, Avramek, komm. Ich werde dir das ganze Material geben, alle Briefe, ich werde dir Ideen für den Einband und die Widmung liefern, ich werde dich einladen, die Zerstörung zu sehen, die der Sturm hinterlassen hat, du platzt doch vor Neugierde und Lust, alles mit deinen eigenen Augen zu sehen, aber du hast keine Ausrede, warum soll plötzlich der Leiter des Verlags der Bewegung während der Arbeit ins Theater gehen, wie ein kleines Kind. Komm doch, ich liefere dir die Ausrede, und du bekommst Tee, und wir werden uns unterhalten, wie es sich gehört.

Ziemlich verärgert lief sie durch das Zimmer, weil sie in der Regalecke Staub entdeckt hatte. Hastig wischte sie ihn mit der Hand weg. Dann bückte sie sich und hob ein Blatt auf, das von der Zimmerpflanze auf den Teppich gefallen war. Danach nahm sie aus ihrer Kittelschürze den Brief von Avramek Bart, breitete ihn aus, betrachtete die Unterschrift der Sekretärin, einer gewissen Ruth Bardor. Bestimmt färbt sie sich die Haare und entblößt ihre Oberschenkel, bestimmt hat sie rasierte Beine, gezupfte Augenbrauen und blondierte Haare, bestimmt trägt sie durchsichtige Unterwäsche und sprüht sich Deodorant auf den ganzen Körper. Sterben soll sie. Die Fische haben mehr als genug zu essen bekommen. Sie bekommen jetzt nichts mehr. Und schon wieder eine Fliege, ich begreife nicht, wie sie hier hereingekommen ist. Oder ob sie sich bis jetzt versteckt hat? Vielleicht werden sie hier geboren. Schon wieder kocht das Wasser im Kessel. Noch eine Tasse Tee.

11.

Nach dem peinlichen Ereignis im Speisesaal in den frühen vierziger Jahren waren einige von uns froh, dass die Liaison zwischen Batja Pinski und Felix rechtzeitig beendet worden war. Aber wir alle bedauerten die Veränderung Batjas. Sie schlug das Kind, auch in Anwesenheit anderer Kinder. Kein klärendes Gespräch half, sie kniff Diza, bis sie blaue Stellen bekam, beschimpfte sie, belegte sie mit hässlichen Namen, darunter, seltsamerweise, auch Carmen und Miranda. Diza hörte zwar auf, ins Bett zu machen, aber sie quälte Katzen. Batja zeigte erste Zeichen von Askese. Ihre reife Schönheit, reif wie Wein, ließ nach. Es gab noch immer Männer, die ihr hinterherstarrten, wenn sie aufrecht, geheimnisvoll und üppig von der Schneiderei zum Bügelraum ging. Aber ihr Gesicht war hart geworden und ihre Lippen zeugten von Boshaftigkeit und Verletzung.

Und sie erzog das Kind weiterhin mit eiserner Hand.

Einige von uns akzeptierten ihr Verhalten nicht, sie nannten sie die Verrückte, oder sie sagten: Was denkt sie, wer sie ist? Eine sizilianische Witwe? Der Star in einem billigen Melodrama? Die Heilige Maria? Eine Schmierenschauspielerin?

Als die Gründer in die erste dauerhafte Siedlung umzogen, war auch Batja dabei. In ihrem neuen Zimmer baute Sejger ihr freiwillig ein Aquarium. Er tat es aus Dankbarkeit. Sejger war untersetzt, hatte einen dicken Bauch und war sehr behaart. Sein Leben lang machte er Witze, als wäre das Leben generell und insbesondere sein Leben dafür da, um sowohl den anderen als auch sich selbst Spaß zu bereiten. Er hatte ein festes Repertoire an Witzen. Auch als die Affäre zwischen seiner Frau Zetka und Felix bekannt wurde und sie sich dazu entschieden hatte, ihn zu verlassen und mit ihren Sachen in das Zimmer von Felix zu ziehen, hatte Sejger die gute Laune nicht verloren. Er sagte jedem, der ihm zuhören wollte: Ich bin Proletarier, aber Felix wird noch Kommissar werden, wenn die Revolution kommt. Da wäre selbst ich bereit, zu ihm zu ziehen, wenn er mich haben wollte.

Er war ein kleiner, gedrungener Mann und roch immer nach Knoblauch und Tabak. Seine Bewegungen waren klobig und schwer, wie die eines Bären, und eine herzliche Leichtigkeit ging von ihm aus, selbst als man ihm bei den heimlichen Waffen-Übungen aus Versehen eine Kugel in den Bauch geschossen hatte. Wir liebten ihn. Besonders an Purim, bei Maskenbällen und Hochzeiten, die durch ihn zum Erfolg wurden.

Nachdem ihn Zetka verlassen hatte, korrespondierte er mit einer Verwandten in Philadelphia, einer geschiedenen Frau, die er nie gesehen hatte. Abends ging er zu Batja Pinski und sie übersetzte ihm die Briefe aus dem Englischen ins Jiddische und seine witzigen Antworten aus dem Jiddischen ins Englische. Englisch hatte sich Batja selbst beigebracht, mit Romanen, die sie nachts im Bett las. Er entschuldigte sich am Ende seines Besuchs immer, als hätte er ihr kostbare Zeit gestohlen. Aber er war es, der ihr die Erde vor ihrem neuen Zimmer locker machte, Dünger holte und harkte, und er war derjenige, der vom Gewächshaus Pflanzen und Knollen mitbrachte. Im Zimmer ließ er einen scharfen, markanten Geruch zurück. Die kleine Diza stellte ihm gerne Rätsel: Er wusste nie die Lösungen, vielleicht tat er aber auch nur so, und wenn sie ihm die Lösungen sagte, war er verblüfft und wunderte sich sehr, und sie lachte.

Eines Tages schleppte er Aluminiumrahmen und Glasplatten an, ein zusammenklappbares Zentimetermaß, einen Schraubenzieher und einen übel riechenden Klebstoff, den er Kitt nannte, und Batja brachte ihm bei, ihn »Glaserklebestoff« zu nennen.

»Ein Aquarium«, sagte Sejger, »für Fische. Das ist sehr ästhetisch. Es beruhigt. Und es macht keinen Lärm und keinen Dreck.«

Und er begann mit der Arbeit.

Batja Pinski gewöhnte sich an, ihn Ali Baba zu nennen, er nahm das gern hin und nannte sie umgekehrt Comtessa aus Odessa.

Vielleicht wegen dieses Kosenamens begann die kleine Diza, ihn Pessach zu rufen. Und obwohl sein richtiger Vorname Fischl war, sagten bald alle nur noch Pessach zu ihm, sogar in unserer Zeitung wurde er so genannt.

Mit seinen starken, aber vorsichtigen Fingern befestigte er die Glasscheiben des Aquariums und verwendete dafür seinen »Glaserklebestoff«. Und es faszinierte die beiden, Batja und Diza, wenn er ein bestimmtes Gerät benutzte: einen Glasschneider mit Diamantspitze.

»Wie können wir uns für das schöne Geschenk revanchieren?«, fragte Batja, als er mit dem Bau des Aquariums fertig war.

Sejger dachte zwei, drei Minuten nach, atmete einmal kräftig aus, so dass es nach Zwiebeln und Tabak roch, zwinkerte, zog plötzlich die Schultern hoch und sagte auf Russisch:

»Der Teufel weiß wie.«

Die Fische wurden in einem Glas hergebracht und mit großem Theater ins Aquarium gelassen. Diza holte alle ihre Freundinnen, um ein »Fischfest« zu feiern, wozu Batja eigentlich keine Lust hatte. Am Abend brachte Sejger, neben dem Brief von seiner Verwandten aus Philadelphia, auch eine kleine Flasche Kognak mit. Und er sagte:

»Schenk mir bitte ein.«

Batja goss ihm ein Glas ein und übersetzte den Brief und Sejgers Antwort.

An diesem Abend feierten wir den Sieg der Alliierten. Der Zweite Weltkrieg war zu Ende und das Monster bezwungen. Auf der Spitze des Wasserturms hissten wir die Nationalflagge. In der benachbarten Basis brannten die britischen Soldaten ein Feuerwerk ab, und gegen Morgen kamen sie auf Lastwagen zu uns, um mit uns zu feiern und zu tanzen.

Diesmal waren die weiblichen Mitglieder des Kibbuz dazu bereit, mit ihnen zu tanzen, obwohl die Soldaten nach Bier stanken. Im Speisesaal hängten wir Transparente mit Parolen auf, dazu ein großes Bild Josef Stalins in Uniform. Felix sprach bewegt über die neue, reine Welt, die jetzt aus den Ruinen der niedergeschlagenen satanischen Mächte entstehen würde. Er versprach uns allen, dass die Menschen, die für diesen Kampf gefallen waren, hier bei uns und an ferneren Fronten, nie vergessen sein würden. Dann befestigte er am Revers von Batjas Kleid das Siegesabzeichen, das von der Arbeiterpartei gedruckt worden war, er gab ihr die Hand und küsste sie. Wir standen auf, sangen die Nationalhymne und die Arbeiterhymne und tanzten bis zur Morgendämmerung. Um zehn nach drei packte Sejger Batja Pinski am Arm und schleppte sie fast mit Gewalt aus der Ecke des Speisesaals, in der sie die ganze Zeit schweigend gesessen hatte, nach draußen und zu ihrem Zimmer. Seine tiefe Stimme war heiser, und das gute, weiße Hemd klebte ihm verschwitzt am Rücken, weil er zwischen den Tänzen noch den Clown gespielt hatte, als handle es sich um eine jüdische Hochzeit im alten Stil, und tatsächlich hatte er uns alle zum Lachen gebracht. Als sie vor ihrer Tür in der neuen Siedlung standen, sagte er:

»Das reicht. Das war zu viel für dich. Jetzt schlaf dich aus.« Und er drehte sich um und wollte gehen.

Aber sie sagte, er solle mit ihr kommen, und er gehorchte. Sie zog ihm das klebrige Hemd aus, und er bat, sich sein Gesicht waschen zu dürfen. Doch statt ja oder nein zu sagen, knipste sie die Lampe im Aquarium an und die Deckenbeleuchtung aus. Er begann sich zu rechtfertigen oder zu betteln, und während er noch stammelte, nahm sie ihn zu sich, verschwitzt, glühend, nicht sauber, verlegen, und bezwang ihn schweigend.

12.

Geheimnisse gab es keine, kann es in einem kleinen Dorf, das nach festen Prinzipien geführt wird, auch nicht geben.

Kurz vor sechs Uhr morgens sahen die Nachbarn, wie Sejger das Zimmer von Batja Pinski verließ, deprimiert und betrübt. Um sieben Uhr wussten schon die Schneiderinnen Bescheid. Einige von uns sahen in dieser neuen Entwicklung einen positiven Aspekt, darunter Felix und seine Frau Zetka, die früher die Frau von Sejger gewesen war: Letztlich war die ganze Situation nicht normal und voller überflüssiger Spannungen gewesen. Jetzt würde alles wieder viel einfacher sein. Martyrien, Mittelmeertragödien, Gefühlsschwankungen, all das passte nicht zu unseren Prinzipien.

Doch auch denjenigen, die diese Entwicklung befürworteten, konnte das, was folgte, nicht gleichgültig sein: Sejger war der Erste, aber er war nicht der Letzte. Ein paar Wochen später munkelte man über gewisse Typen, die nachts ihren Weg in Batja Pinskis Zimmer fanden. Nicht einmal vor Flüchtlingen, unter ihnen seltsame Menschen wie Matitjahu Demkow, rümpfte sie die Nase. Ihre leise, melancholische Anständigkeit hatte sich in etwas verwandelt, worüber man besser kein Wort mehr verlor. Und ihr Gesicht wurde hässlich.

Innerhalb von ein oder zwei Jahren begann auch ihre Tochter Diza, mit Soldaten und zufälligen Bekanntschaften auszugehen. Wir konnten dieser traurigen Geschichte nicht unsere volle Aufmerksamkeit schenken, da die Kämpfe, um die Briten aus unserem Land zu vertreiben, immer heftiger wurden und ihren Höhepunkt erreichten, dann marschierten die arabischen Armeen in Israel ein; sie hatten schon fast den Zaun unseres Kibbuz erreicht, und wir trieben sie fast mit bloßen Händen zurück. Am Ende kam das Land wieder zur Ruhe. Massen von Flüchtlingen tauchten aus aller Herren Länder bei uns auf. Auch Sejgers Verwandte aus Amerika, eine Frau mittleren Alters, kam als Touristin zu uns und nahm ihn mit nach Philadelphia. Es tat uns allen leid, und manche haben es ihm bis heute nicht verziehen. Felix musste eine zentrale Aufgabe übernehmen, und wir sahen ihn nur an den Samstagen. Bei der Witwe verglomm die letzte Glut. Diza rannte immer wieder fort in die Lager der Pioniere oder in die Übergangsunterkünfte der Flüchtlinge, und immer wieder brachte man sie zurück. Batja Pinski schloss sich in ihrem Zimmer ein. Sie teilte dem Kibbuz mit, dass sie wegen ihrer Krankheit nicht mehr arbeitsfähig sei. Wir wussten nicht, um welche Krankheit es sich handelte, beschlossen aber, nicht nachzuforschen. Wir ließen sie in Ruhe. Als Diza Martin Zlotkin heiratete, den Sohn des berühmten Bankiers, atmeten wir alle auf. Seelenruhig akzeptierte Batja diese Ehe und die teuren Möbel, die sie von dem jungen Paar bekam. Die Fische wurden zu ihrem Lebensmittelpunkt. Der Wasserkocher machte täglich Überstunden. Es schien schon, als sei für sie bald alles vorbei, als es dann um den Nachlass Abraschas ging und beschlossen wurde, seine alten Artikel und Briefe aus Madrid herauszugeben – wie es Felix am Tag der Befreiung von den dunklen Mächten versprochen hatte: Wir werden unsere Kameraden, die für uns gestorben sind, nicht vergessen. Und tatsächlich war es Felix, der sie nicht vergaß, trotz aller Aufgaben, die er übernommen hatte, und der den Verlag der Bewegung dazu brachte, endlich mit der Arbeit zu beginnen. Und die Witwe wartete jeden Tag. Die Fische schwammen durch das Bild, verwischten es aber nicht. Sie sind kalt und lebendig und sie gehorchen dem Gesetz der Schwerkraft nicht, weil sie im Wasser mühelos schweben können. Der Sturm, der in der Nacht getobt hat, wird Avramek Bart hierherbringen, aber es ist schon zwei Uhr nachmittags, und er lässt auf sich warten. Ein Mann wie er wird die Begründung für die Widmung nachvollziehen können, und er wird damit einverstanden sein, ohne Schwierigkeiten zu machen.

13.

Aber ich kann ihn nicht in einer alten Kittelschürze empfangen. Ich muss mich umziehen. Ich muss das Zimmer aufräumen, wenn es nicht schon aufgeräumt genug ist. Und aus dem obersten Regal muss ich das Kristallservice herunterholen, damit ich den Tee servieren kann, wie es sich gehört. Und die Fensterläden aufmachen. Frische Luft hereinlassen, auch frische Kekse hinstellen. Und vor allem muss ich mich umziehen.

Sie ging zum Wasserhahn, wusch sich das Gesicht mit kaltem Wasser und wusch es sich noch einmal, als wolle sie ihr Fleisch bestrafen. Danach strich sie vor dem Spiegel mit ihren knochigen Fingern über ihr Gesicht und ihre Haare und sagte laut: Still, still. Es reicht, du bist gut, man liebt dich, still, alles ist in Ordnung.

Sie fing an, sich ein wenig zu schminken, und bürstete ihre grauen Haare. Für einen Moment sah sie im Spiegel die böse Hexe, die die Kinder »Baba Jaga« nannten, aber nur kurz darauf verwandelte sich ihr Spiegelbild in dasjenige einer einsamen Frau, stolz und edelmütig, der das Leiden nichts mehr anhaben konnte. Batja mochte die zweite Frau lieber, und sagte zu ihr: Kein Mensch kann es verstehen, aber ich respektiere dich sehr. Und das Buch wird Batja gewidmet, der edelmütigen Ehefrau, in Liebe und Schmerz.

Als sie diese Worte sagte, hörte sie, wie vor dem Speisesaal Reifen quietschten. Sie sprang zum Fenster, ihre Haare noch immer etwas unordentlich, da sie es noch nicht geschafft hatte, sie mit Haarnadeln festzustecken. Sie schob den Kopf aus dem Fenster. Avramek Bart, der Leiter des Verlags, stieg aus und machte die Tür für den Generalsekretär der Bewegung auf, um ihm beim Aussteigen behilflich zu sein.

Plötzlich erschien auch Felix und begrüßte die beiden mit einem zugleich herzlichen wie sachlichen Handschlag und mit ernster Miene. Sie wechselten einige Worte und gingen dann los, um sich mit eigenen Augen ein Bild von den Schäden zu machen und nach den Aufräumarbeiten zu sehen, die seit den frühen Morgenstunden unaufhörlich im Gange waren.

14.

Sie war mit allen Vorbereitungen fertig. Sie zog das bordeauxrote Kleid an, eine Halskette und dezente Ohrringe, parfümierte sich und stellte den Wasserkocher bereit. Das Zimmer füllte sich mit blauem Tageslicht, das durch die offenen Fenster drang. Kinder und Vögel jubilierten vor lauter Freude. In dem gleißenden Licht verblasste das Wasser des Aquariums. Sie fing an, die alte spanische Weise zu summen, und aus ihrer Brust kam eine tiefe, warme Stimme. Das Lied war unwiderstehlich und voller Sehnsucht. Damals, in den fernen dreißiger Jahren, hatten die spanischen Freiheitskämpfer und ihre Sympathisanten weltweit begeistert diese Melodie gesungen. In der Nacht seiner Abreise konnte Abrascha nicht aufhören sie zu singen. Und zehn Jahre später, im Unabhängigkeitskrieg, hatte die Melodie einen hebräischen Text bekommen. Die blassen ehemaligen Flüchtlinge, die jetzt Soldaten waren, hatten das Lied am Lagerfeuer vor den alten Baracken gesungen. Jede Nacht war es im ganzen Kibbuz zu hören, und es hatte auch Batja Pinskis Zimmer erreicht:

> Die Vorspeise
> ist das Gewehr, das du liebst,
> mit einem Magazin
> servieren wir es dir ...

Und plötzlich beschloss sie, hinauszugehen.

Sie rannte hinaus zu den umgeknickten Bäumen und zu dem zerbrochenen Glas und sah, wie der klare Himmel über den Hügeln ruhte, als wäre nichts passiert. Sie sah, wie Matitjahu Demkow, schweigend und schlechtgelaunt, sein nackter Rücken schweißgebadet, Rohrteile zusammenlötete. Aus der Ferne sah sie das Gelände, wo die ersten Baracken gestanden hatten, der Anfang des Kibbuz, nun war der Platz dort leer. Ein paar Arbeiter wühlten in den Trümmern. Zwei, drei Ziegen grasten friedlich.

Im richtigen Moment kam die Witwe zum Platz vor dem Speisesaal: Felix begleitete die Gäste bereits zum Auto. Sie standen neben dem Auto und unterhielten sich noch, bestimmt fassten sie die wichtigsten Punkte zusammen. Den ganzen Tag lang hatte Felix seine Brille in der Tasche stecken lassen. Jetzt setzte er sie auf, um etwas zu notieren. Die Miene des Kriegers war verschwunden und hatte dem Gesicht des Denkers Platz gemacht.

Schließlich schüttelten sie sich die Hände. Die Gäste stiegen in den Wagen, und Avramek ließ den Motor an. Als er den Wagen zwischen den Trümmern hindurchmanövrierte, sprang Batja Pinski hinter den Büschen hervor und schlug mit ihren Fäusten auf die Windschutzscheibe. Der Generalsekretär war einen Augenblick lang erschrocken, bedeckte sein Gesicht mit beiden Händen, öffnete die Augen und sah die furchteinflößende Gestalt an der Scheibe. Avramek blieb stehen, drehte das Fenster einen Spaltbreit nach unten und fragte:

»Was ist los? Brauchst du eine Mitfahrgelegenheit? Aber wir fahren jetzt nicht nach Tel Aviv. Im Gegenteil, wir fahren in den Norden.«

»Avramek, wagt es ja nicht, das Buch ohne Widmung zu drucken, sonst werde ich euch die Augen auskratzen und so einen Skandal machen, dass das ganze Land aufschreien wird«, sagte Batja in einem Atemzug und mit keifender, schriller Stimme.

»Worüber spricht diese Genossin?«, fragte der Generalsekretär geduldig.

»Ich weiß es nicht«, verteidigte sich Avramek, »ich habe keine Ahnung, ich kenne sie nicht.«

Felix schaltete sich sofort ein:

»Nur einen Augenblick, Batja, lass es mich erklären, beruhige dich. Ja. Das ist unsere Genossin Batja Pinski. Ja. Batja von Abrascha. Und sie möchte von uns eine moralische Verpflichtung eintreiben, die wir ihr alle schulden. Du, Avramek, hast nicht vergessen, um was es geht.«

»Natürlich nicht«, sagte Avramek Bart. Und als wäre er sich gerade nicht sicher, sagte er noch zweimal: »Natürlich nicht. Natürlich nicht.«

Felix wandte sich zu Batja, nahm sie sanft am Arm, und auch seine Stimme klang sanft und mitfühlend:

»Aber nicht heute, Batja, du siehst doch, in welchem Zustand wir uns befinden, du hast wirklich einen ungünstigen Moment gewählt.«

Inzwischen rollte der Wagen schon zur Straße. Felix nahm sich die Zeit, Batja zu ihrem Zimmer zu begleiten. Unterwegs sagte er zu ihr:

»Du hast keinen Grund, Angst zu haben. Wir haben es versprochen und werden es einhalten. Wir tun es doch nicht für dich, das ist keine Gefälligkeit, die Schriften Abraschas sind für die Jugend von heute so wichtig wie die Luft zum Atmen. Dränge uns bitte nicht. Es braucht noch Zeit, und du musst dir keine Sorgen machen. Ich schätze, man hat heute vergessen, dir dein Mittagessen zu bringen, und darüber ärgerst du dich mit Recht. Ich gehe gleich zur Küche und werde veranlassen, dass man dir eine warme Mahlzeit schickt: Der Dampfkessel funktioniert schon wieder. Und sei bitte nicht böse auf uns, es ist kein einfacher Tag heute. Auf Wiedersehen.«

Was blieb, war das Aquarium.

Jetzt bekommen die Fische die Aufmerksamkeit, die sie verdienen. Zunächst kontrolliert Batja die Elektrik: Stecker und Steckdosen, die überwiegend in der Wand hinter dem Aquarium verborgen sind, ein wuchernder bunter Kabelsalat, Schalter und elektrische Leitungen regeln das Funktionieren aller lebensnotwendigen Systeme.

Unter dem Aquarium ist eine kleine elektrische Pumpe. Zwei durchsichtige Plastikrohre gehen von der Pumpe zum Aquarium. Ein Rohr ist für das Sieb, ein zweites liefert Luft für die Fische.

Das Sieb ist ein Glasgefäß mit Fasern. Der elektrische Motor saugt das Wasser vom Boden des Aquariums in das Sieb, das Wasser sickert durch die Fasern, Dreck, Futterreste und Algen bleiben im Sieb, das Wasser, das in das Aquarium zurückfließt, ist rein und klar. Was die Belüftung betrifft, strömt hier die Luft durch ein dünnes Rohr bis zum Boden des Aquariums und dort durch einen löchrigen Schwammstein, der am Ende des Rohres befestigt ist, und die Luft wird dann in kleinen Blasen ins Wasser ausgestoßen, um es mit Sauerstoff anzureichern und die Algen zu unterdrücken, die sich in stehendem Wasser gewöhnlich bilden. All diese Geräte gewährleisten die Klarheit und Reinheit des Wassers, damit die Fische ihre atemberaubende Farbenpracht zur Schau stellen und mit zauberhafter Leichtigkeit hin und her schweben können.

Ein weiteres Gerät, ohne das ein Aquarium nicht existieren kann, ist die Heizung. Dabei handelt es sich um eine hermetisch verschlossene Glasröhre, in der sich eine dünne Spirale aus Metallfäden befindet. Der elektrische Strom heizt die Spirale, und so ist das Wasser auch an verregneten, stürmischen Tagen warm, es erreicht tropische Temperaturen. Das Licht und die Wärme wirken Wunder auf die Wasserpflanzen, ein Urwald in Dunkelgrün, in dessen Tiefen die Fische nisten. Ein Schwarm nach dem anderen taucht aus dem Dickicht auf und schwimmt seine verzauberten, unvorhersehbaren Bahnen, die geheimen Gesetzen unterliegen. Die Schwänze zittern zart, als wären die Fische ein sehnsüchtiges Herz, nicht Kreaturen der See. Die Körper der Fische sind fast durchsichtig, durch ihre kalte Haut hindurch sieht man deutlich ihre Gräten. Auch sie haben ein Blutsystem und können erkranken und sterben. Aber die Fische sind uns nicht ähnlich, sie sind wechselwarme Tiere. Sie sind kalt, und sie leben, ihre Kälte bedeutet nicht Tod, sondern Elastizität und starke Vitalität, mit der sie im Wasser von oben nach unten und zurück und hin und her schwimmen. Das Gesetz der Schwerkraft gilt nicht für sie.

Betont wird das noch durch den Gegensatz der Pflanzen und leblosen Dinge: Ein Schwarm Schwertträger, der elegant am ausgehöhlten Stein vorbeischwimmt, erweckt im Herzen der Witwe einen schweren Zweifel. Ist der Tod möglich, und wenn ja, warum warten und nicht gleich eintauchen.

Sie lehnt ihre glühende Stirn an das Glas des Aquariums. Es sieht aus, als würden die Fische in ihre Stirn hineinschwimmen. Und nun herrscht Ruhe und Frieden.

Die Breite lenkt von der Tiefe ab. Es gibt eine Tiefe. Sie sendet Wellen dunkler Ruhe an die Oberfläche. Und nun spiegelt das Wasser die geköpften Palmen wider.

Der Tag wird zum Abend und die Fenster werden dunkel.

Jetzt wird sie die Fensterläden schließen und die Gardinen vorziehen. Wieder wird der Wasserkessel kochen. Noch eine Tasse Tee, und diesmal aus einem der beiden Kristallgläser, die sie vom Regal heruntergeholt hat. Die Fische drängen sich um das elektrische Licht im Wasser, als ahnten sie die nahende Nacht.

Eine kristallene, bläuliche Ruhe herrscht über unseren Hügeln. Die Luft ist klar. Die Tagesarbeit ist vollbracht. Möge ihre Ruhe süß sein. Mögen die Fische in Frieden durch ihre

Träume schwimmen. Die geköpften Palmen sollen sie in der Nacht nicht stören. Am ausgehöhlten Stein schwimmt der letzte Schwarm vorbei. Bald bricht die Nacht an.

(1963)

Auf dieser bösen Erde

I

Jiftach wurde am Rand der Wüste geboren. Am Rand der Wüste wurde auch sein Grab gegraben.

Viele Jahre wanderte Jiftach in der Wüste mit Beduinen nahe der Grenze des Landes Ammon. Auch als die Ältesten Israels in die Wüste kamen und ihn zum Richter für das Volk Israel ernannten, verließ er die Wüste nicht. Er war ein wilder Mann. Wegen seiner Wildheit wählten die Ältesten des Volkes ihn zum Führer. All diese Dinge geschahen in gesetzloser Zeit.

Jiftach aus Gilead war sechs Jahre lang Richter. Er siegte in allen Kriegen. Aber sein Gesicht war verwüstet. Er liebte Israel nicht und er hasste seine Feinde nicht, sondern gehörte nur sich selbst, und auch sich selbst war er fremd. Sein Leben lang, auch wenn er im Schatten seines Hauses stand, waren seine Augen wie Schlitze, als wollten sie sich vor dem Wüstenstaub und dem gleißenden Licht schützen. Oder sie waren nach innen verdreht, weil sie draußen nichts fanden.

Und siehe, am Tage seines Sieges über Ammon, als er in das Land seiner Urahnen zurückkehrte, das Volk Triumphschreie ausstieß und die Töchter Israels sangen: Jiftach hat geschlagen, Jiftach hat geschlagen, stand der Mann wie benommen da. Und ein Ältester des Stammes, der anwesend war, dachte in seinem Herzen: Dieser Mann täuscht, sein Herz ist nicht hier mit uns, sondern fern.

Der Name seines Vaters war Gilead der Gileaditer. Seine Mutter war eine ammonitische Hure namens Piteda, Tochter von Itam. Nach ihr benannte er seine Tochter, Piteda. Am

Ende seines Lebens waren für Jiftach beide Frauen zu einer einzigen Frau verschmolzen.

Seine Mutter Piteda starb, als er ein Knabe war. Seine Brüder, die Söhne seines Vaters, jagten ihn in die Wüste, weil er der Sohn einer anderen Frau war.

In der Wüste scharten sich verbitterte Beduinen um ihn, und er wurde ihr Anführer, da er die Eigenschaften eines Herrschers hatte. Er verstand es, nach Belieben entweder mit einer warmen oder mit einer kalten und bösen Stimme zu den Beduinen zu sprechen. Außerdem schien es beim Bogenschießen, bei der Zähmung eines Pferdes oder beim Aufschlagen eines Zeltes, als ob der Mann sich langsam bewegen würde, fast schwerfällig oder müde, aber das täuschte, wie ein in Seide eingeschlagener Dolch. Er konnte zu einem anderen Menschen sagen: Steh auf. Komm. Geh. Und dieser andere Mensch würde aufstehen, kommen und gehen, obwohl Jiftach der Gileaditer keinen Ton von sich gab, nur seine Lippen bewegte. Er sprach wenig, weil er die Wörter nicht liebte und ihnen nicht traute.

Viele Jahre lebte Jiftach in den Bergen der Wüste, und er war, selbst inmitten einer tumultuösen Menschenmenge, immer allein. Eines Tages stiegen die Ältesten Israels zu ihm hinab und baten ihn, gegen die Ammoniter zu kämpfen. Sie hoben wegen des Staubs den Saum ihres Gewandes und knieten vor dem wilden Mann nieder. Schweigend stand Jiftach vor ihnen und hörte zu, und er betrachtete ihren gebrochenen Stolz, als sähe er eine Wunde. Plötzlich ergriff ihn ein Kummer, nicht um diese Ältesten, vielleicht war es auch gar kein Kummer, sondern etwas, was nicht weit von Sanftmut entfernt war, und er sagte sanft:

»Der Sohn einer Hure wird euer Führer sein.«

Und die Ältesten sagten ohne Stimme:

»Wird unser Führer sein.«

All das vollzog sich in der Wüste, außerhalb des Landes der Ammoniter, außerhalb des Landes Israel, tief in der Stille, in unbeständiger Umgebung: Dünen, Dunst, niedrige Büsche, weiße Berge, schwarze Steine.

Jiftach schlug Ammon, kehrte in das Land seines Vaters zurück und erfüllte sein Gelübde. Er war sicher, dass er einer Prüfung gegenüberstehe, einer Prüfung, die zu bestehen er die Kraft habe. Sowie er seine Tochter binde, würde ihm von einer Stimme gesagt: Töte das Mädchen nicht.

Dann kehrte er in die Wüste zurück.

Er liebte Piteda und vertraute den Stimmen der Nacht, die die Wüste erfüllten. Jiftach der Gileaditer starb in den Bergen an dem Ort, der Erez Tov genannt wurde, Gutes Land. Manche Menschen werden geboren und kommen, um mit ihren eigenen Augen das Licht des Tages und das Licht der Nacht zu sehen, und um das Licht Licht zu nennen. Doch manchmal wird ein Mensch geboren, der durchquert seine Tage in Finsternis, und wenn er stirbt, hinterlässt er eine Spur von Schaum und Wut. Als Jiftach starb, hob sein Vater das Grab aus, und am Grab sagte er:

»Sechs Jahre richtete mein Sohn das Volk Israel mit Gottes Gnade.«

Und Gilead der Gileaditer fügte noch hinzu:

»Gottes Gnade ist Wüste.«

Vier Tage im Jahr gehen die Töchter Israels in die Berge, um Piteda, die Tochter Jiftachs, zu beweinen. Ein alter, blinder Mann folgt ihnen mit etwas Abstand. Die trockenen Wüstenwinde holen die Tränen aus seinen Falten. Doch all diese Winde können das Salz nicht entfernen, es trocknet auf den Wangen des alten Mannes und brennt. In die Berge gehen die Töchter Israels, um von dort ihre Klagen in die Wüste zu schreien, in das Land des Fuchses, der Viper und des Schakals, weite Flächen, zersetzt von weißem Licht. Verbitterte Menschen, Beduinen des Landes Tov, hören die Klagen dieser jungen Frauen und antworten von weitem mit einem bitteren Lied.

2.

Der Ort, an dem Jiftach geboren wurde, lag am Rand des Landes. Der Hof Gileads des Gileaditers befand sich am äußersten Ende des Stammesgebiets. An dieser Stelle berührte die Wüste die urbar gemachten Äcker und manchmal drang die Wüste in die Obstgärten ein, traf auf Mensch und Vieh. Morgens ging die Sonne über den Bergen im Osten auf und begann sofort das Land zu verbrennen. Mittags schien glühender Hagel vom Himmel zu fallen, die Sonne befiel alles mit ihrem Zorn, den sie über die Erde ergoss. Am Ende des Tages ging die Sonne im Westen unter und verbrannte die westlichen Hochebenen. Die Felsen wechselten die Farben, und aus der Ferne schien es, als würden sie sich verzweifelt bewegen, als würde man sie lebendig rösten.

Aber in der Nacht ruhte das Land. Kühler Wind wehte, sanft, wie eine Liebkosung, Tau sank auf die Felsen. Der Nachtwind war barmherzig. Diese Barmherzigkeit war vergänglich, sie kam aber immer wieder; wie der Kreislauf von Geburt und Tod, wie Wind und Wasser, wie der Wechsel von Hass und Sehnsucht, wie ein Schatten, der kommt und geht.

Gilead der Gileaditer, der Herrscher des Hofes, war ein großer, breiter Mann. Die Sonne hatte sein Gesicht gegerbt. Mit aller Gewalt versuchte er sein Temperament zu zügeln, aber dennoch war er ein Tyrann. Die Wörter kamen als Schimpfen oder als giftiges Flüstern aus seinem Mund, als müsse er, wenn er sprach, die anderen Stimmen zum Schweigen bringen. Wenn er seine starke, grobe Hand auf den Kopf eines seiner Söhne legte oder auf den Hals seines Pferdes oder auf die Hüfte einer Frau, wussten alle sofort, ohne den

Kopf zu drehen, dass es Gilead war, der sie berührte. Manchmal berührte er mit dieser Hand unbelebte Dinge, nicht weil er irgendetwas sagen oder tun wollte, sondern weil er Zweifel hegte: Die Existenz der Dinge wunderte ihn plötzlich. Manchmal wollte er mit seinen Händen Dinge anfassen, die sich nicht anfassen ließen, Töne, Sehnsüchte, Gerüche. Wenn es Nacht wurde, sagte er manchmal: Die Nacht naht. So etwas zu sagen war überflüssig. Abends rief er den Priester des Hofs zu sich, damit er ihm aus der Heiligen Schrift vorlese. Er ging in sich und lauschte. Auch in unwichtigen Angelegenheiten wandte er sich an Gott und bat zum Beispiel um die Geburt eines männlichen Kalbes oder um die Reparatur zweier Keramikgefäße, die einen Sprung hatten. Manchmal lachte er grundlos.

Das bereitete seinen Knechten große Angst. Wenn er auf einem Feld mitten an einem Sommertag plötzlich rau und laut lachte, lachten sie aus Angst mit. In der Nacht wurde Gilead zuweilen von kaltem Hass auf das kalte Licht der Sterne gepackt, und er schrie auf und versammelte alle Männer und Frauen des Hofes. Vor ihren Augen bückte er sich und hob einen großen Stein auf, und seine Augen waren weiß in der Dunkelheit, als wollte er den Stein gleich werfen und mit ihm jemanden töten. Dann, langsam und gequält, als würde er ersticken, bückte er sich wieder und legte den Stein behutsam zurück auf die Erde, so behutsam, als würde er Glas auf Glas legen, äußerst darauf bedacht, dem Stein keinen Schmerz zuzufügen und die Nachtruhe nicht zu stören, denn die Nächte waren an diesem Ort leise, und wenn es Geräusche gab, dann waren sie wie dunkle Schatten, die lautlos unter der Oberfläche des Wassers dahinziehen.

Die Frau Gileads war die Tochter von Priestern und Händlern und hieß Nechoschta Bat Zvulun, sie war eine weiße Frau, weiß wie Kreide, und ängstlich. In ihrer Jugend, in ihrem Elternhaus, hatte sie Träume und Ängste gekannt. Sie liebte kleine Gegenstände, kleine Tiere, Knöpfe und Schmetterlinge, Ohrringe, Tau am Morgen, Apfelblüten, Katzenpfoten, die Weichheit des Lammfells, den Lichtstrahl, der sich im Wasser brach.

Gilead nahm Nechoschta zur Frau, weil er sich einbildete, einen inneren Durst bei ihr entdeckt zu haben, einen Durst, der sich nicht löschen oder vergessen ließ. Wenn Nechoschta sagte, »hier ist ein Stein«, »hier ist ein Tal«, kamen die Worte aus ihrem Mund, als sage sie, »komm, komm«. Ihn verlangte es, diesen Durst zu berühren, auf die gleiche Art, wie sich plötzlich ein Mann darüber quält, mit den Fingern eine Idee oder eine Sehnsucht berühren zu wollen. Und sie folgte Gilead, weil sie seine Traurigkeit und seine Kraft erkannte.

Nechoschta sehnte sich danach, diese Kraft aufzulösen und die Traurigkeit zu durchdringen, zugleich aber auch danach, sich ihnen zu ergeben. Doch weder Gilead noch Nechoschta konnten mit dem jeweils anderen machen, wonach sie sich sehnten, weil Körper und Seele letztlich nur Körper und Seele sind und lebende Menschen einander nicht durchdringen können. Wenige Monate nach ihrer Ankunft in Gileads Wachtturm pflegte sie schon allein am Fenster zu stehen und hinauszuschauen, in der Hoffnung, hinter der Wüste und den Bergen die schwarze Erde zu sehen, von wo man sie hierher, in die Wüste, gebracht hatte. Am Abend sagte sie zu ihm:

»Wann nimmst du mich?«

Und Gilead antwortete:

»Ich habe dich doch schon genommen.«

»Wann gehen wir hier weg?«

»Alle Orte sind gleich.«

»Aber ich kann es hier nicht mehr aushalten. Es reicht.«

»Wer kann das denn schon. Stell mir den Wein und die Äpfel hin und geh in dein Zimmer, oder sitz am Fenster, wenn du willst, aber starr nicht so in die Dunkelheit.«

Nachdem viele Jahre vergangen waren, nachdem sie Jamin, Jemuel und Asur geboren hatte, erkrankte Nechoschta und befand sich bereits im Zustand der Auflösung. Sie war schon weiß, kreideweiß, und ihre Haut wurde immer dünner. Sie hasste die Wüste, die den ganzen Tag in ihr Fenster fauchte und in der Nacht »verloren, verloren« flüsterte, und sie hasste die wilden Lieder der Hirten und das Brüllen des Viehs im Hof und in ihren Träumen. Es geschah, dass sie ihren Ehemann einen toten Mann, und ihre Kinder Waisenkinder nannte. Und manchmal behauptete sie von sich selbst, schon längst tot zu sein, und dann saß sie drei Tage lang am Fenster, ohne zu essen und ohne zu trinken. Der Ort war sehr entlegen, und vom Fenster aus sah man am Tage nur die Dünen und die Berge und in der Nacht Sterne und Finsternis.

Nechoschta Bat Zvulun gebar Gilead dem Gileaditer drei Söhne, Jamin, Jemuel und Asur. Sie war eine weiße Frau und ihre Haut wurde immer dünner. Sie konnte seine Launen nicht mehr ertragen. Wenn sie sich beschwerte und weinte, wurde Gilead laut und schrie und warf den Weinkrug zu Boden in tausend Scherben. Wenn sie schweigend am Fenster saß und die Hauskatze streichelte oder mit den Ohrringen und der Brosche spielte, stand Gilead da, schaute sie an und lachte rau und verströmte den Geruch eines Ziegenbocks. Manchmal hatte er Erbarmen mit ihr und sagte:

»Vielleicht wird der König von deinem Kummer erfahren. Vielleicht wird er Kutschen und Pferde schicken, um dich zu holen. Heute oder morgen kommen vielleicht die Boten mit Fackeln, um dich abzuholen.«

Und Nechoschta sagte:

»Es gibt keinen König. Es gibt keine Boten. Warum sollte irgendjemand kommen. Es gibt nichts.«

Als er das hörte, empfand Gilead großes Mitleid mit ihr und Zorn darüber, was er ihr angetan hatte, und er schlug sich mit den Fäusten auf die Brust und verfluchte sich selbst und sein Andenken. In seinem Mitleid wurde er ihrer oder seiner selbst und des Mitleids mit ihr plötzlich überdrüssig, und er schloss sich ein und verbarg sein Gesicht. Tagelang sah sie ihn nicht, und eines Nachts, in der Morgendämmerung, als sie schon jegliche Hoffnung aufgegeben hatte, kam er und fiel über sie her, um sie zu lieben. Wenn er sie liebte, presste er die Lippen zusammen wie ein Mann, der versucht, nur mit den Händen eine Eisenkette zu zerreißen.

Er war ein launischer und verlorener Mann. Wenn in der Nacht eine Fackel sein Gesicht beleuchtete, sah es aus wie eine der Masken, mit denen heidnische Priester ihre Gesichter bedeckten. Es gibt Menschen, die ihr Leben wie im Exil verbringen, in einem Land, in das sie nicht wollten, und ohne zu wissen, wie sie diesem Land entkommen können.

Im Winter füllte sich Gileads Seele mit Leere und er lag auf dem Rücken im Bett, einen Tag oder eine Woche lang, er starrte die Wölbung des Daches an, ohne wirklich zu schauen oder etwas zu sehen. Da war es manchmal Nechoschta, die zu ihm hinaufstieg und ihn mit ihren blassen Fingern liebte, als wäre er eines der kleinen Haustiere, und ihre Lippen waren krankhaft weiß, und er überließ ihr seinen Körper, er war ein müder Wanderer und sie eine Dirne im Straßenlokal. Und beide schwiegen.

Doch wenn er seine Lust nicht mehr zurückhalten konnte und sie brauchte, versteckte sich Nechoschta vor ihm in den inneren Zimmern, und Gilead rannte zur Unterkunft der Sklavinnen, um dort sein brennendes Gift auszugießen. Die ganze Nacht lang drangen aus der Unterkunft der Sklavinnen feuchte Stimmen und ein leises, zitterndes Dröhnen, und die Sklavinnen schrien bis zur Morgendämmerung. Am Morgen ging Gilead hinaus und weckte mit Gewalt den Priester des Hofs, um vor ihm zu knien und sich unrein zu nennen. Tränenüberströmt schob er dann den Priester des Hofs mit seiner groben Hand zur Seite und rannte wütend hinaus, um das Pferd zu satteln und bis zum Ende der Hügel im Osten zu reiten.

In der Unterkunft der Sklavinnen gab es eine kleine ammonitische Sklavin, die Piteda Bat Etam hieß und von den Gileaditern entführt worden war, als sie die Siedlungen der Ammoniter hinter der Wüste überfielen. Piteda war eine schmale und starke Frau, und ihre Augen wurden von dunklen Wimpern beschattet. Wenn sie einen grünlichen Blick auf die Lippen des Herrn oder seine Brust warf oder wenn sie ihm gegenüber im Hof stand und kaum merklich die Fingerspitzen über ihren Bauch flattern ließ, ging ein Zucken durch den Herrn und er verfluchte die Sklavin. Unter Beschimpfungen nahm er ihre Hände in seine große Hand, biss mit den Zähnen in ihre Lippen und beide schrien. Ihre Hüften kannten keine Ruhe. Auch wenn sie kam, um am Eingang des Stalls zu stehen und den Schweiß der Pferde zu riechen, war es, als tanzten ihre Hüften innerlich einen Tanz. Feuer und Eis flammten in den Pupillen ihrer Augen. Und sie war immer barfuß.

Im Laufe der Zeit wurde bekannt, dass die Ammoniterin Hexerei ausübte. Die anderen Sklavinnen, die auch mit dem Herrn schliefen, verbreiteten das Gerücht, sie braue nachts mit funkelnden Augen Zaubertränke. In der Nacht riefe Piteda die Toten zu sich, denn sie sei in ihrer Jugend zur Priesterin Milkoms, der Gottheit Ammons, geweiht worden. In der Dunkelheit raschelten verhalten die Bäume des Obstgartens, und die Türen des Hauses knarrten im Wind. Die Nacht verbrachte Piteda im Keller, und der Zaubertrank brodelte und kochte und der Schatten der Frau zitterte und legte sich auf die verrottenden Sättel und auf die Weinfässer und Holzbänke und Eisenketten.

Als ihr Tun ans Licht kam, schickte Gilead sie mit einer Flasche Wasser in die Wüste, zu den Toten, die sie zu sich rief, denn eine Hexe soll nicht leben.

Doch beim ersten Tageslicht sattelte er sein Pferd und ritt hinaus, um sie zurückzuholen, und er verfluchte sie und ihre Götter und schlug sie mit dem Rücken seiner breiten, groben Hand.

Piteda blies in sein Gesicht und verfluchte ihn und sein Volk und seinen Gott. Ein warmer, grüner Funke tanzte in ihren Augen.

Plötzlich lachten beide und gingen in das Zimmer und schlossen die Tür hinter sich, und draußen wieherten die Pferde.

Nechoschta, Gileads Gemahlin, hetzte ihre Söhne gegen die Ammoniterin auf, denn sie konnte es nicht ertragen. Sie stieg aus dem Bett und stand in ihrem weißen Kleid am Fenster, mit dem Rücken zum Raum und zu ihren Söhnen und mit dem Gesicht zur Wüste, und sie flüsterte ihnen zu: Ihr seht eure Mutter sterben und ihr schweigt – schweigt nicht.

Aber Jamin und Jemuel fürchteten ihren Vater und unternahmen nichts.

Nur Asur, der Jüngste, gehorchte ihr und entwarf heimlich einen Plan gegen die ammonitische Sklavin. Asur hatte den ganzen Tag mit den Hunden des Hofes zu tun. Er fütterte und tränkte sie, brachte ihnen Kunststücke bei und dressierte sie dazu, ihre Zähne in Hälse zu schlagen. Im Wachtturm Gileads sagte man, Asur beherrsche die Sprache der Hunde, in der Nacht könne er heulen oder bellen wie sie. Asur hatte einen Welpen, einen kleinen, grauen Hirtenhund, der von seinem Teller aß und aus seinem Becher trank, und beide hatten scharfe und weiße Zähne.

Eines Tages, im Herbst, als Gilead zu einem entfernten Feld gegangen war, ließ Asur seine Hunde auf Piteda, die ammonitische Sklavin, los. Er stand im Schatten des Hauses, und als Piteda vorbeiging, gab er mit seiner kehligen Stimme den Befehl, und die Hunde, mit dem Hundewelpen in ihrer Mitte, sprangen sie an und zerrissen sie fast.

Als Gilead in der Nacht zurückkam, übergab er Asur, seinen Jüngsten, den Händen eines grausamen, mageren, glatzköpfigen Sklaven, der ihn in die Wüste brachte. Wie man es mit Mördern macht.

In der Nacht schrien die Wüstentiere, und ihre gelben Augen glänzten in der Dunkelheit, jenseits des Zauns.

Auch dieses Mal ritt Gilead am Ende der Nacht hinaus und brachte seinen Sohn zurück, und auch ihn verfluchte und schlug er, wie er es zuvor mit seiner Geliebten getan hatte.

Nach diesem Vorfall verhexte die Ammoniterin Asur: Vierzig Tage bellte und heulte er wie ein Hund und konnte nicht ein Wort sprechen.

Gegen ihren Herrn hatte Piteda ebenfalls Böses im Sinn, weil er mit Asur Erbarmen gezeigt hatte, und das konnte sie ihm nicht verzeihen. Kummer umhüllte den Herrn des Hauses, und erst nach ausgiebigem Weingenuss ließ sein Kummer nach.

Als Piteda Jiftach zur Welt brachte, schloss sich Gilead der Gileaditer vier Tage und fünf Nächte lang im Keller ein. In diesen Nächten goss er Wein in zwei Gläser und prostete mit beiden Gläsern und trank sie aus und goss nach. In der fünften Nacht stürzte Gilead zu Boden. Im Traum sah er einen schwarzen Reiter, der ein schwarzes Pferd ritt, und sein Dolch war schwarzes Feuer und an das Halfter des Pferdes klammerte sich eine andere Frau, die nicht Piteda und nicht Nechoschta war, es war eine andere Frau, die das Halfter hielt, und das Pferd und der Reiter folgten ihr schweigend. Diesen Traum vergaß Gilead nicht, denn er glaubte wie viele andere Menschen, dass die Träume von einem Ort zu uns kommen, von dem auch der Mensch stammt und zu dem er nach dem Tod zurückkehrt.

Als das Kind Jiftach wuchs und begann, das Haus der Sklavinnen zu verlassen und sich im Hof aufzuhalten, lernte es, sich vor seinem Vater zu verstecken. Der Knabe kroch in einen Heuballen, bis der schwere Mann sich mit seinen bösen Schritten entfernte, damit er ihn ja nicht zu fassen bekam. Bis Gilead weg war, kaute der Knabe einen Grashalm oder lutschte an seinem Finger und sagte leise zu sich: Ruhe, Ruhe.

Wenn der Knabe in Träume versunken war, schaffte er es nicht mehr, sich rechtzeitig zu verstecken, und Gilead der Gileaditer packte ihn mit seinen angsteinflößenden Händen und hob ihn hoch, während er unverständliche Laute von sich gab und nach Schweiß und Ziegenbock roch, bis das Kind vor Angst und Schmerz schrie und vergeblich mit seinen kleinen Zähnen in die Schulter des Vaters biss, um sich von dem festen Griff zu befreien.

3.

Jiftach wurde am Rand der Wüste geboren. Der Hof von Gilead dem Gileaditer war der letzte der Höfe des Stammesgebiets. Danach kam die Wüste und hinter der Wüste lag die Grenze zum Land Ammon.

Gilead der Gileaditer besaß Schafweiden, Äcker und Weinberge, deren Ränder von der Wüste gelb verfärbt waren. Eine hohe Steinmauer umgab sein Haus. Auch das Haus war aus schwarzen Basaltsteinen gebaut, und alte Weinreben bedeckten die Mauern. An Sommertagen schien es, als würden die Menschen durch ein Dickicht von Weinranken kommen und gehen, denn das Blattwerk war so dicht, dass man nur noch die Blätter und nicht mehr die Steine sah.

Am frühen Morgen hörte man die Glöckchen der Schafe, die Flöten der Hirten verströmten eine geheimnisvolle Sehnsucht, das Wasser flüsterte in den Kanälen, und graues Licht lag auf den Brunnen.

Das ganze Gebiet der Gileaditer atmete am frühen Morgen tiefe Ruhe.

In dieser Ruhe kräuselten sich Wellen verhaltener Sehnsucht. Der Schatten großer Bäume hielt noch die Kühle der Morgendämmerung.

Doch jede Nacht bewachten dunkle, vermummte Hirten den Hof vor Bären, vor den Beduinen und den ammonitischen Räubern. Die ganze Nacht brannten Fackeln auf dem Dach und eine Horde sehniger Hunde lauerte in den dunklen Obstgärten. Wie ein dunkler Schatten ging der Priester des Hofes die Zäune entlang, um die bösen Geister zu vertreiben.

Von Kindheit an kannte Jiftach alle Nachtgeräusche. Die Nachtgeräusche waren ihm ins Blut übergegangen. Es waren die Stimmen des Windes, der Wölfe, der Raubvögel, darunter menschliche Stimmen, die Wind, Wolf und Raubvogel nachahmten.

Hinter dem Zaun des Hauses lebte eine andere Welt, die schweigend Tag und Nacht danach strebte, das Haus bis auf die Grundmauern niederzureißen, mit unendlicher Geduld und Tücke, so wie ein Fluss langsam seine Ufer abträgt. Dieser Prozess war unglaublich sanft und leise. Sanfter als der Nebel, leiser als eine Brise und doch immer anwesend: stark und unsichtbar.

Schwarze Ziegen gesellten sich zu dem Knaben, er brachte sie zur Weide und sah ihnen den ganzen Tag dabei zu, wie sie das magere Unkraut zupften und wie sie für einen kleinen Streifen Wiese oberhalb der Felsen ihr Leben riskierten, denn sie grasten am Rand der Wüste. Auch knochige Hunde leisteten ihm Gesellschaft, die Hunde seines Bruders Asur. Es waren grobe Hunde, in ihrer Unterwürfigkeit lag immer eine unterdrückte Gewalt. Und auch der Wildvogel gesellte sich zu ihm, um in sein Ohr zu schreien, fremd, fremd.

Früh am Morgen kreischten die Vögel in der Ferne. In der Abenddämmerung zirpten die Grillen, als hätten sie etwas Eiliges mitzuteilen und könnten deshalb nicht schweigen. In der Nacht hörte Jiftach die feine Stille, die nur manchmal von dem Heulen eines Fuchses oder eines Schakals, vermischt mit dem Lachen einer Hyäne, unterbrochen wurde.

Manchmal überfielen nachts die Wüstenbeduinen den Hof. In der Dunkelheit lauerten die Hirten Gileads auf den Feind, und der Feind kam leise wie ein Hauch, und wenn er tötete, verschwand er leise, und wenn er getötet wurde, starb er leise. Morgens würden sie die Leiche eines Mannes unter dem Olivenbaum finden, seine Hand würde vielleicht noch den Messergriff umfassen, der in seinem Fleisch steckte, und seine Augen würden verdreht sein. Mal würde es ein Hirte sein, mal ein Feind.

Jiftach würde in den dunklen Augen des Toten das Weiße sehen und denken: Der Tote verdreht seine Augen nach innen, vielleicht bekommt er dort anderes zu sehen.

Manchmal träumte Jiftach von seinem eigenen Tod, und dann schien es ihm, als würden ihn gute und starke Hände auf eine Ebene führen. Leichter Regen berührte ihn süß und zärtlich, und ein kleines Hirtenmädchen sagte: Setzen wir uns hierhin und ruhen uns aus, bis nach dem Regen, bis nach dem Licht.

Im Sommer wucherten die Obstgärten, und das Obst wurde dicker, saftiger, reifte. In den Adern der Apfelbäume flossen starke Säfte. Die Triebe der Reben erbebten unter dem Druck des aufgestauten Saftes. Ziege und Ziegenbock tobten geil, und der Bulle stöhnte und schäumte. In den Behausungen der Sklavinnen und in den Hütten der Hirten wurde heftig geliebt, und als der Knabe früh am Morgen endlich einschlief, konnte er Geräusche hören, die wie das Röcheln eines sterbenden Tiers klangen. Auch in seinen Träumen kamen Frauen vor: Jiftach hatte Sehnsucht nach den sanften Kräften, die er nicht beim Namen nennen konnte, es war nicht Seide, nicht Wasser, nicht Haut, nicht Haar, es war Sehnsucht nach einer warmen, fließenden Berührung, einer Berührung, die keine ist, vielleicht nach einem Windhauch am Bach, einem Geruch, einer Farbe, doch auch das war es nicht.

Er liebte die Wörter nicht und deshalb schwieg er.

Als Junge träumte er in den Sommernächten, dass er sanft den Strom aufwärts bezwang.

Wenn er morgens aufstand, nahm er den Dolch und stach mit ihm ruhig, geduldig und nicht fest in alle Gegenstände, die er im Hof finden konnte: In die Erde. In die Baumrinde. In die Wolle. In den Stein. In die Oberfläche des Wassers.

Die Gemütsschwankungen seines Vaters waren bei Jiftach nicht erkennbar. Er war ein schmaler, starker Junge, Farben, Stimmen, Gerüche und Gegenstände interessierten ihn viel mehr als Wörter und Menschen. Als Jiftach zwölf Jahre alt war, konnte er schon mit einer Axt, mit einem Schaf oder mit dem Pferdezaumzeug umgehen. Mitunter war etwas wie eine verhaltene Freude in seinen Bewegungen zu spüren.

Nun wurde der Hass seiner Brüder Jamin, Jemuel und Asur immer stärker. Sie wollten ihm schaden, weil er von einer anderen Frau abstammte, wegen seines stolzen Schweigens, wegen seiner überheblichen Ruhe, die ständig den Eindruck machte, als würde er seine sturen, heimlichen Gedanken vor ihnen verbergen, Gedanken, die er mit niemandem teilen wollte. Wenn ihn seine Brüder zum Spielen aufforderten, spielte er mit ihnen, ohne ein Wort zu sagen. Wenn er einen Kampf gewann, freute er sich nicht und schaute auf sie nicht herab, sondern blieb stumm, was ihren Hass siebenmal steigerte. Und wenn einer der Brüder gewann, schien es immer, als habe Jiftach freiwillig auf den Sieg verzichtet, aus Berechnung oder Spott, weil seine Gedanken mitten im Spiel abschweiften.

Diese drei Brüder, Jamin, Jemuel und Asur, waren grobschlächtig und sehr körperlich. Auf ihre Art wussten sie zu feiern und zu lachen. Aber Jiftach, der Sohn der anderen Frau, war dünn und gelblich. Selbst wenn er lachte, tat er das

nicht offenherzig. Er hatte die Gewohnheit, die anderen an-
zustarren und damit auch nicht aufzuhören, wenn es angebracht gewesen wäre. Mitunter blitzte ein flüchtiger Funke
in seinen Augen, gelblich, der die anderen urplötzlich dazu
zwang, auf ihren Willen zu verzichten.

Weil sie Angst vor der Hexerei Pitedas hatten und vielleicht auch weil sie den Vater fürchteten, brachten sie nicht
den Mut auf, Jiftach Schaden zuzufügen, so wie sie es gerne
getan hätten. Nur aus der Ferne, flüsternd, zischten sie: Du,
warte nur ab.

Einmal sagte Piteda: Weine, Jiftach, ruf nach unserem
Gott Milkom, er wird dich erhören und dich vor ihrem brennenden Hass bewahren. Aber in dieser Angelegenheit gehorchte er seiner Mutter nicht. Er weinte nicht vor Milkom,
dem Gott der Ammoniter, er verbeugte sich nur vor seiner
Mutter und sagte zu ihr: Meine Herrin. Als würde er Piteda
als Herrin des Hauses ansehen.

Sie wollte für ihren Sohn den Segen Milkoms, des Gottes
der Ammoniter, gewinnen, weil sie schon ihren Tod ahnte
und sich vorstellte, wie der Knabe dann allein unter den
Fremden leben würde. Deshalb bereitete sie in der Nacht ihren Zaubertrank zu und gab ihn Jiftach. Als ihre Finger seine
Wange berührten, zitterte er.

Jiftach glaubte nicht an den Zaubertrank, weigerte sich
aber auch nicht, ihn zu trinken. Er mochte den fremden, her-
ben Geruch der Finger seiner Mutter. Und sie erzählte ihm
von Milkom, dem die Ammoniter Seide und Wein opferten.
Nicht wie der Gott deines Vaters, der Wüstengott, der diejenigen quält, die ihn lieben. Milkom liebt die Menschen, die
sich versammeln und sich an Wein, Gesang und Musik berau-
schen, wenn die Freude dem Zorn gleicht.

Über den Gott Israels sagte Piteda, er sei zornig auf jene,
die gegen ihn sündigten, und zornig auf jene, die ihn gläubig
anbeteten, beide würde er mit Qualen peinigen, weil er ein
einsamer Gott sei.

Jiftach sah hinauf zu den Sternen am Sommerhimmel über dem Hof und der Wüste. Die Sterne erschienen Jiftach als Solitäre, jeder Stern schien für sich allein im schwarzen All, ein paar wanderten in der Nacht von einem Rand des Himmels zum anderen, andere schienen sich nicht zu bewegen, sie blieben wie verwurzelt stehen an ihrem Ort. Es gab keinen Kummer und auch keine Freude in den Sternen. Wenn ein Stern plötzlich herabfällt, merken es die anderen Sterne nicht, sie blinzeln nicht einmal, sondern flimmern weiter, bläulich kühl. Der herabfallende Stern hinterlässt einen Schweif kalten Feuers, der erlischt, und dann Finsternis. Wenn man barfuß auf der Erde steht und angestrengt lauscht, könnte man vielleicht die Stille in der Stille hören.

Der Priester des Hofes, der die anderen Brüder unterrichtete, lehrte auch Jiftach das Lesen und Schreiben aus den Heiligen Schriften. Eines Tages fragte Jiftach den Priester, warum Gott mit Abel, Isaak, Jakob, Josef und Ephraim Erbarmen hatte, warum er sie den älteren Brüdern Kain, Ismael, Esau und Manasse vorzog: Denn aus Gott selbst kam das ganze Böse, das im Buch beschrieben ist, die Stimme des Blutes Abels schreit zu ihm von der Erde.

Der Priester des Hofes war ein korpulenter Mann, seine Augen waren klein und wirkten ängstlich. Er war ständig auf der Hut vor dem Zorn des Hausherrn. Der Priester antwortete Jiftach, dass die Wege Gottes wundersam seien und dass niemand Gott hinterfragen könne. Nachts, im Traum, sah Jiftach Gott, schwer und behaart, ein Bär mit zermalmendem Kiefer, und er hockte auf Jiftach, keuchend und schnaufend, wie vor Lust oder wie in glühendem Zorn. Jiftach schrie auf im Traum. Manchmal schrien die Menschen im Hause Gilead, und am Ende ihrer Schreie herrschte Stille.

Auch Milkom schlich sich in solchen Sommernächten in die Träume Jiftachs. Warme Ströme sprudelten durch seine

Adern, als seine Haut von den seidigen Fingern berührt wurde, und süße Säfte flossen bis in die Spitzen seiner Zehen.

Am nächsten Morgen kam Jiftach verschlossen und in sich gekehrt auf den großen Hof, er sprang von einem Schatten zum anderen, und der gelbe Funke in seinen Augen war erloschen.

Als Jiftach vierzehn Jahre alt war, begann er Zeichen zu sehen. Wenn er allein auf dem Feld war oder die Schafherde zu einer Wasserrinne führte, kamen die Zeichen über ihn, und er spürte, dass sie sich allein an ihn richteten, dass er berufen war. Aber er konnte nicht erkennen, was diese Zeichen waren und wer ihn rief. Manchmal fiel er auf die Knie, wie es ihn der Priester gelehrt hatte, und schlug die Stirn auf einen Stein und flehte laut: Jetzt, jetzt.

In Gedanken wog er die Liebe zu Gott und die Liebe zu Milkom. Er fand heraus, dass die Liebe zu Milkom sehr leicht war, es schien ihm, als ob diese Liebe fast keinen Preis verlange und eher der Liebe zu einem Hund gleiche: Eine Minute Spiel, und schon hast du sein Herz erobert, er kommt zu dir, leckt dir deine Hand und wird vielleicht auch deinen Schlaf auf dem Feld beschützen.

Aber Jiftach wagte nicht, um die Liebe Gottes zu bitten, weil er nicht wusste, was dann geschehen würde. Wenn ihn für einen Augenblick der Hochmut streifte und er im Herzen Vergleiche zog, wie etwa: Ich bin der Jüngste, auch Abel, Isaak und Jakob waren die Jüngsten, die Letztgeborenen, dann erinnerte er sich sehr schnell wieder daran, dass er der Sohn einer anderen Frau war und dass er wie Ismael war, der Sohn der Ägypterin.

Einmal sagte der Herr des Hauses zu seinen Leuten, man solle sich Gott nicht nähern wie ein Schmetterling der Blume, sondern wie ein Schmetterling dem Feuer.

Diese Worte hörte der Knabe und er wollte sie sofort in die Tat umsetzen.

Er suchte Gefahren auf, um sich zu prüfen. Er prüfte sich auf den Felsen, auf den Wanderdünen, in den Brunnen. Er trat sogar gegen einen Wolf an. Eines Nachts ging er allein und unbewaffnet hinaus, um den Wolf zu finden und mit ihm zu kämpfen, und bei der Höhle brach er dem Wolf mit seinen bloßen Händen den Rücken und er kam zurück von dieser Mutprobe mit einem Biss und ein paar Schrammen. Er wollte Gott gefallen, und bis zum Herbst hatte er sich daran gewöhnt, seine Hand durchs Feuer zu ziehen, ohne auch nur einen Laut von sich zu geben.

Der Priester des Hofes sah einige dieser Mutproben und berichtete dem Hausherrn, dass der Ammoniter seine Hand durchs Feuer ziehe. Gilead hörte dem Priester zu, sein Gesicht wurde düster, in seiner Wut lachte er wie ein Wilder, und er verfluchte den Priester und schlug ihn zu Boden.

Noch in der Nacht befal Gilead der Gileaditer, man möge den Sohn der Sklavin zu ihm bringen. Im Zimmer brannte Feuer, denn es war eine kalte Wüstennacht, und die Luft war trocken und beißend. An den Wänden hingen Sättel, Kupferketten, Schilder, Dreschhämmer und gusseiserne Speere. All diese Geräte fingen das Licht des Feuers auf und warfen es düster zurück.

Gilead fixierte den Sohn der Anderen mit seinen grauen Augen, lange und hart. Er konnte sich nicht daran erinnern, weshalb er ihn noch in dieser Nacht hatte sehen wollen und warum die Hunde draußen bellten. Schließlich sagte Gilead:

»Mein Sohn, man sagt, du ziehest deine Hand durchs Feuer und würdest dabei nicht schreien.«

Jiftach sagte:

»Das ist die Wahrheit.«

Gilead sagte:

»Warum tust du dir diese falsche und schmerzhafte Sache an?«

Jiftach sagte:

»Um mich vorzubereiten, Vater.«

»Vorzubereiten worauf?«

»Ich weiß nicht, worauf.«

Während Jiftach zu seinem Vater sprach, betrachtete er dessen breite, grobe Hand, die schwer auf einer Tontafel lag. Er sah diese Hand und daneben seine gelbliche, dünne, die von Angst und Sehnsucht erfüllt war. Vielleicht hoffte er, dass sein Vater ihm seine Liebe zeigen würde. Vielleicht dachte er, dass sein Vater Liebe von ihm verlangen würde. In diesem Moment, das einzige Mal in seinem Leben, wäre er lieber eine Frau gewesen. Und er wusste nicht warum. In der Feuerstelle loderten Flammen, und ihre Funken spiegelten sich in den metallenen Geräten an den Wänden, und auch in den Augen des Knaben brannte ein Funke.

Gilead sagte leise:

»Dann lege deine Hand ins Feuer und wir werden sehen.«

Mit den Augen liebkoste Jiftach das Gesicht seines Vaters. Aber Gileads Gesicht verbarg sich hinter dem Wechsel von Licht und Schatten, denn die Flammen hörten nicht auf zu flackern, dahin und dorthin, und der Knabe sagte:

»Du hast befohlen und ich gehorche.«

Gilead sagte:

»Lege deine Hand jetzt hinein.«

Jiftach sagte:

»Wenn du mich lieben wirst.«

Er streckte die Hand aus und seine Zähne zeigten sich, es schien, als würde er lachen, aber Jiftach lachte nicht.

Plötzlich schrie der Vater:

»Mein Sohn, berühr nicht das Feuer. Es reicht.«

Doch Jiftach wollte nicht hören und wandte den Blick nicht ab. Das Feuer berührte das Fleisch, und hinter den Zäunen erstreckte sich die Wüste bis zu ihrem Rand bei den fernsten Hügeln.

Nach diesem Vorfall sagte Gilead zu seinem Sohn Jiftach:

»Du bist unrein, wie dein Vater unrein ist. Sohn einer Unreinen. Ich kann dich nicht hassen.«

Dann schenkte er Wein aus dem Tonkrug in zwei derbe Becher ein und sagte:

»Jiftach, trink Wein mit mir.«

Und weil beide den Wörtern nicht trauten und die Wörter nicht liebten, verbrachten sie die halbe Nacht, ohne ein Wort zu sprechen.

Dann stand Gilead auf und sagte:

»Geh jetzt, mein Sohn. Hasse deinen Vater nicht und liebe ihn nicht. Es ist eine böse Sache, der Sohn eines Vaters und der Vater eines Sohnes zu sein und der Mann einer Frau. Entfernung über Entfernung. Nun steh da nicht so starrend. Geh.«

4.

Nach diesem Vorkommnis geschah es zuweilen, dass Vater und Sohn am frühen Morgen gemeinsam in das offene Land ritten. Sie ritten durch das Flussbett, den Hang hinauf zu den weißen Dünen und durchquerten sehr langsam, wie träumend, die kahle Hochfläche. In den Felsspalten wuchsen stur einsame Büsche. Sie schienen weniger Pflanzen als Teile der unfruchtbaren Felsen zu sein. Ein weißes, schädliches Licht brannte unbarmherzig hernieder. Wenn sie sehr weit geritten waren, konnte es geschehen, dass sie ein paar Worte wechselten.

Manchmal sagte Gilead:

»Jiftach, zu welchem Ort möchtest du gehen?«

Jiftach, die Augen wegen des brennenden und verbrennenden Lichts zusammengekniffen, antwortete nach einem Schweigen:

»Ich möchte zu meinem Ort gehen. Nach Hause.«

Dann fragte Gilead, mit einem kurz über sein versteinertes Gesicht huschenden Lächeln:

»Wollen wir dann nicht umkehren und nach Hause reiten?«

Und Jiftach, als würde auch er lächeln, sagte mit zerstreuter und ferner Stimme:

»Das ist nicht mein Zuhause.«

»Und welches ist dann dein Zuhause, zu welchem Haus möchtest du gehen?«

»Lass es sein, mein Vater, ich weiß es noch nicht.«

Nach diesem Wortwechsel kehrte das Schweigen zurück und wurde dichter. Doch nun wurden sie von demselben Schweigen, nicht mehr von zwei getrennten Schweigen umgeben. Der Knabe war voller Liebe und liebevoll streichelte er die Mähne des Pferdes. Einmal, als sie in ein schwarzes Basalttal kamen, fragte der Knabe seinen Vater:

»Was will uns die Wüste sagen, was für ein Gedanke ist die Ödnis, warum weht der Wind und warum hört er plötzlich auf, was für ein Gehör muss ein Mensch haben, um die vielen Stimmen zu hören, und mit welchem Gehör hört er die Stille?«

Dazu sagte Gilead:

»Du hörst für dich. Ich für mich. Jeder für sich allein.«

Und einen Moment später sagte er, und diesmal war ein Hauch von Mitleid in seiner Stimme:

»Hier ist eine Eidechse. Und jetzt ist sie schon nicht mehr da.«

Und beide versanken erneut in Schweigen.

Auf dem Weg zurück zum Hof konnte es geschehen, dass Gilead der Gileaditer seine breite, grobe Hand ausstreckte und die Zügel von Jiftachs Pferd ergriff. Und sie ritten zusammen, nah beieinander.

Dann ließ er los und sie ritten in den Hof. Dort schickte Gilead Jiftach zu den anderen Knaben im Hof und ging ins Haus.

Im letzten Winter kam Piteda manchmal des Nachts in Jiftachs Kammer. Sie kam barfüßig und saß auf der Bettkante und flüsterte. Sie konnte plötzlich in ein tiefes, warmes Lachen ausbrechen, bis der Knabe sich nicht mehr beherrschen konnte und auch lachen musste, mit ihr, ohne Stimme. Oder sie sang ihm liebliche ammonitische Lieder über die Macht des Wassers vor, über den Hirsch im Weinberg und über Leid und Erbarmen.

Sie nahm seine Hand in die ihre und ließ seine Finger langsam über ihre Finger gleiten, über ihre Schulter, über ihren weichen Nacken. Flüsternd versuchte sie, ihn zu Milkom, den Gott der Freude, zu führen, sie flüsterte hastige, fremde Worte, Worte über das Geheimnis seines Fleisches und über alles, zu dem das Fleisch fähig ist. Und sie flehte ihn an, der Wüste zu entfliehen und an einen Ort zu gehen, wo es Schatten und Wasser gab, bevor die Wüste sein Blut und sein Fleisch ausdorren würde.

Jiftach hatte nie in seinem Leben das Meer gesehen, er kannte nicht dessen Geruch und das Geräusch der Wellen in der Nacht, aber seine Mutter nannte er wie das Meer, *Jam Jam*.

Einmal, nachdem sie gegangen war, hatte Jiftach einen Traum. Der magere Küchenknecht mit der rasierten Glatze kam und schor gründlich ein Schaf, dann schor er es noch mal, bis seine Haut nackt offen lag, rosa und kränklich, mit einem Netz von Äderchen bedeckt, und der Knecht schor weiter, und dann schächtete er das Schaf, aber nicht am Hals, sondern am Bauch, und schwarzes Blut sprudelte aus dem Bauch heraus und klebte an Jiftachs Haut, und dann kam Gott, schwer, mit Schultern aus Eisen, in ein Bärenfell gekleidet, er war heiß und ausgedörrt. Milkom lag auf einem Bett aus Weinblättern, in Seide gekleidet, und trug Schmuck, und Jiftach sah, wie sich Gott in die Seide stürzte, wie ein Schafbock mit blutunterlaufenen Augen ein Schaf überfällt, das sich unterwürfig zusammenkauert, gelähmt von dem gewaltigen Zorn, der über es kommt.

Schweißgebadet wachte Jiftach aus diesem bösen Traum auf. Er öffnete die Augen und lag zitternd und fiebrig da und sah Finsternis, und er machte die Augen zu und sah wieder nur Finsternis, und er begann, ein Gebet zu flüstern, das er vom Priester des Hofes gelernt hatte, und sah weiterhin nur Finsternis. Da versuchte er es mit den Liedern seiner Mutter, aber die Finsternis ließ ihn nicht los, und er lag im Bett wie versteinert, weil es ihm schien, als wären während seines Traums alle – sein Vater und seine Mutter, der Priester und die Sklavinnen, die Herden, die Hirten, seine Halbbrüder und die Hunde des Gutes, auch die umherziehenden Beduinen draußen –, als wären sie alle während seines Traums gestorben und weggetragen worden und nur er würde noch leben, er ganz allein, als Einziger zurückgeblieben, und draußen in der Finsternis erstrecke sich die Wüste bis ans Ende der Welt.

Eines Nachts, am Ende des Winters, starb Piteda. Die Sklavinnen sagten: Die ammonitische Hure starb an ihrer Hexerei. So wurde sie am nächsten Tag in der Ecke der Ausgestoßenen begraben.

Am Horizont, am Ende der Ebene, sah man an diesem Morgen einen grauen Sandsturm aufziehen, der sich in der Ferne zornig auftürmte und immer höher wurde, und die Luft füllte sich mit Staub und dem Geruch des nahenden Sturms. Das ganze Land war mit feiner Asche bedeckt. Und unterdessen warf der Hauspriester Erde auf das Grab der Toten und stieß einen dunklen Fluch aus: Geh zurück an den verdammten Ort, von dem du stammst, und komm nicht zu uns zurück, nicht in der Finsternis und nicht im Traum, denn sonst wird dich der Fluch Gottes auch in deinem Tod verfolgen, und die Dämonen der Zerstörung werden dich jagen. Geh, geh, Verdammte, geh und komm nie zurück, und lass uns in Ruhe. Amen.

Nach der Beerdigung hing der Himmel tief. Der Wind schob gewaltige schwarze Wolken vor sich her, die an die Bergspitzen im Osten zu krachen oder sie zu durchbrechen schienen. Später zuckten stille, weiße Blitze, und tiefe Donner dröhnten. Als wäre es schon verbrannt, stand das Haus, das aus schwarzen Basaltsteinen gebaut war, inmitten des Sturms.

Jiftach kam vom Friedhof nach Hause. An die dunkle Mauer der finsteren Eingangsgewölbe gepresst, standen seine Brüder, die Söhne seines Vaters, Jamin, Jemuel und Asur, als hätten sie auf seine Rückkehr gewartet. Er lief zwischen ihnen hindurch, und seine Schultern berührten, als er an ihnen vorbeiging, fast ihre Brust. Keiner der Brüder machte eine Bewegung. Nur der wolfsähnliche Blick ihrer Augen glitt über seine Haut, als er an ihnen vorbei zum Eingang ging. Er sprach nicht und die Brüder sprachen nicht mit ihm, auch nicht miteinander, nicht mal ein Flüstern war zu hören. Den ganzen Tag lang schritten die drei Brüder in den Gängen des Hauses auf und ab, jeder Schritt von höchstem Feingefühl, und dabei waren diese Brüder eher grobschlächtig.

Jamin, Jemuel und Asur gingen den ganzen Tag auf Zehenspitzen durch das Haus, als wäre ihr Bruder Jiftach todkrank.

Am Abend verließ ihre Mutter Nechoschta ihr Bett und stand am Fenster. Aber sie schaute nicht, wie üblich, hinaus, sondern stand mit dem Rücken zum Fenster und betrachtete den verwaisten Knaben. Mit ihrer kreideweißen Hand strich Nechoschta Bat Zvulun über ihre Haare. Sie sagte zu ihren Söhnen:

»Von nun an ist auch er ein verwaister Welpe.«

Und die Söhne sagten:

»Weil seine Mutter gestorben ist.«

Sie fügte flüsternd hinzu:

»Ihr seid groß und dunkel und einer von euch ist ganz anders, ganz gelb und auch sehr dünn.«

Und Jamin, der Erstgeborene, sagte:

»Dünn und gelb, aber nicht einer von uns. Es wird Abend.«

In dieser Nacht besuchte Nechoschta, seine Stiefmutter, Jiftach plötzlich in seiner Kammer. Sie öffnete die Tür und stand barfüßig auf der Schwelle, genau wie Piteda immer barfüßig in seine Kammer gekommen war, aber zwischen ihren weißen Fingern trug Nechoschta eine weiße Kerze, und die Flamme zitterte. Jiftach sah das blasse Lächeln, als sie an sein Bett trat und mit einer kalten, feuchten Hand seine Stirn streichelte. Sie flüsterte ihm zu:

»Waise. Schlaf jetzt, Waise.«

Er wusste nicht, was er zu ihr sagen sollte.

»Nun gehörst du mir, Waise, dünner Welpe. Schlaf jetzt.«

Mit den Fingerspitzen berührte sie für einen Moment die Locken auf seiner Brust. Dann hielt sie inne.

Als sie die Kammer verließ, blies die Stiefmutter das Licht aus. Lampe und Kerze nahm sie mit sich. Es war dunkel.

Die ganze Nacht lang tobte draußen der Sturm. Der trunkene Wind rüttelte an den Mauern des Hauses. Die Säulen stöhnten und die Deckenbalken knarrten und wimmerten. Im Hof spielten die Hunde verrückt. Das erschrockene Vieh murrte und klagte in der Finsternis.

Bis zur Morgendämmerung wachte Jiftach hinter der Tür, aus Angst, dass sie kommen könnten. Er nahm ein Messer zwischen die Zähne. Er meinte hinter der Tür leichte Schritte zu hören, die auf und ab gingen, das Rascheln von Stoff, der sich an Stein reibt, ein ächzendes Geräusch im Treppenhaus. Draußen lachte eine Hyäne, ein Vogel schrie, Eisen klirrte am Rand der Schatten. Haus und Hof waren fremd und unheimlich.

Mit dem ersten Licht verschwand Jiftach durch das Fenster im Dachboden. Mit dem Messer zwischen den Zähnen kletterte er an den Weinranken nach unten, vom menschenleeren

Gut stahl er Wasser, Brot, ein Pferd und einen Dolch, und flüchtete vor Jamin, Jemuel und Asur, seinen Brüdern, den Söhnen seines Vaters, in die Wüste.

Gilead der Gileaditer, der Herr des Hofs, wurde auf dem Friedhof, am Grab der Verstoßenen, bei der Beerdigung seiner Sklavin Piteda nicht gesehen, auch nicht nach der Beerdigung, nicht am Abend, nicht in der Nacht.

Die Sonne ging auf, der Sturm ließ nach. Der Wüstensand saugte alles Wasser auf, war wieder trocken und glänzte in dem schrecklichen Licht.

Die Dünen erhoben sich in kompromisslosem und unbarmherzigem Weiß.

Nur in den Felsspalten blieb noch ein wenig Wasser stehen, und die Sonne spiegelte sich darin. Für einen Augenblick dachte Jiftach, dass die Vertiefungen in den Steinen die Überreste der Blitze aus der Nacht speicherten. Diese Bilder hatte er schon früher einmal gesehen, in seinen Träumen. Alles, die Berge, die Dünen, den Wind, das Blenden, alles rief ihn: Komm, komm.

Nach einige Stunden, als ihn das Pferd bereits weit weg vom Hof seines Vaters gebracht hatte, sah er plötzlich klar: Zu den Ammonitern. Es war Zeit für ihn, zu den Söhnen Ammons zu gehen. Eines Tages würde er mit der Schar der Ammoniter zurückkommen und den Hof in Brand setzen. Und in der Zeit, in der das Feuer alles fraß, würde er den bewusstlos zusammengebrochenen Alten auf seinen Armen aus den Flammen tragen und ihn zwischen Glut und Asche legen, ihm Wasser geben und seine Wunden verbinden. Wenn Gilead seine Frau und seinen Hof und seine Söhne verlor, was bliebe ihm noch außer dem Sohn, der ihn rettete.

Und dann könnten sie gemeinsam losziehen und das Meer suchen.

Im Licht der Tonlampe schrieb in der Nacht darauf der Hofbeamte in das Buch des Hauses: Jiftach ist vom Erbe ausgeschlossen, weil er Sohn einer anderen Frau ist. Und er fügte hinzu: Finsternis und Zorn brüten Finsternis und Zorn aus. Das alles ist böse, der Flüchtige ist böse und die Hinterbliebenen sind böse. Böse werden unsere letzten Tage sein. Möge Gott seinem Diener verzeihen.

5.

Lange lebte Jiftach bei den Ammonitern in der Stadt Abel-Keramim. Von Kindesbeinen an sprach er ihre Sprache, kannte ihre Gesetze und Lieder, denn seine Mutter war eine Ammoniterin, entführt von den Gileaditern, als sie die Siedlungen der Ammoniter hinter der Wüste überfallen hatten.

In Abel-Keramim fand er den Vater seiner Mutter und ihre Brüder, alles große Menschen, und sie nahmen Jiftach an und brachten ihn zu den Palästen und Tempeln. Die Minister von Ammon schätzen ihn, weil seine Stimme kalt und zwingend war, weil in seinen Augen manchmal ein gelber Funke aufblitzte und weil er wenig sprach. Sie sagten:

»Dieser Mann ist dazu bestimmt, ein Herrscher zu sein.«

Und sie sagten auch:

»Es scheint, diesen Mann berührt nichts.«

Und auch:

»Das ist schwer festzustellen.«

Beim Bogenschießen oder bei einem Gelage schien es den Menschen um ihn herum, als bewege sich Jiftach langsam, fast müde oder leicht unschlüssig. Das aber täuschte: wie ein in Seide eingeschlagener Dolch.

Er konnte einem Fremden sagen: Steh auf, geh, komm. Und der Mann würde aufstehen, gehen und kommen, ohne dass Jiftach ein Wort sagte, nur seine Lippen bewegten sich.

Sogar wenn Jiftach einen von den Ältesten der Stadt ansprach und sagte: Sprich jetzt, ich höre dir zu, oder: Sprich nicht, ich höre dir nicht zu, verspürte der Ehrbare einen inneren Zwang zu antworten:

Ja, mein Herr.

Viele Frauen in Abel-Keramim liebten ihn. Wie seinem Vater Gilead war auch Jiftach die Kraft der Traurigkeit und der stillen Herrschaft gegeben. Die Frauen sehnten sich danach, diese Kraft aufzulösen und in die Traurigkeit einzudringen, und auch sich geschlagen zu geben. In der Nacht, auf den seidenen Laken, flüsterten ihm die Frauen ins Ohr, Fremder, Fremder. Wenn seine Haut die ihre berührte, schrien sie. Und er, stumm und in Gedanken versunken, als wäre er zugleich da und nicht da, verstand es, ihnen eine strömende Melodie zu entlocken, und auch die langsamen, gepeinigten Klänge, ein glühendes Wölben und Schwellen, bis es explodiert, Nacht für Nacht beharrlich stromaufwärts segelnd, bis zur äußersten Grenze der Seele.

Damals herrschte Gatel über die Ammoniter. Er war noch ein Jüngling. Als Jiftach zu Gatel, dem König, kam, sah dieser ihn an, wie ein kränklicher Jüngling einen Wagenlenker in einem Pferderennen ansieht, und bat ihn, Geschichten zu erzählen: Der Fremde möge dem König Geschichten erzählen, damit sein Schlaf des Nachts süß werde.

Wenn es Abend wurde, ging Jiftach manchmal zu Gatel, dem König, um ihm von dem Wolf zu erzählen, den er mit bloßen Händen zerrissen hatte, von den Kriegen zwischen den Beduinen und den Hirten, von den Knochen, die in der Mittagssonne in der Wüste bleichen, von der Angst vor den Stimmen, die des Nachts aus der Wüste dringen.

Es geschah, dass der König, der Jüngling, mehr hören wollte, mehr, mehr. Er bat ihn, bei ihm zu bleiben: geh nicht weg, Jiftach, bis ich in der Dunkelheit einschlafe, aber manchmal brach er in ein mattes Lachen aus, wie ein Geisteskranker, und konnte nicht aufhören, bis Jiftach seine Hand auf seine Schulter legte und sagte:

Gatel, hör auf zu lachen.

Dann hörte der König der Ammoniter auf zu lachen und schaute Jiftach mit seinen blauen Augen an und bat, mehr, mehr.

Im Laufe der Zeit ließ der König Gatel Jiftach immer näher an sich heran und war begierig darauf, zu sehen, ob der gelbe Funke in Jiftachs Augen aufblitzte oder nicht.

Diese Dinge sahen die Ältesten Ammons mit Unbehagen: Ein junger Sklave kommt von den Dünen in die Stadt, und nun steht der König vollkommen in seinem Bann, und wir sehen zu und schweigen.

Gatel las viele Bücher über die Geschichte, Chroniken früherer Zeiten. Er sehnte sich danach, einer dieser harten und schrecklichen Könige zu sein, die viele Länder unter ihre Herrschaft gebracht hatten. Weil er aber aus ganzem Herzen die Wörter liebte, und immer an die Wörter dachte, die seine Geschichte beschreiben würden, und nicht an die historischen Taten selbst, befielen ihn selbst bei einfachen Fragen Zweifel. Wenn er sich für einen neuen Pferdeknecht entscheiden, den Bau eines Turms an der Mauer befehlen oder zwischen zwei Handlungen wählen sollte, quälte er sich darüber die ganze Nacht lang, weil er alle Möglichkeiten hin und her erwog.

Wenn Jiftach ihm einen Hinweis darauf gab, was gut wäre und was schlecht, war Gatel so dankbar und voller Zuneigung, dass er keine Worte fand, es Jiftach mitzuteilen, denn die Wörter halten dich zum Narren, wenn du ständig hinter ihnen her bist.

Er sagte:

»Lass uns nach Aroer oder Rabat Ammon reiten und nachschauen, ob die Feigenbäume schon Früchte tragen.«

Und er fügte hinzu:

»Oder wir lassen es, weil die Konstellation der Sterne heute nicht günstig ist.«

Und er sagte:

»Mein Ohr und mein Knie haben mir die ganze Nacht wehgetan. Und jetzt quälen mich ein Zahn und der Magen. Du, erzähle mir von jenem Kind, das die Hundesprache beherrschte, geh nicht fort von mir.«

So geschah es, dass Gatel, der König, liebte und verwirrt war, und wenn Jiftach morgens nicht zum Palast kam, stampfte er mit den Füßen auf vor Sehnsucht. Im Palast gingen sie insgeheim dagegen an. Sie sagten zueinander:

»Das wird kein gutes Ende nehmen.«

Und die Stadt Abel-Keramim war groß und fröhlich. Der Wein sprudelte, die Frauen hatten runde Hüften und rochen süß, die Knechte waren gut gelaunt und flink, die Sklavinnen anmutig und die Pferde schnell. Kemosch und Milkom verwöhnten die Stadt. Jeden Abend riefen die Trompeten zum Gelage, und in der Nacht hörte man die Spieler und Musiker, und auf allen Plätzen der Stadt brannten Fackeln bis zur Morgendämmerung, bis die Karawanen die Stadt verließen.

Jiftach entsagte den Vergnügungen Abel-Keramims nicht. Er probierte alles aus, er sah sich alles an, aber er berührte alles nur mit den Fingerspitzen, denn seine Seele war woanders, und im Herzen sagte er sich: Sollen die Ammoniter vor mir spielen. In der Nacht kamen drei, vier Frauen zu ihm, und Jiftach liebte es, es wild mit ihnen zu treiben, er schlief mit einer Frau nach der anderen, während sie sich gegenseitig mit dem Mund Lust bereiteten, und er kam zwischen sie, mit der Peitsche der Lust und der Rute des Zorns, und nach dem Liebesrausch sangen ihm die Frauen ammonitische Lieder vor, über die Kraft des Wassers und über den Hirsch im Weinberg, über Leid und Erbarmen, und er lag zwischen ihnen wie ein träumendes Kind, und sie waren die Mutter, *Jam Jam.* Beim ersten Tageslicht sagte er zu den Frauen, jetzt müsst ihr gehen, es reicht. Und er saß am Fenster und sah, wie die Lichtfinger emporstiegen und die Berge blass wurden und dann das ferne Feuer und schließlich: die Sonne.

Der Sommer kam und ging. Die Herbststürme schüttelten die Wipfel. Alte Pferde bäumten sich plötzlich auf und wieherten. Jiftach saß am Fenster und dachte an das Haus seines Vaters. Plötzlich wurde er von der Sehnsucht gepackt, mit dem Priester des Hofes und mit seinen drei Brüdern Jamin, Jemuel und Asur im Stall zu sitzen, der Priester würde ihnen eine heilige Geschichte vorlesen, draußen würde das Wasser in den Kanälen laufen, und die Obstgärten würden herbstlich schimmern und die Weinreben, die ihre Blätter bereits abgeworfen hatten, würden nach Herbst riechen. Sehnsucht drang in ihn wie die Spitze eines Pfeils, und seine Seele litt.

Er stand auf und stellte sich ans Fenster. Hinter ihm, auf seinem Bett, lag eine der schönen Frauen, und ihre Haare bedeckten ihr Gesicht, sie atmete ruhig. Er lauschte ihrem Atem, als wäre er eine leichte Brise, und plötzlich konnte er sich nicht daran erinnern, wer diese Frau war, er wusste auch nicht mehr, ob er schon bei ihr gelegen hatte oder noch nicht und warum er überhaupt bei ihr liegen sollte.

Jiftach saß auf der Bettkante und sang der Schlafenden ein Lied der Lieder seiner Mutter Piteda vor. Aber seine Stimme war hart, und das Lied klang bitter und stechend. Er berührte ihre Wange mit seinen Fingerspitzen, doch sie wachte nicht auf. Wieder ging er zum Fenster und sah die dunklen Wolken, die eilig nach Osten zogen, als habe sich hinter dem Horizont etwas ereignet und sie müssten dort hingelangen, bevor es zu spät wäre. Aber er wusste nicht, um welchen Ort es sich handelte und wer ihn zum Aufbruch rief, und er sagte sich:

»Nicht hier.«

Und dann dachte Jiftach noch: Mein Bruder Asur ist nicht Abel und ich bin nicht Kain, Gott der Schlange in der Wüste, verbirg dich nicht vor mir. Rufe mich, hole mich zu dir. Wenn ich es nicht verdient habe, auserwählt zu sein, dann nimm mich als Söldner zu dir: Ich werde in der Nacht mit dem Messer kommen und mit Freuden deine Feinde töten, und du wirst dich, wenn du willst, am Tag danach vor mir verbergen, als wären wir uns fremd. Du bist der Gott des Fuchses und des Geiers, und ich liebe deinen Zorn und bitte dich nicht, freundlich zu mir zu sein. Ich möchte nur an deinem Zorn und deiner einsamen Trauer teilhaben. Der Zorn und die Traurigkeit sind für mich ein Zeichen, denn ich bin nach deinem Ebenbild erschaffen, ich bin dein Sohn, ich gehöre dir, und du wirst mich in der Nacht zu dir nehmen, denn ich bin nach deinem Zorn erschaffen, du Gott der Wölfe in der Wüstennacht. Du bist ein müder Gott, ein verzweifelter Gott, und was du liebst, verbrennst du mit Feuer, weil du eifersüchtig bist. Ich sage dir, deine Liebe, Gott, ist verdammt, und meine Liebe zu dir ist verdammt. Ich kenne dein Geheimnis, denn ich bin dein Geheimnisträger: Mich hast du wie Abel und sein Opfer behandelt, aber im Herzen liebst du Kain, Kain liebst du und deshalb hast du deine zornige Gnade über Kain ausgegossen und nicht über seinen unschuldigen Bruder. Und du hast Kain auserwählt und nicht Abel, unstet und flüchtig sollst du sein auf Erden, und du hast Kain ein Zeichen aufgemalt, damit er überallhin geht und dein Ebenbild zu den Menschen und den Hügeln trägt, du bist der Gott Kains, du bist der Gott des Jiftach, des Sohns von Piteda. Kain ist Zeuge und ich bin Zeuge für dein Ebenbild, Gott des Blitzes im Wald, des Feuers in der Scheune, des Gebells der wahnsinnigen Hunde in der Nacht, ich kenne dich, denn du bist in mir. Ich bin der Sohn der Ammoniterin, ich liebte meine Mutter, und sie liebte meinem Vater innig, und mein Vater sehnte sich aus der Tiefe nach dir, gib mir ein Zeichen.

Die Stadt Abel-Keramim war ein Knotenpunkt der Karawanenwege, und wenn der Abend herabsank, sammelten sich zwischen den Toren der Stadt unzählige Karawanen, die aus der Ferne den Reichtum Ägyptens brachten, Parfüm und Kupfer aus Assyrien, Glas aus Tyros und Sidon, Wildbret aus dem Süden von Edom, aus Judäa Weintrauben und Oliven, aus Aram-Naharaim Wein, Seide aus Aram-Zobah, kleine, blauäugige Knaben von den blauen Inseln im Meer, und hethitische Huren, Schmuck, Myrrhe und Sklavinnen, das alles sammelte sich bei Einbruch der Nacht innerhalb der Mauern, und dann wurden die schweren Tore geschlossen, und die Stadt füllte sich mit Fackellicht und Tumult. Manchmal fingen die goldenen Kuppeln Lichtfunken ein, Lichtfunken wie Tropfen von Blut und Feuer, die sich über alles ergossen, und aus den Tempeln drang verzückende Musik.

Jiftach hatte genug von Frauen, vom Wein und vom Königshof. Obwohl er diese ganze Pracht genoss, schien sein Gesicht wie von Feuer verbrannt. Die Schönsten des Landes glitten nachts in seinem Schlafgemach über seine Haut und schlürften seine Kraft wie trunkene Vögel. Ihre Lippen flatterten über seine Brusthaare, und sie flüsterten ihm zu, Fremder, Fremder. Er schwieg und seine Augen drehten sich nach innen, weil sie draußen nichts fanden.

Mit der Zeit wuchs der Neid in der Stadt. Die Mächtigen Ammons waren auf ihre Frauen und Töchter eifersüchtig, und auch auf den König waren sie eifersüchtig. Die Ältesten berieten: Ammon ist der Knecht des Königs Gatel, und der König Gatel ist wie eine Frau in den Händen Jiftachs des Gileaditers, und dieser Jiftach ist nicht einer von uns, denn er gehört nur sich selbst.

Dieses Gerede erreicht auch die Ohren des Königs, der sich schon eine ganze Weile wegen seiner übertriebenen Liebe zu Jiftach verachtete. Nachts dachte er manchmal, ich werde befehlen, dass man diesen gelben Mann tötet.

Aber er ließ sich Zeit, weil er immer beide Seiten sah.

Als die Worte der Ältesten und das Raunen, der König sei wie eine Hure, die zu Füßen des Fremden liege, die Ohren des Königs erreichten, füllten sich seine Augen mit Tränen. Alle Tage seiner Jugend hatte er davon geträumt, große Kriege zu führen, wie einer dieser furchterregenden Könige in der Vergangenheit, aber er wusste nicht, wie man einen Krieg führt, und wenn er sein Gemach verließ, wurde ihm von der Sonne schwindlig, und beim Geruch der Pferde klapperten seine Zähne. Deshalb rief er eines Tages Jiftach zu sich und sagte zu ihm, nimm Soldaten, Kutschen und Speere, Pferde und Reiter, nimm Zauberer und Priester und gehe in das Land Gilead und erobere für mich das Land, in das deine Mutter als Sklavin entführt worden war. Wenn du dich weigerst zu gehen, weiß ich, dass die Worte der Ältesten wahr sind, dass du nicht von uns bist, sondern ein Fremder. Ich bin der König, und ich habe gesprochen. Gib mir ein Glas Wasser, dass ich es trinke.

In dieser Nacht träumte Jiftach von der Wüste. Im Traum erkletterte er einen steilen Felsen, blieb aber in der Mitte stecken, weil der Stein so glatt wie Glas aus Sidon war, er konnte weder weiterklettern noch hinabsteigen, er konnte nur die Augen schließen, denn unter ihm lag ein blitzender Abgrund voller spitzer, weißer Felsen. Der Wind fauchte wie ein wildes Tier. Da berührte die Hand einer Frau seinen Rücken und streichelte seine Haut, und diese Berührung schwächte ihn, so dass seine Finger, die sich an der Wand festgekrallt hatten, sich lockerten und das Herz aufgeben und dahin gehen wollte, wohin die Frau ihn gerufen hatte. In der Tiefe der Höhle wehte es, und es roch nach Moder, und das Licht war grünlich und giftig, aber die Frau war da, neben ihm, und Stille und kaltes Wasser und Beruhigung.

Als er am nächsten Morgen aufstand, wusste er, dass seine Tage in Ammon zu Ende waren, dass er gehen musste. Draußen lag die stolze Stadt mit den üppigen Dattelbäumen und den goldglänzenden Türmen. Als die Morgensonne dieses Gold berührte, entflammte die ganze Stadt. Da war eine Traurigkeit, die Jiftach nicht erwartet hatte. Er dachte, ein

Mann könne aufstehen und gehen, ohne zurückzuschauen. Fast hätte sich sein Sinn gewandelt: Als hätte Abel-Keramim scharfe Krallen der Sehnsucht in ihn geschlagen, die ihn festhielten und ihn nicht ziehen ließen.

Aber Gatel drängte ihn. Wann führst du für mich einen Krieg, um mich fröhlich zu stimmen, ich habe einen ganzen Tag lang gewartet, und es gibt noch immer keinen Krieg, wie lange willst du noch warten, Jiftach.

Jiftach wartete nicht länger.

Er erhob sich und floh in die Wüste. Er ging nicht allein. Er nahm seine Tochter mit, die ihm eine der Frauen, mit denen er gewesen war, geboren hatte.

Sieben Jahre alt war Piteda, als ihr Vater sie auf dem Rücken eines Pferdes aus der Stadt in die Wüste brachte. Sie war eine Ammoniterin, Tochter einer Ammoniterin, ihre Kindheit hatte sie unter Sklavinnen, Eunuchen und erlesenen Seidenstoffen verbracht, denn zehn Jahre lang hatte Jiftach in der Stadt Abel-Keramim geweilt.

Als sie die Stadt durch das Dungtor verließen, lachte Piteda vor Freude, denn sie liebte es, zu reiten, sie dachte, dass sie nach dem Tagesritt in die Wüste am Abend zu ihrer Mutter und ihrer Katze zurückkehren würde. Aber als sich die erste Nacht über die Wüste senkte, erschrak sie und begann zu toben und sie verfluchte ihren Vater und trat mit ihrem kleinen, starken Fuß nach dem Pferd. Wenn sie schimpfte, wurden ihre Lippen rund und herzzerreißend.

Sie hörte nicht auf zu schreien, bis die Stimmen der Wüste sie einschlafen ließen. Am Morgen gab ihr Jiftach eine Flöte, die er aus einem Papyrusrohr gemacht hatte. Piteda konnte die Lieder Abel-Keramims spielen, die Lieder, die die Mätressen und die Huren nachts auf den Plätzen sangen. Das Mädchen spielte auch Lieder, die von seiner Mutter Piteda stammten. Sie spielte; und Jiftach hörte das Flüstern des Wassers in den Wasserrinnen der Obstgärten im Lande Gilead. Er liebte sie so sehr, wenn sie mein Vater sagte. Und er ritt sehr langsam und erzählte ihr den ganzen Tag und den ganzen Weg lang Geschichten, um sie die Hitze und die Strapazen des langen Ritts vergessen zu lassen, er erzählte vom Wolf und den bloßen Händen und die Geschichte seines Bruders Asur, der die Sprache der Hunde verstand. An diesem Tag redete Jiftach so viel wie noch nie in seinem Leben, weder davor noch danach.

Nach einigen Tagen hörte Piteda auf, nach ihrer Mutter und ihrem Zuhause zu fragen. Er eröffnete ihr, dass das Meer ihr Ziel sei. Als sie ihn fragte, was das Meer sei, sagte er, es sei ein Land mit großen Hügeln, aber nicht aus Sand, sondern aus Wasser. Als sie ihn fragte, was das Meer biete, sagte er, vielleicht Ruhe. Und als sie wissen wollte, warum die Erde nicht das Wasser aufsaugte, wie sie es sonst tat, konnte er nicht antworten, er sagte nur:

»Jetzt bedecke deinen Kopf vor der Sonne.«

Piteda sagte:

»Wann erreichen wir dieses Meer?«

Jiftach sagte:

»Das weiß ich nicht. Ich war nie dort. Schau, Piteda, hier läuft eine Eidechse. Schon ist sie weg.«

Manchmal hob sie den Kopf zu ihrem Vater und in ihren Augen leuchtete ein müdes Licht. Der Sand und die Sonne machten sie vielleicht krank, vielleicht staunte sie auch nur. Jede Nacht hüllte er sie in sein Gewand, zum Schutz gegen die beißende Kälte.

Als der Mond abnahm, brachte Jiftach seine Tochter in eine Höhle in einer Bergkette, die Erez Tov hieß. Dort gab es eine Quelle, und einige Eichen spendeten weichen und tiefen Schatten. Neben der Quelle standen ein paar moosbewachsene Tröge, an denen die Beduinen der Wüste ihre mageren Herden tränkten. Als sie ankamen, errichteten sie dort ihre schwarzen Zelte aus Ziegenleder. Piteda, die Tochter Jiftachs, lernte Feuerholz zu sammeln und am Eingang zur Höhle

Feuer zu machen. Jiftach jagte, und am frühen Abend briet er im Feuer das Fleisch des Damhirsches oder den Bauch der Schildkröte.

Der abnehmende Mond rollte in den Nächten langsam die Linie der Berggipfel entlang, als wollte er vorsichtig erst den Boden der Wüste prüfen, bevor er ihn mit zartem Silber übergoss. Im Mondlicht sahen die Berggipfel wie gezahnt aus, sie glichen einem hungrigen Maul.

Früh am Morgen holte Piteda kaltes Wasser von dem Trog und kam barfuß zu ihrem Vater zurück, um ihn mit Wasser zu bespritzen und zu wecken. Nachdem er aufgestanden war, spielte sie für ihn auf der Flöte und Jiftach saß da und hörte schweigend zu, die Musik aufsaugend, als wäre sie Wein.

Die Wüstenbeduinen, die Bewohner von Erez Tov, waren verbitterte Bergmenschen. Jiftach schloss Freundschaft mit ihnen. Knochige Frauen nahmen sich des Mädchens an und verwöhnten sie den ganzen Tag, denn in Erez Tov wurde kein Kind geboren, die Bewohner des Landes wanderten ruhelos zwischen der Ebene und den Berghöhlen umher. Manchmal überfielen die Ammoniter und die Söhne Israels das Land Erez Tov, um die Beduinen zu töten. Die Beduinen waren verlorene Menschen: Unter ihnen waren Mörder und welche, die vor Mördern geflohen waren, unter ihnen waren Hasser, deren Hass kein bewohntes Land ertragen konnte, und Gehasste, die von Hunden gejagt wurden, unter ihnen waren Wahrsager, Sonderlinge, die Wurzeln und Unkraut aßen, um der Welt nicht noch mehr Leid zuzufügen.

Über dieses Land erstreckte sich ein Himmel aus geschmolzenem Eisen. Und die Erde war kupfern: ausgedörrt und rissig. Aber die Nächte in Erez Tov waren stark wie schwarzer Wein. Eine gnädige, leichte Kühle in der Nacht schonte die verlorenen Menschen und die dürren Herden und schonte sogar die Hitze selbst.

Eines Tages brachte man Jiftach und seine Tochter vor den Ältesten der Beduinen.

Der Älteste war ein faltiger, knochiger Greis, dessen Gesicht wie Pergament war, und nur die Linien seiner Kiefer deuteten einen Rest von Macht oder Unbarmherzigkeit an. In einem trockenen Flussbett stand Jiftach vor diesem Greis. Er schwieg, weil er es vorzog, erst zu hören, was der alte Mann zu sagen hatte. Der Alte lag wie schlummernd auf dem Höcker seines grauen Kamels und wartete auf die Worte des Fremden. Sie schwiegen lange, mit hartnäckiger Geduld testete einer die Schweigsamkeit des anderen, mit etwas Abstand von einem Kreis magerer Frauen umringt.

Der Alte lag in der Sonne, wie eine Eidechse, mit unbewegter Miene. Jiftach stand vor dem Kamel, mit einem Gesicht wie aus Stein. Zu seinen Füßen grub Piteda, seine Tochter, Löcher in den Sand, um herauszufinden, woher die Ameisen kamen. Es herrschte Stille. Nur die Schatten des Mannes, der auf dem Kamel saß, und des Mannes, der davor stand, bewegten sich langsam mit der Sonne, die am weißen Himmel immer höher stieg. Es war ein sehr langes Schweigen. Am Ende sprach der Greis heiser:

»Wer bist du, Fremder?«

Jiftach sagte:

»Der Sohn von Gilead des Gileaditers bin ich, mein Herr, geboren von einer ammonitischen Sklavin.«

»Ich frage nicht nach deinem Namen und nicht nach dem Namen deines Vaters, ich frage dich, wer bist du, Fremder?«

»Ich bin fremd, wie du schon sagtest, mein Herr.«

»Und warum bist du hierhergekommen. Die Ammoniter oder die Söhne Israels haben dich zu uns geschickt, um uns an den Feind zu verraten.«

»Ich teile mit Israel nichts und habe auch nichts mit den Söhnen Ammons zu schaffen.«

»Du bist verzweifelt, Fremder. Ich sehe deine Augen, und

sie sind nach innen gewandt, wie es bei verzweifelten Menschen der Fall ist. Wen betest du an?«

»Nicht Milkom.«

»Wen betest du an?«

»Den Gott der Wölfe in der Wüstennacht. Ich bin das Ebenbild seines Hasses.«

»Und das Mädchen.«

»Piteda ist meine Tochter. Und sie wird der Wüste von Tag zu Tag ähnlicher.«

»Du bist ein mutiger Mann. Komm mit uns töten und plündern, wie einer dieser jungen Männer. Komm mit uns heute Nacht.«

»Mein Herr, ich bin ein Fremder. Zwischen Fremden habe ich mein Leben lang geweilt.«

6.

Und Jiftach gefiel den Beduinen von Erez Tov.

Im Laufe der Zeit bekämpfte er mit ihnen ihre Feinde und plünderte mit ihnen einige Male das bewohnte Land, denn diese Beduinen hassten alle Menschen, die einen Wohnsitz hatten. In der Nacht glitten sie durch die Zäune, und wenn sie im Inneren waren, waren sie unsichtbar wie ein böser Wind. Der Ermordete starb lautlos und die Mörder verschwanden lautlos. Sie kamen mit Messern oder Dolchen. Und mit Feuer. Morgens flackerte und qualmte es noch in dem zerstörten Hof im Lande Ammons oder Israels. Und Jiftach wurde immer wichtiger, denn er hatte die Eigenschaften eines Herrn. Er war so stark, dass er nur mit der Stimme, ohne eine Miene zu verziehen, den anderen seinen Willen aufzwingen konnte. Wie immer sprach er auch jetzt nur wenig, denn er liebte die Wörter nicht und er traute ihnen nicht.

Eines Nachts gelang es ihnen, sich in das Gut von Gilead dem Gileaditer, zu stehlen, das am Rande von Gilead, am Rande der Wüste lag.

Lange huschten die Schatten über die Pfade des Hofes, durch die dunklen Obstgärten und das Dickicht der Weinreben bis zum Eingang des Hauses, das aus gebranntem Basalt gebaut war. Aber Jiftach erlaubte seinen Leuten nicht, das Haus anzuzünden, denn in seinem Hass regte sich plötzlich die Sehnsucht, und er erinnerte sich an die Worte, die sein Vater in jener lange zurückliegenden Nacht und an jenem lange zurückliegenden Tag zu ihm gesagt hatte, du bist unrein, Sohn eines Unreinen. Du bist für dich, und ich bin für mich. Jeder ist für sich alleine. Hier ist eine Eidechse, und schon ist sie weg.

Er kauerte auf allen vieren und trank Wasser aus dem Kanal. Dann pfiff er wie ein Nachtvogel und seine Leute versammelten sich und kehrten zurück in die Wüste, ohne Feuer gelegt zu haben.

Die Beduinen griffen Ammon wie Israel an und bekämpften und töteten, wen sie fanden. Tagsüber schliefen sie in einer Höhle, und die wenigen schwarzen Ziegen, die sie hatten, lagen bei den Eichen, am Wassertrog aus bemoostem Stein. Knochige Frauen mit dunklen Gewändern hüteten am Tag die Herde, und die Sonne verschmolz alles mit kochendem Hass. Jede Nacht zogen die Beduinen aus ihrem Versteck, um die bewohnten Orte zu überfallen. Auf dem Rückweg sangen sie bittere Lieder, die sich anhörten wie langgezogenes Heulen. Immer wieder geschah es, dass ein Mann mitten im Lied schrie und dann plötzlich verstummte.

Auch Piteda gefiel den Beduinen. Sie war ein schönes und dunkles Mädchen mit einem träumerischen Gang, als wäre sie aus einem zerbrechlichen Stoff gemacht, und auch die Erde unter ihren Füßen und die Gegenstände zwischen ihren

Fingern schienen zerbrechlich zu sein, und es wäre an ihr, ständig aufzupassen.

Die hartgesottenen Frauen liebten Piteda, weil in Erez Tov keine Kinder zur Welt kamen. Sie spielte die Flöte für die Berghänge und die Felsen, wenn sie keine Zuhörer hatte. Wenn Jiftach aus der Ferne die Flöte hörte, klang es für ihn wie der Wind im Weinberg seines Vaters, wie das Rauschen des Wassers in den Kanälen im Schatten der Obstbäume. Piteda hatte Tagträume, und er liebte sie so sehr, wenn sie ihm den Traum erzählte oder wenn sie sagte: Mein Vater.

Eine wilde Liebe hegte er zu ihr. Er war vorsichtig, wenn er ihren Kopf streichelte oder ihre Schultern umarmte, weil er sich daran erinnerte, wie sein Vater Gilead ihn gehalten hatte, als er ein kleines Kind war. Er sagte:

»Ich tu dir doch nicht weh. Gib mir deine Hand.«

Und das Mädchen antwortete:

»Aber du schaust mich so an, und ich muss lachen.«

Eine wilde Liebe hegte er zu ihr. Wenn er daran dachte, dass eines Tages ein fremder Mann zu ihm kommen würde, um Piteda abzuholen, ein kleiner, vielleicht dicker Mann, der Piteda in seinen behaarten Armen halten und nach Schweiß und Zwiebeln stinken würde, der ihre Lippen lecken und beißen und mit groben Fingern in ihren Reizen wühlen würde, dann kochte das Blut in seinen Adern. Jiftachs Augen waren blutunterlaufen, und sie sah es und lachte, und er kühlte seine glühende Stirn mit der Klinge seines Dolches und flüsterte ihr zu, spiel, Piteda, spiel, und wie ein Erblindender lauschte er der Melodie, bis der Zorn abebbte und der Kummer in seiner Kehle wie Asche schmeckte. Es geschah, dass er in seiner ekstatischen Liebe tobte, wie sein Vater Gilead getobt hatte, und manchmal wünschte er sich zu wissen, wie man den Zaubertrank zubereitete, um ihn für sie zu kochen und sie vor dem Bösen zu beschützen.

Sie wuchs vor seinen Augen und vor den Augen der Beduinen. Wenn sie kein Brennholz sammelte und nicht mit den knochigen Frauen das Vieh tränkte, saß sie unten am Flussbett und baute aus Kieselsteinen Türme, Schutzwälle, Schlösser und Tore, um plötzlich lustvoll alles zu zerstören und zu lachen. Wenn die Dornbüsche blühten, band sie Kränze daraus. Alles war so, als würde sie es im Traum sehen, ihre runden Lippen berührten sich nicht, sondern waren leicht geöffnet. Manchmal fand sie einen Knochen, dann hielt sie den weißen Knochen in ihren dunklen Händen vor ihr Gesicht, sang dem Knochen ein Lied und blies ihn an und berührte ihre Haare mit ihm.

Aus den Zweigen der Büsche schnitzte sie kleine Figuren, ein galoppierendes Pferd, ein kauerndes Schaf, einen schwarzen Greis, auf einen Stock gestützt. Sonderbare Dinge, die nicht lustig waren, brachten Jiftachs Tochter zu schallendem Lachen: Wenn eine Frau ihre Bündel am Höcker eines Kamels befestigte und das Kamel erschrak und alles zu Boden warf, dann lachte Piteda ihr warmes, tiefes Lachen. Oder wenn einer der Beduinen, mit dem Rücken zu ihr, den Kopf gesenkt, als wäre er tief in Gedanken versunken, sein Wasser in einer Felsspalte abschlug, dann lachte Piteda und konnte nicht aufhören zu lachen, auch wenn der Mann böse wurde und sie beschimpfte.

Wenn einer der Männer sie plötzlich von der Seite anschaute, mit starrem Blick, die Lippen leicht geöffnet, die Zungenspitze zwischen den Zähnen, dann reizte dieser Blick sie zum Lachen. Wenn aber Jiftach die Blicke des Mannes sah, begannen seine Augen vor kaltem Zorn zu sprühen. Piteda ließ ihre Augen zwischen den beiden hin und her gehen, als ziehe sie einen Strich, und lachte noch mehr. Auch wenn er schrie, genug, hörte sie nicht auf zu lachen, und manchmal steckte sie ihn mit ihrem Lachen an, und auch er konnte nicht aufhören damit. Die jungen Beduinen sahen darin ein Zeichen innerer Freude, aber in den Augen der

Frauen war es keine Freude, sondern etwas, das böse enden würde. Die Frauen der Beduinen brachten Piteda Weben, Kochen und Ziegenmelken bei, und wie man einen sturen Ziegenbock zur Räson bringt. All diese Dinge fielen dem Mädchen leicht, doch ihre Gedanken schienen dabei immer weit weg zu sein.

Einmal sagte sie zu ihrem Vater Jiftach:

»In der Nacht gehst du hinaus, um zu kämpfen, du kommst als Sieger zurück, und tagsüber schläfst du und dann sind sogar die Fliegen auf deinem Gesicht stärker als du.«

Jiftach sagte:

»Der Mensch schläft manchmal.«

Piteda sagte:

»Die Schlange schläft nie, sie kann ihre Augen nicht schließen, weil sie keine Lider hat.«

Jiftach sagte:

»In den Heiligen Schriften steht, dass die Schlange listiger ist als alle Tiere auf dem Felde.«

Piteda sagte:

»Es ist doch traurig, listiger zu sein als alle Tiere auf dem Felde. Und es ist traurig, nie zu schlafen und nie ein Auge zumachen zu können und nie in der Nacht zu träumen. Wäre die Schlange wirklich listig, fände sie einen Weg, ihre Augen zu schließen.«

»Und du?«

»Ich liebe es, dich nach den nächtlichen Kämpfen schlafend auf dem Boden liegen zu sehen, wenn die Fliegen über dein Gesicht laufen. Ich liebe dich, Vater. Und ich liebe mich selbst. Und die Orte, zu denen du mich nicht mitnimmst, da wo die Sonne am Abend sinkt. Du hast das Meer vergessen, aber ich nicht. Jetzt ziehe diesen Mantel an und muhe wie eine Kuh, und ich schaue zu und lache.«

In seinen Träumen sah Jiftach Prinzen und mächtige Männer, die zu ihm kamen, um ihn um die Hand seiner Tochter zu bitten. Sie hatten alle leere Gesichter. Wie Hunde mussten sie mit einem Stock oder einem Stein vertrieben werden, denn nicht für sie war Piteda bestimmt. Sehr langsam und schwer erschien ihm Gilead, sein Vater, im Traum. Und auch er wollte mit seiner breiten und groben Hand das Mädchen berühren, und sie floh hinter die Tröge, und Jiftach schrie im Schlaf. Oder die Jünglinge erschienen, Asur und Jamin und Gatel und Jemuel, sie alle umringten Piteda in seinem Traum, und sie hatten viele weiße Finger, um Piteda auszuziehen, und sie lachte mit ihnen und er sah zu und schrie, weil sie keine Wimpern hatten, und ihre Augen waren weit aufgerissen und schauten sie an, sie konnten sie nicht schließen, weil sie keine Lider hatten, sie schlossen sich um Piteda, und er erwachte mit einem Schrei, den Dolch in der Hand, und die Hand zitterte.

Gott, du wirst mich jetzt berühren, du hast mich noch nicht berührt, bis wann sollen wir auf dich warten. Strecke deine Hand mit den Feuerfingern nach mir aus. Ich stehe vor dir auf einem der Berge und in meiner Hand ist das Schaf zum Brandopfer, und hier ist Feuer und Holz und wo ist das Messer. Mein Leben lang werde ich mich nach deinem Schatten sehnen. Wenn du im Berg erscheinst, werde ich brennende Erde. Wenn du dich in der Mondsichel oder in ihrer Spiegelung auf dem Wasser zeigst, wird dein Diener in den weißen Dünen oder am Boden des Wassers sein. Wenn die Hunde um ihr Leben heulen, ist das ein Zeichen für deine Liebe und deinen Zorn. Lass deinen Zorn über mich kommen, Gott, dass er mich ergreife, denn du, Gott, bist einsam und auch ich bin einsam. Du wirst dir keinen anderen Sklaven nehmen außer mir. Ich bin dein Sohn und ich werde mein Leben lang Zeugnis ablegen für deine unergründlichen Schrecken, Gott der Wildkatze, die in den trockenen Flussbetten jagt, Nacht für Nacht.

Im Laufe der Zeit wurde Jiftach zum Oberhaupt der Beduinen. Er sprach wenig, und wenn er sprach, war seine Stimme leise. Wollte der Zuhörer etwas verstehen, musste er sich zu Jiftach beugen und angestrengt lauschen.

Zu jener Zeit überfiel der König Ammons Israel. Er nahm alle Städte und Höfe ein und versklavte ihre Bewohner. Wer sich retten konnte, floh, der Rest kapitulierte vor König Gatel. Der König verließ seinen Palast nicht, sondern sandte Depeschen an seine Generäle und verfasste das Buch der Kriege König Gatels.

Eines Tages kamen Jiftachs Brüder Jamin, Jemuel und Asur in die Wüste nach Erez Tov. Sie waren vor den Ammonitern geflohen, denn der Name Jiftachs war im ganzen Lande bekannt, er und seine Beduinen fügten der Armee Ammons Schaden zu und plünderten die Karawanen und verspotteten die Königsgarde, wie ein Vogel, der mit einem Bären spielt.

Jiftach verleugnete seine Identität vor seinen Brüdern nicht. Er fiel ihnen aber auch nicht um den Hals. Im Laufe der Jahre waren die ersten beiden Brüder noch grobschlächtiger geworden. Jamin, der Erstgeborene, war ein großer, korpulenter Mann, der weder seiner Mutter noch seinem Vater ähnelte, sondern eher wie der Priester des Hofes aussah. Jemuel gelang es nicht mehr, das ständige unterwürfige Grinsen von seinem Gesicht verschwinden zu lassen, auch nicht das obszöne Zwinkern, das zu sagen schien, komm, mein Freund, komm zu mir nach Hause, dann werden wir uns im Rausch suhlen. Nur Asur, der Jüngste, besaß eine scharfe Schnelligkeit, wie ein Pfeil, der vom Bogen schießt, und ähnelte seinem Bruder, dem Sohn der Ammoniterin, mehr als den Söhnen von Nechoschta Bat Zvulun.

Als sich die drei vor dem Oberhaupt der Beduinen verbeugten, sagte Jiftach:

»Steht auf, Flüchtlinge. Verbeugt euch nicht vor mir, denn ich bin nicht Josef, und ihr seid nicht die Söhne Jakobs. Steht auf, jetzt.«

Jamin, der Älteste, begann zu reden, als würde er es ablesen:

»Herr, wir sind gekommen, um dir mitzuteilen, dass der

ammonitische Feind den Hof deines Vaters erobert hat. Und unser Vater ist alt und kann nicht mehr kämpfen. Wir, deine Diener, sagen dir, steh auf, Jiftach, und rette das Haus deines Vaters und das Land deiner Ahnen, denn nur du kannst die ammonitische Schlange besiegen, sonst keiner.«

Sie baten ihn inständig, und er schwieg. Er befahl nur, die drei im Lager aufzunehmen. Jeden Tag sagten sie zu ihm: Wie lange willst du, Herr, noch warten. Und er antwortete nicht, und er beschimpfte sie nicht. Im Herzen sagte er sich: Gott, gib mir ein Zeichen.

Jiftachs Männer setzten der Armee Ammons zu. Die Nächte in Abel-Keramim waren voll Angst und Bangen vor den Truppen Jiftachs, die die Karawanen überfielen. Die Männer Jiftachs waren schnell und schlau, denn so war ihr Oberhaupt, und seine Schritte in der Nacht waren wie eine Brise oder wie ein Streicheln. In der Nacht sandte er Mörder, deren Messer leise waren, zu den Befehlshabern Ammons aus. Die Soldaten Gatels wurden in der Nacht von Angst gepackt, wenn sie die Stimme des Windes, des Wolfes oder des Raubvogels hörten, denn sie fürchteten, es wären die Beduinen Jiftachs, die diese Stimmen nachahmten. Die Männer Jiftachs kamen bis zu den Stadtmauern von Rabat Ammon, bis auf die Plätze und in die Tempel Abel-Keramims: Tagsüber schlichen sie sich mit den Karawanen in die Stadt, verkleidet als Händler, in der Nacht säten sie Angst, und am Morgen waren sie wie weggeweht und nicht mehr. Und Gatel schickte seine Armee, um den Wind zu verfolgen. In sein Kriegsbuch schrieb der König Gatel:

»Das ist die Art von Feiglingen, stechen und weglaufen. Sollen sie bei Tageslicht kommen, dann werden wir einander gegenüberstehen, und ich werde sie niederschmettern, und Friede wird sein.«

Aber die Männer Jiftachs wollten nicht bei Tageslicht kommen. Jeden Tag stand das Oberhaupt der Beduinen allein auf dem Hügel, mit dem Rücken zum Lager und dem Gesicht zur Wüste, als warte er auf eine Stimme oder einen Geruch.

Dann sandte der König Gatel eine Botschaft an Jiftach:
»Jiftach, du bist ein Ammoniter. Wir sind Brüder, und weshalb bekämpfen wir uns. Wenn du magst, komm zu mir und ich lass dich im zweiten Wagen fahren, und ohne dein Wort wird kein Mann eine Hand oder ein Bein in den Städten Ammons und Israels bewegen.«

Mit Asur, seinem Diener, sandte der Herr der Beduinen eine Antwort an Gatel, den König von Ammon:
»Ich bin nicht dein Bruder, Gatel, und nicht der Sohn deines Vaters. Du weißt, dass ich ein Fremder bin. Ich kämpfe nicht für die Söhne Israels, sondern für einen, den ihr nicht kennt. Für seine Ehre werde ich auch dich mit dem Schwert töten, auch deine Feinde, denn ich war mein Leben lang ein Fremder.«

7.

In der Nacht träumte Piteda in ihrem Zelt in Erez Tov. Im Traum war sie eine Braut im Brautkleid. Die Mädchen tanzten mit Harfen und Trommeln um sie herum, und ihre Arme waren bereift.

Sie erzählte ihrem Vater von diesem Traum, und Jiftach geriet in Zorn. Mit beiden Händen packte er sie an ihren Schultern und schüttelte sie und sagte erschrocken, sage mir, wer dein Bräutigam war. Er flehte sie an, und seine Hände drückten mit Gewalt auf ihre Schultern, und sie begann plötzlich zu lachen, wie sie sonst auch lachte, ohne Grund. Da schlug er ihr wild mit dem Rücken seiner Hand ins Gesicht und brüllte, wer war der Bräutigam.

Piteda sagte:
»Du schaust mich mit Mörderaugen an.«

»Wer war es, sage es mir.«

»Ich habe im Traum sein Gesicht nicht gesehen, nur sein Atem streifte mich sehr warm. Du, auf deinen Lippen ist plötzlich Schaum. Geh, stecke deinen Kopf in den Bach.«

»Wer war es?«

»Schlage mich nicht, denn ich werde laut lachen und das ganze Lager wird mich hören.«

»Wer war es?«

»Du weißt doch, wer mein Bräutigam ist, und warum schreist du mich an, und warum zitterst du jetzt am ganzen Körper.«

Sie stand da und lachte, und er stand ihr gegenüber, verblüfft, seine Augen waren geschlossen, und er sagte sich, ja, ich weiß es, und ich weiß auch, warum ich erschrak. Sie standen noch so da, als die Ältesten Israels angeritten kamen, um sich ihm zu Füßen zu werfen.

Er machte die Augen auf und sah, wie sie kamen, und er sah unter ihnen Gilead, seinen Vater, schwer und breit und hässlich, wie er schon immer gewesen war, nur sein Bart war ergraut.

Wegen des Wüstenstaubs hoben die Ältesten Israels ihre Gewänder. Sie fielen vor dem Oberhaupt der Beduinen flach auf ihre Gesichter. Nur Gilead verbeugte sich nicht vor seinem Sohn. Da stieg Freude in Jiftach auf, eine glühendere Freude hatte er nie in seinem Leben empfunden, nicht davor und nicht danach.

Er konnte seine Stimme kaum beherrschen, als er zu den Ältesten sprach:

»Steht auf, ihr Ältesten Israels. Der Mann, vor dem ihr euch verbeugt, ist der Sohn einer Dirne.«

Aber sie blieben auf den Knien, sie wollten nicht aufstehen, sie schauten einander an und wussten nicht weiter. Am Ende des Schweigens sagte Gilead der Gileaditer:

»Du bist mein Sohn, der Israel vor Ammon retten wird.«

Von weitem sah Jiftach ihren gebrochenen Stolz, als sähe er eine Wunde. Und dann ergriff ihn Kummer, nicht um diese Ältesten, vielleicht war es auch gar kein Kummer, sondern etwas, was nicht weit von Sanftmut entfernt war, und er sagte sanft:

»Ich bin ein Fremder, ihr Ältesten Israels, kein Fremder sollte für euch in den Krieg ziehen, denn sonst ist das Feldlager unrein.«

Als sie das hörten, erhoben sich die Ältesten. Sie sagten:

»Du bist unser Bruder, Jiftach. Heute ernannten wir deinen Vater Gilead zum Richter Israels, und du wirst unser Kommandant sein und für uns den Ammoniter bekämpfen: Dein Vater ist Oberbefehlshaber, du bist Feldherr, und du sollst Befehlsgewalt über all deine Brüder haben, denn du wusstest schon in deiner Jugend, wie man Krieg führt. Bis heute erzählen die Hirten am Lagerfeuer, wie du den Wolf mit deinen bloßen Händen zerrissen hast.«

»Ihr hasst mich, ihr Ältesten. Und wenn ich den Ammoniter für euch zermalmt habe, werdet ihr mich verjagen, wie ihr einen ungehorsamen Sklaven verjagt, und mein Vater wird mich in Fesseln legen, denn er ist Richter Israels und ich bin ein Fremder, ein Beduine und Sohn einer Hure.«

»Du bist mein Sohn, Jiftach, du bist mein Knabe, der seine Hand durch das Feuer zieht und nicht schreit und der den Wolf mit bloßen Händen zerreißt. Wenn du uns von den Söhnen Ammons befreist, werde ich dich vor deinen Brüdern segnen, und du wirst vor mir sitzen, solange ich lebe.«

»Lasst mich in Ruhe, ihr Ältesten. Und auch du, Richter Israels, höre auf zu betteln. Ihr seid keine Jünglinge, warum tut ihr so vor mir. Geht mit eurer Kraft und rettet eure ehrwürdigen Häupter und geht mit euren Priestern und Schreibern. Lasst mich in Ruhe. Ich habe euch durchschaut. Jiftach wird nicht das Schlachtpferd Israels sein, und nicht auf meinem Rücken wird dieser alte Mann reiten.«

Dann sprach Gilead der Gileaditer, und als er sprach, waren seine Lippen zusammengepresst, als würde er versuchen, nur mit den Händen eine Eisenkette zu zerreißen.

»Dein Vater wird Israel nicht richten. Du wirst kämpfen und du wirst richten.«

Die Ältesten schwiegen. Gegenüber diesen Worten versagten ihnen ihre Zungen.

Leise wie ein Fuchs sprach Jiftach, und als er sprach, brannte der gelbe Funke in seinen Pupillen:

»Wenn ihr mich jetzt wahrhaftig zum Richter Israels beruft, dann schwört es bei Gott.«

»Gott hört uns und ist Zeuge: Du wirst richten.«

»Der Sohn einer Dirne wird euch führen«, sagte Jiftach und lachte so laut, dass die Pferde erschraken.

Und die Ältesten sagten ohne Stimme:

»Du wirst unser Haupt sein.«

»Legt diesem alten Mann Fesseln an. Der Richter Israels hat gesprochen.«

»Jiftach, mein Sohn —«

»Und steckt ihn in ein Erdloch. Ich habe gesprochen.«

Am nächsten Tag rief Jiftach seine Armee zusammen und ernannte Minister und Generäle. Seine Brüder Jamin und Jemuel beauftragte er, alle kampffähigen Männer der Stämme Israels zu versammeln. Und Asur den Gileaditer, seinen Adjutanten, schickte er zu Gatel, dem König Ammons, mit einer Botschaft:

»Verlasse mein Land.«

Dann, als der nächste Tag zur Neige ging, befahl der Richter Israels, ein großes Ehrenzelt in der Mitte des Lagers zu errichten, seinen Vater aus dem Erdloch zu holen, ihn in das Zelt zu setzen und ihm Wein und Sklavinnen zu bringen. Zu seiner Tochter Piteda sagte Jiftach:

»Wenn der Alte den Weinkrug zu Boden wirft, sorge dafür, dass die Knechte gleich einen neuen Krug holen. Wenn er auch den zweiten Krug zerschlägt, dann soll er noch einen bekommen, denn manchmal mag der alte Mann das Geräusch von Glas, das er zornig zerbricht. Er soll so viel zerbrechen, wie er mag. Wage es nicht, in das Zelt zu gehen, und jetzt hör auf zu lachen. Geh.«

Gatel, der König Ammons, wurde von den Männern Jiftachs, die seine Soldaten nachts überfielen und danach so schnell wieder verschwunden waren, als hätte sie der Erdboden verschluckt, allmählich in den Wahnsinn getrieben. Er befahl seiner Armee ihnen zu folgen, aber es war, als würden sie dem Wind nachjagen. In Moab wurde Gatel Gegenstand des Gespötts, im Lande Edom erzählte man sich Witze über ihn. Die Fliege sticht und der Bär tobt.

Asur, dem Adjutanten Jiftachs, gab Gatel eine Botschaft mit: Lass mich in Ruhe, Jiftach, du bist ein Ammoniter, warum willst du mir schaden. Ich habe dich sehr geliebt. Aber Jiftach kannte das Herz König Gatels, der danach strebte, einer dieser schrecklichen Könige der Vergangenheit zu werden, dem aber schon die Sinne schwanden, wenn er nur von weitem den Schweiß der Pferde roch. In aller Ruhe verhandelte der Richter Israels mit dem König Ammons, die Boten liefen mit Botschaften hin und her: Wem gehörte das Land wirklich, wer hatte es als Erster besiedelt, was stand in den Geschichtsbüchern, wer war im Recht und wer hatte das Recht auf seiner Seite, bis Gatel irrtümlich annahm, es handle sich um einen Krieg der Worte, und Schriftrolle auf Schriftrolle schickte.

Die Ältesten Israels kamen zum Zelt des Richters, um ihm zu sagen: Ziehe los, in Gottes Namen, die Zeit vergeht und der Ammoniter verschlingt das ganze Land, und wenn du noch länger wartest, was wird uns dann noch übrig bleiben. Und Jiftach hörte es und schwieg. Die Ältesten sagten ferner zu dem Richter: Bekämpfe Edom, Arav, Ägypten und Damaskus. Wir allein werden damit nicht fertig, denn Ammon ist zu stark. Und Jiftach schwieg noch immer.

Aber im Herzen sagte er:

»Gib mir, Gott, noch ein Zeichen, und ich will dir auf dem Feld ihre Leichen darbringen, wie du es liebst, Gott der Wölfe in der Wüstennacht.«

Eines Nachts träumte Piteda wieder: Ihr Bräutigam kam in der Finsternis und sprach zu ihr leise: Komm, Braut, denn die Zeit ist gekommen.

Am Morgen hörte Jiftach ihren Traum, und diesmal schwieg er, nur sein Gesicht wurde finster. Träume hatten ihn sein Leben lang verfolgt. Und wie sein Vater Gilead früher, glaubte auch er, dass die Träume von einem Ort kommen, von dem der Mensch stammt und zu dem er nach dem Tod zurückkehrt. Zu sich selbst sagte Jiftach: Jetzt ist die Zeit gekommen. Und das Mädchen lachte schallend.

Eine Stunde später blies das Widderhorn.

Alle Truppen der Armee versammelten sich am Hang der Felsen, und die Sonne spielte auf den Dolchen und Schildern. Die Stammesältesten hatten große Angst und suchten nach den richtigen Worten, um zu verhindern, dass Jiftach alle auf einmal gegen die Mauern Ammons werfe, denn groß war die Kraft Ammons, und im Falle einer Niederlage würde Israel nie mehr sich erholen; sicherlich hatte der wilde Mann beschlossen, die Steine der Mauern Ammons mit den Köpfen Israels zu zerschmettern. Aber der Richter Israels verließ das Zelt, während sie noch am Reden waren, er stellte sich der Armee, und diesmal stand seine Tochter Piteda neben ihm. Er legt seine Hand auf ihre Schulter, und aus seiner Stimme schien die Stimme seiner Mutter zu klingen, als er sagte:

»Gott, gibst du die Kinder Ammons in meine Hand, so soll, was mir aus meiner Haustür heraus entgegengeht, wenn ich von den Ammonitern in Frieden zurückkomme, dem Herrn gehören, und ich will's als Brandopfer darbringen.«

»Er wird die Kinder Ammons in deine Hände geben und ihr näht bis dahin mein Brautkleid«, sagte die dunkle Schöne.

Das Volk jubelte und die Pferde wieherten, und sie lachte und hörte nicht auf zu lachen.

Jiftach der Gileaditer verließ sein Versteck in Erez Tov und machte sich daran, die Mauern Ammons bis auf die Grundsteine zu zerstören, denn groß war die Stärke Ammons. Er überrannte die Dörfer und er zerstörte die Türme und er legte die Tempel in Asche, und die Goldkuppeln fielen in Bruchstücken zu Boden, und Frauen, Konkubinen und Huren gab er den Greifvögeln zum Futter.

Bis zur Mittagshitze war Gatel mit dem Schwert vernichtet und Ammon geschlagen von Aroer an bis hin nach Minnith, zwanzig Städte, und bis nach Abel-Keramim – eine sehr große Schlacht. Bis zum Einbruch der Nacht war Ammon besiegt und Gatel getötet, und Jiftach schwieg immer noch.

8.

Das Leben eines Menschen ist wie Wasser, das im Sand versickert: Wenn ein Mensch von der Erde verschwindet, weiß man nicht mehr, wann er geboren wurde und wann er dahinschied. Wie der Schatten verblasst, so verblasst der Tag des Menschen und der Schatten kehrt nicht zurück. Aber manchmal träumen wir in der Nacht, und in den Träumen wissen wir, dass nichts vergeht, dass nichts vergessen wird, alles ist immer da, wie es immer war.

Auch die Toten kehren zurück in den Träumen. Selbst verlorene und vergessene Tage kommen wieder und füllen die nächtlichen Träume, kein Tropfen ist verlorengegangen, kein Ton fehlt. Der Geruch feuchter Erde an einem Herbstmorgen vor vielen Jahren, der Anblick niedergebrannter Häuser, deren Asche der Wind längst verwehte, die runden Hüften lange verstorbener Frauen, das Anbellen des Mondes ferner

Vorfahren jener Hunde, die heute mit uns leben, alles kehrt zurück, atmet und lebt in unseren Träumen.

Wie in einem Traum stand Jiftach der Gileaditer vor dem Eingang zum Hof seines Vaters, des Hofes, in dem er geboren worden war und wo ihn im Schatten der Obstgärten zum ersten Mal eine Hand berührt hatte, vor der er vor vielen Jahren geflohen war: Kein Tropfen war verlorengegangen, kein Ton fehlte. Die Zäune und die Obstgärten standen vor ihm wie damals, die Weinreben kletterten wie eh und je an den Mauern des Hauses hinauf und waren so dicht, dass man die schwarzen Basaltsteine nicht mehr sehen konnte. Und das Wasser lief in den Bewässerungsanlagen, und am Fuße der Bäume lag kalte dunkle Sehnsucht.

Wie in einem Traum stand Jiftach vor dem Haus, sah und sah nicht die dunkle Schöne, die aus dem Haus kam und ihn mit Gesang empfing. Ihr folgten die Mädchen mit Trommeln und die Hirten mit Flöten, und Gilead, sein Vater, ein verbitterter, breiter Mann. Auch Jamin, Jemuel und Asur kamen ihm auf dem Pfad entgegen, und ihre Mutter Nechoschta, die Weiße, stand im weißen Gewand am Fenster, und ihr Lächeln war blass. Und alle Hunde bellten und das Vieh brüllte, und weder der Schreiber noch der Priester des Hofs, noch der glatzköpfige Küchenknecht fehlten, alle waren da, wie im nächtlichen Traum, niemand und nichts fehlte.

Und die Mädchen folgten ihr mit weißen Kleidern, und sie schlugen die Trommeln und sangen: Jiftach hat geschlagen, Jiftach hat geschlagen, und das Volk jubelte und das Licht der Fackeln flackerte über den Wachtturm Gileads.

Sie stieg ab und ihre Füße schienen zu schweben, als wollten sie die Erde nicht berühren. Wie eine Gazelle, die zum Wasser geht, so ging Piteda zu ihrem Vater. Ihr Brautkleid war schneeweiß, die Wimpern verschatteten ihre Augen, und als sie ihn anschaute und er ihr Lachen hörte, sah er das Feuer und das Eis, das grün in ihren Augen brannte. Und die Mädchen sangen: Jiftach hat geschlagen geschlagen geschlagen, und Pitedas Hüften kannten keine Ruhe, sie bewegten sich zum Rhythmus eines inneren, verhaltenen Tanzes, und sie war schmal und barfuß. –

Benommen stand der Richter Israels am Eingang zum Hof seines Vaters. Sein Gesicht war verbrannt und erloschen und seine Augen waren verdreht: Als wäre der Mann zu Tode erschöpft. Als sähe er einen Traum.

Das Jubeln des Volkes wurde immer lauter, denn Gilead wurde in einer Sänfte herausgebracht, und Jamin, Jemuel und Asur stützen ihn, und die Kämpfer riefen, gesegnet ist der Vater, gesegnet ist der Vater. Das Fackellicht beleuchtete den Wachtturm Gileads in seiner Gänze, und die Freude der Trommeln kannte keine Grenze.

Wie schön und dunkel war Piteda, als sie ihrem Vater den Siegerkranz auf den Kopf setzte. Dann legte sie still ihre Hände auf seine Augen und sagte:

»Mein Vater.«

Als seine Tochter ihre Finger auf seine Augen legte, fühlte sich Jiftach wie ein glühender Felsen in der Wüste, der plötzlich von kaltem Wasser bespritzt wird. Aber er wollte aus seinem Traum nicht erwachen.

Er war müde und hatte Durst, und sein Körper war von Blut und Ruß noch nicht gereinigt. Für einen Augenblick war es ihm um die Stadt leid, die er an diesem Tag niedergebrannt hatte: Abel-Keramim, mit seinen vielen vergoldeten Türmen, die bis zum Himmel hinaufreichten, und der Sonne, die morgens dieses Gold berührte, und dem König, dem kranken Jüngling, der ihn anflehte, verlasse mich nicht, Jiftach, erzähle mir eine Geschichte, dass ich die Finsternis nicht fürchten muss, und den Karawanen, die abends in die Stadt kamen mit dem Klang der Kamelglocken, und den Lippen der Frauen, die die Haare seiner Brust küssten und flüsterten, Fremder, Fremder, und den Lichtern bei Nacht und der Musik und seinem Schwert, wie es den Hals des kranken Königs

durchstach und auf der anderen Seite wieder herauskam, und
Gatel, der mit sterbenden Lippen sagte, wie hässlich ist diese
Geschichte, und den Flammen und den brennenden Frauen,
die sich von den Dächern stürzten, und dem Geruch des
brennenden Fleisches und dem Geschrei …

Still, bewegungslos stand er am Eingang zum Hof seines
Vaters und seine Augen waren geschlossen.

Und dann hob der alte Gilead seine Hand, um die Singenden und die Musiker und die Jubelnden zum Schweigen zu
bringen, damit der Richter Israels zum Volk reden konnte.

Das Volk schwieg. Nur das Feuer der Fackeln zitterte in
der stillen Luft.

Der Richter Israels öffnete seine Lippen, um zum Volk zu
sprechen, und plötzlich stürzte er zu Boden, heulend wie ein
von einem Pfeil getroffener Wolf.

Meine Herrin, meine Mutter, sagten seine Lippen. Und ein
Ältester des Stammes, der anwesend war, dachte in seinem
Herzen: Dieser Mann täuscht; er ist keiner von uns.

9.

Um zwei Monate bat sie ihn und er sagte zu ihr, als hätte er
alles vergessen:

»Geh von hier in ein anderes Land und komm nie wieder
zurück.«

Und das Mädchen lachte und antwortete:

»Zieh diesen Mantel über deinen Kopf und deine Augen
und muhe, und wir werden es sehen und lachen.«

Und er, verloren in seiner Sehnsucht, sagte:

»Hier auf dem Zaun, Piteda, eine Eidechse. Und schon ist
sie weg.«

Zwei Monate irrte sie durch die Berge und ihre Mädchen folgten ihr. Die Hirten flohen vor ihnen. Wenn sie durch Dörfer

kamen, versteckten sich die Menschen. Schweigend gingen sie, weiß gekleidet, durch mondbeschienene Täler. Was war die Botschaft dieser geisterhaften Blässe, totes Silberlicht auf toten Hügeln. Kein wildes Tier griff sie an. Alte Ölbäume, krumm und schief, wagten nicht, sie zu zerkratzen. Ihre Schritte auf der Erde waren wie das Rascheln von Blättern im Wind. Mit welchem Gehör soll man die vielen Stimmen hören und mit welchem die Stille. Ein Mann und eine Frau, Vater und Mutter und Sohn, Vater und Mutter und Tochter, ein Bruder und seine Brüder, Winter und Herbst und Frühling und Sommer, Wasser und Wind, alles Entfernungen auf Entfernungen, und ob man schweigt oder lacht, alles mündet ausnahmslos im Schweigen der Sterne und in der Traurigkeit jener Hügel.

Schön und dunkel war Piteda, sie ging lachend mit dem Brautkranz, die verbitterten Beduinen sahen es aus einiger Entfernung und sagten: Sie ist eine Fremde, Tochter eines Fremden, niemand überlebt, der ihr nahe kommt, die Geborgene nannten sie die Beduinen von Erez Top, denn sie war geborgen.

Sie kam nach zwei Monaten zurück. Jiftach baute auf einem der Berge einen Altar, und in seiner Hand hielt er Feuer und Messer. Später erzählten die Beduinen nachts am Lagerfeuer davon, mit welch großer Freude sie beide es zelebriert hatten, sie eine Braut auf dem Brautbett und er ein verliebter Jüngling, der seine Finger ausstreckt, um sie zum ersten Mal zu berühren. Und beide lachten, wie wilde Tiere in der Nacht lachen, und sie sprachen nicht und Jiftach sagte nur: Meer, Meer.

Mich hast du auserwählt und gesegnet vor all meinen Brüdern. Du sollst keinen anderen Diener haben neben mir. Hier ist die dunkle Schöne unter meinem Messer, ich habe meine einzige Tochter vor dir nicht verschont. Gib mir ein Zeichen, denn du führst doch deinen Diener in Versuchung.

Dann jaulten die Nachttiere zwischen den Felsen und die Wüste erstreckte sich einsam bis zu den fernsten Hügeln.

10.

Sechs Jahre richtete Jiftach Israel. Bis zum Hals versank er mitunter in Blut und er führte Gilead gegen Ephraim, Israel zu zerstören, wie er in seiner Jugend zu Gatel, dem König Ammons, gesprochen hatte: Ich teile mit Israel nichts und habe auch nichts mit den Söhnen Ammons zu schaffen; dich und deine Feinde werde ich mit dem Schwert vernichten, da ich ein Fremder und jeden Tag meines Lebens ein Fremder gewesen bin.

Und nach sechs Jahren war er müde vom Richten und ging allein zurück in die Wüste. Niemand sprach ihn an, denn alle Beduinen Erez Tops fürchteten ihn. Nur Asur, sein Stiefbruder, kam zu ihm und legte in etwas Entfernung Brot und Wasser hin. Und die knochigen Hunde begleiteten Asur immer.

Ein Jahr saß Jiftach in einer Höhle in Erez Tov. Er saß da allein und lauschte den Nachtstimmen, die aus der Wüste kamen, bis er all diese Stimmen nachahmen konnte, und dann entschied er: Genug.

In das Buch des Hauses trug der Schreiber des Hauses ein: »Und nach ihm richtete Israel Ebzan von Bethlehem. Der hatte dreißig Söhne und dreißig Töchter.«

(1966-1974/75)

Inhalt

Land der Schakale
9

Beduinen und Kreuzottern
31

Der Weg des Windes
54

Vor seiner Zeit
81

Die Trappistenabtei
109

Fremdes Feuer
136

All die Flüsse
172

Die Verbesserung der Welt
205

Ein ausgehöhlter Stein
219

Auf dieser bösen Erde
259